Origine suspecte

Patricia MacDonald

Origine suspecte

ROMAN

Traduit de l'américain
par Michel Lederer

LE GRAND LIVRE DU MOIS

Pour Ann, Mike et Barbara Chomko

« Sur ton visage, je lis la carte de l'honneur,
de la sincérité et de la loyauté. »

WILLIAM SHAKESPEARE

Première partie

1

KEVIN Carmichael se réveilla en sursaut dans sa chambre plongée dans le noir et attendit que les battements de son cœur se calment. Il ne parvenait pas à se souvenir du cauchemar qui l'avait brutalement tiré de son sommeil et s'était évanoui dès qu'il avait ouvert les yeux. Pourtant, après les années passées à former les psychiatres assermentés, il savait pouvoir se fier à une impression qui subsistait. L'affect, on appelait cela. Un rêve d'anxiété. Il en avait eu tellement ces derniers temps. Il rêvait tout le temps qu'il était prisonnier d'un labyrinthe et se heurtait à une succession de culs-de-sac, hanté par un sentiment de futilité.

Il se tourna vers Caroline. Elle semblait dormir profondément, ses cheveux blonds répandus sur l'oreiller en une masse de boucles. Il se souleva sur un coude et écarta doucement quelques mèches de son front afin de distinguer son visage. Dans le clair de lune, les tons pêche et miel de sa peau prenaient des nuances grises, et le méplat de ses pommettes était plus accusé que jamais. Du bout du doigt, il traça l'arc tendu de son dos. C'était une athlète, une véritable bombe sur des skis, et elle érigeait l'exercice physique en religion, si bien que son corps possédait la proportion idéale de muscles et de courbes. Contemplant le dessin de ses sourcils bruns et de sa bouche pulpeuse, il éprouva une sensation familière où se mêlaient la tendresse et le désir. Elle avait l'air si serein, comme si elle n'avait aucun souci au monde. Une fois réveillée, elle n'affichait plus jamais cette expression.

Kevin soupira et regarda l'heure. Minuit et quart. Il savait qu'il aurait du mal à retrouver le sommeil. Il se sentait aussi réveillé que si on lui avait jeté un seau d'eau froide à la figure. Il allait se tourner et se retourner jusqu'à ce qu'il se rendorme ou bien finir par réveiller sa femme. Peut-être que, d'une voix ensommeillée, elle lui proposerait alors de le masser pour l'aider à se détendre. Et peut-être que le massage entraînerait des caresses, et davantage encore. Il n'avait jamais connu de femme qui lui fît autant d'effet que Caroline. De même qu'il n'en avait jamais rencontré dont les besoins s'accordaient à ce point aux siens. À peine leurs regards s'étaient-ils croisés pour la première fois qu'il s'était produit comme une réaction chimique, une explosion. Le plus cruel dans l'histoire, et le plus rageant, c'est que leur parfaite entente physique ne comblait pas le plus cher désir de Caroline. L'un après l'autre, les spécialistes consultés avaient posé le même diagnostic : elle ne pourrait jamais avoir d'enfants.

Il poussa un nouveau soupir et décida de la laisser dormir. Ce serait pur égoïsme que de la réveiller.

Doucement, il s'extirpa de la couette, glissa ses pieds nus dans ses chaussons et tâtonna pour prendre sa robe de chambre drapée sur le montant du lit en cuivre. Il l'enfila en frissonnant et noua la ceinture. On était seulement en novembre, mais ici, dans le Vermont, l'hiver était déjà arrivé.

Il sortit sur la pointe des pieds et referma la porte derrière lui sans faire de bruit. Il longea le couloir, passant devant la chambre de Vicki. Un rai de lumière filtrait sous sa porte. Il n'était donc pas le seul à ne pas dormir. Bien fait pour elle, pensa-t-il. C'est elle qui avait troublé sa tranquillité d'esprit.

Il descendit l'escalier dans le noir et entra dans la cuisine. Une petite forme sombre fila entre ses jambes. « Mon Dieu ! » s'exclama-t-il d'une voix étouffée, mais aussitôt il se rappela. Naturellement. Kirby, le chat de Vicki. Pas question qu'elle se sépare de ce sac à puces quand elle avait emménagé. Et eux, ils avaient accepté de bon cœur. Du reste, ils avaient accepté un certain nombre de choses qu'ils n'auraient jamais tolérées en temps normal. Ils étaient prêts à faire n'importe quoi jusqu'à ce qu'elle ait le bébé. Leur bébé. Le bébé qu'elle leur donnerait à adopter.

Kevin alluma la lumière et chercha autour de lui le plat de biscuits au chocolat, des brownies, que Caroline avait faits la veille. En général, elle se dispensait de pâtisserie car elle surveillait leur régime, mais elle avait tenu à préparer quelque chose pour leurs voisins, les Lynch, afin de les remercier d'avoir gardé la maison et le chat la semaine précédente. Après avoir fouillé en vain dans les placards, il ouvrit le réfrigérateur. Le plat était là, le plastique qui le recouvrait tout froissé. Il ne restait que des miettes. Vicki, songea-t-il, furieux. C'était bien d'elle. Elle vidait les assiettes et les laissait telles quelles dans le frigo. Parfois, il avait envie de la flanquer dehors avec chat, armes et bagages !

Une semaine plus tôt, ils étaient rentrés d'un voyage épuisant à Disney World. Pour Caroline et lui, le séjour avait été loin de constituer des vacances. Leur idée du paradis consistait en un bain chaud après une journée consacrée à skier et non de se traîner sous la chaleur d'une stupide attraction à l'autre en compagnie d'une adolescente enceinte. Seulement, Vicki ne connaissait pas Disney World, et elle tenait à y aller. C'est ridicule, avait protesté Kevin lorsque Caroline l'avait informé du désir de la jeune fille. Mais elle l'avait supplié, avec cette lueur grave et inquiète dans ses grands yeux marron qu'il lui voyait si souvent depuis que Vicki avait répondu à leur annonce : « Couple aimant offre à votre bébé un foyer confortable et une vie heureuse. »

Il claqua la porte du réfrigérateur et mit la bouilloire

à chauffer pour se faire un thé. De toute façon, ce serait meilleur pour sa santé que des gâteaux. Une fois qu'ils auraient le bébé, ils oublieraient tout cela, se dit-il en attendant que l'eau bouille. Bientôt, ils pourraient remplir les papiers d'adoption. Vicki, en effet, n'allait pas tarder à accoucher. Elle s'était installée chez eux deux mois auparavant. Une éternité, songea-t-il avec un soupir.

Kevin emporta sa tasse fumante dans son bureau au fond du couloir. Il s'installa, se renversa dans son fauteuil et alluma sa lampe. Son regard se posa aussitôt sur les taches d'humidité qui marquaient le mur au-dessus de ses diplômes de droit. Sa mauvaise humeur revint. L'effet Vicki, se dit-il un peu piteusement. Avant leur départ pour la Floride, elle avait laissé le robinet ouvert dans sa salle de bains. Zoé Lynch, la fillette d'une dizaine d'années qui habitait la maison d'à côté, s'était aperçue de l'inondation en venant nourrir Kirby. L'eau, qui s'était déjà infiltrée par le plafond, avait coulé sur ses livres et ses papiers. Heureusement, la gamine avait appelé sa mère, Greta, qui avait fermé le robinet et passé une journée entière à réparer de son mieux les dégâts. Sans elle, ils auraient peut-être trouvé cinquante centimètres d'eau dans la maison à leur retour.

Du coin de l'œil, Kevin surprit un mouvement derrière lui. Il tourna la tête et vit Kirby qui, planté sur le seuil, le fixait de ses yeux jaunes qui brillaient dans la pénombre. Je suppose que je devrais être content que tu sois là, pensa Kevin. Sans Zoé venue te donner à manger, la maison aurait peut-être été submergée par les flots. Il but une gorgée de thé. Du calme, se raisonna-t-il. Relax. Ça ne durera pas éternellement. Une fois le bébé arrivé, Caroline et toi, vous retrouverez votre vie d'avant. Avec un enfant, en plus. Vicki aura l'argent qu'elle voulait, et elle disparaîtra. Il te faut juste encore un peu de patience.

Mais c'était difficile. Caroline avait quitté son travail de kinésithérapeute afin de pouvoir conduire Vicki à ses divers rendez-vous chez le médecin, à ses cours d'accouchement sans douleur et veiller sur elle nuit et jour. En outre, depuis leur installation dans le Vermont, décidée d'un commun accord, les revenus de Kevin avaient diminué. Ils avaient tenu à quitter la ville pour échapper à son statut d'avocat en vue ainsi qu'à la notoriété qui allait avec. Ici, ils vivaient dans l'anonymat. Ils pouvaient skier à loisir et élever un enfant dans une atmosphère plus saine. La clientèle s'étofferait avec le temps. Quoi qu'il en soit, l'argent était devenu un problème aigu. Songe au cadeau que ce sera, se dit-il avec force. Songe à Caroline. Quand tu la verras en train de bercer le bébé, tu ne penseras plus à tout cela.

Il éteignit d'un geste brusque et regagna la cuisine. Il vida sa tasse et la mit dans le lave-vaisselle. Il s'apprêtait à remonter quand il entendit Kirby miauler plaintivement à la porte de la véranda de derrière pour demander à sortir.

« Bon, bon, d'accord, dit-il avec irritation. Mais je te préviens, il fait froid dehors. »

Étouffant un bâillement, il alla ouvrir. Aussitôt, une odeur âcre l'assaillit. De la fumée, se dit-il. La première pensée qui lui vint à l'esprit fut la cheminée. Ils avaient fait du feu dans la soirée et il l'avait couvert avant de se coucher. Est-ce qu'il aurait pu reprendre ? Il referma la porte et se dirigea vers le living. Un peu de cendres rougeoyait dans le foyer, mais rien de plus. Perplexe, il sortit et, tremblant de froid, fit le tour de la maison. L'odeur était devenue plus forte et, portant son regard au-delà du champ enneigé qui s'étendait devant lui, il aperçut au travers du rideau d'arbres dénudés une violente lueur rouge et orange à l'emplacement de la ferme des Lynch... « Oh ! mon Dieu ! » s'écria-t-il à voix haute. Il se pencha par-dessus la balustrade de la véranda pour tâcher de mieux voir. Une boule de feu étincelait, visible entre les branches des arbres qui séparaient leurs propriétés.

« Oh ! mon Dieu ! » s'exclama-t-il de nouveau. Il se

précipita dans la maison pour appeler les pompiers. Il donna l'adresse, raccrocha en hâte, puis se rua dans l'escalier. « Caroline ! hurla-t-il. Caroline, réveille-toi, il y a le feu !

— Hein, quoi ? Qu'est-ce qui se passe ? demanda-t-elle d'une voix ensommeillée.

— Le feu ! J'ai l'impression que la ferme des Lynch est en flammes. Je vais voir. »

Sans attendre de réponse, il se débarrassa de ses pantoufles et de sa robe de chambre, puis sauta dans des chaussures qui se trouvaient près de la porte. Après quoi, il empoigna sa parka accrochée au portemanteau du vestibule, et, tout en enfilant ses manches tant bien que mal, sortit en courant et traversa le champ à peine éclairé par la lueur de l'incendie, glissant sur l'herbe gelée.

2

RAY Stern et sa femme Annabel sortirent de la bibliothèque de Coleville en s'étirant et en se massant le dos.

« Ils devraient changer ces chaises pliantes s'ils veulent continuer à passer deux films de suite », grommela Ray.

En compagnie d'un public fort clairsemé, ils venaient de voir deux films d'Éric Rohmer, *Pauline à la plage* et *Le Rayon vert*.

« Oui, mais c'était formidable, dit Annabel, les yeux brillants. Je n'avais pas revu ces films depuis mes années d'université. Rohmer est génial. Un homme qui comprend vraiment les femmes.

— Eh bien, je suis ravi que ça t'ait plu », dit Ray, encore qu'il eût les yeux irrités à force d'avoir déchiffré les sous-titres et que les films du vénérable metteur en scène français fussent à la fois trop bavards et trop lents à son goût.

Ils fêtaient leur vingt-troisième anniversaire de mariage, et Annabel avait préféré un hamburger et une séance de cinéma à la bibliothèque de la station plutôt qu'un dîner dans quelque auberge chic. Ray se pliait volontiers à ses désirs dans ces cas-là.

« Tu n'apprécies pas trop Éric Rohmer, j'ai l'impression, dit Annabel.

— Si, si », protesta Ray.

Après toutes ces années de mariage, il connaissait assez les femmes pour savoir quand il valait mieux garder son opinion pour soi. Plus de deux décennies auparavant, lorsqu'il avait fait la connaissance d'Annabel, elle étudiait les beaux-arts à l'université de New York et était venue faire du ski à Coleville pour les vacances. Elle était tombée amoureuse et de Ray et des paysages du Vermont. Elle gagnait assez bien sa vie en tant que peintre paysagiste, tandis que Ray occupait les fonctions de chef de la police locale. Quant à leur enfant unique, Natalie, elle vivait actuellement à New York où elle était en année préparatoire de médecine à Columbia.

Annabel noua un foulard sur ses cheveux cuivrés. « Brrr... on dirait qu'il va neiger. Tu as écouté la météo ? »

Ray leva un regard affligé sur le halo entourant la lune. Né ici, il adorait la vue de Glace Mountain et de la chaîne de montagnes qui se dressaient au-dessus de la rue principale de leur ville touristique. Il adorait de même les petites boutiques et les cafés qui la bordaient, envahis par les skieurs pendant la longue saison des sports d'hiver. Il aimait ces beaux panoramas, le bref été si verdoyant et les éclatantes couleurs de l'automne. Parfois, cependant, il devait reconnaître que la neige lui pesait. On n'était même pas encore à Thanksgiving qu'elle était déjà tombée à plusieurs reprises. La vie économique de la station dépendait de la neige. Elle était nécessaire. Mais janvier venu, Ray commençait à en avoir plus qu'assez de tout ce blanc. Il rêvait en secret de se retirer en Floride, du moins pour une partie de l'hiver.

« Est-ce qu'on a besoin de la météo ? répondit-il. Les prévisions sont toujours les mêmes.

— Allons, Ray, ne sois pas comme ça, le gronda gentiment Annabel. Tout est si beau sous la neige. »

Femme de la ville, elle ne se lassait pourtant jamais des rudes hivers du Vermont. Elle se moquait des « oiseaux des neiges », comme elle les appelait, qui s'envolaient pour la Floride au premier signe de l'hiver, raison pour laquelle Ray ne lui parlait jamais de son désir de vivre sous un climat plus chaud.

Lorsqu'ils arrivèrent à leur voiture, Ray ouvrit la portière à sa femme qui s'installa et consulta la montre du tableau de bord. « Il est minuit passé ! s'exclama-t-elle. Je ne me rendais pas compte qu'il était si tard.

— Toi et moi, on fait de plus en plus de folies avec l'âge », dit-il. Il se glissa au volant, tourna la clé de contact et adressa un clin d'œil à sa femme. « Peut-être qu'on devrait rentrer en vitesse et en faire encore de nouvelles. »

À peine avait-il prononcé ces mots que la radio grésilla.

Annabel poussa un soupir. « J'ai l'impression que ce sera pour une autre fois... »

Sourcils froncés, Ray écouta. « Un incendie, dit-il à sa femme qui l'interrogeait du regard. Sur Brightwater Road. Il y a de grandes propriétés dans le coin. Je ferais mieux d'y aller. »

Depuis le temps, ils avaient pris l'habitude de ces brusques changements de programme. Bien que Coleville fût une bourgade paisible où le taux de criminalité restait relativement faible, il y avait toujours quelque cas d'urgence pour le chef de la police. « Je te dépose à la maison ? demanda-t-il.

— C'est de l'autre côté de la ville. Je t'accompagne.

— OK. »

Ray sortit du parking en marche arrière, puis prit la direction de Brightwater Road.

« Il me semble que les Lynch habitent par là, dit Annabel, l'air pensif.

— Alec Lynch ? Le vendeur de motoneiges ? Je crois qu'il peut se le permettre. »

Annabel leva les yeux au ciel.

« Sans l'ombre d'un doute. Pourquoi tout ce qui nuit à l'environnement rapporte toujours autant d'argent ? »

Ray haussa les épaules. Annabel s'intéressait beaucoup

plus à l'écologie et à sa ville d'adoption que son mari. « C'est un excellent homme d'affaires, dit-il.

— Lui, je ne le connais pas, mais je connais sa femme.

— Je ne vois pas qui c'est, dit Ray.

— Mais si, Greta, elle travaille au cabinet du Dr Farrar.

— Ah oui. »

Le Dr Farrar avait été la pédiatre et le modèle de leur fille. Âgée aujourd'hui d'une cinquantaine d'années, c'était une femme mariée qui avait réussi à élever deux enfants tout en conservant une nombreuse clientèle. Elle avait eu la gentillesse d'écrire à Natalie un mot de recommandation pour Columbia. C'était d'ailleurs à cette seule occasion qu'il avait conduit Natalie à son cabinet. Sinon, la tâche avait toujours incombé à Annabel.

« Je la reconnaîtrais probablement en la voyant, reprit-il.

— Greta est blonde. Une vraie beauté. C'est une de ces femmes qui ont toujours l'air belle, même sans maquillage.

— Tu sais, les autres femmes, je ne les regarde jamais, affirma Ray d'un ton solennel.

— Oui, c'est juste. » Le sourire d'Annabel s'effaça, remplacé par une expression soucieuse. « C'est quelqu'un d'adorable. Ils ont une petite fille. J'espère que ce n'est pas leur maison. »

Quand Ray s'arrêta à l'adresse indiquée, Annabel jeta un coup d'œil et poussa un cri d'horreur. Ce n'était pas un banal feu de cheminée. Tout un flanc de la vaste ferme en bois était la proie des flammes. Sirènes hurlantes, les ambulances et les camions de pompiers des villes voisines arrivaient sur les lieux de l'incendie. Deux des hommes de Ray se trouvaient déjà sur place. Les motopompes des sapeurs-pompiers de Coleville déversaient des tonnes d'eau sur le brasier, bientôt rejointes par d'autres, venues de tout le comté. Le camion de WGLC aussi était là, et Dean Webster, le jeune et ambitieux reporter de la chaîne, s'agitait au milieu des sauveteurs, tandis que Jeff Herrick, son cameraman chevronné, filmait consciencieusement la scène en vidéo.

« Reste là », ordonna Ray à sa femme. Il bondit hors de la voiture et courut vers la ferme en feu, cherchant du regard Jim Shepard, le capitaine des pompiers. Comme tous ceux de Coleville, c'était un volontaire. Dans la vie, il était pharmacien et travaillait au Thrift Drug. Ray espérait de tout cœur qu'il ne se trouvait pas au milieu du brasier.

« Chef ! » l'appela Sam Boudreau, l'un des jeunes policiers sous ses ordres.

Ray s'avança vers l'homme en uniforme et désigna la ferme en proie aux flammes. « Parker et vous, faites en sorte que personne ne gêne les pompiers, et empêchez les curieux d'approcher.

— On s'en est occupés, dit Sam. On a fait reculer tout le monde.

— Parfait. J'espère qu'il n'y a personne à l'intérieur.

— Quelques hommes sont allés s'en assurer.

— Vous savez qui habite ici ?

— Le type des motoneiges. Alec Lynch. Avec sa femme et sa gamine.

— Mon Dieu, fit Ray. Est-ce qu'on n'entend pas quelqu'un crier ?

— Regardez ! » s'exclama Sam.

Des langues de feu jaillissaient des fenêtres et une épaisse fumée noire s'échappait de la porte d'entrée. L'incendie semblait beaucoup plus intense de ce côté-ci de la maison. Un pompier, portant un casque jaune et un masque à gaz qui lui donnait l'air d'avoir d'énormes yeux d'insecte, se matérialisa sur le seuil, éclairé par les flammes, tenant dans ses bras une petite fille en pyjama apparemment évanouie. Un urgentiste se précipita, saisit l'enfant, l'enveloppa dans une couverture et courut vers une ambulance proche qui attendait, portières ouvertes.

Au milieu des tourbillons de fumée qui continuaient à s'échapper par la porte apparut un deuxième pompier, penché en avant et les bras pliés comme s'il tirait une brouette, suivi à quelques pas d'un autre dans la même position. Ray s'aperçut alors que le pompier de tête tenait quelqu'un par les jambes, tandis que l'autre le tenait sous les bras. On distinguait la silhouette arrondie, plus ou moins en forme de hamac, d'un homme couvert de suie en parka, chaussures et pantalon de pyjama. Un autre urgentiste accourut, et l'homme qui avait sauvé la fillette arracha son masque en criant : « Allez chercher une coquille. Il est tombé dans l'escalier en essayant de sortir la petite de là.

— C'est Alec ? hurla Ray.

— Je ne sais pas », répondit Sam.

On apporta sur-le-champ une coquille. Déjà, un médecin examinait le blessé pendant qu'on l'allongeait dans la coquille. « Il était conscient quand vous l'avez trouvé ? » interrogea le médecin.

Le pompier qui avait soustrait l'enfant aux flammes s'efforça en vain d'essuyer la suie qui maculait son visage à l'aide de sa main gantée. « Sans doute intoxiqué par la fumée. On ne voit pas à cinquante centimètres là-dedans. » L'homme soupira. « J'espère qu'il n'est pas paralysé ou je ne sais quoi. »

L'urgentiste fronça les sourcils.

« Il est transportable ? Bon, conduisez-le à l'hôpital. »

Ray et Sam s'approchèrent pendant qu'on soulevait le blessé pour l'installer dans l'ambulance. « Qui est-ce ? demanda Ray lorsqu'ils passèrent devant lui. Ce n'est pas Alec Lynch.

— Non, dit Sam. Peut-être le voisin. Il paraît qu'il a essayé de sauver les gens à l'intérieur. »

Ray attrapa un pompier par la manche. « Vous avez trouvé quelqu'un d'autre dans la maison ? Alec Lynch ou sa femme ? »

À cet instant retentit un craquement suivi d'un énorme grondement, et l'homme lâcha un cri. Ray se retourna et vit tout le côté droit du toit, là où l'incendie était le plus violent, s'effondrer dans une pluie d'étincelles cependant que les flammes redoublaient d'intensité. Le pompier se précipita vers le brasier.

« Kevin ! » hurla une femme derrière Ray. Il pivota sur ses talons et aperçut une jeune femme mince en chaussons et en parka enfilée par-dessus une chemise de nuit. La masse de ses boucles cuivrées encadrait son visage dont l'angoisse ne parvenait pas à dissimuler la beauté. « Mon mari », ajouta-t-elle dans un cri.

Ray posa la main sur son bras, tâchant de la calmer. « Je suis Ray Stern, le chef de la police. Vous cherchez votre mari ?

— Oui, dit-elle d'une voix tremblante, tandis que les larmes ruisselaient sur ses joues. Nous habitons à côté. » Serrant d'une main sa parka autour d'elle, elle montra des lumières qui brillaient un peu plus loin. « Mon mari a aperçu la lueur de l'incendie. Il a couru pour porter secours. Il est encore là ? »

Dean Webster s'avança, micro brandi.

« Chef Stern, s'écria-t-il. Quelques mots ! »

Ray le chassa d'un geste furieux. « Pas maintenant », aboya-t-il. Il revint à la femme affolée. « Je crois qu'on vient juste de sortir votre mari de la maison. Allons voir.

— Il s'appelle Carmichael. Kevin Carmichael, dit-elle d'une pauvre petite voix.

— Bien, Mrs. Carmichael. Restez près de moi. »

Conduisant la jeune femme, Ray parvint à écarter la foule, saluant au passage d'un signe de tête les pompiers qui déroulaient les lances à incendie en direction du brasier qui faisait toujours rage. Les bottes crissaient sur le sol gelé et, dans l'obscurité, on entendait des cris, des claquements de portières, des hurlements de pneus, tandis qu'une ambulance, sirène en action, démarrait en trombe.

« Il est dedans ? cria Caroline.

— Je ne pense pas, répondit Ray. Il me semble qu'on l'a transporté dans celle-là. »

Ils atteignirent la seconde ambulance au moment où le médecin branchait une perfusion à l'homme couché dans la coquille. Kevin Carmichael avait repris connaissance, mais ses yeux demeuraient mi-clos cependant que les analgésiques coulaient goutte à goutte dans ses veines. Malgré la suie et le masque à oxygène qui lui cachait en partie le visage, Ray le reconnut. C'était un avocat, depuis peu installé à Coleville. Il l'avait croisé à deux ou trois reprises au palais de justice, toujours très soigné de sa personne et vêtu de costumes chic du genre de ceux qu'on porte rarement au tribunal du comté de Glace Mountain. Ray aurait voulu lui demander s'il avait vu Alec Lynch ou sa femme à l'intérieur de la maison, mais l'homme ne paraissait guère en état de répondre.

« Oh ! mon Dieu ! Kevin ! » Caroline se précipita pour le serrer dans ses bras.

Un infirmier lui barra sans ménagement le passage. « Non, madame, ne le touchez pas. Il a peut-être quelque chose au dos. Nous ne savons pas encore dans quelle mesure c'est sérieux.

— Je veux être à ses côtés, supplia-t-elle.

— Vous pouvez rester et l'accompagner dans l'ambulance, dit l'infirmier. Simplement, ne le bougez pas. »

Caroline fit signe qu'elle avait compris, puis elle s'approcha de son mari et lui prit doucement la main. « Je suis là, mon chéri, dit-elle.

— Il est un peu sonné, la prévint l'infirmier. Il souffrait beaucoup et on a dû lui donner un calmant. »

Kevin regarda sa femme, marmonna des paroles rendues incompréhensibles par son masque à oxygène.

« N'essaie pas de parler, lui dit Caroline dans un murmure. Tout ira bien. »

Ray se pencha par-dessus l'épaule de la jeune femme. « Je suis Ray Stern, le chef de la police, dit-il. C'est très courageux ce que vous avez fait, Mr. Carmichael. »

Le regard de Kevin se porta lentement vers lui.

« La petite fille est en route pour l'hôpital, dit l'infirmier d'une voix forte. Je crois qu'elle s'en tirera. Maintenant, il faut qu'on vous emmène, Mr. Carmichael. »

Comprenant à demi-mot, Ray se recula pour permettre à un infirmier d'aider Caroline à monter dans l'ambulance, tandis qu'un autre claquait la porte du hayon arrière.

Se retournant au moment où l'ambulance démarrait, Ray aperçut Annabel qui, légèrement en retrait de la foule, contemplait la maison en feu dont les murs noircis commençaient à se lézarder et à imploser. Il se dirigea vers elle à grandes enjambées.

Annabel le vit arriver.

« C'était probablement la fille de Greta. Et lui, c'était son mari ? »

Ray prit un air sombre.

« Non, un voisin. Il est venu leur porter secours. Il a trouvé la gamine, mais il est tombé dans l'escalier et s'est blessé. J'ignore si c'est grave.

— Que Dieu le bénisse. » Annabel se tourna vers la ferme. « Et les parents ? J'espère qu'ils ne sont pas prisonniers à l'intérieur, reprit-elle d'un ton anxieux.

— Je ne sais pas. L'homme qu'on a emmené à l'hôpital avait un masque à oxygène, aussi je n'ai pas pu le lui demander. Je vais aller voir Shepard. Il saura sûrement. Toi, ça va ?

— Mon Dieu, ce n'est pas pour moi que tu dois t'inquiéter. »

Ray hocha la tête, puis il fendit la foule des sauveteurs pour rejoindre le capitaine des pompiers. Jim Shepard criait et gesticulait à l'intention des hommes autour de lui. Le policier attendit qu'il ait fini.

« Jim..., dit-il. Qu'est-ce qu'on peut faire ? »

Le capitaine des pompiers eut un geste d'impuissance et déclara avec un soupir : « Rien de plus que ce que tu fais. Pour le moment, empêcher les gens d'approcher. Je viens de donner l'ordre à mes hommes de se reculer. Nous avons perdu la bataille. Il ne reste plus qu'à cerner les flammes et les éteindre à l'aide des lances d'incendie.

— Il y avait d'autres...

— Apparemment, la mère de la fillette se trouvait au premier étage. Il semble que le feu ait pris dans sa chambre. Le temps qu'on arrive, la moitié de l'étage était la proie des flammes. On la voyait, mais impossible de l'atteindre. On a essayé par les fenêtres, mais en vain.

— Oh, mon Dieu. »

Ray jeta un coup d'œil en direction de sa femme qui l'observait avec angoisse.

« Aucun signe du père, poursuivit Jim. Tu sais, c'est terrible de n'avoir pu la sauver.

— Je comprends, mais vous avez fait tout ce que vous pouviez... »

Le capitaine des pompiers contempla un instant le brasier.

« Le feu s'est propagé tellement vite. »

Soudain, une Mercedes bleu nuit déboucha à toute allure et s'arrêta dans un hurlement de pneus, manquant renverser un groupe de curieux qui se tenaient dans l'obscurité. Un homme brun en blouson de cuir bondit hors de la voiture et se précipita vers la maison en feu. Ray reconnut Alec Lynch.

« Retenez-le ! » hurla Ray.

Sam Boudreau et son coéquipier, Randy Parker, ceinturèrent le nouveau venu, puis l'amenèrent devant leur chef.

« Greta ! s'écria Alec Lynch. Ma fille est dans la maison... Et ma femme... »

Ray le saisit par le bras.

« Alec, écoutez-moi. On a tiré votre fille de là. »

L'homme le regarda comme s'il ne comprenait pas.

« Zoé est sauvée ? » demanda-t-il après un court instant.

Sam Boudreau fit un signe affirmatif.

« Elle est déjà dans l'ambulance.

— Elle n'a rien, le rassura Ray. Un de vos voisins a réussi à l'arracher aux flammes. Elle est en route pour l'hôpital. »

La lueur de panique qui brillait dans le regard d'Alec cependant qu'il contemplait l'éclat infernal du brasier était difficile à supporter. « Votre petite fille n'a rien, répéta le chef de la police. Elle est partie en ambulance. On s'occupe d'elle.

— Vous êtes sûr ? murmura Alec.

— Oui. Je l'ai vue de mes propres yeux. »

Alec continuait à fixer les flammes. Il finit par se tourner vers Ray. « Et Greta ? demanda-t-il.

— Je crains bien que..., commença Ray d'une voix hésitante, se sentant tout à coup très lâche. Alec, j'ai peur que... qu'elle n'ait pas réussi à s'échapper. »

Les jambes d'Alec cédèrent brusquement sous lui. Sam et Randy Parker se précipitèrent pour le soutenir. « Non, balbutia Alec. Non, ce n'est pas possible. »

Ray serra les dents. C'étaient les moments qu'il détestait le plus dans son rôle de policier. Annoncer aux gens la perte d'un être cher. Les catastrophes survenaient toujours de manière si brutale. Si horrible. C'était le genre de nouvelles qu'on ne s'habituait jamais à apporter.

« Ce n'était peut-être pas Greta, dit-il. Mais les pompiers ont vu une femme... »

Les yeux d'Alec s'écarquillèrent. « Non, non », fit-il d'une voix suppliante. Il tenta d'échapper à Ray. « Greta ! » hurla-t-il en direction de la demeure en flammes.

Alec Lynch était plus petit que le policier, mais plus lourd et costaud. Heureusement que Sam Boudreau accourut pour l'aider, car Ray n'aurait pu le maîtriser à lui tout seul. Randy Parker se joignit à eux, et ils réussirent à empêcher l'homme fou de douleur de se précipiter vers le brasier.

Ray sentit qu'on le prenait par le coude. Il se retourna. Le visage livide d'Annabel se découpait dans les ténèbres.

« C'est Greta ? demanda-t-elle dans un chuchotement, redoutant la réponse.

— J'en ai peur. »

Ray contempla un instant la maison qui brûlait toujours. Une demi-douzaine de lances d'incendie étaient maintenant en action, et des tourbillons de fumée jaillissaient des fenêtres et de la porte, tandis que les flammes continuaient à défier les trombes d'eau qui se déversaient sur elles.

« Non, ce n'est pas Greta, sinon, je le saurais, dit Alec contre toute vraisemblance.

— Oui, je sais, se contenta de répondre Ray.

— Laissez-moi y aller. Il faut que j'aille voir ! s'écria Alec.

— Non, personne ne peut plus approcher », dit Ray, resserrant sa prise.

Les lèvres d'Annabel tremblaient et ses yeux étaient brillants de larmes. « Mr. Lynch, je suis désolée. » Elle voulut poser la main sur son bras, mais Alec eut un mouvement de recul et lui décocha un regard noir.

« Non, ce n'est pas elle », insista-t-il. Il considéra la maison en feu d'un air incrédule et se mit à secouer furieusement la tête, comme pour chasser les terribles visions qui l'assaillaient.

« Une épouvantable tragédie, reprit Annabel.

— Non, non, ce n'est pas possible ! »

Le cri d'Alec déchira l'atmosphère envahie de fumée. Les épaules secouées de sanglots, il se couvrit le visage de ses mains. Les policiers le lâchèrent et il s'effondra, réalisant toute l'étendue de son malheur.

Ray contempla avec tristesse l'homme frappé de chagrin. Sam Boudreau l'interrogea du regard. « Est-ce que je dois l'emmener à l'hôpital, chef ? Sa petite fille aimerait certainement le voir.

— Excellente idée », approuva Ray. Puis il se pencha et murmura à l'oreille d'Alec : « Alec, vous ne pouvez rien faire ici. On va vous conduire à l'hôpital voir votre fille. Venez, maintenant. Il faut que vous soyez fort. Elle a besoin de vous. »

Alec, les yeux baissés, hocha imperceptiblement la tête. Cette fois, il n'écarta pas la main amicale de Ray posée sur son épaule. Sam Boudreau s'avança et le prit par le bras. « Venez, Mr. Lynch, dit-il. Je vais vous accompagner. » Alec Lynch, le dos voûté, se laissa conduire sans protester. Les journalistes des chaînes de télévision restèrent à distance respectueuse de cet homme accablé.

Ray le suivit des yeux, le cœur serré. Il se tourna vers Annabel et étreignit très fort sa main.

« Pauvre garçon, murmura-t-il. Il va passer le restant de ses jours à se torturer... à se demander si, en arrivant plus tôt, il n'aurait pas pu la sauver. »

3

Après avoir consulté sa montre puis son bloc-notes, Britt Andersen se hâta d'entrer dans le bureau situé en face du studio 3. Nancy Lonergan, une femme coquette trois fois grand-mère aux cheveux d'une blancheur de neige et toujours soigneusement maquillée, fixait l'écran d'un ordinateur par-dessus ses lunettes demi-lunes à monture d'écaille. Sur le moniteur derrière elle, Donovan Smith annonçait une publicité ainsi que le nom de son dernier invité, un élu du Massachusetts, pour son talk-show de ce soir, diffusé en direct.
« Nancy, dit Britt, en lui tendant une feuille de son bloc. Tu peux t'en charger ? Donovan voudrait savoir comment ce type a voté au Congrès lors de la loi sur le contrôle des armes. »

Nancy étudia la note avec un soupir. Elle était habituée à ce genre de demandes à satisfaire de toute urgence alors que l'émission avait déjà démarré. Si une question surgissait à l'esprit de Donovan au cours d'une interview, il s'attendait à ce qu'on lui fournisse l'information sur-le-champ. « Donne-moi une seconde », dit Nancy dont les doigts s'activaient déjà sur le clavier de son ordinateur.

La vitesse à laquelle cette femme veuve, issue d'une vieille famille de Boston, surfait sur le Net ne manquait jamais de stupéfier Britt. Nancy avait travaillé comme documentaliste pour Donovan lorsque celui-ci était éditorialiste au *Boston Globe,* et elle l'avait suivi à la télévision. « Une véritable bénédiction, avait-elle dit un jour à Britt. Ça s'est présenté juste après la mort de mon mari, si bien que je pouvais passer la nuit au studio plutôt que de me morfondre dans une maison vide. »

Pendant que Nancy interrogeait son ordinateur avec impatience, Britt considéra d'un air absent les photos encadrées de Milt, le défunt mari de Nancy, de ses filles et de ses petites-filles. Elle avait déjà vu ces photos des milliers de fois, mais elle n'avait jamais rencontré les personnes en question en chair et en os. Nancy et elle buvaient parfois un verre ou déjeunaient ensemble, mais Britt avait résisté à toutes les tentatives de Nancy pour l'inclure dans son cercle de famille. La semaine dernière, elle avait refusé son invitation pour le dîner de Thanksgiving, prétextant qu'elle avait du travail. Britt préférait penser à elle comme à une simple amie, une femme seule.

Nancy prit une profonde inspiration. « Voilà, j'ai ta réponse. Je te l'imprime

— Merci », dit Britt.

L'imprimante cracha la feuille de papier et Nancy souligna l'information recherchée.

Britt s'empara de la feuille, et elle allait se précipiter sur le plateau quand l'une des assistantes de Donovan, une beauté brune exotique en top qui lui dénudait le ventre, ouvrit la porte du bureau et lâcha dans un murmure : « Donovan a vraiment besoin de cette info sur le vote. »

Britt lui tendit le papier. « Allez donc la lui porter », dit-elle froidement. Sur le moniteur, elle vit Donovan remercier la fille avec un sourire nonchalant puis, sur un signe du régisseur, commencer à présenter le membre du Congrès tout en incorporant, l'air de rien, l'information à propos de son vote.

« Bof, je deviens trop vieille pour ce genre de travail, déclara Nancy.

— Mais non, pas du tout. Jamais de la vie, la reprit Britt.

— Si, si, insista Nancy. Je suis avec lui depuis dix-sept ans, et c'est toujours pareil. Il a tout le temps besoin de quelque chose à la dernière minute. Je ne sais même pas pourquoi je me suis préparé ça. »

Elle désigna un mug où trempait un sachet de thé dont l'étiquette était collée sur la paroi.

« Ah bon ? » Britt ouvrit une bouteille d'eau et but une gorgée. « Heureusement, c'est terminé pour ce soir. »

Nancy prit son thé froid et en extirpa le sachet détrempé.

« Je ne devrais pas me plaindre, dit-elle. Il y a tellement de veuves de mon âge qui sont seules la nuit, attendant en vain que le téléphone sonne. Moi, quand je rentre chez moi, je suis contente de trouver le calme et la tranquillité.

— Oui, je sais, dit Britt d'un ton désabusé. Ce job est parfait pour qui n'a pas de vie sociale.

— Tu exagères, la gronda gentiment Nancy. Tu es jeune. Tu devrais sortir, t'amuser et rencontrer des jeunes gens gentils, et libres.

— Et quand trouverais-je le temps ? demanda Britt avec une fausse insouciance.

— Écoute, dit Nancy, tu sais très bien ce que j'en pense. Tu devrais partir. T'éloigner de lui.

— Je ne te manquerais pas ?

— Non, répondit fermement Nancy. Parce que nous resterons amies. Ce travail ne te vaut rien, Britt. »

La jeune femme contempla un instant son reflet dans la glace. Elle portait le col roulé noir et le pantalon kaki constituant son uniforme de travail. Elle n'avait pas coiffé depuis ce matin ses cheveux d'une blondeur de miel, mais il n'en paraissait rien, car ils étaient très bien coupés. De larges cernes soulignaient ses grands yeux marron. Elle avait une mâchoire plutôt forte et des traits réguliers qu'un bon maquillage aurait rehaussés, simplement elle n'avait jamais le temps de s'asseoir devant sa coiffeuse.

« Tu as probablement raison, admit-elle avec un soupir. Mais je n'ai même pas une minute pour chercher un autre boulot.

— Tu parles, répliqua Nancy. Tu t'inventes des excuses. T'occuper de Donovan, c'est devenu chez toi comme une mauvaise habitude.

— Idem pour toi, riposta Britt. Tes conseils peuvent aussi s'appliquer à ton propre cas.

— Je ne suis ni jeune ni jolie, et je ne mène pas une vie retirée, moi, lui rappela Nancy. Je veux juste que tu sois heureuse. »

Britt soupira. « Mais je suis heureuse », affirma-t-elle, désirant clore le sujet.

Elle avait fait la connaissance de Donovan Smith environ trois ans auparavant à San Francisco à l'occasion d'un déjeuner où elle s'était trouvée assise à côté de lui. À l'époque, elle était directrice de l'information d'une chaîne locale de télévision. Donovan était un homme brillantissime et, avant même la fin du repas, il l'avait convaincue de venir s'installer à Boston et de produire son talk-show télévisé auquel aimaient participer tous les intellos couche-tard de la ville. Leur histoire d'amour avait débuté dès la deuxième semaine. Naturellement, il était marié, mais au début elle ne s'en était pas souciée. C'était enivrant, excitant. La fin de la première année avait apporté son lot de désillusions. Donovan avait eu une liaison avec l'une des stagiaires de Britt. Elle aurait dû alors démissionner, mais elle ne l'avait pas fait. Elle se disait que c'était un bon poste et qu'elle n'avait aucune raison d'y renoncer à cause d'un amour malheureux. Elle pouvait très bien continuer à travailler pour lui en ne conservant que des rapports professionnels. Du moins le croyait-elle.

« Il faut que tu penses à toi, dit Nancy.

— C'est ce que je fais, mais c'est un job fantastique. »

Parfois, songea-t-elle, Nancy en rajoutait un peu avec

son côté maternel. Elle savait que c'était sincère, n'empêche... Elle jeta un coup d'œil sur le moniteur. L'invité serrait la main de Donovan. « J'ai intérêt à y aller », dit-elle.

Une heure plus tard, Britt refermait avec soulagement la porte de son appartement derrière elle. Elle jeta son attaché-case sur une petite table dans l'entrée et prit son courrier qu'elle emporta dans le living où elle se laissa choir sur les coussins du canapé. Parmi les factures et publicités habituelles, une enveloppe bleu pastel accrocha son regard. Elle reconnut aussitôt l'écriture de sa sœur. Elle déchira l'enveloppe pour sortir la lettre. Une photo s'en échappa et tomba par terre en voltigeant. Britt se pencha pour la ramasser. C'était la photo de classe d'une fillette aux longs cheveux raides et blonds dont le sourire timide dévoilait l'appareil dentaire. Au dos était inscrit : « Zoé, 7e. » Britt posa la photo et déplia la lettre. « Chère tante Britt, lut-elle. Merci pour ton chèque pour Halloween. Excuse-moi d'avoir mis si longtemps à te répondre. J'étais déguisée en femme vampire. Je vais mettre le chèque à la banque et garder l'argent pour l'université. Je t'envoie ma photo de classe de cette année. J'espère te voir bientôt. Ta nièce, Zoé. »

Britt reprit la photo et l'examina en soupirant. Elle avait du mal à imaginer que la gamine allait sur ses onze ans et qu'elle ne l'avait encore jamais vue. Britt et sa sœur aînée, Greta, la mère de la fillette, étaient fâchées depuis des années. Depuis la mort de leur père, en fait. Ce qui n'avait été qu'une brouille passagère s'était petit à petit mué en une espèce de stupide routine. Elles échangeaient de temps à autre une lettre ou un coup de téléphone, mais elles n'avaient apparemment pas grand-chose à se dire. Britt n'oubliait jamais d'envoyer quelque chose à Zoé à l'occasion des fêtes et de son anniversaire, ce dont Greta la remerciait sèchement lors de leurs rares contacts. Leurs rapports ne pourraient sans doute changer que si l'une des deux craquait et se décidait à rendre visite à l'autre. Quand Britt habitait en Californie, cela paraissait hors de question, et maintenant qu'elle était de retour en Nouvelle-Angleterre, l'idée d'aller voir sa sœur lui traversait parfois l'esprit, mais elle se sentait découragée d'avance à cette perspective.

Sur la malle dont elle se servait en guise de table basse se trouvait la carte que Greta lui avait envoyée pour Noël deux ans plus tôt. Britt l'avait encadrée, et elle la laissait là, comme pour lui rappeler pourquoi elle ne tenait pas à rendre visite à sa sœur. La carte était une photo ornée de houx et de lierre représentant Greta, son bel homme de mari et leur fille qui posaient, tout sourires, autour d'un bonhomme de neige devant leur immense ferme blanche aux volets verts dont la véranda abritait un arbre de Noël illuminé. Greta était infirmière et son mari, un homme d'affaires prospère, vendait des vélomoteurs, des motoneiges ou quelque chose de ce genre. Zoé était une jolie gamine qui respirait la santé, image même de l'enfant que tout le monde rêve d'avoir. Quant à la maison, elle semblait sortie tout droit d'un conte de fées. Britt ne se voyait guère passer un week-end là-bas, où l'on ne manquerait pas de lui rappeler avec délicatesse, ou peut-être même sans trop de délicatesse, à quel point Greta avait réussi, au contraire, bien sûr, de sa sœur cadette.

Alors qu'elle remettait le mot de Zoé dans l'enveloppe, elle s'aperçut soudain qu'elle avait faim. La jeune assistante si empressée était allée chercher à dîner pour Donovan, sans prendre la peine de demander à Britt si elle désirait quelque chose. C'était bien dans son style ! Elle se dirigea vers la cuisine, tenant toujours la photo de Zoé qu'elle rajouta à la galerie de portraits de la fillette collés par des magnets sur la porte du réfrigérateur. Après quoi, elle fouilla dans les placards où elle ne trouva que des crackers et un pot de crème de fromage « Cheez Whiz ». Toujours mieux que rien, songea-t-elle. Elle but un peu de lait directement au carton et mangea debout son léger en-cas, adossée aux placards, pendant qu'en face d'elle, sur la porte du frigo, une rangée de Zoé, chacune un peu plus âgée que l'autre, lui souriait innocemment. Comment a-t-elle fait ? se demanda la jeune femme. Comment Greta a-t-elle réussi à se tirer à peu près indemne des malheurs ayant marqué leur enfance ? Après que leur mère avait quitté le domicile conjugal et après la mort de leur père, elle avait encore trouvé en elle suffisamment de ressources pour aimer et être heureuse. Britt, en revanche, ne semblait jamais capable de se relâcher assez pour faire confiance à qui que ce soit. Certes, une vie de famille étriquée dans une petite ville de province, ce n'était pas fait pour elle, mais elle savait ce que Greta penserait de l'existence qu'elle menait. Intéressante, peut-être, mais vide. Preuve flagrante de l'égoïsme dont Greta l'avait toujours accusée. Britt n'avait pas besoin qu'on lui fasse la leçon. Elle aimait sa vie. Elle n'avait pas besoin d'une belle maison ni d'une famille unie qu'on lui brandissait comme exemple.

Elle nettoya les miettes, puis alla dans sa chambre où une pile de livres écrits par de futurs invités du talk-show s'entassait sur la banquette placée sous la fenêtre dans l'attente qu'elle y jette un coup d'œil. Pas ce soir, décida-t-elle. Aucune envie. Je regarde un vieux film et je me mets au lit. Elle se déshabilla, enfila son peignoir. Ou finalement, peut-être un bon bain chaud, se dit-elle.

Au moment où elle faisait couler l'eau, elle entendit le téléphone sonner. Son cœur bondit dans sa poitrine. C'était Donovan. Ce ne pouvait être personne d'autre. Lui seul était susceptible d'appeler à pareille heure. Il avait autrefois l'habitude de lui téléphoner tard le soir quand il était encore debout et que sa femme dormait. Voilà à quoi ressemblait le mariage ! Sa femme dans la chambre d'à côté pendant qu'il murmurait des mots d'amour à Britt ! Maintenant, leurs rapports se limitaient à de brèves réunions professionnelles dans le studio avant qu'il passe à l'antenne. Qui sait s'il ne regrettait pas cette époque révolue ? Aussitôt, elle se reprocha de caresser de tels espoirs. Pourquoi voudrait-elle encore de lui ? Ce n'était qu'un coureur de jupons. S'il lui restait un peu de bon sens, elle devrait l'envoyer se faire voir, et son boulot avec. Elle ferma le robinet et se dirigea vers le téléphone.

Elle décrocha d'un geste brusque et grogna : « Oui ? »

Il y eut une hésitation à l'autre bout du fil, puis une voix d'homme aux intonations râpeuses qu'elle ne connaissait pas demanda : « Vous êtes Britt Andersen ? »

La jeune femme fut aussitôt sur ses gardes. Une femme seule occupant une situation en vue doit se méfier des appels téléphoniques. Et en particulier de ceux qui, en pleine nuit, émanent de la gent masculine.

« Qui est à l'appareil ? demanda-t-elle sèchement. Vous désirez ?

— Excusez-moi de vous déranger à une heure pareille. Je ne savais pas si... Je m'appelle Alec Lynch. Je... je suis le mari de Greta. »

Le cœur de Britt se mit à battre la chamade. Le mari de Greta ? La jeune femme n'avait jamais échangé ne serait-ce qu'un simple bonjour avec cet homme. S'il appelait ainsi au milieu de la nuit, ce ne pouvait être que pour une raison grave. Un drame, peut-être. Oh, mon Dieu, non ! pria-t-elle.

« Que se passe-t-il ?

— Je sais que... que Greta et vous... n'étiez pas..., commença Alec d'une voix hésitante. Mais je pensais... que je devais vous mettre au courant...

— Il est arrivé quelque chose !

— Oui, je le crains... »

Il s'interrompit, et Britt entendit un sanglot étouffé.

Oh ! non ! pria-t-elle de nouveau. Non ! La pièce lui parut soudain étouffante. Elle parvenait à peine à respirer.

« Il y a eu un incendie ce soir, reprit Alec. Votre sœur... est... restée prisonnière à l'intérieur de la maison... Elle... elle est... »

Britt s'assit lourdement sur le bord du lit. « Oh ! mon Dieu ! souffla-t-elle.

— Je suis désolé, dit-il simplement.

— Greta est... est... morte ?

— Oui. » Puis il ajouta, comme pour la forme : « Ça doit vous faire un choc. »

Un choc ? Britt eut l'impression que l'homme, à travers les airs, venait de l'empoigner à la gorge. Ce n'est pas juste, songea-t-elle. Pas juste ! Elle se tourna vers la fenêtre et contempla longuement les ténèbres, assaillie par un sentiment de honte qui lui mit le feu aux joues. Pendant qu'elle remuait des idées stupides à propos de Donovan Smith, sa sœur, son unique sœur, était en train de mourir. Des images de son aînée envahirent son esprit.

En général, quand elle pensait à Greta, c'était pour se souvenir avec amertume des rebuffades que celle-ci, avec son côté autoritaire, lui faisait autrefois subir. Plus âgée qu'elle de huit ans, Greta l'avait pratiquement élevée après le départ de leur mère. En ce moment, par contre, Britt se rappelait de manière frappante comment, tétanisée, elle regardait sa grande sœur s'habiller pour sortir, brosser ses cheveux blonds et soyeux, puis colorer de mascara les longs cils qui soulignaient ses yeux bleu clair avant de se tourner vers sa cadette pour quêter son approbation. Toutes ces images se télescopaient. Greta qui s'efforçait de combler le vide laissé par l'abandon de leur mère. Qui lui apprenait à conduire. Qui préparait des gâteaux pour les fêtes d'anniversaire de sa petite sœur. Des larmes mouillèrent les yeux de Britt. Elle eut beau les essuyer, elles continuèrent à couler.

Pourquoi a-t-il fallu que je lui en tienne à ce point rigueur ? se demanda-t-elle. Pourquoi ne suis-je pas allée lui rendre visite et m'excuser auprès d'elle ? Je craignais tant qu'elle me juge mal. Et maintenant, c'est trop tard... Une pensée lui traversa soudain l'esprit : « Zoé ?

— Elle est à l'hôpital... mais ça va, répondit Alec d'une voix tremblante.

— Merci, mon Dieu. »

Après quelques secondes de silence, le mari de Greta déclara brusquement : « Je me suis dit que je devais vous en informer.

— Oui », dit Britt. Bien que le ton abrupt de l'homme lui déplaise, elle ne voulait pas qu'il raccroche. Elle désirait en savoir davantage. « Oui, reprit-elle. Je suis... je suis... effondrée. Et tellement... tellement désolée. Je sais que vous étiez si... si heureux. Je regardais une carte de Noël juste avant que... »

Elle eut soudain l'impression d'être en train de bavarder futilement. Elle crut entendre un nouveau sanglot étouffé à l'autre bout du fil. « Que s'est-il passé ? Comment c'est arrivé ? Dites-moi pour Zoé, vous êtes sûr qu'elle n'a rien ? »

Alec Lynch s'éclaircit la voix :

« Le feu s'est déclaré dans la maison. On ne sait pas... je n'étais pas là quand c'est arrivé. Apparemment, il a pris au premier, dans notre chambre. Les flammes se sont propagées très rapidement, engloutissant tout l'étage. Un voisin est accouru et il a trouvé Zoé. Les pompiers ont pu les sortir tous les deux à temps, mais Greta était toujours dans la chambre, et ils n'ont pas réussi à l'atteindre. »

Britt réalisa alors avec un sentiment d'infinie tristesse qu'elle ne connaissait même pas la maison où ils avaient habité. Elle ne l'avait vue qu'en photo sur la carte de Noël, avec le sapin qui brillait sur la véranda. « Je ne parviens pas à y croire. Comment l'incendie s'est-il déclenché ?

— Je l'ignore. On suppose que c'est peut-être une bougie qui a mis le feu aux rideaux, répondit-il d'un ton brusque. Quoi qu'il en soit, les médecins m'ont assuré que Zoé s'en tirera, Dieu merci. Bien entendu, le service funèbre pour Greta n'aura pas lieu avant que Zoé sorte de l'hôpital. »

Le service funèbre, songea Britt. Les obsèques. La dernière fois qu'elle avait vu Greta, c'était à l'enterrement de leur père. Où elles s'étaient violemment querellées et avaient coupé les ponts. Sans leurs parents pour les réconcilier, la brouille avait perduré. Pourtant, Britt avait toujours pensé qu'un jour elles se retrouveraient. Et maintenant Greta était morte, et il n'y aurait plus jamais d'occasions.

« Ne vous croyez pas obligée de venir, reprit Alec avec froideur. Vous pouvez envoyer des fleurs si vous voulez, elle adorait les fleurs...

— Oui, je sais, dit Britt d'une voix brisée. Je me souviens. Oh, pourquoi n'ai-je pas... Je me sens tellement coupable. Pour tout. C'était si loin. Et si stupide. S'il vous plaît, dites à Zoé... dites-lui que j'ai reçu son mot aujourd'hui. Dites-lui que... que je pense à elle.

— Je n'y manquerai pas, dit l'homme. Bon, je crois que c'est tout. Comme je vous l'ai dit, j'ai pensé que je devais vous en informer.

— Oui, et je... je vous suis reconnaissante de l'avoir fait. »

Un nouveau silence s'instaura entre eux. Elle se disait qu'elle aurait dû raccrocher, mais elle demanda d'abord : « Où... où auront lieu les... les funérailles ? À Coleville ?

— Oui.

— Je n'y suis jamais allée. »

Britt promena son regard sur la chambre. Elle songea à son travail, à Donovan et à ses invités de la semaine. Son agenda était bourré. Il était évident que cet homme ne comptait pas sur sa présence à l'enterrement. Personne, du reste, n'y comptait. Pas même Zoé, probablement. Elle pensa à la galerie de portraits de sa nièce alignés sur la porte du réfrigérateur. L'enfant unique de sa sœur. Le maladroit petit mot de remerciements sur papier bleu que Greta avait sans doute tenu à ce qu'elle écrive. Les grandes lettres alambiquées de sa signature : Zoé. Britt prit une profonde inspiration. « J'aimerais venir », dit-elle.

Silence.

« Si cela ne vous dérange pas. »

Toujours le silence.

« Vous devez vous dire que c'est... c'est un peu tard, mais...

— Faites comme vous voulez », l'interrompit Alec sèchement.

Ce qu'elle aurait surtout voulu, c'est raccrocher et même oublier qu'il avait téléphoné, mais naturellement, c'était impossible.

« Je vous demande une seconde... Alec, dit-elle alors. Le temps que je prenne un stylo pour tout noter. »

4

Britt se dirigeait vers Glace Mountain, jetant de temps à autre un coup d'œil sur les indications qu'elle avait griffonnées à la fin de son entretien téléphonique avec Alec Lynch. Elle avait loué une voiture à l'aéroport et roulait à présent au milieu d'un paysage de montagne. À la sortie de chaque virage, un panorama à couper le souffle s'offrait à son regard. Les nuages gris de décembre effleuraient la cime des conifères qui paraissaient presque noirs dans la lumière d'hiver. Glace Mountain se dressait devant elle, dont les flancs couverts de neige étaient parsemés de petites silhouettes qui, semblables à des fourmis, dévalaient les pistes qu'on distinguait à peine. Un torrent, étincelant comme de l'argent en fusion, longeait la route et cascadait sur les rochers. Britt aperçut le premier panneau indiquant Coleville. Elle arrivait enfin à destination. C'était un endroit superbe encore qu'empreint de mélancolie, un endroit où Greta s'était sentie chez elle.

Le visage de la jeune femme s'empourpra au souvenir de la conversation qu'elle avait eue au téléphone avec Donovan pour lui annoncer la mort de Greta et son intention de se rendre à son enterrement dans le Vermont. Elle avait espéré qu'il manifesterait au moins un peu de sympathie, mais il s'était borné à dire : « Ah bon, je ne savais pas que tu avais une sœur. »

À la honte se mêlait la colère, car elle lui avait bien parlé de sa famille, simplement, il avait oublié.

Oui, j'avais une sœur, avait-elle eu envie de lui hurler. Une sœur qui, autrefois, était tout pour moi. Mais cela n'aurait fait qu'accroître son malaise. Elle s'était donc contentée de répondre : « Je croyais pourtant te l'avoir dit », puis elle avait raccroché.

Enfant, Britt avait été à la fois tendrement choyée et sévèrement éduquée par sa sœur aînée. Greta l'avait toujours aidée pour ses devoirs et avait toujours veillé à ce qu'elle eût des vêtements propres pour l'école. Pour son anniversaire, elle ne manquait jamais de préparer un cake aux carottes. Ce n'est qu'à l'adolescence que Britt s'était rebellée, critiquant les talents domestiques de Greta et se moquant de son ambition de devenir infirmière. Elle ne se sentait pas très fière au souvenir de la condescendance et de la méchanceté qu'elle avait manifestées à l'égard de sa sœur. Pourquoi n'ai-je pas été capable de comprendre qu'elle agissait ainsi pour mon bien, se demanda-t-elle. Oh, Greta, pardonne-moi ! Les yeux gonflés de larmes, elle avait du mal à distinguer la route.

Par bonheur, un panneau indicateur apparut devant elle, signalant l'embranchement pour Coleville. Elle s'y engagea et parcourut lentement les quelques kilomètres qui la séparaient du centre-ville.

La rue principale était ravissante, bordée de boutiques et de restaurants pittoresques surmontés de cheminées d'où s'échappaient des volutes de fumée. Des gens en jeans et parka se dirigeaient vers les pick-up garés çà et là, tandis que d'autres, en vêtements de ski aux couleurs éclatantes, flânaient sur les trottoirs, quoique ce ne fût pas encore la pleine saison. Il y avait des places de parking libres, et les promeneurs allaient d'un pas tranquille. On voyait des maisons style chalet de montagne ainsi que des demeures coloniales aux volets verts qui semblaient très vieilles, mais très bien entretenues. Britt consulta les indications qu'elle avait notées et roula doucement jusqu'à croiser Medford Road dans laquelle elle tourna. Les maisons ne tardèrent pas à s'espacer cependant qu'elle s'éloignait du centre. Le numéro 67 était une petite construction en bardeaux de cèdre devenus gris avec l'âge. Au téléphone, Alec lui avait expliqué qu'elle appartenait à un ami qui passait l'hiver en Floride. Dès qu'il avait appris le drame qui les avait frappés, il avait proposé à Alec et Zoé de s'installer chez lui en attendant mieux.

Britt s'arrêta devant la maison, descendit de voiture, puis s'étira. Elle avait la nausée et elle claquait des dents, à la fois à cause du froid beaucoup plus vif qu'à Boston et à cause de l'angoisse qui la tenaillait à la perspective de la rencontre imminente. Derrière cette porte se trouvaient un beau-frère qui, à l'évidence, ressentait sa venue comme une intrusion, et une nièce qu'elle n'avait même pas vue grandir. Elle se traita de lâche. Ils ont bien plus souffert que toi, se dit-elle. Lui, il a perdu sa femme, et elle, sa mère. Cesse donc de t'apitoyer sur ton sort. Elle laissa son sac dans la voiture et alla sonner.

Un instant plus tard, on vint ouvrir. Elle reconnut aussitôt l'homme qui figurait sur la photo de la carte de Noël. Il paraissait avoir dans les quarante ans et quelques fils blancs sillonnaient déjà ses épais cheveux bruns. Il avait des yeux gris aux lourdes paupières, profondément enfoncés dans leurs orbites, et des traits sensuels dans un visage creusé par le chagrin. Pour un homme de taille moyenne, il avait un torse et des épaules très larges. Il avait par ailleurs des joues bleues de barbe et des cernes noirs sous ses yeux rougis.

« Alec ? demanda la jeune femme avec précaution. Je suis Britt. »

Il ne fit aucun effort pour sourire ou se montrer accueillant. « Entrez, dit-il d'un ton bourru, en s'effaçant pour la laisser passer. Excusez le désordre, mais les gens nous ont apporté un tas de bric-à-brac. »

S'avançant dans le couloir faiblement éclairé, Britt comprit tout de suite de quoi il parlait. Des cartons pleins de nourriture et de vêtements encombraient le passage, formant des piles en équilibre instable d'où s'échappaient ici et là gants, chaussettes ou manches de chemise.

« Nous étions habitués à plus d'espace. Nous avions une vaste demeure. »

Britt se sentit aussitôt choquée. Comme si c'était important, pensa-t-elle. Il devrait déjà s'estimer heureux d'avoir un toit !

« C'est une jolie maison, dit-elle.

— Impossible de ranger quoi que ce soit, marmonna-t-il. Accrochez votre manteau là-dedans ». Il indiquait un placard au pied de l'escalier. « Si vous trouvez de la place. »

Ses récriminations l'agacèrent. Elle se fraya difficilement un chemin jusqu'au placard. Il attendit pendant qu'elle suspendait son manteau de tweed sur un cintre et réussissait tant bien que mal à le caser au milieu des épaisses parkas, puis il montra une porte sur la droite.

« Le séjour, dit-il. Du moins l'appelle-t-on ainsi. »

Britt pénétra dans la pièce. Comme dans le couloir, le plancher était usé et les murs couleur parchemin. C'était une pièce simplement et confortablement meublée avec des fauteuils et un canapé disposés autour d'une cheminée en briques au manteau blanc, entourée de rayonnages. Là aussi, cartons et sacs s'entassaient contre un mur. Lovée dans l'un des fauteuils, il y avait une jeune fille à l'expression sombre, aux longs cheveux bruns et à la peau laiteuse. Elle était vêtue d'un pull en tricot moulant de teinte framboise et d'un jean délavé.

Elle posa un regard grave sur Britt lorsque Alec la présenta : « Lauren, voici ma belle-sœur, Britt Andersen. Britt, Lauren Rossi. Lauren travaille avec moi au magasin. »

La jeune fille adressa un petit sourire à Britt et se leva pour lui serrer la main. Britt nota alors qu'elle était en chaussettes de laine, tandis qu'une paire de chaussures de marche trônait à côté du fauteuil sur le tapis d'Orient aux nuances rubis. « Toutes mes condoléances, dit-elle.

— Merci. »

Britt ne pouvait s'empêcher de se demander ce que cette fille faisait ici en ces moments de deuil, avec l'air de se sentir chez elle.

La lumière déclinait vite en cette fin d'après-midi et Alec alluma deux lampes. « Asseyez-vous, proposa-t-il, en désignant l'autre fauteuil. Vous n'avez qu'à enlever ce carton. »

Britt posa le carton par terre, puis s'installa. Alec soupira :

« Je ne sais pas ce qu'on va faire de tout ce bazar. Vous n'avez pas eu trop de mal à trouver ?

— Non, non, répondit Britt. Vos indications étaient claires.

— Bien. Je ne me souviens plus de ce que je vous ai exactement dit.

— Si j'ai bien compris, c'est la première fois que vous vous rencontrez ? demanda Lauren, incrédule.

— Oui, en effet, confirma Britt.

— Je vais me chercher un verre, dit Alec. Vous désirez quelque chose ?

— Non, merci, répondit Britt.

— Lauren ?

— Non, merci, Alec. »

Pensive, la tête légèrement inclinée, la jeune fille le suivit des yeux tandis qu'il sortait de la pièce, puis elle se tourna vers Britt. « Ainsi, vous vivez à Boston ? J'ai grandi là-bas. Mes parents y habitent toujours.

— Ah bon ? Et comment avez-vous atterri ici ?

— J'adore le ski. Et j'ai déniché un bon job chez Alec. Et vous, qu'est-ce que vous faites ? Alec a mentionné quelque chose à propos de télévision, je crois.

— Comme boulot ? Je suis productrice d'un talk-show.

— Je le connais ?

— Le Donovan Smith Show. »

Lauren plissa le front. « Ah, oui, il me semble en avoir entendu parler, dit-elle d'un air de doute, secouant ses cheveux bruns ondulés. Bon... Alec m'a dit que vous étiez célibataire.

— C'est exact.

— Mariée à votre carrière, alors ? » fit Lauren, compréhensive.

Britt se contraignit à sourire. Vêtue de son pantalon froissé et de son col roulé habituels, elle ne s'était même pas donné la peine de se mettre du rouge à lèvres après toutes ces heures de conduite. « Je n'irais pas jusque-là, mais j'aime bien mon travail », dit-elle.

Alec revint avec une bouteille de bière. Il but une gorgée au goulot, puis la posa sur le manteau de la cheminée.

Il se tourna vers Britt.

« Lauren m'a apporté mon costume. Le seul qui me reste. Il était chez le teinturier. Un coup de chance. »

Un coup de chance ? songea Britt.

« Et les photos, lui rappela Lauren. J'ai également apporté les photos.

— C'est juste. Nous avons perdu tous nos albums dans l'incendie... et il fallait une photo pour... » Il s'interrompit au milieu de la phrase, la gorge nouée et les yeux mouillés de larmes. Un silence gêné plana dans la pièce. Alec prit une profonde inspiration. « Pour le service, acheva-t-il.

— On mettra la photo à l'église, parce qu'il n'y a pas de corps, expliqua Lauren.

— Pas de corps ! s'exclama Britt.

— On a transporté le corps de Greta à Boston pour y être autopsié, précisa Alec.

— Mais pourquoi ? » s'étonna Britt.

Alec soupira. « Ray... Ray Stern, le chef de la police, a dit que c'était normal en cas de mort violente ou accidentelle. Quoi qu'il en soit, on ne sait pas quand ils nous le rendront, et je ne voulais pas reculer trop longtemps la cérémonie. Surtout pour Zoé.

— Oui, je comprends », murmura Britt, honteuse des pensées mesquines qu'elle avait entretenues au sujet de la présence de Lauren.

À en juger par la quantité de nourriture, de livres et de vêtements qui se trouvait dans les cartons, il était manifeste que Greta et sa famille possédaient ici de nombreux amis.

« C'est une véritable tragédie, dit Lauren. Je ne sais pas comment Alec et Zoé arrivent à tenir le coup.

— Au fait, où est Zoé ? demanda Britt, regardant autour d'elle.

— Elle dort là-haut, répondit Alec. Je l'ai ramenée ce matin seulement de l'hôpital. Elle est épuisée. »

Britt se sentit aussitôt coupable. Le ton d'Alec, croyait-elle, insinuait que sa présence constituerait une charge supplémentaire pour cette enfant déjà à bout de forces. « Oui, j'imagine », dit-elle.

Alec conserva un silence embarrassé, puis son regard tomba sur la cheminée. « Je pourrais peut-être faire du feu », dit-il. Il s'agenouilla devant l'âtre et prit quelques bûches dans le panier posé à côté. « On gèle dans cette maison. »

Britt se demanda si Zoé, après le drame qu'elle venait de vivre, ne risquait pas d'être traumatisée par la vue des flammes, mais elle garda ses pensées pour elle.

Alec gratta une longue allumette qu'il tint un instant devant lui, le regard fixé sur la flamme vacillante, puis il l'approcha des journaux glissés sous les bûches. Ensuite, assis sur les talons, il attendit que le petit bois flambe. Tous trois avaient les yeux rivés sur la cheminée où le feu commençait à prendre. Le silence s'épaississait, comme si, après ce bref interlude, ils n'avaient plus rien à se dire. Britt sentait la migraine lui enserrer les tempes. Qu'est-ce que je fais ici ? se dit-elle. Ma place n'est pas avec ces deux-là. Puis elle se rappela le but de sa visite : Zoé.

Alec remua les braises à l'aide d'un tisonnier en fer

forgé qu'il raccrocha brutalement à côté des autres accessoires de cheminée.

« Vous voulez bien aller voir si Zoé est réveillée ? demanda Britt. J'ai tellement hâte de la voir. »

Alec fronça les sourcils. « Elle ne sera sans doute pas d'humeur à voir qui que ce soit.

— Mais c'est pour elle que je suis venue, insista Britt.

— Pas pour votre sœur ? fit Lauren.

— Si, bien sûr, s'empressa de répondre Britt.

— Bon, bon », fit Alec avec un soupir.

Il sortit.

« Je n'arrive pas à y croire. Depuis combien de temps vous n'aviez pas vu votre sœur ? » s'enquit Lauren.

Britt n'avait pas spécialement envie de lui parler, toutefois elle savait au jour près à quand remontait sa dernière rencontre avec Greta. Leur père était mort pendant qu'elle terminait ses études. Elle n'oublierait jamais ces heures-là. Elle effectuait son stage au journal de Sacramento, le *Sacramento Bee,* quand Greta téléphona pour lui annoncer la triste nouvelle. Il souffrait déjà d'un cancer lorsque Britt avait quitté la maison de son enfance en Pennsylvanie. Elle ne voulait pas partir si loin, mais c'était une occasion inespérée. Fier d'elle, son père insista pour qu'elle accepte. Une chance pareille ne se représenterait pas, lui dit-il. Britt passa donc l'année en Californie, tandis que Greta, munie de son diplôme d'infirmière et de son premier poste dans un hôpital, demeurait en Pennsylvanie pour s'occuper de leur père dont l'état ne cessait de s'aggraver.

« Longtemps, répondit-elle enfin à Lauren. Depuis mes années de fac.

— Vous avez dû avoir une violente dispute...

— Beaucoup de temps a passé, vous savez », dit Britt, éludant la question implicite.

Après l'enterrement de leur père, la rancœur et la colère de Greta éclatèrent. « Comment as-tu pu l'abandonner ainsi ? lui reprocha-t-elle. Partir à des milliers de kilomètres et ne jamais venir nous rendre visite ou nous aider ? » Britt s'efforça d'expliquer que c'était leur père qui avait tenu à ce qu'elle aille à Sacramento, mais Greta refusa de l'écouter. Ce souvenir laissait à Britt un fort goût d'amertume. « Tu es égoïste, tu n'as pas de cœur, avait poursuivi Greta. Tu ne t'intéresses qu'à toi. Il désirait te voir, tu lui manquais. Il ne t'est jamais venu à l'esprit qu'il aurait voulu que tu sois à ses côtés au cours de ses derniers instants ? Mais non, pas toi. Tu avais des choses plus importantes à faire. Comme toujours. »

« C'est dommage que vous ne vous soyez jamais réconciliées, dit Lauren, arrachant Britt à ses douloureux souvenirs.

— Oui, c'est dommage », répondit-elle.

Douze longues années. Au début, elle était si furieuse contre sa sœur qu'elle se moquait d'être fâchée avec elle. Elle retourna en Californie après les funérailles et, ayant trouvé un travail à la fin de ses études, elle demeura là-bas. À mesure que le temps passait, la situation lui pesa de plus en plus. Lors des fêtes et des anniversaires, elle ressentait l'absence de Greta, la seule famille qui lui restait, comme une douleur presque physique, mais la fierté lui interdisait de faire le premier pas. Et Greta ne se manifestait pas davantage. Les années s'écoulaient, et la solitude devint comme une seconde et triste nature. Les deux sœurs recommencèrent à se parler, du moins au téléphone, mais il ne s'agissait pas d'une véritable réconciliation. C'était trop tard, elles étaient trop éloignées l'une de l'autre. Je suis la seule responsable, songea-t-elle. Avec mon entêtement et mon orgueil.

« Tante Britt ? »

La petite voix la tira de ses sombres pensées. Elle se retourna d'un bloc. Une fillette se tenait sur le seuil du living. Ses poignets osseux dépassaient d'un maillot de hockey trop grand pour elle. Elle portait un pantalon bleu marine en stretch, et on apercevait ses maigres chevilles au-dessus de ses chaussons roses duveteux. Ses cheveux blonds tombaient en longues mèches sur ses épaules, maintenus par des barrettes en forme de papillons multicolores. Elle souriait, dévoilant son appareil dentaire. Dans ses yeux bleus de la couleur d'un ciel de printemps se lisait une expression à la fois ardente et innocente. C'était Greta enfant et la galerie de photos ornant la porte du réfrigérateur apparut comme miraculeusement devant elle. Britt fondit en larmes. « Zoé ! » s'écria-t-elle.

Sa nièce, qu'elle ne connaissait pas un instant auparavant, courut vers elle.

5

BRITT se leva de son fauteuil et s'avança vers Zoé qui jeta les bras autour de sa taille et enfouit son visage dans son pull.

« Je suis tellement contente que tu sois venue », murmura la fillette d'une voix étouffée.

Britt étreignit sa nièce et, l'espace d'un instant, elle fut incapable de parler. Les larmes ruisselaient sur ses joues et l'émotion l'étranglait. Elle serrait l'enfant contre elle et aurait voulu la serrer toujours, respirant l'odeur de citron qui émanait d'elle et, pour la première fois, elle eut le sentiment qu'elle avait eu raison de venir.

« Moi aussi, réussit-elle enfin à dire, essuyant ses pleurs. Comment vas-tu ? Comment te sens-tu ? »

Zoé relâcha son étreinte, se recula d'un pas et regarda sa tante dans les yeux. « Ma gorge me fait mal, mais pas trop.

— Ce n'est pas bien grave, après ce que tu as vécu...

— Et ce qui est arrivé à maman... »

La voix de la fillette se brisa.

Britt la considéra, consciente de son impuissance à la consoler.

« Viens donc t'asseoir », dit alors Alec Lynch tout en prenant une couverture indienne pliée sur un coussin.

Zoé abandonna sa tante à contrecœur et se dirigea vers le canapé.

« Salut, Zoé, dit Lauren. Comment ça va ?

— Mieux », répondit la fillette.

Elle se pelotonna dans le coin le plus proche du feu, laissant ses chaussons roses par terre.

Alec l'enveloppa de la couverture. « Avec ça, tu auras bien chaud. »

Britt se sentait attirée par la petite fille. Elle avait envie de s'asseoir près d'elle et de la prendre dans ses bras, mais elle ne voulait pas se montrer trop envahissante. Elle se réinstalla dans son fauteuil.

Zoé lui lança un regard plein de tristesse.

« Tu ne veux pas venir à côté de moi ? »

Britt rougit. « Si, bien sûr », répondit-elle.

Elle se leva et alla prendre place sur le canapé à côté de sa nièce. Zoé se nicha contre elle, et Britt passa son bras autour de son épaule. « Comme ça, ça va ?

— Oui, acquiesça la fillette.

— Parfait. »

D'une manière générale, Britt n'aimait pas trop les contacts physiques, mais c'était plutôt agréable de sentir contre elle le corps fragile et tout tremblant de l'enfant. Étonnamment agréable, même.

« Alors, qu'est-ce que tu en penses, Zoé ? demanda Lauren sur un ton amical. Ta tante est là.

— C'est super, murmura la petite, se tordant les mains avec nervosité. Papa, je peux avoir à boire ?

— Oui, bien sûr. Qu'est-ce que tu veux ? demanda Alec qui était resté debout.

— Un soda ? » risqua Zoé.

Son père leva les yeux au ciel.

« Encore ? Bon, bon. Lauren, un soda ? »

La jeune fille regarda Alec avec une lueur de regret. « Non, il faut que je retourne travailler », dit-elle sans conviction, comme si elle espérait qu'il lui permette de prendre sa journée.

Britt examina le profil délicat de sa nièce.

« Tu sais, j'ai beaucoup de chance d'être là, à côté

de toi. Tu l'as échappé belle. Tu te rappelles ce qui est arrivé ? »

Zoé plissa le front.

« Non, je ne me rappelle rien. Je me suis couchée, je me suis endormie et je me suis réveillée dans une ambulance avec une espèce de masque sur la figure.

— C'était pour te donner de l'oxygène, expliqua Lauren.

— Le capitaine des pompiers a dit que c'était un vrai miracle. C'est Mr. Carmichael qui m'a tirée de là, raconta Zoé.

— Un miracle, en effet. Et qui est ce Mr. Carmichael ? demanda Britt.

— Notre voisin. Il a vu le feu et appelé les pompiers. Après, il s'est précipité dans la maison. Il paraît qu'il est tombé dans l'escalier en voulant me sauver. Je ne m'en souviens même pas. J'ai voulu le voir à l'hôpital, mais il était en train de passer des radios.

— Heureusement qu'il était là, dit Britt.

— Oui, Dieu merci, fit Alec avec ferveur en revenant dans le living, le soda de Zoé à la main. Je ne pourrai jamais m'acquitter de la dette que j'ai à son égard. »

Zoé hocha pensivement la tête.

« J'ai nourri le chat pendant leur absence. Maintenant, je regrette d'avoir pris l'argent qu'ils m'ont donné. La prochaine fois, je le ferai pour rien. »

Britt sourit.

« Ce sont de bons amis à vous, les Carmichael ? »

Zoé et son père échangèrent un regard.

« Greta et Caroline étaient amies, je suppose, répondit Alec d'une voix hésitante. Ils n'habitent ici que depuis... »

Il se tourna vers sa fille, quêtant son aide. L'enfant haussa les épaules en signe d'ignorance.

« Je ne sais pas. En tout cas, ils étaient là à Noël dernier.

— Alors, ça doit faire à peu près un an, reprit Alec.

— Et ensuite, Vicki est arrivée avec le chat, dit Zoé.

Vers la rentrée des classes. J'adore le chat de Vicki. Il est si mignon. Il s'appelle Kirby.

— Ah, tu aimes les chats, dit Britt. Tu en as un ? »

Zoé fit non de la tête et des larmes perlèrent à ses paupières.

« Maman est... était allergique. »

Britt resserra son étreinte autour de l'épaule de sa nièce.

« C'est vrai, j'avais oublié. »

Alec tendit son verre à Zoé.

« Tiens, ma chérie. Du Seven-Up. Zoé adore tous les animaux, dit-il ensuite fièrement à l'intention de Britt. Elle raffole des chevaux.

— C'est vrai ?

— Oui, répondit Zoé. Papa va m'en acheter un. Plutôt, il allait m'en acheter un. On devait réparer la grange... »

Elle laissa sa phrase en suspens.

« Parle un peu du ranch à ta tante, l'invita Alec en s'asseyant sur le bras du fauteuil laissé libre par Britt.

— Je suis allée faire un stage d'équitation dans un ranch cet été.

— Ça nous a coûté les yeux de la tête, mais ça en valait la peine, dit Alec.

— C'était la première fois que je partais toute une semaine. Maman a pleuré quand je suis partie. »

Zoé fouilla dans ses poches à la recherche d'un Kleenex afin de sécher ses propres larmes.

« Tu es devenue grande, maintenant, dit Britt.

— Maman m'a dit que vous vous étiez disputées toutes les deux, reprit la fillette. Tu étais toujours fâchée contre elle ? »

Surprise par la franchise de la question, Britt hésita un instant avant de répondre :

« Non, pas vraiment. Je... j'aurais simplement voulu lui dire combien je regrette. Mais c'est trop tard.

— Tu ne pouvais pas savoir ce qui allait arriver, dit Zoé.

— Que ça te serve de leçon, intervint Lauren qui avait enfilé ses chaussures de marche dont elle nouait les lacets. Tu vois, à présent, elle ne pourra plus jamais s'excuser. »

Britt rougit. La remarque était juste encore que plutôt mal venue.

Zoé, jouant les consolatrices, tapota la main de sa tante.

« Elle, elle n'était plus en colère contre toi. Elle me l'a dit.

— Le sujet est clos, déclara Alec avec un geste négligent de la main. Ta mère ne pensait plus guère à toute cette histoire. »

Britt comprit qu'il voulait ainsi sous-entendre qu'elle faisait en quelque sorte figure d'étrangère.

« Oui, bien sûr, dit-elle. Bon, je ne voudrais pas m'imposer. Vous devez être tous les deux très fatigués. Si vous pouviez m'indiquer un hôtel où je puisse...

— Oh ! non ! s'écria Zoé, lui agrippant la main. Reste avec nous !

— Non, c'est impossible, répondit Britt, jetant un regard sur les piles de cartons et le désordre qui régnait partout, notant au passage l'expression pincée d'Alec. Je vous dérangerais.

— Non ! Je veux que tu restes. Dis-lui, papa. Je veux qu'elle reste...

— Voyons, Zoé, ta tante serait plus confortablement installée à l'hôtel. »

L'enfant se tourna vers Britt, l'air suppliant. « Je suis sûre que ça t'est égal. Après, je ne te verrai plus, et...

— Mais, non, dit Britt. Nous aurons des tas d'occasions de nous revoir, crois-moi, je...

— Non, c'est pas vrai, dit Zoé en gémissant. On ne se verra plus... »

La fin de sa phrase fut interrompue par un coup frappé à la porte. Alec disparut dans le couloir. On entendit un murmure de voix.

« Il y a des lits jumeaux dans ma chambre, supplia

Zoé. Tu peux en prendre un. Je n'ai pas beaucoup d'affaires. Elles ont presque toutes brûlé. S'il te plaît, tante Britt... »

Alec revint dans le séjour, suivi d'un homme grand et mince, la cinquantaine peut-être, dont les cheveux s'éclaircissaient.

« Je vous présente Ray Stern, le chef de la police locale, dit Alec. Voici Lauren Rossi qui travaille avec moi au magasin, et Britt Andersen, la sœur de ma femme. Elle arrive de Boston pour l'enterrement. Et vous connaissez Zoé. »

Ils échangèrent des poignées de main, puis Alec lui désigna un fauteuil. Ray Stern s'assit.

« Tu as bien meilleure mine aujourd'hui, Zoé, dit-il gentiment.

— Merci, répondit la fillette.

— Je ne vais pas abuser de votre temps. C'est terrible pour votre sœur. »

Britt sentit le rouge de la honte lui monter au front. Elle ne pensait pas mériter les moindres condoléances. « Merci », fit-elle simplement à son tour.

Ray se tourna vers Alec.

« Pourrais-je vous parler un instant... seul à seul, acheva-t-il avec un regard significatif en direction de Zoé.

— Oui, naturellement, répondit Alec, quelque peu surpris. Lauren, voulez-vous emmener Zoé dans la cuisine ? Il y a un tas de provisions qu'on nous a apportées. Donnez-lui quelque chose à manger. Et servez-vous, également.

— Pas de problème. Viens, Zoé. »

Lauren tendit la main vers la fillette qui se leva et promena un regard inquiet sur son père et le chef de la police. Elle suivit Lauren, mais sans lui prendre la main.

Alec jeta un coup d'œil vers sa belle-sœur. « Britt, vous n'étiez pas sur le point de partir ? »

Écarlate, la jeune femme entreprit de s'extirper de son fauteuil, puis elle se ravisa. « J'aimerais beaucoup savoir ce qui est exactement arrivé à ma sœur, dit-elle d'un ton ferme.

— Vous pouvez rester, si Alec n'y voit pas d'inconvénient », dit Ray.

Alec se rembrunit et évita de regarder Britt. « Bon, faites comme vous voulez. »

Ray toussota, puis il poursuivit :

« Je... je reviens juste de la maison. Todd Griswold, l'enquêteur des pompiers, était sur place. »

Alec pianotait sur le manteau de la cheminée.

« Il a pu déterminer comment le feu avait pris ? demanda-t-il. On pense toujours que c'était une bougie ? Parce que, vous savez, l'électricité venait d'être refaite. Et si jamais il y a eu quelque chose de ce côté-là, des têtes vont tomber chez l'entrepreneur qui a effectué...

— Non, non, l'électricité n'y est pour rien, dit Ray. On est à peu près certains que c'était une bougie. »

Alec secoua la tête avec tristesse. « Greta adorait les bougies. Elle en mettait partout. En particulier celles au thé vert censées avoir des vertus aromathérapeutiques. Elle en raffolait. Il fallait toujours que je lui rappelle de les éteindre avant qu'on se couche. »

Ray changea de position dans son fauteuil, manifestement mal à l'aise. « Alec, demanda-t-il, vous faisiez des travaux de peinture dans la maison ? Quelqu'un utilisait du white-spirit ?

— Il y en avait sans doute au sous-sol.

— Mais à l'étage ? »

Alec fronça les sourcils.

« Non, non. On a refait toutes les peintures il y a environ deux ans. Quoique... attendez... Maintenant que vous m'y faites penser, Greta repeignait les encadrements des portes et des fenêtres.

— Dans votre chambre ?

— Non, dans la chambre d'amis. Comme il n'y avait personne, elle a peut-être laissé tout son matériel dedans.

— Dans la chambre d'amis ? s'étonna Ray.

— Oui, peut-être. Pourquoi ?

— Parce que ça change les données du problème, répondit Ray, soudain soucieux.

— Je ne comprends pas », fit Alec.

Ray parut réfléchir un instant. « Je n'y avais pas songé... vous m'avez pris au dépourvu. Je dois vous demander, Alec... Entre votre femme et vous, est-ce que tout allait bien ?

— Oui, répondit aussitôt Alec. Naturellement. Pourquoi me posez-vous cette question ?

— Eh bien, il y avait des pots de peinture et de white-spirit dans la pièce où on a retrouvé le corps de Greta. De même que des bougies. Nous avons supposé que c'était votre chambre, mais d'après ce que vous me dites, ce serait dans la chambre d'amis que le feu aurait pris. »

Alec devint livide.

« Vous voyez une raison pour laquelle votre femme aurait choisi de s'installer dans la chambre d'amis ? » interrogea Ray.

Britt lança un regard intrigué à son beau-frère.

« Peut-être qu'elle n'arrivait pas à dormir, murmura-t-il. Elle avait parfois un sommeil agité, et elle ne tenait pas à me déranger.

— Mais vous n'étiez pas là quand l'incendie s'est déclaré, fit remarquer Ray.

— Non, en effet. J'étais au magasin, en train de faire ma comptabilité. Je suis rentré dîner rapidement à la maison et je suis reparti...

— Donc, vous n'étiez pas chez vous quand votre femme s'est couchée, dit Ray, perplexe. Il n'y a pas d'autre raison qui aurait pu l'inciter à occuper la chambre d'amis ?

— Non, répondit sèchement Alec.

— Pardonnez-moi de vous infliger toutes ces questions, Alec, mais je suis persuadé que vous comprenez. Jusqu'à ce que nous sachions précisément ce qui s'est passé... Et l'assurance ?

— Quoi, l'assurance ? répliqua Alec avec irritation.

Nous étions assurés contre l'incendie, évidemment. Une maison pareille !

— Et les assurances sur la vie ?

— Oui, nous en avions, répondit Alec, sur ses gardes. Vous n'en avez pas, vous ?

— De grosses assurances ?

— Dites donc, vous oubliez que je reçois des tas de menaces de la part de ces dingues d'écolos. Ils me considèrent comme un danger public. Même le docteur Farrar, la patronne de ma femme, ajouta-t-il avec sarcasme.

— Il me faudrait le nom de votre agent d'assurances, dit Ray.

— Je vais vous le noter. »

Britt, qui ne le quittait pas des yeux, crut déceler quelque chose de fuyant dans le regard de son beau-frère.

« Vous savez, Alec, ce sont des formalités de routine », dit Ray pour le tranquilliser.

Lauren passa la tête dans la pièce.

« On peut revenir ? »

Ray se leva.

« Oui, oui, nous avons fini. »

Zoé, entrant dans le séjour à la suite de la jeune fille, lança d'une petite voix grinçante : « Pourquoi on m'a fait sortir ?

— Des histoires de policiers, répondit Ray avec gentillesse. Des histoires d'adultes. Des questions à poser. Jusqu'à ce qu'on sache exactement ce qui est arrivé. On ne peut pas exclure l'hypothèse d'un incendie... Enfin, j'avais plusieurs choses à demander. »

Criminel, songea Britt. Il allait dire incendie « criminel ».

« Tenez, dit Alec, tendant au chef de la police le papier sur lequel il venait de griffonner. Ce sont les coordonnées de mon agent d'assurances. Je lui ai parlé il n'y a pas si longtemps. C'est Greta qui avait eu l'idée d'augmenter le montant.

— Ah bon ? fit Ray. Très bien, je prendrai contact

avec lui. » Il se tourna vers Lauren. « Miss Rossi, vous travaillez pour Mr. Lynch au magasin, je crois ?

— Miss Rossi est ma secrétaire, répondit Alec à sa place.

— Mr. Lynch disait qu'il avait travaillé tard ce soir-là. Vous étiez aussi au magasin le soir de l'incendie ? » demanda Ray.

Lauren ouvrit de grands yeux, hésita. « Je... je... oui. »

Alec intervint :

« Lauren », dit-il comme pour la mettre en garde.

Ray l'observa, sourcils froncés.

« Vous n'êtes pas sûre, miss Rossi ?

— Je... je réfléchissais. J'essayais de me souvenir du jour exact. Il m'arrive très souvent de rester le soir.

— Vous pouvez certifier que Mr. Lynch était bien au magasin cette nuit-là ?

— Oui, souffla Lauren en évitant son regard. Absolument.

— Il me semble qu'il était bien tard pour travailler, non ? s'étonna Ray.

— Nous avions un tas de paperasseries à remplir. »

Ray se leva et s'apprêta à partir. « Bon, c'est bien ce que votre patron a déclaré. Je vais vous laisser. Il faut que tu sois courageuse, Zoé.

— Je le serai, répondit la fillette.

— Mesdames... »

Alec raccompagna le chef de la police, tandis que les deux femmes, stupéfaites, demeuraient silencieuses. Lorsqu'il revint, Britt se leva à son tour. « Moi aussi, je ferais mieux de partir. Vous n'avez pas besoin de ma présence à un moment pareil...

— Je croyais que tu étais venue pour me voir, protesta Zoé.

— Oui, tu as raison. Mais ne t'inquiète pas, je vais prendre un hôtel dans le coin. Alec, vous pouvez m'indiquer où je pourrais trouver une chambre ? »

Alec se passa distraitement la main dans les cheveux. « Je ne sais pas. Je ne vois pas...

— Il y a le Glace Mountain Lodge, dit Lauren. Et puis plusieurs “bed and breakfast” tout à fait corrects... »

Le visage de Zoé se défit et elle fondit en larmes. Les épaules secouées de sanglots, elle enfouit sa tête dans le creux de son bras.

Britt, désolée, contempla sa nièce.

« Qu'est-ce qu'il y a, ma chérie ? demanda Alec.

— Pourquoi elle ne peut pas rester ici ? s'écria la fillette.

— Elle ne veut pas, répliqua sèchement Alec.

— Ton père et toi, vous avez besoin d'être seuls, tâcha d'expliquer Britt.

— Non, s'entêta Zoé, tapant du pied comme un petit enfant coléreux. On n'a pas besoin d'être seuls. On a besoin de toi.

— Zoé, maintenant, ça suffit, se fâcha Alec. C'est déjà assez difficile de...

— C'est de ta faute si elle s'en va. Tu veux qu'elle parte. Tu es méchant. »

Alec décocha un regard furieux à sa fille.

« Zoé, tu vas te calmer... »

Britt ne tenait pas le moins du monde à habiter avec eux, mais elle était bouleversée par la crise de larmes de sa nièce. « Bon... d'accord, se résigna-t-elle. Je vais rester. Si ton père n'y voit pas d'inconvénient. »

Zoé essuya ses pleurs avec la manche de son maillot de hockey, puis leva les yeux sur son père.

« Non, non, dit-il de mauvaise grâce. Ça m'est égal, du moment que tu arrêtes de pleurnicher. »

Zoé afficha un sourire rayonnant à travers ses larmes, puis elle fut prise d'une quinte de toux.

Alec saisit le verre de soda et le lui tendit. « Tiens, bois, et maintenant, conduis-toi raisonnablement. »

La fillette but une gorgée.

Lauren se mit debout, secouant ses cheveux bruns. « Bon, je vais y aller. Il faut que je fasse agrandir la photo de Greta pour demain. » Elle montra une enveloppe kraft. « Je l'apporterai le matin à l'église. Vous voulez que j'achète un cadre ?

— Non, c'est inutile, répondit Alec. On va l'installer sur un chevalet.

— Vous n'avez besoin de rien d'autre ? demanda la jeune fille.

— Non, non. »

Lauren se tourna vers Britt.

« Ravie d'avoir fait votre connaissance. Malgré les circonstances. Je vous verrai demain à la cérémonie.

— Oui.

— Au revoir, Zoé, conclut Lauren sans attendre de réponse.

— Je vous raccompagne à votre voiture », dit Alec, lui emboîtant le pas. Puis, comme s'il venait d'y penser, il s'adressa à Britt, évitant son regard : « Faites comme chez vous », dit-il.

Zoé leva sur sa tante des yeux luisants de bonheur. Britt se contraignit à sourire.

6

Courbés sous les rafales de neige, les gens du cortège s'engouffrèrent dans l'église et s'installèrent sur les bancs de bois pendant qu'un orgue jouait un cantique.

Britt s'attarda dans le calme et le silence de la sacristie, contemplant la grande photo de Greta qui, collée sur un carton, avait été installée sur un chevalet. Les changements intervenus chez sa sœur la sidéraient. Alec et Zoé avaient choisi une photo qui la représentait agenouillée dans son jardin, un bégonia en fleur dans une main, un déplantoir dans l'autre. Ses longs cheveux blonds étaient nattés et, par-dessus son épaule, elle jetait un regard légèrement surpris vers l'objectif, comme si elle avait été interrompue au milieu de sa méditation, et une lueur pensive brillait dans ses yeux. Elle était encore belle, comme au temps de sa jeunesse, mais son visage s'était aminci et elle avait l'air triste. C'était, pour Britt, une image difficile à supporter. Quand elles étaient petites, il y avait une photo semblable de leur mère dans son jardin qu'elles prenaient soin de cacher à leur père. La seule différence résidait dans l'expression. Celle de Greta était douce et rêveuse, tandis que celle de leur mère trahissait l'impatience et l'insatisfaction.

C'est avec soulagement qu'elle s'arracha à la contemplation de la photo quand on lui tapa légèrement sur l'épaule. Une femme élégante, grande et mince, vêtue d'un tailleur noir et accompagnée d'un homme tout aussi distingué qu'elle, la considérait avec perplexité.

« Excusez-moi, mais vous ne seriez pas Britt ? demanda-t-elle d'une voix mélodieuse.

— Si », répondit Britt, quelque peu étonnée.

On lui avait présenté plusieurs personnes ce matin, mais c'était la première fois qu'elle voyait ce couple.

« Oui, vous me rappelez en effet votre sœur, reprit l'inconnue. Non pas que vous lui ressembliez, mais dans vos attitudes, dans vos gestes. Elle me parlait beaucoup de vous. Elle était très fière de votre carrière à la télévision.

— Vous croyez ? Je ne savais pas. Est-ce que...

— Oh, pardonnez-moi. J'ai oublié de me présenter. Je suis Olivia Farrar, et voici mon mari, Wallace. Votre sœur travaillait pour moi depuis un certain nombre d'années.

— Ah oui, vous êtes la pédiatre. » Britt serra la main fraîche d'Olivia. « Enchantée de faire votre connaissance. »

L'idée que Greta ait pu être fière de sa réussite la stupéfiait.

« Nous sommes un peu en retard car j'ai eu une urgence. Voici mon fils, Derek, et mon petit-fils, Pete, dit Olivia à l'arrivée d'un homme de haute taille qui portait dans ses bras un enfant arborant un nœud papillon.

— C'est très gentil à vous d'être venus, dit Britt.

— Je ne sais pas comment ma mère va faire sans Greta, dit Derek. Maman, je vais emmener Pete. Il commence à devenir un peu trop remuant.

— Oui, va, mon chéri. » Olivia contempla la photo de Greta. « Quelle tragédie. Une femme si belle et si bonne. La seule consolation qu'on puisse avoir, c'est que ses souffrances sont enfin terminées.

— Ses souffrances ? s'exclama Britt. Qu'est-ce que vous voulez dire ? Elle était malade ?

— Je croyais que vous étiez au courant, s'étonna le Dr Farrar.

— Mesdames et messieurs, murmura l'ordonnateur des pompes funèbres, il faudrait aller prendre place. La cérémonie va commencer. »

Olivia prit le bras de son mari. « Allons-y, mon chéri. »

Britt l'arrêta.

« Attendez une seconde. Qu'est-ce que ces "souffrances" que vous avez mentionnées ?

— Cela n'a plus d'importance, maintenant, répondit la pédiatre. On ne peut plus rien pour elle. Viens, Wallace. »

Le couple s'éloigna à grands pas. Britt, l'air hébété, les suivit et s'avança jusqu'au banc au premier rang où Zoé était assise à côté de son père. Alec portait le costume gris à rayures que Lauren était allée chercher au pressing, une chemise noire et une cravate grise en satin. Ainsi vêtu, il avait une allure de gangster. Les bras croisés sur son large torse, il fixait le vide de ses yeux gris aux lourdes paupières. Zoé, quant à elle, était tassée sur le banc, habillée d'une parka rose aux manches trop courtes pour elle, tirée ce matin de l'un des cartons apportés par leurs généreux donateurs. Sa tête blonde inclinée reposait sur ses mains jointes.

Britt se pencha et lui demanda à l'oreille. « Je peux m'asseoir ?

— Bien sûr », répondit la fillette d'une voix sans timbre.

Elle se serra contre son père, le poussant un peu. Alec sursauta, comme s'il s'était endormi. Britt se glissa sur le banc et promena son regard autour d'elle. L'église était bondée. Naturellement, elle ne connaissait personne à l'exception de Lauren Rossi installée au quatrième rang et de Ray Stern, le chef de la police, qui se tenait debout au fond. La jeune femme se retourna, puis garda les yeux rivés devant elle pendant que le pasteur disait les prières et chantait des cantiques avant de monter se placer devant le lutrin pour demander si quelqu'un dans l'assemblée désirait prononcer quelques mots à la mémoire de la défunte.

Alec Lynch se pencha pour murmurer quelque chose à l'oreille de sa fille qui pleurait doucement. Zoé secoua pitoyablement la tête. Le silence régna dans l'église et, l'espace d'un instant, Britt craignit que personne ne prenne la parole. Elle savait qu'elle aurait dû le faire, mais elle n'avait rien préparé. Une femme d'aspect agréable, en corsage et jupe à motif de feuilles d'automne se leva et, avec un sourire crispé, se dirigea vers le lutrin.

« C'est Mrs. Dietz », souffla Zoé, étouffant un sanglot.

« Je m'appelle Joyce Dietz, se présenta la femme. Greta et moi, nous nous sommes connues par l'intermédiaire de nos filles. Kayley et Zoé sont amies depuis des années. Greta et moi faisions toujours les gâteaux ensemble pour les fêtes d'anniversaire, et c'était quelqu'un sur qui on pouvait compter en toutes circonstances. Elle adorait sa fille plus que tout, et elle voulait aussi changer le monde, ce que, d'une certaine manière, elle a réussi à faire. C'était le genre de personne à qui vous pouviez demander n'importe quoi, n'importe quel service. Elle aimait les gens et elle était toujours prête à les aider. Elle va terriblement me manquer et... » Elle n'acheva pas sa phrase et se hâta de regagner sa place, adressant au passage à Zoé un sourire baigné de larmes.

Le silence régna de nouveau dans l'église. Britt comprit alors qu'elle devait se résoudre à prendre la parole. Zoé la regardait. Elle se leva à contrecœur, ne sachant pas ce qu'elle allait dire, redoutant de craquer. Elle s'avança vers l'estrade. Agrippant le bord du lutrin de ses mains moites, elle contempla un moment la mer de visages qui lui faisait face.

« Je m'appelle Britt Andersen, commença-t-elle. Je... je suis la sœur de Greta. Nous étions autrefois très proches, mais nous sommes restées éloignées pendant des années, et c'était entièrement ma faute. » Elle s'interrompit, refoulant ses larmes. « Nous... j'ai laissé une stupide querelle ériger une barrière entre nous. Je me disais que nous aurions tout le temps de nous réconcilier... » Sa voix se brisa et elle fut un instant incapable de poursuivre. Se reprenant, elle continua : « Et maintenant, il est trop tard. Elle n'est plus là et il faudra que je vive avec mes remords. Je voudrais simplement dire aujourd'hui, en souvenir d'elle, que s'il y a un membre de votre famille à qui vous ne voulez plus parler pour une raison quelconque, réfléchissez-y à deux fois. Parce que, croyez-moi, le jour où vous ne pourrez vraiment plus lui parler, plus jamais, vous le regretterez peut-être amèrement. » Elle vit Alec lever la tête et la fixer. Elle détourna les yeux pour échapper à la lueur inamicale qu'elle lisait dans les siens. « Je tiens aussi à demander pardon à ma nièce pour avoir été absente durant toutes ces années. Je veux lui dire que je ne la décevrai plus jamais. Je le dois à ma sœur. Et je lui dois bien davantage, mais tout ce que je peux faire, c'est essayer dans la mesure du possible de lui ressembler. Et essayer de m'occuper de mon mieux de ma nièce pour compenser cette perte irréparable... »

Elle se hâta de regagner son siège. Le sang lui battait aux tempes, et elle entendit à peine l'intervenant suivant, un homme âgé qui, appuyé sur sa canne, raconta comment Greta, après la mort de sa femme, l'avait aidé en lui faisant ses courses et en lui rendant de nombreux services. Le pasteur demanda ensuite si quelqu'un désirait encore prendre la parole. Il lança un regard interrogateur à Alec.

Celui-ci soupira, baissa la tête, puis finit par se lever. Il se plaça devant le lutrin. La lumière du lustre faisait un halo au-dessus de ses cheveux bruns. « Je ne sais pas si je vais pouvoir... » Il prit une profonde inspiration. « J'ai épousé Greta alors que nous étions tous les deux très jeunes. Nous ne savions pas très bien ce que nous faisions, mais on se débrouillait. » Sa voix se brisa. Un murmure parcourut l'assemblée, tandis qu'il s'efforçait de poursuivre : « Je voulais veiller sur elle. Et j'ai essayé... » Il s'interrompit, ravalant ses larmes.

Une légère agitation se produisit vers le fond de l'église. Alec leva les yeux et Britt se retourna juste à temps pour voir une silhouette quitter son banc, dérangeant les gens au passage. Comment quelqu'un peut-il perturber un moment aussi poignant ? se demanda la jeune femme, interloquée. Alors que la personne en question atteignait l'allée centrale et se dirigeait vers la sortie, Britt reconnut Olivia Farrar. Ce doit être une urgence, songea-t-elle. On l'aura fait appeler. Elle ne pouvait cependant s'empêcher de penser à la remarque lancée au chef de la police par Alec. Il semblait que le docteur Farrar et lui ne s'entendaient pas au mieux, et c'était peut-être la raison de ce départ intempestif. Le Dr Farrar avait un visage fermé, glacial même, et dans la lumière, ses cheveux étincelaient comme de l'argent.

Alec attendit qu'elle soit sortie, puis il déclara brusquement : « Merci à tous pour votre générosité et pour votre présence qui nous sont d'un grand secours. » Il descendit de l'estrade. Le pasteur chanta quelques cantiques, prononça son homélie et la cérémonie s'acheva.

Les gens commençaient à mettre leurs manteaux quand le pasteur indiqua qu'il avait encore quelque chose à ajouter. « Avant que vous ne partiez, Alec et Zoé invitent tous ceux qui ont besoin de compagnie ou désirent témoigner leur soutien à la famille à se réunir chez leurs voisins, les Carmichael. Ils habitent à côté de chez... enfin là où les Lynch habitaient, et ils ont gentiment offert leur maison. Merci à tous d'être venus pour la cérémonie à la mémoire de notre sœur, Greta. Que le Seigneur vous bénisse... » Il fit le signe de croix, et les fidèles se dirigèrent vers la sortie.

Alors qu'elle se levait à son tour, Britt sentit la petite main de Zoé se glisser dans la sienne. Elle la serra fort et baissa les yeux sur sa nièce dont le visage était pâle, sillonné de larmes. « Je voulais parler de maman, mais je n'ai pas pu, dit la fillette.

— Tu sais, tout le monde a compris », la rassura sa tante.

En passant devant le quatrième rang, Britt vit Lauren qui paraissait attendre avec impatience de se joindre à la file aux côtés d'Alec.

« Aïe ! » s'écria soudain Zoé.

Britt se rendit compte qu'elle écrasait la main de l'enfant dans la sienne. Elle la lâcha et elles se trouvèrent séparées par la foule qui s'écoulait. Les rafales de neige avaient cessé, mais le ciel était toujours d'un blanc-gris aveuglant. Debout en haut des marches de l'église, Britt eut l'impression qu'on l'observait. Elle parcourut la foule du regard. Ses yeux s'arrêtèrent sur un jeune homme d'une beauté sauvage, au teint hâlé et aux cheveux blonds comme les blés coiffés avec une apparence de négligé d'une élégance parfaite. Le cœur de Britt se mit à battre plus vite. Il était vêtu d'une chemise à col ouvert et d'une veste de tweed, et on l'aurait cru tout droit sorti d'une publicité pour Ralph Lauren. Elle détourna la tête, mais elle sentit qu'il la suivait du regard tandis qu'elle descendait les marches.

Elle chercha Zoé et l'aperçut au pied de l'escalier à côté de son père. Alec, que Lauren ne lâchait pas d'une semelle, se tenait légèrement à l'écart et recevait les condoléances, une main posée sur l'épaule de sa fille comme pour la garder plantée là. Britt s'avança vers eux, mais elle n'avait pas fait trois pas qu'elle vit du coin de l'œil le beau jeune homme en veste de tweed s'approcher d'elle.

« Miss Andersen ? » demanda-t-il en s'inclinant légèrement.

Elle le considéra avec surprise. De près, il paraissait encore plus jeune. Jeune, viril et avide. Cela faisait bien longtemps qu'un homme ne l'avait pas dévisagée ainsi – comme s'il voulait la dévorer. C'était indiscutablement flatteur.

« Pardonnez-moi de vous importuner ainsi. Je m'appelle Dean Webster. Je travaille pour WGLC-Télévision.

On m'a dit que vous étiez la productrice de l'émission de Donovan Smith. »

Interloquée, elle fronça les sourcils.

« Qui vous l'a dit ?

— Vous savez, c'est difficile de garder un secret dans cette ville. » Il sourit et ses dents blanches étincelèrent dans son visage bronzé. « Dès qu'une célébrité débarque, tout le monde est courant.

— Je ne suis pas une célébrité, répliqua-t-elle.

— En tout cas, je suis un fan de l'émission. Je tenais à vous le dire.

— Merci.

— Je sais que vous êtes la sœur de Mrs. Lynch. J'aimerais que vous m'accordiez quelques minutes pour une interview. »

Un journaliste en quête d'informations, pensa Britt, quelque peu embarrassée à l'idée d'avoir pensé qu'il avait pour elle autre chose qu'un intérêt professionnel. « Le moment ne me semble guère s'y prêter.

— Puis-je vous appeler ? Vous avez un numéro de téléphone ?

— C'est moi qui vous appellerai, dit-elle d'un ton ferme.

— Je compte sur vous. » Il tira une carte de la poche intérieure de sa veste. « C'est une sacrée histoire. J'attends votre coup de fil avec impatience. »

Alec se dirigea vers eux, l'air sombre.

« Mr. Lynch, dit le reporter, je suis navré pour votre femme. Pouvons-nous avoir un entretien...

— Non, aboya Alec. Vous êtes pire qu'un vautour.

— Je ne fais que mon travail », se défendit Dean, et il partit, adressant un clin d'œil à Britt.

« J'espère que vous refuserez de lui parler », dit Alec.

La jeune femme ignora sa remarque. « Vous vouliez me dire quelque chose ? » demanda-t-elle.

Alec jeta un regard noir sur le journaliste qui s'éloignait, puis il se tourna vers Britt. « Je présume que vous avez entendu. Nos voisins invitent tout le monde chez eux. Ils ont une belle maison. Lui, c'est un grand avocat. C'est l'homme qui a sauvé Zoé...

— Je sais. Et c'est très gentil de leur part. De toute façon, comme on ne va pas au cimetière... À propos, où allez-vous enterrer Greta quand la police vous aura remis son corps ? »

Alec secoua la tête.

« Pas d'enterrement. Elle sera incinérée. »

Britt ne put dissimuler sa surprise. Incinérer une personne morte dans un incendie lui paraissait absurde, déplacé. « C'est ce que Greta désirait ?

— Nous n'en avions jamais parlé, répondit Alec en haussant les épaules. Vous savez ce que c'est. Nous nous imaginions avoir des années devant nous pour y penser.

— Mais est-ce que, pour Zoé... il ne faudrait pas qu'il y ait une pierre tombale ? Un endroit où elle puisse aller...

— Quoi, rendre visite à sa mère ? demanda-t-il avec sarcasme. Sa mère est morte. Je ne vois pas en quoi une pierre tombale pourrait lui apporter une quelconque consolation.

— Comment le savez-vous ? Vous avez demandé à Zoé ce qu'elle voulait ? »

Lauren s'était approchée et se tenait à quelques pas d'Alec. Elle portait une espèce de doudoune en fausse fourrure par-dessus un top en dentelle noire, un pantalon noir et des chaussures à plate-forme. « Alec essaie simplement de faire pour le mieux, dit-elle, prenant sa défense.

— Laissez, Lauren. Je me débrouille très bien. » Il se tourna vers Britt. « Vous pouvez laisser votre voiture ici et monter avec nous jusque chez les Carmichael.

— Non, merci, répondit Britt. Je préfère la prendre.

— Vous ne savez même pas où c'est.

— Je trouverai.

— Bon, fit Alec. Zoé, tu viens ? »

Britt se retourna. Zoé était entourée d'un groupe de préadolescents respectueux qui la contemplaient avec un mélange de pitié et d'admiration, comme s'ils s'efforçaient de se mettre à sa place et que leurs vies aussi avaient été bouleversées à la suite d'un dramatique coup du sort.

7

Après avoir suivi la limousine noire de l'église jusque chez les Carmichael, Britt entra dans la maison pratiquement sur les talons de Zoé et d'Alec. À l'intérieur, des groupes de gens vêtus de sombre devisaient à voix mesurées. Zoé et Alec se trouvèrent aussitôt entourés d'amis qui les embrassèrent en leur exprimant leurs condoléances. Britt ne se sentait pas du tout à sa place. Une belle femme aux cheveux couleur de miel s'avança vers elle, vêtue d'une robe sans manches bleu marine qui mettait en valeur ses bras lisses aux muscles déliés. « Vous devez être Britt. Je suis Caroline Carmichael. »

Britt lui adressa un sourire empreint de reconnaissance.

« Ah, oui. Enchantée. C'est tellement gentil de votre part d'avoir invité tout le monde. Surtout que votre mari, m'a-t-on dit, vient juste de sortir de l'hôpital.

— Je l'ai fait avec grand plaisir, répondit Caroline. Et votre sœur aurait fait la même chose pour moi. » La jeune femme eut un petit sourire fugitif. « Je suppose que vous connaissez tout le monde ici.

— En fait, non. Je n'ai été présentée qu'à très peu de personnes. C'est la première fois que je viens à Coleville.

— J'ai entendu ce que vous avez dit à l'église, reprit Caroline. Votre sœur et vous... vous ne vous parliez pas souvent, si j'ai bien compris.

— Presque jamais, en réalité, je dois l'avouer. »

Caroline se détendit un peu.

« C'était quelqu'un d'absolument adorable.

— Je sais », dit Britt.

Elle promena son regard autour d'elle dans l'espoir d'apercevoir le Dr Farrar. Elle aurait voulu avoir des précisions sur ces « souffrances » auxquelles la pédiatre avait fait allusion mais, selon toute apparence, elle n'était pas là. « Vous étiez très amie avec elle ? demanda-t-elle.

— Nous ne nous connaissions pas depuis assez longtemps », répondit Caroline après une seconde d'hésitation.

Britt se rendait compte qu'elle était censée se mêler à la foule et aller se présenter, mais elle n'en avait guère envie. « Comment va votre mari ? » demanda-t-elle à Caroline, cherchant à gagner du temps.

La jeune femme soupira. Malgré ses cheveux brillants et son teint de pêche, elle avait un air défait. « Heureusement, ce n'est pas aussi grave qu'il y paraissait. Il s'en tire avec quelques côtes cassées, mais il a beaucoup de mal à marcher. Je lui ai installé un lit dans son bureau en attendant. Ce n'est pas très confortable, mais comme il est incapable de monter les escaliers, il n'y avait pas d'autre solution. C'est un malade insupportable. Il n'arrive pas à se tenir tranquille.

— Ça ne doit pas être facile pour vous.

— Non, et surtout avec un bébé en route », dit Caroline.

Britt jeta un coup d'œil sur la silhouette mince dont la petite robe bleu marine épousait les formes. Si elle était enceinte, ce ne devait pas être depuis bien longtemps.

À cet instant, Zoé se précipita vers elle. « Tante Britt », dit-elle, souriante.

Britt eut l'impression qu'elle venait à sa rescousse. Elle enlaça les épaules de la fillette. « Comment ça se passe ?

— Très bien », répondit Zoé. Puis elle se tourna vers

Caroline. « Je peux voir Mr. Carmichael ? Je voudrais lui dire merci. Il m'a sauvé la vie.

— Naturellement », dit Caroline.

Elle les précéda dans le couloir, puis à travers la salle à manger où l'on se pressait autour d'un buffet froid. Zoé dit poliment bonjour en passant. Après quoi, Britt et elle pénétrèrent dans un petit salon à la suite de Caroline. La télévision hurlait et, affalée dans un canapé, les pieds en chaussons posés sur une chauffeuse, il y avait une fille visiblement enceinte. Elle avait un visage rond et large, des yeux bleus, des cheveux teints en blond noués en queue de cheval, et elle portait une robe de grossesse décorée de canards et de vaches. Le regard rivé sur l'écran, elle grignotait une barre chocolatée.

« Bonjour, Vicki, dit timidement Zoé.

— Vicki, lança Caroline d'une voix suppliante. Baissez un peu le son, nous avons du monde à la maison. Je vais vous chercher une pomme. Il y en a dans la salle à manger. Si vous voulez, je vous l'éplucherai et je vous la couperai en quartiers. »

La fille s'arracha à la télévision et leva la tête. « Salut, Zoé. C'est drôlement triste pour ta mère. Je voulais venir, mais j'ai les pieds enflés. » Elle se tourna vers Caroline. « J'ai pas envie de pomme, dit-elle d'une petite voix acide. Mais vous pourriez peut-être m'apporter à boire ? ajouta-t-elle avec un large sourire.

— Du lait ? » demanda Caroline, d'un ton plein d'espoir.

Vicki cassa un bout de sa barre chocolatée, puis l'enfourna. « Plutôt une petite tasse de café, dit-elle, la bouche pleine. Noir, s'il vous plaît. Tu en veux, Zoé ? Tu sais, elle ira t'en chercher. »

Zoé refusa d'un signe de tête.

« Britt, je vous présente Vicki Manfred, dit enfin Caroline. C'est notre... notre invitée. Vicki, voici la tante de Zoé.

— Où est Mr. Carmichael ? demanda Zoé.

— Dans son bureau, répondit Caroline.

— Il est avec le chef de la police », annonça Vicki de sa voix enfantine.

Zoé alla s'installer sur le canapé à côté de la jeune fille. Kirby, le chat, sauta pour se nicher entre elles. « J'avais commencé à te tricoter une écharpe, dit Zoé. Mais elle a brûlé dans l'incendie.

— C'était très gentil.

— La dame du magasin m'a donné de la laine gratuite. Comme ça, je vais pouvoir t'en refaire une. »

Caroline observa un instant la fillette qui caressait le chat. « Comment va-t-elle ? glissa-t-elle à l'oreille de Britt.

— Apparemment bien, répondit celle-ci avec une moue. Mais je ne sais pas... je ne connais pas tellement les enfants.

— Je ne pourrai pas vraiment vous aider, parce que moi non plus. Ce sera mon premier, dit-elle avec un coup d'œil en direction de Vicki.

— Votre premier ? s'étonna Britt.

— Oui, excusez-moi, je ne vous l'ai pas dit. Nous allons adopter le bébé de Vicki à sa naissance.

— Ah bon. »

La porte du bureau s'ouvrit soudain et Ray Stern apparut sur le seuil. Il aperçut Britt et sourit. « Miss Andersen, ravi de vous revoir.

— Merci. Comment allez-vous ?

— Fort bien. Maintenant, il faut que je retourne travailler. Merci de m'avoir reçu, Mrs. Carmichael.

— De rien. Zoé, tu peux entrer à présent, dit Caroline. Je sais que Kevin désirait te voir.

— Hé ! se plaignit Vicki. Et mon café ?

— Vous ne pouvez pas attendre une seconde ? » répliqua sèchement Caroline. Puis, changeant de ton, elle reprit : « Bon, bon, je vais le chercher.

— Vas-y, ma chérie, je te rejoins, dit Britt à Zoé. Mr. Stern, je pourrais vous parler un instant ? »

Le chef de la police se retourna et la considéra d'un air interrogateur.

« Oui, miss Andersen ? »

La jeune femme repensa à la remarque du Dr Farrar dans la sacristie.

« Vous savez si on a découvert quelque chose... au cours de l'autopsie, un signe de maladie ? »

Ray haussa les épaules.

« Je n'ai pas encore reçu le rapport. Je devrais l'avoir demain. Vous pouvez passer à mon bureau si vous souhaitez connaître les résultats.

— Oui, si ça ne vous dérange pas.

— Ce sera avec plaisir. » Il lui serra la main. « Bon, je ferais mieux d'y aller. À demain, donc. »

Par la fenêtre, Britt le regarda se diriger vers sa voiture. Elle profiterait de l'occasion pour l'interroger sur les circonstances de l'incendie. Au moment où elle posait la main sur la poignée de la porte du bureau, elle entendit derrière elle une voix lui souffler :

« Quand vous le verrez, dites-lui qu'ils se sont disputés ce soir-là. »

Le sang de Britt se glaça. Elle se retourna d'un bloc. Vicki avait toujours le regard rivé sur l'écran.

« Qui ça ? demanda-t-elle d'une voix mal assurée.

— Les parents de Zoé. Ils s'engueulaient.

— Le soir de l'incendie ? »

D'où elle était, la jeune femme apercevait Alec qui, dans la pièce d'à côté, souriait et discutait avec plusieurs personnes. « Vous êtes sûre ? Vous les avez vus ? »

Vicki haussa les épaules, toujours sans quitter la télévision des yeux.

« Non, mais je les ai entendus.

— Qu'est-ce qu'ils disaient ? Vous êtes certaine que c'était eux ?

— Oui, certaine. Il y avait sa Mercedes. Je ne pouvais pas distinguer les paroles, mais je peux vous garantir qu'ils criaient.

— Qui est-ce qui criait ? demanda Caroline qui revenait dans le salon, une tasse de café à la main.

— Vicki dit qu'elle a entendu ma sœur et Alec se disputer le soir de l'incendie.

— C'est vrai ? Mais qu'est-ce que vous fabriquiez là-bas à les espionner ?

— Je ne les espionnais pas, se défendit Vicki avec irritation. J'étais juste sortie prendre un peu l'air, et j'ai été me promener du côté de chez eux. J'ai le droit ou bien est-ce que je suis prisonnière dans cette maison ?

— Vicki, vous êtes injuste », protesta Caroline.

Britt fronça les sourcils.

« Mais je croyais qu'ils s'entendaient bien.

— Vous savez, je suppose qu'il arrive à tous les couples de se quereller, affirma Caroline.

— Oui, mais pas comme ça », dit Vicki.

Caroline, préférant sans doute changer de sujet, invita Britt à entrer dans le bureau.

Avant de pousser la porte, la jeune femme jeta un coup d'œil par-dessus son épaule à Vicki qui semblait avoir déjà oublié sa présence, tandis que Caroline s'excusait et allait rejoindre un groupe d'invités près du buffet. Mrs. Carmichael était une amie de Greta, songea Britt. Et, à l'évidence, elle n'attache pas grande importance à cette histoire de dispute. Elle a peut-être raison, mais pourquoi Alec n'en a-t-il rien dit au chef de la police quand ce dernier lui a demandé s'il s'entendait bien avec sa femme ? C'était peut-être à cause de ça que Greta dormait dans la chambre d'amis.

S'efforçant de remettre de l'ordre dans ses pensées, Britt pénétra dans le vaste bureau dont les murs étaient couverts de diplômes encadrés et de rayonnages croulant sous les ouvrages de droit. On avait installé un lit au milieu de la pièce où reposait un homme au teint rubicond, en pyjama bleu ciel, les jambes enfouies sous une couverture. D'un physique plutôt banal, il avait des cheveux blond vénitien coupés en brosse et son regard, bien que terni par la douleur, reflétait indiscutablement l'intelligence.

Zoé, debout à ses côtés, lui tenait la main. Elle se retourna et sourit à Britt. « C'est ma tante, dit-elle. Elle travaille à la télé. Lui, c'est Mr. Carmichael.

— Ravi de vous rencontrer, madame la tante de Zoé. »

Britt se présenta et serra la main de Kevin que Zoé accepta à contrecœur de lâcher l'espace d'une seconde. « Je tenais à vous remercier d'avoir sauvé la vie de ma nièce, dit-elle. C'était un acte infiniment courageux de votre part. »

Une expression de tristesse naquit sur le visage de Kevin. « Je regrette de n'avoir rien pu faire pour votre sœur...

— Je vous suis reconnaissante d'avoir essayé. Croyez-moi... »

Un silence embarrassé régna un instant dans la pièce, puis Britt reprit : « Mon beau-frère m'a dit que vous étiez avocat.

— Oui, avocat au criminel. J'exerçais à Boston.

— Quelle coïncidence ! J'habite justement Boston. »

Il la considéra d'un air circonspect. « C'est vrai ?

— Je suis originaire de la côte Ouest, mais je n'y ai pas vécu longtemps. Ça doit vous changer de vous retrouver dans une petite ville comme celle-là, dit Britt.

— Vous savez, je dois prendre ce qui se présente, reconnut-il. La plupart des crimes ici s'apparentent plutôt à de simples infractions. »

Zoé les interrompit brusquement : « Je peux m'asseoir ? »

Britt se retourna. La fillette était toute pâle. « Ça ne va pas ?

— Non, pas très bien.

— Oui, ça se voit, dit Kevin avec bienveillance.

— Je pense qu'il est temps de rentrer à la maison », dit Britt.

Elle s'attendait à ce que la fillette proteste, mais Zoé se borna à hocher piteusement la tête. « Oui, peut-être », dit-elle.

Une voix perçante s'éleva soudain, provenant de la pièce adjacente : « Arrêtez de me dire tout le temps ce que je dois faire ! J'en ai marre de vous ! Je vous déteste ! » Britt identifia aussitôt la voix de Vicki, bien qu'elle ne ressemblât guère au ton puéril qu'elle avait employé jusqu'à présent. Une porte claqua, puis une autre.

« Mon Dieu, fit Kevin avec un soupir. Voilà que ça recommence. »

La porte du bureau s'ouvrit et Caroline demeura plantée sur le seuil, l'air désespéré. « Kevin, elle est partie furieuse. Tout ce que j'ai fait, c'est lui demander de boire un peu de lait.

— Nous devons rentrer, déclara fermement Britt.

— Mais vous n'avez rien mangé, protesta Caroline.

— Je sais, mais la journée a été longue pour Zoé. Merci encore d'avoir tout organisé.

— Ça va bientôt être terminé, dit Caroline. La plupart des gens sont déjà rentrés chez eux. » Elle s'approcha de la fenêtre et regarda dehors. « Où Vicki peut-elle être allée ? Mon Dieu, j'espère qu'elle ne s'est pas remise à fumer. Elle ne peut quand même pas s'attendre à ce que je la laisse empoisonner mon enfant.

— Je suis enchanté d'avoir fait votre connaissance, dit Kevin à Britt. Zoé, tu dois prendre les choses calmement, maintenant. Et ne pas oublier que tu as des amis qui t'aiment. »

La fillette baissa timidement la tête.

« D'accord, murmura-t-elle d'une petite voix tremblante. J'espère que vous serez vite guéri.

— Merci encore, dit Britt, pilotant sa nièce vers la porte.

— Si jamais vous voyez Vicki en train de fumer... », dit Caroline, le doigt levé.

Kevin se tourna vers sa femme.

« Caro, ma chérie, il faut que tu la laisses un peu tranquille. Tout ira bien pour le bébé. Ce n'est pas un verre de lait de plus ou de moins, ni même une cigarette, qui changera quelque chose. »

Britt récupéra leurs manteaux, puis elles s'avancèrent

vers Alec, plongé dans une discussion avec un vieil homme coiffé d'une casquette pied-de-poule.

« Excusez-moi, Alec, dit Britt. Je pense qu'il serait préférable que je ramène Zoé à la maison. Elle ne se sent pas bien. »

Alec examina sa fille d'un air soucieux et posa une main sur son front.

« Qu'est-ce que tu as, ma chérie ?

— J'ai un peu mal au ventre.

— Si tu veux bien attendre une ou deux minutes, ma chérie, je vais te ramener. Il me reste juste quelques personnes à remercier. »

Zoé haussa les épaules.

« Tante Britt peut me ramener.

— Ça ne vous dérange pas ? demanda Alec.

— Pas du tout, au contraire, répondit Britt avec un faible sourire. À tout à l'heure. »

Elle s'apprêtait à partir quand elle aperçut Lauren qui, assise seule dans un coin, ses jolies jambes croisées bien haut, agitait impatiemment un pied chaussé d'une sandale à plate-forme.

8

« Viens, Zoé », dit Britt. Avant d'atteindre la porte, la fillette dut encore subir les témoignages de sympathie de quelques personnes, ce qui la mena de nouveau au bord des larmes. Britt voulut remonter la fermeture Éclair de la parka rose de sa nièce, mais elle se coinça et Zoé se dégagea d'un geste impatient.

Le ciel était gris, il faisait froid, mais toutes deux respirèrent avec bonheur l'air du dehors. Vicki, le visage fermé, fixant le vide devant elle, était assise à la table de pique-nique derrière la maison. Elle leur décocha un regard noir.

« Qu'est-ce qui s'est passé, Vicki ? demanda Zoé.

— Ne fumez pas. Ne buvez pas de soda. Mangez vos légumes, fit la jeune fille, imitant Caroline. Elle me traite comme si j'avais cinq ans. Des exercices, des vitamines et, en plus, elle me colle sur le ventre des haut-parleurs qui déversent une horrible musique... Il n'y a que le bébé qui compte. J'en ai ras-le-bol. Je n'attends qu'une chose, c'est que tout ça soit terminé et que je puisse fiche le camp d'ici, acheva-t-elle avec un soupir, reprenant sa petite voix enfantine normale.

— Tu vas beaucoup me manquer, dit Zoé. Kirby et toi.

— Merci, dit Vicki. Tu es une brave gosse.

— Pourquoi tu ne viendrais pas un peu... chez nous ? » proposa la fillette.

Britt ne tenait pas à se mêler des histoires entre Vicki et Caroline. Elle chercha une manière diplomatique de se tirer d'embarras. « Zoé, tu n'es pas bien et la journée a été dure pour toi. En plus, tu sors à peine de l'hôpital.

— C'est vrai, approuva Vicki. Je viendrai une autre fois.

— Bon, bon », fit Zoé, déçue.

Kirby, sautant du tas de bois sur lequel il s'était perché, s'approcha de la table de pique-nique. L'expression de Vicki s'adoucit cependant que le chat bondissait sur le banc à côté d'elle et entreprenait de renifler sa veste. « Oui, d'accord, viens sur mes genoux, dit-elle de mauvaise grâce.

— Il faut qu'on y aille », fit Britt, profitant de l'occasion. Zoé s'attarda le temps de distribuer une dernière caresse au chat.

Elles venaient de quitter l'allée de chez les Carmichael et s'engageaient dans un virage, juste après un champ brun couvert de plaques de neige, quand Zoé s'écria soudain : « Arrête-toi ! »

Pensant que la fillette avait envie de vomir, Britt s'exécuta aussitôt.

« Qu'est-ce qu'il y a ?

— C'est là », lâcha Zoé dans un souffle, le visage collé contre la vitre.

Britt suivit la direction de son regard. Derrière un rideau d'arbres, on apercevait un enchevêtrement de poutres calcinées auxquelles pendaient des débris de plâtre ainsi que des bardeaux noirs de suie encore accrochés à un pan du mur de ce qui avait été une maison. De minces volutes de fumée grise s'élevaient des cendres et des décombres, tandis que la puanteur âcre de l'incendie emplissait l'atmosphère. Quelques hommes en casque et salopette sale chargeaient les gravats dans un camion-benne. Un autre, en blouson gris, portant un masque, enjambait ce qui restait du premier étage. Britt contemplait ce triste spectacle avec incrédulité. Elle revoyait la carte de Noël. La famille idéale. La maison idéale.

Avant que la jeune femme ait pu l'en empêcher, Zoé ouvrit sa portière et dévala le petit talus, se précipitant vers ce qui avait été sa maison. Britt descendit à son tour et la suivit. L'enfant s'arrêta devant le ruban jaune que la police avait mis pour interdire l'accès des lieux, à quelques pas des ruines fumantes. Quand Britt la rejoignit, elle tremblait de la tête aux pieds.

Elle lui tapota maladroitement l'épaule pour essayer de la réconforter, puis regarda autour d'elle. Greta était morte ici, prisonnière de sa maison idéale. Britt se rappela soudain le jour où, rentrant du collège, elle avait trouvé sa sœur qui, perchée sur une échelle, repeignait le chambranle d'une des fenêtres de la demeure où elles avaient grandi. *Pourquoi tu fais ça ?* avait-elle demandé. Se penchant en arrière pour admirer son travail, Greta avait répondu : *Au cas où maman revienne. Je veux que tout soit beau pour elle.*

« J'ai perdu tout ce que j'avais », murmura Zoé qui, se cachant le visage dans ses mains, se mit à sangloter, tandis que les larmes coulaient le long de ses doigts et de ses poignets.

« Zoé, viens, il vaut mieux qu'on s'en aille », dit Britt.

L'enfant continua à pleurer sans bruit, comme si elle n'avait pas entendu.

« Rentrons chez ton père. Allez, viens. Si tu veux, on reviendra une autre fois.

— Puis-je vous être utile ? »

L'homme au blouson gris enleva son masque, sauta par-dessus ce qui restait des fondations de la ferme et s'avança vers elles.

« On voulait juste regarder, répondit Britt.

— Bon, mais n'approchez pas davantage. C'est un chantier dangereux ici. »

Britt passa un bras protecteur autour des épaules de sa nièce.

« Cette petite fille est une rescapée de l'incendie. C'était sa maison. »

Une lueur de compassion brilla dans les yeux de l'inconnu qui venait de comprendre qu'il avait affaire à l'enfant dont la mère était morte dans les flammes. « Je suis désolée, ma chérie », dit-il gentiment à Zoé. Il ôta son gant et tendit la main à Britt par-dessus le ruban jaune. « Je m'appelle Todd Griswold. Je suis l'enquêteur des pompiers. »

Britt lui serra la main.

« Je suis Britt Andersen, la sœur de la femme qui a péri dans la maison. »

L'homme inclina la tête, puis se tourna vers les décombres.

« C'était un fichu incendie. »

Zoé renifla, sécha ses pleurs, puis tâcha de se reprendre.

« Il reste des choses ? demanda-t-elle d'une toute petite voix. Des affaires ?

— Pas dans la maison, ma chérie, répondit Griswold. Tu sais, entre le feu et les tonnes d'eau... Il y a une grange derrière. Là, par contre, si tu avais des choses à toi dedans... »

L'enfant secoua la tête avec tristesse.

« On avait tout débarrassé parce que papa voulait en faire une écurie. Pour un cheval. Le mien. Il y a peut-être juste ma vieille luge et mes patins à glace. » Elle interrogea sa tante du regard. « Je peux aller voir si je les trouve ?

— Il n'y a pas de danger ? s'inquiéta Britt.

— Non, non, répondit Griswold. Simplement, qu'elle n'approche pas des ruines et des hommes qui travaillent. »

Zoé se dirigea vers la grange en décrivant un large cercle pour éviter la maison.

« Qu'est-ce que vous faites exactement ? demanda Britt.

— Je réunis le maximum d'éléments pour l'enquête, répondit Griswold.

— L'enquête ? s'étonna la jeune femme. À quel propos ? Je croyais que vous saviez comment le feu s'était déclaré. »

Griswold hésita :

« C'est-à-dire que je ne peux pas trop en parler. »

Britt s'interrogea un instant. Au fil des ans, elle avait découvert, sans grand plaisir en vérité, qu'il existait un moyen infaillible d'amener les gens à divulguer pratiquement n'importe quelle information confidentielle. Elle décida donc de jouer l'atout qu'elle gardait toujours dans sa manche :

« Vous savez, j'essaie simplement de me faire une idée claire. Je suis productrice d'une émission de télévision et nous préparons un sujet sur les consignes de sécurité en cas d'incendie. J'envisage d'ajouter une touche personnelle. Vous comprenez, ma sœur étant morte dans un incendie...

— Une émission de télévision ?

— Oui. Mi-documentaire, mi-débat. Sur la chaîne de Boston pour laquelle je travaille.

— Vous viendriez tourner ici ? demanda-t-il.

— Oui, naturellement. Notre correspondant local s'en chargera. »

Griswold réfléchit.

« Ce devrait être une émission intéressante.

— Je l'espère bien. » Britt marqua une pause. « Le chef de la police m'a parlé d'une bougie qui aurait déclenché l'incendie. »

Griswold, manifestement séduit par l'idée de paraître à la télévision, sembla tout à coup ne plus répugner à livrer les conclusions auxquelles il était parvenu. « En effet. D'après les traces de cire que nous avons retrouvées, il y avait une bougie posée par terre dans la chambre du premier où dormait votre sœur et elle aura sans doute mis le feu aux rideaux.

— Je présume que ce genre de choses peut se produire assez facilement. » Britt contempla les décombres fumants de la maison. « Mais on a du mal à imaginer qu'on puisse encore trouver des indices au milieu de telles ruines. Il ne reste vraiment pas grand-chose.

— Vous savez, tous les indices ne disparaissent pas. Tenez, prenez la manière dont la maison a brûlé. Les flammes se propagent selon un schéma bien établi. Elles jaillissent vers le haut, formant une espèce de V, vous voyez ? »

Il désigna les vestiges carbonisés du premier étage. Britt fit comme si elle comprenait, mais pour elle, ce n'était qu'un enchevêtrement de poutres noircies.

« C'est la pointe du V qui nous l'indique, reprit Griswold.

— Qui vous indique quoi ?

— Le point le plus bas, l'origine. Ensuite, le feu aurait dû se déplacer horizontalement et se propager à travers tout l'étage, mais comme vous pouvez le constater, les flammes ont envahi tout de suite le rez-de-chaussée. »

Britt fronça les sourcils.

« Mais pourquoi ?

— Un propagateur de feu. Elles l'ont suivi le long du plancher, puis le long des murs. »

Un frisson passa dans le dos de la jeune femme.

« Un propagateur ? dit-elle dans un souffle.

— Oui. J'en ai découvert une flaque au sous-sol. Passé à travers les lattes disjointes du plancher. C'est normal dans ces vieilles maisons. Du diluant à peinture. Nous avons retrouvé des pots renversés dans la chambre.

— En effet, dit Britt, se rappelant la question posée à Alec par le chef de la police. Il semblerait que ma sœur avait entrepris de repeindre les encadrements de portes. Il y avait des pots de peinture et de white spirit. Je suppose que c'est pour ça que le feu s'est propagé si vite.

— Ouais, fit Griswold. C'est comme ça qu'ils ont fait. »

Britt le dévisagea, les yeux écarquillés.

« Pardon ?

— Oui, ceux qui ont mis le feu. »

Il la considéra d'un air surpris, comme s'il venait de réaliser qu'elle n'avait pas compris les déductions auxquelles il était arrivé.

« Excusez-moi, reprit la jeune femme. Mais je ne vois pas en quoi cela prouve que quelqu'un aurait mis volontairement le feu. Les pots ont peut-être été renversés au début de l'incendie. Il faisait nuit et ma sœur, paniquée par la fumée et les flammes, aurait très bien pu buter dessus et les renverser, de sorte que le white-spirit se serait infiltré à travers le plancher.

— Ç'aurait été effectivement possible, mais il y a deux éléments qui rendent cette hypothèse improbable. D'abord, à en juger par les traces que nous avons analysées, le diluant a été projeté sur les murs et les meubles de la pièce. Et ensuite, le corps de votre sœur était sur le lit. »

L'espace d'un instant, Britt vacilla et crut qu'elle allait s'évanouir. Griswold lui saisit le bras. « Ça ne va pas ?

— Vous me laissez entendre que c'était un incendie criminel ? murmura-t-elle. Que quelqu'un a mis délibérément le feu ?

— Oui, répondit-il, un peu étonné. Sans aucun doute.

— Vous ne pouvez pas en être sûr !

— Si, j'en suis sûr. C'est mon métier. De plus, le quelqu'un en question a pris soin de débrancher les détecteurs de fumée. Le coupable, quel qu'il soit, ne désirait pas laisser la moindre chance à votre sœur. »

9

« MON Dieu », fit Britt dans un souffle.

Griswold demeura impassible.

« Oui, je crains bien que...

— Mais pourquoi... » La jeune femme s'efforça de saisir toutes les implications de ce qu'elle venait d'apprendre. « Pourquoi aurait-on voulu la... les tuer ?

— Vous savez, j'ignore tout des motifs du criminel, mais il est évident que l'incendie a été déclenché dans le but de tuer votre sœur. Elle était dans la chambre où le feu a pris, et nous n'avons repéré aucune trace de propagateur dans les autres pièces, sauf là où il avait goutté au rez-de-chaussée et au sous-sol. Naturellement, une fois qu'un feu pareil se répand, la vie de tous les occupants de la maison est en danger. »

Zoé apparut soudain, revenant de la grange. Elle traversa la pelouse, portant ses patins à glace blancs. « Tante Britt, j'ai retrouvé mes patins, cria-t-elle.

— C'est très bien », fit distraitement la jeune femme en regardant sa nièce approcher.

Avec ses manches trop courtes et son appareil dentaire, Zoé était encore une enfant. Pourquoi aurait-on voulu la faire disparaître ?

« Bon, je vais me remettre au travail, déclara alors Griswold.

— Merci, murmura Britt. Merci de m'avoir mise au courant.

— De rien. » Il prit une carte de visite dans sa poche et la tendit à Britt. « Quand vous enverrez votre équipe, appelez-moi à ce numéro.

— Pardon ? »

Griswold la regarda d'un air soupçonneux. « Pour l'émission de télévision, lui rappela-t-il.

— Ah oui, bien sûr. Excusez-moi... je suis un peu sous le choc. Ne vous inquiétez pas, je vous appellerai. »

Elle examina un instant la carte, puis la fourra dans son sac.

Zoé s'arrêta à côté d'elle et eut un petit sourire incertain. « Au moins, il me reste quelque chose », dit-elle.

Britt écarta doucement une mèche qui tombait sur le front de la fillette. Elle avait la peau pâle, lisse et souple, une peau si jeune, sans la moindre trace d'acné. Pourquoi aurait-on voulu supprimer une vie qui venait tout juste de commencer ?

« Maman aimait bien me regarder patiner. Elle disait que j'étais la poésie en mouvement. »

Britt contempla sa nièce avec tristesse. « Tu as vraiment tout perdu dans cet incendie », dit-elle.

Zoé prit la remarque au sens littéral. « Non, pas tout. J'ai récupéré mes patins.

— Je vais t'emmener faire des courses, dit Britt. On t'achètera des affaires neuves. Qu'est-ce que tu en penses ? »

La fillette pâlit. « Peut-être... mais pas maintenant. »

Britt nota alors qu'elle avait de larges cernes sous les yeux. « Non, bien entendu, pas maintenant. C'était stupide de ma part de te le proposer. Rentrons, que tu puisses te reposer un peu.

— D'accord. »

Zoé se mit aussitôt à courir vers la voiture comme si elle avait le diable aux trousses. Elle ouvrit la portière, jeta les patins sur le siège arrière, puis alla s'installer à l'avant.

Britt, le regard rivé sur les ruines calcinées de la maison, avait l'impression d'être à jamais figée sur place.

Todd Griswold, agenouillé, fouillait parmi les cendres à la recherche de nouveaux indices. Il agissait méthodiquement, scientifiquement. La jeune femme se sentait comme écrasée, tandis qu'une voix intérieure lui hurlait dans la tête : « Pourquoi ? pourquoi ? » Penser à l'incendie comme à un accident, une bougie restée allumée, un rideau qui s'agite, c'était horrible, épouvantable, mais on pouvait comprendre. Par contre, l'idée de quelqu'un ayant tout manigancé dans le but de les tuer...

Elle fut prise d'un tremblement incontrôlable. S'arrachant au spectacle des décombres noircis qui lui rappelaient impitoyablement le sort funeste de Greta, elle se précipita à son tour vers la voiture et se glissa au volant. Zoé était tassée sur le siège à côté d'elle, les yeux fermés. Ses cils effleuraient sa peau diaphane.

Passant le bras avec précaution derrière sa nièce endormie, elle lui attacha sa ceinture de sécurité pardessus sa parka rose. Qui pourrait en vouloir à la vie de cette gamine ? Qui pourrait regarder ce doux visage et n'y voir qu'un problème à éliminer, un obstacle à écarter ? L'enfant unique de Greta. Quelqu'un avait voulu les tuer toutes les deux, mais Zoé avait survécu.

La fillette sursauta, ses paupières s'entrouvrirent puis se refermèrent aussitôt.

« Dors », lui murmura Britt en appuyant sur le bouton qui condamnait les portières de l'intérieur. Puis, d'un doigt, elle repoussa la mèche qui était retombée sur le front de sa nièce endormie. Les traits de Zoé paraissaient parfaitement détendus. Sans défense, apaisée, elle était l'image même de l'innocence.

La jeune femme, contemplant l'enfant épuisée, sentit une émotion inconnue lui étreindre le cœur. Elle n'avait jamais éprouvé de sentiments maternels. Elle ne s'intéressait pas aux enfants des autres. Mais là, c'était différent. Il s'agissait de Zoé, et une farouche détermination naissait en elle, qui lui nouait la gorge et lui mettait les larmes aux yeux. « Dors, ma chérie », murmura-t-elle de nouveau. Elle leva son regard sur le paysage désolé qui entourait la voiture, la rue et les ruines fumantes de ce qui était le tombeau ardent de Greta. Dors, pensa-t-elle. Et moi, je veille.

Ce soir-là, dans la chambre plongée dans le noir, Britt appuya sur le bouton lumineux de sa montre. Minuit. Elle était allongée sur l'un des étroits lits jumeaux, le crâne effleurant la tête de lit en érable, les pieds dépassant presque. Elle avait l'impression d'être couchée dans un cercueil. D'un geste furieux, elle arracha son casque et le posa sur la table de chevet à côté du petit baladeur qu'elle avait acheté pour le voyage. Depuis plus de deux heures, elle essayait de s'endormir en écoutant de la musique douce, mais elle ne pouvait s'empêcher de penser à l'enquêteur des pompiers et à ce qu'il lui avait dit à propos des détecteurs de fumée débranchés et de l'incendie allumé volontairement dans le but de tuer Greta.

Elle était toujours en état de choc. Pourquoi avait-on désiré la mort de sa sœur ? Elle n'arrivait pas à croire à une chose aussi horrible. Elle jeta un regard vers le lit de Zoé. L'enfant paraissait endormie sous la pile de couvertures. Au moins, elle n'avait pas réveillé sa nièce à force de s'agiter. Elle entendait s'élever, tout proche, son souffle régulier.

L'espace d'un instant, elle regretta égoïstement de ne pas avoir insisté pour aller à l'hôtel. Là, elle aurait pu mettre la télévision, passer un coup de fil, allumer la lumière et lire une heure ou deux. Elle soupira. Mais dans ce cas, qui aurait été aux côtés de Zoé ? Pas son père qui n'était toujours pas rentré de chez les Carmichael. Il avait téléphoné vers l'heure du dîner pour annoncer qu'il serait en retard. Zoé avait voulu l'attendre, mais Britt avait insisté pour faire réchauffer un plat qu'on leur avait apporté et manger tout de suite. Chaque fois qu'elle y pensait, elle bouillait de rage. Ce soir, le soir le plus terrible dans la vie de sa fille, Alec Lynch l'avait laissée seule. Qu'est-ce qui aurait pu compter davantage que Zoé ? Zoé qui était peut-être encore en danger...

Elle balança ses jambes hors du lit, enfila une paire de chaussettes, puis un sweat-shirt par-dessus son pyjama. Elle allait bouquiner un peu ou regarder la télé dans le living. Elle se leva sans bruit et se dirigea vers la porte sur la pointe des pieds. La maison était silencieuse. Elle descendit à pas de loup l'escalier glacial et entra dans le séjour. La pièce n'était éclairée que par les braises qui rougeoyaient encore dans l'âtre après le feu qu'elle avait fait plus tôt dans la soirée. Elle tâtonna dans l'obscurité à la recherche de la table basse derrière le canapé et de la lampe posée dessus.

« Hé ! attention... »

Sursautant, Britt poussa un cri et pivota. Elle distingua un point rouge dans le noir, puis ses doigts trouvèrent l'interrupteur et une faible lumière se diffusa dans la pièce. Alec se tenait devant la fenêtre, une cigarette à la main. Il avait quitté le costume qu'il portait dans l'après-midi et était maintenant en pull et snow-boots.

« Bon Dieu ! s'exclama la jeune femme. Vous m'avez fait peur.

— Excusez-moi, mais j'habite ici, vous savez, dit-il, sarcastique.

— Je ne vous avais pas entendu rentrer. »

Alec soupira, se laissa tomber dans un fauteuil et tira une bouffée. « Je voulais juste fumer une cigarette dans le noir. J'ai arrêté il y a quelques années... » Il contempla le bout incandescent de sa cigarette. « ... mais j'ai les nerfs tellement à vif... »

Il se leva, s'avança vers la cheminée et lança son mégot dans les braises où il projeta une pluie d'étincelles avant de disparaître.

Britt avait envie de remonter tout de suite dans sa chambre, mais elle ne voulait pas donner à Alec l'impression qu'elle le fuyait. Elle contourna le canapé, s'assit et s'empara de la couverture pliée sur l'accoudoir qu'elle arrangea sur ses jambes. Après quoi, elle prit un magazine sur la table basse et feignit de s'absorber dans sa lecture.

Alec, toujours debout devant la cheminée, toussota, mais Britt ne dressa pas la tête.

« Comment va Zoé ? » finit-il par demander.

La question la mit en fureur.

« Elle dort, répondit-elle sèchement.

— Elle se sentait un peu mieux avant de se coucher ? »

Britt contemplait sans la voir la page ouverte devant elle.

« Physiquement ? demanda-t-elle.

— Elle se plaignait d'avoir mal au ventre.

— Sur le plan physique, oui, elle allait mieux. Mais sur le plan émotionnel... je ne vois pas comment elle pourrait aller mieux.

— Je ne sais pas. Ma pauvre petite Zoé. J'espère que nous finirons tous par oublier cette terrible journée. »

Britt se tut, frémissante de colère.

« Bon, je n'en peux plus, je vais me coucher », reprit Alec.

Il se conduisait comme s'il n'avait aucune explication à fournir à propos de son absence de ce soir. Britt décida soudain de ne pas le laisser s'en tirer comme ça.

« Je pense que vous aimeriez savoir que j'ai parlé à l'enquêteur des pompiers après l'enterrement, dit-elle.

— Ah bon ?

— Je ne sais pas si vous êtes au courant, mais il m'a dit que le feu avait été mis volontairement. Qu'il s'agissait d'un incendie criminel. »

Ils se dévisagèrent dans la pénombre. Alec ne semblait pas avoir compris.

« Non... c'était... c'était un accident. Les bougies...

— Il a été mis volontairement, répéta Britt. Et Greta est restée prisonnière des flammes. On a voulu la tuer. Les détecteurs de fumée avaient été débranchés. »

Alec devint livide et se mit à trembler.

Face à son désarroi, Britt se radoucit un peu.

« Oh, mon Dieu », murmura-t-il. Assommé par cette nouvelle, il fit quelques pas en titubant et s'effondra dans le fauteuil le plus proche. « Ce n'est pas possible », reprit-il dans un souffle. Il leva les yeux sur Britt. « Le white-spirit. Je croyais... »

La jeune femme réarrangea la couverture sur ses genoux.

« On l'a utilisé comme propagateur. Le coupable en a aspergé les murs, les rideaux et le parquet.

— Je n'arrive pas à le croire, dit Alec, incrédule. Ray Stern n'a rien laissé entendre... »

Britt se sentit légèrement coupable tant il paraissait choqué. « Je n'en ai pas parlé à Zoé.

— Non, dit Alec d'un air absent. Non, il ne faut pas. Depuis combien de temps le sait-on ?

— Je n'ai pas posé la question. Je ne désirais pas que Zoé soit au courant. Elle a déjà eu assez de moments difficiles comme ça. La journée a été éprouvante. L'enterrement de sa mère et vous qui... qui n'étiez pas rentré à la maison. »

Ébranlé par ce qu'il venait d'apprendre, il ne sembla pas avoir entendu.

« Elle voulait vous attendre, insista Britt. Elle est restée des heures plantée devant la fenêtre.

— J'ai perdu la notion du temps, lâcha-t-il dans un murmure.

— Je n'en doute pas », répliqua-t-elle d'un ton persifleur.

Il lui jeta un regard noir.

« Je ne tenais pas à rendre sa journée encore plus pénible. Je ferai toujours tout pour épargner Zoé, et elle le sait.

— En tout cas, quelqu'un n'a pas eu les mêmes soucis que vous, dit Britt. Qui aurait pu vouloir les tuer ? Vous avez une idée... ?

— Non, répondit-il sèchement. Bien sûr que non.

— Et vous... vous n'avez pas envie de savoir ?

— Si je n'ai pas envie de savoir ? Qu'est-ce que vous croyez ? Quelle question stupide !

— Ne vous en prenez pas à moi, dit-elle, soudain crispée.

— Excusez-moi, souffla-t-il. Je... je suis à cran. »

Assis dans le fauteuil, tendu, il avait le regard fixé sur les braises qui rougeoyaient dans la cheminée. Un instant plus tard, sa colère et son indignation retombèrent, et il eut soudain l'air presque... effrayé. « Je ne parviens pas à le croire. C'est dur à admettre. Vous savez, ces derniers jours, ma vie a été bouleversée de fond en comble, mon univers chamboulé. Tout ce qui comptait pour moi... sauf Zoé... a disparu en fumée. Il fallait que je me retrouve un peu seul. Vous comprenez, quand la personne qu'on aime meurt subitement... quand c'est votre femme et que... que vous n'avez pas eu la possibilité de lui dire ce que vous vouliez lui dire... »

Tu te disputais avec elle ce soir-là, se dit Britt tout en l'écoutant. Et elle est allée dormir dans la chambre d'amis. Elle se rappela soudain que, elle aussi, elle s'était disputée avec sa sœur et que, pour cette raison, elle ne l'avait pas revue pendant des années. Les gens se querellaient. C'était une réalité de la vie. Et, avec un peu de chance, ils finissaient par se réconcilier.

« Il fallait que je me retrouve seul, répéta Alec. J'ai pris une motoneige et je suis parti dans la montagne à un endroit où Greta adorait pique-niquer au début de notre mariage. Il y a un lac. En ce moment, il est gelé, mais au printemps, il est entouré de fleurs sauvages. Il y a aussi un refuge non loin, et j'envisage de disperser les cendres de Greta là-haut. Au printemps, et avec Zoé, naturellement. Je me suis installé dans le refuge et j'ai essayé de... de réfléchir à... à la situation. » Il secoua la tête avec tristesse. « Mais je ne comprends pas, tout simplement pas... »

À peine avait-elle fait la connaissance d'Alec que Britt avait eu du mal à imaginer ce que sa sœur avait bien pu aimer chez cet homme agressif et dominateur. Pourtant, à le voir ainsi sous le choc, elle ne pouvait se retenir d'éprouver un sentiment de compassion à son égard.

Et, comme pour l'en détourner, Alec se leva brusquement afin de repousser les braises vers le fond de l'âtre, puis il dit : « Bon, les funérailles sont passées. Vous avez accompli votre devoir et vous n'avez pas besoin de rester plus longtemps. »

Ces paroles lui firent l'effet d'une douche froide, mais elle parvint à ne pas le montrer.

« Je ne suis pas tout à fait prête à partir, dit-elle. Mais je constate que nous sommes trop nombreux ici. Si vous préférez, j'irai à l'hôtel.

— N'y pensez pas, fit Alec avec un soupir. Zoé n'acceptera jamais. »

Britt se dispensa de répondre.

« Bon, reprit-il d'un ton soudain conciliant. Après une journée pareille, tout le monde a les nerfs à vif. Je sais que j'aurais dû revenir plus tôt, mais j'étais comme... comme un zombi. Je n'aurais pas été d'un grand secours à Zoé. En outre, je pensais qu'elle préférerait être avec vous. Vous lui rappelez sa mère. Par certains côtés, vous lui ressemblez, vous savez ?

— Le Dr Farrar m'a dit la même chose cet après-midi », admit Britt avec un petit sourire teinté d'ironie.

Elle se remémora d'un seul coup ce que la pédiatre avait ajouté. Elle hésita à interroger son beau-frère qui la regardait, l'air perplexe.

« Vous vouliez ajouter quelque chose ? demanda-t-il.

— Alec, est-ce que Greta était malade ou je ne sais quoi ?

— Non, répondit-il avec colère. Elle était en parfaite santé. Pourquoi ?

— Le Dr Farrar a évoqué ses souffrances.

— Pff, le docteur Farrar, fit-il, méprisant. Elle s'imaginait que Greta souffrait de m'avoir épousé. Tout ça parce que je vends des motoneiges et qu'elle fait partie de ces âmes sensibles d'écolos.

— Peu importe, dit Britt avec mauvaise humeur. Pardon de vous avoir importuné avec ça. »

Elle songea aux résultats de l'autopsie. S'il y avait des signes quelconques d'une maladie, y compris d'une maladie qu'elle aurait cachée à son mari, le rapport le révélerait. D'ici quelques heures, elle saurait.

« Zoé voudrait aller à l'école demain, dit soudain Alec. Je lui ai donné la permission.

— Vous croyez que c'est bien prudent ? Je n'ai pas l'impression qu'elle ait récupéré.

— Elle y tient. J'ai parlé à Peg Slavin, la conseillère pédagogique. Elle m'a recommandé de laisser Zoé décider elle-même. Elle la verra dans la journée.

— La conseillère de l'école ! Vous ne pensez pas qu'il faudrait l'amener consulter un spécialiste, quelqu'un ayant une formation en psychologie ?

— Peg est tout à fait compétente, répliqua Alec. De plus, elle adore Zoé et, au moins, elle est sur place. Et puis, Zoé l'aime bien, elle aussi. J'ai confiance en elle. Vous savez, ce ne sont pas toujours les diplômes qui comptent. »

Britt haussa les épaules et lui lança un regard sombre.

« Après tout, c'est votre fille, dit-elle.

— Oui, en effet. Et il faut l'occuper. Sans oublier que ce drame lui a valu une certaine célébrité. L'attention dont elle sera l'objet lui plaira peut-être.

— Célébrité. Attention. Plaire. Vous parlez comme s'il s'agissait d'un concours de beauté. C'est obscène.

— Non, c'est la réalité, répliqua-t-il sur un ton cinglant. Tous les enfants sont comme ça. Et si ça doit aider Zoé à surmonter son chagrin, tant mieux.

— Libre à vous de le penser, dit Britt, glaciale.

— Puisque vous avez l'intention de rester ici, est-ce que vous pourriez aller la chercher à la sortie de l'école ? Cela m'arrangerait. J'ai un travail monstre. Je préviendrai, sinon on ne la laissera pas partir avec vous.

— D'accord, dit Britt. Je ne voudrais surtout pas que vous perdiez des clients. J'irai la chercher.

— Merci », dit-il, le visage fermé. Il passa devant elle sans la regarder. « Bonne nuit, ajouta-t-il, arrivé sur le pas de la porte.

— Bonne nuit », répondit Britt.

Frissonnant de froid malgré la couverture, elle resta un moment dans le salon avant de monter se coucher. Par la fenêtre, on apercevait la lune entre les branches dénudées des arbres. Oh, Greta, pensa-t-elle. À quoi pouvait ressembler ta vie ? Si tu n'étais pas malade, de quoi souffrais-tu ? Elle n'allait certainement pas le demander à Zoé. De toute façon, les enfants n'étaient pas souvent conscients des sentiments de leurs parents.

Quand elles étaient jeunes, Greta disait toujours à sa cadette qu'il avait fallu que leur mère disparaisse, laissant tout juste un mot en guise d'adieu, pour qu'elle se rende compte à quel point celle-ci avait été malheureuse. Des milliers de fois, Greta s'était demandé si, l'ayant réalisé plus tôt, elle n'aurait pas pu l'empêcher de partir. Britt n'avait pas compris ce qu'elle voulait dire. Elle ne se souvenait même pas du jour en question. Elle n'avait que quatre ans à l'époque où leur mère les avait abandonnées. Aujourd'hui, elle comprenait. Ce serait inutile d'interroger Zoé sur sa mère. La fillette ne saurait rien.

Une braise éclata dans la cheminée. On aurait dit un coup de feu et Britt tressauta. Du calme, s'exhorta-t-elle. Du calme. Elle avait envie de prendre ses affaires et de repartir dès l'aube pour Boston, mais elle savait qu'elle n'en ferait rien. Greta avait été assassinée et elle ne pouvait pas rentrer chez elle comme si de rien n'était. Pour sa propre tranquillité d'esprit, il fallait qu'elle sache. Et pour le bien de Zoé, il fallait qu'elle reste encore un peu.

C'était tout ce qu'elle pouvait faire.

10

La lumière grise de l'aube filtrait déjà au travers des stores quand Britt réussit enfin à s'endormir. Plus tard, elle vit vaguement Zoé se lever, s'habiller pour l'école, puis sortir de la chambre sur la pointe des pieds. Quelques minutes seulement semblaient s'être écoulées lorsque, regardant sa montre, elle constata qu'il était près de huit heures et demie. Zut ! jura-t-elle intérieurement. Moi qui voulais me lever tôt ! Elle s'assit au bord de son lit et, enfilant une paire de chaussettes, tâcha de s'éclaircir les idées. Je vais prendre une petite douche pour me réveiller, songea-t-elle. Mais quand elle ouvrit la porte de la chambre, elle entendit l'eau couler dans la salle de bains et aperçut un rai de lumière sous la porte.

Zut et mille fois zut ! jura-t-elle de nouveau. Elle allait rentrer dans sa chambre, comme un escargot dans sa coquille, lorsqu'elle entendit frapper à la porte d'entrée.

Ce n'est sûrement pas pour moi, se dit-elle, plantée dans le couloir. Je ne vais pas répondre. Mais on continuait à frapper, de même que l'eau continuait à couler. Qui sait, c'était peut-être la police. Bon, bon, j'y vais, décida-t-elle. Elle passa un pull par-dessus son pyjama et dévala l'escalier.

Elle ouvrit la porte et vit le facteur qui se retirait déjà dans l'allée.

« Hé ! » le rappela-t-elle.

Le facteur se retourna. Son regard alla de Britt au courrier qu'il avait à la main. « J'ai une lettre recommandée pour Mrs. Greta Lynch, dit-il. Il faudra que vous signiez pour elle.

— Oui, oui, d'accord. »

L'homme monta les marches de la véranda, puis sortit un stylo. « On a fait suivre la lettre à cette adresse.

— La famille a dû s'installer ici, expliqua Britt. À la suite de l'incendie.

— Ah oui, c'est vrai », fit le facteur, adoptant un air compatissant. Il regarda Britt griffonner une signature illisible et reprit : « Eh bien, bonne journée. »

La jeune femme le remercia, referma la porte, puis considéra l'enveloppe avec curiosité. L'adresse de l'expéditeur accrocha son regard : « Agence Gardner, surveillance matrimoniale, enquêtes et filatures. » Surveillance matrimoniale ? Façon élégante de dire qu'on espionnait les maris qui trompaient leurs femmes, ou inversement.

« Qu'est-ce que c'est ? »

Britt sursauta au son de la voix d'Alec qui s'approchait, finissant de nouer sa cravate.

« Une lettre recommandée, répondit la jeune femme, affichant une expression coupable.

— Faites voir », dit-il en tendant la main.

Britt jeta un coup d'œil sur l'enveloppe dans l'espoir de pouvoir noter l'adresse, mais il lui arracha la lettre des mains.

« Vous permettez ! C'est mon courrier.

— Non, répliqua Britt. C'est celui de Greta.

— Maintenant, c'est le mien. »

Il lança un regard sur le nom de l'expéditeur, puis fourra l'enveloppe dans la poche de son blouson de cuir.

Britt le dévisagea en silence.

« Bon, il faut que je parte, reprit Alec. Qu'est-ce que vous allez faire de votre journée ? »

La jeune femme rougit en pensant à son rendez-vous

avec le chef de la police. Je vais enquêter sur les circonstances de la mort de ma sœur, aurait-elle dû répondre. Bizarre que son mari n'éprouve pas la nécessité de faire de même, alors qu'il venait d'apprendre que sa femme avait été assassinée, songea-t-elle.

« Oh, pas grand-chose, répondit-elle. Pas grand-chose.

— Vous pourriez peut-être passer au magasin ? Je vous ferai faire un tour en motoneige. Vous en avez déjà fait ?

— Non, répondit Britt.

— La montagne est splendide. Vous devriez vraiment profiter de l'occasion. Vous savez où est mon magasin ?

— Ne vous inquiétez pas, je trouverai », répondit-elle. Mais ne comptez pas que je vienne, ajouta-t-elle en pensée.

La rue principale de Coleville était décorée pour Noël. Des guirlandes électriques ornaient les arbres ainsi que les lampadaires. Des couronnes de houx étaient accrochées aux portes de toutes les boutiques à l'allure prospère dont les vitrines présentaient des animations avec pour thèmes la neige et des paysages blancs ensoleillés, bien que la journée fût grise et froide.

Les bottines en cuir de Britt n'étaient guère adaptées aux trottoirs glissants recouverts de neige fondue et, surprenant son reflet dans la vitrine d'une épicerie de luxe, elle ne put s'empêcher de noter à quel point, les mains enfoncées dans les poches de son long manteau de tweed, elle paraissait déplacée. Tous ceux qu'elle croisait étaient en parka ou blouson de ski, chaussés de snow-boots. Les conversations semblaient partout aller bon train, et il régnait un air de fête qui ne contribuait qu'à rendre la jeune femme encore plus tendue.

Près de la mairie, elle remarqua un camion blanc de la télévision. Les portières étaient ouvertes et, à l'intérieur, un homme plutôt enrobé, la cinquantaine, mangeait un énorme sandwich, sa caméra vidéo sur les genoux. Passant devant, elle lui sourit, mais il se borna à la regarder d'un œil vide.

La mairie et l'hôtel de police, deux bâtiments d'aspect sévère à la façade en bois, se trouvaient côte à côte. Avant que les écologistes n'occupent le devant de la scène, la porte d'origine de l'hôtel de police avait été remplacée par une double porte en verre qui paraissait totalement anachronique, sur laquelle on lisait en grandes lettres dorées : POLICE DE COLEVILLE. Britt poussa les deux battants. L'intérieur avait été également massacré. On avait abattu les cloisons pour dégager un immense volume plein de classeurs, éclairé par des néons et meublé de bureaux. Pour seuls vestiges de ce qui avait sans doute été autrefois un temple, il y avait un balcon et le parquet que l'on n'avait pas jugé bon de recouvrir de moquette. L'atmosphère était plutôt décontractée. À un bureau près de l'entrée, un homme en uniforme bavardait avec une femme policier. Britt s'avança, ses bottines crissant sur le parquet ciré. « Excusez-moi, je désirerais voir Mr. Stern.

— Il est occupé pour le moment, répondit la femme. Vous voulez attendre ?

— Je ne sais pas, fit Britt, hésitante. Vous savez s'il en a pour longtemps ?

— Sans doute pas, c'est juste un journaliste de WGLC », intervint l'autre policier, désireux de se montrer serviable.

Britt pensa aussitôt au reporter qui l'avait abordée après la cérémonie des funérailles. Dean Webster. Le type qui, avec son bronzage et ses cheveux blonds, ressemblait à une publicité pour les Jeux olympiques d'hiver.

« Je crois qu'il m'attend plus ou moins, dit-elle.

— Je l'appelle. »

La femme prit le téléphone, parla un instant, puis se tourna de nouveau vers Britt. « Vous pouvez y aller.

— Je vais vous montrer le chemin. »

Le policier la conduisit vers une petite pièce située

tout au fond et séparée de la salle par une porte en verre dépoli.

« Merci, dit Britt, alors qu'il frappait.

— Entrez. »

La jeune femme poussa la porte. Ray Stern était assis derrière son bureau sur lequel s'empilait tout un tas de papiers. Installé devant lui dans un fauteuil pivotant, Dean Webster se retourna et son visage s'illumina en reconnaissant Britt. « Hé, vous êtes venue me voir, dit-il.

— Non, c'est le chef de la police que je suis venue voir, répliqua-t-elle.

— Décidément, ce n'est pas mon jour, fit Dean, tandis que Ray se levait pour serrer la main de la jeune femme.

— Miss Andersen, dit ensuite le policier. Je suis à vous tout de suite.

— J'espère que je ne vous dérange pas, dit-elle.

— Vous savez, nous ne sommes pas très à cheval sur les convenances dans notre petite ville, dit Ray. Je vois que vous connaissez déjà notre journaliste.

— Nous nous sommes rencontrés hier, à l'enterrement de ma sœur.

— Miss Andersen aussi travaille pour la télévision, dit Ray.

— Je sais, fit Dean. Je suis un fan de son émission. »

La radio sur le bureau grésilla, et Dean fut aussitôt aux aguets. Ce type est un battant, songea Britt. Elle avait eu de nombreuses fois l'occasion de croiser un tas de jeunes loups, et de jeunes louves, aux dents aussi longues que les siennes. Dean Webster avait sans nul doute des ambitions pour l'avenir. Il faisait des reportages. Certes, il n'était qu'un petit correspondant local, mais il était clair qu'il ne comptait pas finir sa carrière à Coleville.

Ray prit son téléphone, composa un numéro, puis posa quelques questions. « Bon, fit-il ensuite. Tenez-moi au courant. » Il raccrocha et se tourna vers le journaliste. « Secours en montagne, dit-il simplement.

— Combien ? demanda Dean.

— Deux hommes. »

Dean se leva.

« J'espère que Jeff est resté dans le camion.

— Il mangeait un sandwich quand je suis passée devant, dit Britt avec une pointe d'ironie.

— Bon, on file. Ray, je vous reverrai plus tard. Ah, avant que j'oublie, fit Dean avec un sourire impertinent, vous avez pensé à notre rendez-vous ?

— Quel rendez-vous ? demanda Britt.

— Je ne crois pas trop que vous m'appellerez comme promis. Donnez-moi donc votre numéro de téléphone. »

Il se pencha vers elle. Respirant les effluves de parfum viril qui se dégageaient de lui, Britt sentit la tête lui tourner un peu. « J'ai quelques idées qui pourraient vous intéresser, lui murmura-t-il à l'oreille.

— J'en doute », rétorqua la jeune femme, ne pouvant néanmoins s'empêcher de ressentir une pointe de curiosité.

Elle griffonna son numéro sur un bout de papier. La main de Dean effleura la sienne lorsqu'il le prit. « Merci, dit-il. À bientôt, Ray. »

Le chef de la police le regarda partir avec un petit air amusé, puis il désigna le fauteuil libre. « Je vous en prie, miss Andersen.

— Vous pouvez m'appeler Britt.

— Eh bien, Britt, de nouvelles informations me sont parvenues depuis hier.

— Je sais, dit la jeune femme, prenant une profonde inspiration. J'ai parlé à l'enquêteur des pompiers sur les lieux du drame. Il a évoqué un incendie criminel. »

Ray parut interloqué.

« Il n'était pas censé divulguer cette information. »

Britt poursuivit comme si de rien n'était :

« Ma sœur a été assassinée. »

Le policier hésita un instant, puis sembla décider qu'il ne servirait à rien de nier. En outre, Dean Webster aussi venait de lui dire qu'il était au courant et qu'il en parlerait au journal de midi. Le mal était fait. « Oui, c'est plus que probable, reconnut-il.

— Vous avez reçu le rapport d'autopsie ? »

Ray fit signe que oui et tapota du doigt un document agrafé posé sur son bureau. « Vous désirez y jeter un coup d'œil ? »

Britt tendit le bras, puis eut un mouvement de recul. Elle n'était pas sûre de vouloir connaître tous les détails morbides. « Vous... vous pourriez me le résumer ?

— Bien entendu. Greta Lynch a été presque entièrement carbonisée, mais elle est morte étouffée par la fumée. Nous n'avons trouvé aucune trace de blessure. Un peu d'alcool dans le sang. Elle avait bu un ou deux verres de vin, et avalé une certaine dose de tranquillisants, ce qui expliquerait pourquoi elle a continué à dormir alors que s'élevaient les premières flammes. Nous supposons que Zoé non plus ne s'est pas réveillée, mais les enfants et les adolescents ont un sommeil si profond... »

Britt hocha la tête puis, détournant le regard, elle demanda : « Vous avez des soupçons ?

— Pour le moment, nous essayons de reconstituer les faits », répondit Ray prudemment.

Le cœur de Britt cognait dans sa poitrine. « Écoutez, je ne sais pas si c'est important ou non, mais j'étais là quand vous avez interrogé mon beau-frère sur ses relations avec sa femme. Il a répondu que tout allait bien entre eux, mais Vicki, vous savez, la jeune fille qui habite chez les Carmichael, m'a dit qu'ils s'étaient disputés ce soir-là. »

Ray fronça les sourcils.

« Ah bon, elle les a vus se disputer ?

— Pas vus, corrigea Britt. Entendus.

— Eh bien, je suis comme vous, je ne sais pas si c'est important ou non », dit Ray.

Britt le dévisagea, mais cette fois, ce fut lui qui détourna le regard. Elle ignorait en venant si elle allait en parler, mais cela avait été plus fort qu'elle. Elle voulait être certaine que la police possède toutes les informations nécessaires. « Il y a autre chose que vous devriez savoir. Ma sœur avait engagé un... un détective privé. »

Ray se redressa brusquement dans son fauteuil.

« Vous en êtes sûre ?

— Une lettre recommandée est arrivée pour elle ce matin, envoyée par un détective privé du nom de Gardner. Le cachet de l'expéditeur mentionnait que l'agence était spécialisée dans la surveillance matrimoniale.

— Vous savez où elle est située ? demanda Ray, le front soucieux.

— Non. Alec m'a arraché l'enveloppe des mains avant que j'aie eu le temps de voir. Mais vous devriez pouvoir trouver.

— Ne vous inquiétez pas, je trouverai.

— Vous croyez que...

— Alec, vous voulez dire ? Naturellement, le mari est toujours le premier suspect, mais dans le cas présent, hormis le fait qu'il possède un alibi, il y a Zoé. De toute évidence, il l'adore. Je ne peux pas imaginer un père commettant un acte pareil.

— Apparemment, on n'a versé le white-spirit que dans la chambre d'amis. Celle où Greta dormait. Peut-être que l'auteur du crime pensait que Zoé en... en réchapperait.

— Oui, mais ç'aurait été prendre un risque terrible. La laisser se réveiller dans cet enfer, sachant que sa mère était au cœur du brasier... voilà qui ferait de lui un monstre. Je ne peux pas le croire capable d'un acte aussi abominable.

— En tout cas, quelqu'un l'a fait », dit Britt.

Ray la considéra un instant.

« Vous n'avez pas d'enfant, à ce qu'on m'a dit, miss Andersen ? »

Britt se sentit furieuse, et elle s'efforça de ne pas le montrer. Elle détestait qu'on lui jette cela à la figure, qu'on la traite comme si elle n'était qu'une adolescente égoïste. Elle savait, bien sûr, que la plupart des parents aimaient leurs enfants. Mais leur propre mère les avait abandonnées, Greta et elle, sans même un regard en arrière. Qui aurait pu le prévoir ? Et qui pourrait alors affirmer que toutes les démonstrations d'amour des parents envers leurs enfants étaient sincères ? Pour certains, elles n'étaient que dissimulation, vernis social. La jeune femme n'avait cependant pas l'intention de passer des heures à faire valoir son point de vue auprès du policier. « Je compte rester en ville encore quelque temps, se contenta-t-elle de dire. Vous me tiendrez au courant ?

— Oui, dit-il d'un ton grave. Je vous le promets. »

Britt se leva, mit son sac en bandoulière et prit congé. Elle sortit et remonta son col pour se protéger du froid. Pataugeant dans la neige fondue, elle se demanda si elle avait eu raison. Elle ne voulait pas se livrer à des conclusions hâtives. L'histoire du détective privé ne prouvait peut-être rien. Si Alec n'était pas coupable, il n'avait rien à cacher, et alors, rien de tout cela n'aurait d'importance. Ce n'était pas comme si elle avait fait part de ses soupçons à un journaliste ou quelque chose de ce genre. Il fallait qu'elle pense à Zoé et à la réaction de la fillette si sa tante en venait à rendre ses soupçons publics.

« Hé ! » l'apostropha quelqu'un derrière elle.

Britt sursauta et se retourna d'un bloc.

Alec Lynch se tenait sur le seuil d'un café à l'enseigne de Henry's. Il s'avança vers elle. La jeune femme se figea sur place, craignant qu'il l'ait vue sortir de l'hôtel de police et qu'il lui demande ce qu'elle était allée y faire.

Alec désigna une voiture garée à quelques pas de là. Britt reconnut la Mercedes bleue. « Le hasard fait bien les choses, dit-il sans sourire. Venez au magasin avec moi. Je vous emmène faire la balade promise. »

11

« Lauren, dit Alec, vous voulez bien prêter votre parka à Britt. Je l'emmène faire un tour dans la montagne. Elle ne peut pas y aller avec ce gros manteau. »

Alec, qui avait ôté son blouson de cuir pour enfiler lui-même une parka vert foncé, prit des clés sur un tableau accroché au mur. Il tenait à faire visiter la région à sa belle-sœur sur l'un de ses engins, et Britt n'avait pas trouvé de bonne excuse pour refuser. Elle se débarrassa à contrecœur de son manteau qu'elle posa sur une chaise dans le bureau de Lauren, tandis que la jeune fille allait chercher sa parka dans le placard. Britt la remercia, puis passa la longue veste couleur framboise tout en se disant que pour rien au monde elle n'achèterait un vêtement aussi voyant.

« Mettez aussi ça, lui conseilla Alec, lui lançant une paire de chaussures de marche.

— Elles sont trop grandes pour moi, ça se voit au premier coup d'œil.

— Peu importe, vous n'avez qu'à enfiler ces épaisses chaussettes. Vous serez tout à fait à l'aise. De toute façon, il ne s'agit pas d'une randonnée. »

Il lui tendit des chaussettes en grosse laine.

« C'est un véritable magasin de vêtements que vous avez. » Britt avait eu l'intention de plaisanter, mais sa remarque sonna davantage comme une critique.

Alec ne releva pas. « Je vais chercher le pick-up, dit-il. Il y a une motoneige à l'arrière. Lauren, nous serons de retour d'ici une heure ou deux. »

Une heure ou deux ! pensa Britt avec inquiétude. L'idée de passer autant de temps seule avec lui dans la neige et le froid était loin de la séduire. « Vous savez, je n'aime pas trop les sports de plein air, dit-elle dans l'espoir qu'il renonce à cette expédition.

— Ce n'est pas un sport, se contenta-t-il de répliquer. Les skieurs ont raison sur ce point, mais ne le répétez surtout pas à mes clients. Il faut absolument que vous voyiez nos paysages pendant que vous êtes là, et c'est l'un des meilleurs moyens de le faire. Je vous retrouve dehors. »

Britt noua ses lacets et se mit debout, mal à l'aise avec ces chaussures dans lesquelles elle flottait.

« Amusez-vous bien », dit Lauren.

Britt lui adressa un pâle sourire, puis traversa la salle d'exposition. Elle supposait qu'Alec avait voulu l'impressionner par la taille de son entreprise, et elle ne put s'empêcher de remarquer le nombre et la diversité des véhicules exposés. En plus d'une gamme de motoneiges, il y avait toutes sortes de 4 × 4 et de motos. Et, à en juger par la foule qui se pressait autour et par les trois vendeurs qui s'activaient, les affaires d'Alec semblaient, en effet, florissantes. Près de l'entrée, un groupe de jeunes admirait une motoneige noir et argent. Britt passa devant eux avec l'impression d'être un clown dans ses chaussures trop grandes, puis poussa la porte en verre teinté.

À l'instant même où elle mettait le pied dehors, Alec arriva au volant d'un pick-up blanc avec une motoneige attachée à l'arrière. « Montez », dit-il simplement.

Britt soupira, puis grimpa sur le siège passager. Elle craignait cette promenade et se demandait de quoi elle pourrait bien parler avec son beau-frère. Certainement pas de la lettre envoyée par le détective privé, ni de sa conversation avec le chef de la police au sujet de Greta.

Elle jeta un regard à la dérobée sur le visage sombre d'Alec. Est-ce qu'il ne devrait pas essayer à tout prix de découvrir le meurtrier de sa femme plutôt que de songer à ses affaires ou à emmener quelqu'un visiter la région ? se dit-elle.

Comme s'il venait de lire dans ses pensées, Alec déclara : « Pour moi, la montagne est le meilleur moyen de me vider la tête. C'est tellement magnifique là-haut qu'on ne peut penser à rien d'autre. »

Britt ne répondit pas et regarda par la vitre, prête à subir deux longues heures de silence.

Mais Alec ne l'entendait apparemment pas de cette oreille. Alors qu'ils s'éloignaient du village, il se lança dans un monologue ininterrompu à propos des sports d'hiver dans cette partie du Vermont. La journée était superbe et seuls quelques petits nuages blancs flottaient dans un ciel d'azur. Contemplant le magnifique panorama qui s'offrait à ses yeux, Britt s'efforça de l'imaginer en été. Au pied de la montagne, il y avait des fermes entourées de champs vallonnés et, à mesure qu'ils montaient, la forêt devenait plus touffue, et des torrents, tels des rubans d'argent, apparaissaient au détour des virages en épingle à cheveux. Au sortir de l'un d'eux, bordé par la falaise, un lac apparut en contrebas. De sa surface bleu cobalt s'élevait une légère brume. Britt eut le souffle coupé devant tant de beauté.

« Spectaculaire, non ? dit Alec.

— Ce n'est pas trop dangereux par ici ? s'inquiéta la jeune femme.

— Du moment qu'on est prudent. Il y a un chemin forestier, expliqua-t-il. Un peu plus haut, on laissera le camion et on prendra la motoneige. Il y a une piste qui longe la crête d'où on bénéficie d'une vue sur toute la vallée.

— Quel genre de piste ?

— Oh, il y en a tout un réseau à travers la montagne, tracées par les motoneiges. Ça permet de visiter les coins les plus reculés. Les skieurs de fond râlent contre nous, mais ils sont bien contents d'utiliser nos pistes. On fait tout le travail pour eux. Sinon, ils ne pourraient pas aller bien loin. À moins d'être des champions. Voilà, on s'arrête là. »

Il ralentit et, dans un cahot, se gara à un endroit où l'accotement était un peu plus large. Après quoi, il sauta du pick-up et installa la rampe permettant de descendre la motoneige. Pendant ce temps, Britt admira le paysage. Ils étaient entourés de forêts de conifères dont les branches ployaient sous le poids de la neige. Elle piétina sur place pour réchauffer ses pieds et ses jambes, tandis que tout le haut de son corps était douillettement emmitouflé dans la parka.

« Vous auriez dû mettre des caleçons longs, fit remarquer Alec tandis qu'il enfourchait la motoneige.

— Je n'avais pas prévu une pareille expédition », dit-elle.

Il lui tendit des lunettes de ski, puis désigna la forêt. « On va prendre cette piste qui débouche sur une crête. Vous verrez, sur votre gauche, vous aurez droit à un superbe panorama. Il y a un à-pic impressionnant. Près de trois cents mètres. Vous ne pouvez pas le rater. » Il tapota le siège derrière lui. « Hop, en selle ! »

Britt considéra le véhicule avec circonspection. « Je n'ai pas besoin de casque ? demanda-t-elle.

— Je n'en mets jamais. Ne vous inquiétez pas, vous ne risquez rien. Je connais ces pistes comme ma poche.

— C'est-à-dire que...

— Allez, dépêchez-vous, la coupa-t-il d'un ton impatient. On n'ira pas très loin. On va suivre la piste qui serpente à flanc de montagne sur quelques kilomètres seulement, puis on retourne au pick-up. On passera devant l'endroit dont je vous ai parlé. Le lac avec le refuge. Là où... » Il s'interrompit et s'éclaircit la voix. « Là où je compte disperser les cendres de Greta.

— Oui, enfin, si vous êtes sûr que... »

Britt s'installa derrière lui et, aussitôt, il mit les gaz. Le bruit était si assourdissant que la jeune femme sursauta.

Alec lui cria quelque chose, mais le rugissement du moteur couvrit sa voix. Britt secoua la tête, puis poussa un petit cri lorsque la motoneige bondit en avant, manquant de la faire tomber.

Elle agrippa la parka d'Alec et s'y cramponna cependant que l'engin filait entre les arbres. Des flocons de neige voltigeaient autour d'elle et des cristaux de glace criblaient ses joues. Ils débouchèrent de la forêt et longèrent la crête qu'Alec avait mentionnée. Le ciel était si magnifique que, l'espace d'une minute, Britt en demeura bouche bée. Puis, jetant un regard sur sa gauche, elle retint une exclamation à la vue de l'à-pic qui plongeait vers la vallée. Sur la droite, le flanc de la montagne, couvert d'un blanc manteau de neige, était lui aussi très escarpé. Des deux côtés, le paysage était impressionnant. Britt ne put s'empêcher de penser que si jamais un conducteur perdait le contrôle de sa motoneige, on ne retrouverait plus qu'un enchevêtrement de chair et de métal tordu.

La jeune femme sentit un filet de sueur couler dans son dos, tandis que le vent lui cinglait le visage. Mal à l'aise, inquiète, elle avait envie de supplier Alec de s'arrêter, mais il semblait ne se rendre compte de rien.

« À quelle vitesse on va ? » demanda-t-elle, mais le grondement du moteur étouffa ses paroles. Elle avait l'angoissante certitude que quoi qu'elle fasse ou dise, il ne s'arrêterait jamais. Elle essaya de se calmer et de jouir du spectacle. Alec savait ce qu'il faisait. Elle s'absorba dans la contemplation de l'univers enneigé qui l'entourait et qui, dans cet isolement, révélait toute sa splendeur. Mais tout à coup, il lui sembla qu'ils fonçaient droit sur un arbre. « Non ! » hurla-t-elle. Alec ne réagit pas. Il se contenta de s'engager sur une piste étroite qui serpentait au milieu de la forêt et, alors qu'ils frôlaient un bosquet de sapins, une branche fouetta la figure de Britt, lui griffant la tempe, saupoudrant de neige ses cheveux et s'infiltrant dans le col de la parka.

Elle se recula d'un bond sur son siège, si bien que la motoneige fit une embardée.

« Arrêtez de bouger comme ça ! » cria Alec, si fort que sa voix, malgré le bruit, parvint aux oreilles gelées de sa passagère.

C'est à toi d'arrêter, espèce de salaud, pensa-t-elle. Tu l'as fait exprès. Tu cherches à me faire tomber. Elle saisit le manteau d'Alec à pleines mains et tira violemment. Elle vit sa tête tressauter tandis qu'il stoppait la machine, les pieds enfoncés dans la neige pour garder l'équilibre.

Britt ne perdit pas un instant et descendit.

« À quoi vous jouez ? » lança-t-elle.

Il la fusilla du regard.

« À essayer de vous faire plaisir.

— Vous avez délibérément foncé au milieu des arbres pour que je prenne des branches dans la figure. Pourquoi vous n'allez pas par là, là où il n'y a pas d'arbres ? dit-elle, désignant le flanc enneigé de la montagne. Il y a une piste, mais je suppose que ça vous amuse de me faire peur. »

Alec la regarda, goguenard. « En effet, il y a une piste là-bas, mais il y a aussi une épaisse couche de neige fraîche. Et, pour votre information, sachez que dans ce cas, c'est sur des pentes abruptes comme celle-là, et dépourvues d'arbres, que se déclenchent les avalanches. »

Britt secoua d'un geste rageur la neige qui couvrait ses cheveux et ses épaules. « Le bruit de cet engin à lui tout seul doit suffire à provoquer les avalanches.

— Bon, bon, fit Alec. C'était la partie la plus délicate du parcours. Maintenant, on arrive dans un paysage magnifique. Allez, remontez.

— Non, merci. Je préfère retourner à pied au camion. »

Britt fit demi-tour en direction des arbres.

« N'allez pas plus loin ! lui cria Alec. Ne soyez pas stupide ! »

Je serais surtout stupide si je continuais cette balade,

comme tu l'appelles, avec toi ! Elle n'avait pas fait un pas qu'il l'attrapait par le coude et la tirait en arrière.

« Lâchez-moi, aboya-t-elle.

— Est-ce que vous vous rendez compte que vous n'êtes même pas sur la piste ?

— Et alors, je suis dans la neige, quelle différence ? De toute façon, je suis déjà trempée.

— Vous voyez ces arbres vers lesquels vous vous dirigiez tranquillement ? »

Britt ne répondit pas, mais regarda dans la direction qu'il indiquait.

« Eh bien, poursuivit-il, la neige s'accumule en dessous semaine après semaine et forme comme des congères. Si vous avez la malchance de tomber dedans, vous risquez de ne jamais pouvoir en ressortir. »

La jeune femme continua à garder le silence, mais elle retourna sur la piste. « Je veux rentrer. J'en ai assez. Maintenant, je comprends pourquoi les gens détestent ces engins », dit-elle au bout d'un moment, contemplant la motoneige avec une mine dégoûtée.

Alec lui décocha un regard noir.

« Vous en avez assez ? Eh bien, moi aussi. Mais que ça vous plaise ou non, vous regagnerez le pick-up avec moi.

— Bon, très bien. Ensuite, je veux retourner en ville. »

Britt le soupçonnait d'avoir volontairement cherché à l'effrayer, et peut-être même davantage, mais elle n'osait pas l'accuser en face. Après tout, il n'y avait peut-être rien d'anormal, se dit-elle. C'était peut-être toujours comme ça avec les motoneiges, comment savoir ? Elle ne possédait aucun élément lui permettant de juger. Elle tâcha de se montrer conciliante : « Je vous avais dit que les activités de plein air et moi... »

Alec ne répondit pas. Il se réinstalla sur son siège et accéléra. Tandis qu'elle grimpait derrière lui, Britt jeta autour d'elle un regard plein de regret. Le paysage était splendide, et il aurait fallu être aveugle pour ne pas s'en rendre compte, mais la présence d'Alec conférait à toute cette beauté un caractère oppressant. Elle se doutait que le trajet de retour en pick-up se déroulerait en silence, mais elle s'en moquait. Elle ne voulait qu'une chose : mettre le plus de distance possible entre la montagne et elle.

« Merci de m'avoir prêté votre parka », dit Britt à Lauren après leur retour au magasin.

Sans un mot, Alec était parti garer le pick-up.

« La promenade en motoneige vous a plu ? demanda Lauren.

— Ce n'est pas vraiment ma tasse de thé », répondit Britt.

La jeune fille lui adressa un regard compréhensif.

« Ce n'est pas le truc de tout le monde. Je vais aller vous chercher votre manteau et vos bottines.

— Merci. »

Britt s'assit sur une chaise avec un soupir, se débarrassa de ses chaussures trop grandes et de ses chaussettes, puis descendit la fermeture Éclair de la parka framboise. Glissant la main dans une poche, elle sentit un morceau de papier tout au fond. Elle le sortit et le déplia, soudain curieuse. C'était l'une de ces cartes qui accompagnent parfois les cadeaux, décorée d'une rose en relief sous laquelle était écrit : « Avec tout mon cœur, Alec. » Elle sentit son corps se tétaniser.

« Voilà », dit Lauren en revenant.

Britt s'empressa de fourrer la carte dans la poche de la parka qu'elle enleva pour la rendre à sa propriétaire. Lauren l'enfila, secoua ses longs cheveux bruns prisonniers de la capuche qui retombèrent en cascade sur ses épaules.

« Alec m'a demandé de vous raccompagner à votre voiture, reprit Lauren. Vous l'avez laissée où ? »

Britt étudia intensément la jolie jeune fille.

« Oh, oh, vous m'avez entendue ? fit celle-ci.

— Excusez-moi, fit Britt. Oui, oui, dans la grand-rue.

— Bon, allons-y. Je ne voudrais pas que le magasin reste trop longtemps sans personne pour répondre au téléphone. »

Britt la suivit jusqu'à sa voiture et elles roulèrent en silence en direction de la rue principale. Durant tout le trajet, Britt dut résister à la tentation d'interroger Lauren à propos de la carte. Ce n'était peut-être rien, un simple cadeau d'anniversaire, se disait-elle. Mais dans ce cas, pourquoi l'avoir gardée ? Ses pensées revinrent alors à la lettre envoyée à Greta par l'agence de détectives. Et surtout à Alec qui, juste après avoir appris que sa femme adorée avait été assassinée, partait se promener en motoneige. Elle voulait en parler à Lauren, mais ne pouvait s'y résoudre. Finalement, elle lui demanda de la déposer devant la librairie.

Une clochette tinta lorsqu'elle poussa la porte. Une chatte tricolore dormait sur un fauteuil à côté d'une pile de livres. L'estomac noué, Britt s'avança parmi les tables, espérant chasser ses idées noires, mais elle regardait les titres sans les voir. Du Mozart s'échappait en sourdine des haut-parleurs, sinon on se serait presque cru dans une bibliothèque. Apaisée par cette atmosphère feutrée, Britt commença à feuilleter quelques livres avant de s'arrêter devant le rayon jeunesse où se trouvaient les classiques qu'elle avait adorés au temps de son enfance. *Jody et le Faon, Les quatre filles du Dr March, Les Patins d'argent* et autres. Est-ce que les petites filles lisent encore ces livres aujourd'hui ? s'interrogea-t-elle. Ou bien passent-ils pour démodés ?

Une jeune femme, lunettes sur le nez, rangeait un rayon voisin. Britt s'apprêtait à lui demander son avis quand son téléphone portable sonna dans son sac. Elle le sortit sous le regard désapprobateur de la libraire.

« Oui ? fit-elle, sentant les yeux de la jeune femme posés sur elle.

— Miss Andersen ?

— Oui.

— Je suis l'infirmière de l'école. Il faudrait que vous veniez chercher votre nièce.

— Zoé ? Il lui est arrivé quelque chose ? s'écria Britt.

— Elle s'est évanouie en classe et s'est cogné la tête.

— Ce n'est pas grave, j'espère ? fit Britt, le cœur battant.

— Non, non, mais il faut que vous veniez. Le magasin de son père ne répond pas.

— J'arrive. » Britt se rappela avec soulagement qu'avant de partir de chez Alec, elle avait glissé dans son sac l'itinéraire pour se rendre à l'école.

« Vous les prenez ? » demanda la libraire d'un ton accusateur en désignant les livres que Britt tenait à la main.

Britt les regarda d'un air perplexe. L'angoisse rendait ses idées confuses. Elle se sentait indécise. « Je ne sais pas. C'est ma nièce. Elle est malade. Il faut que j'aille la chercher. » Elle avait l'impression de raconter n'importe quoi. Elle respira un grand coup. « C'est que... je... j'adorais ces livres quand j'avais son âge. Mais les enfants sont différents aujourd'hui.

— Pas tellement, répliqua la libraire, acerbe. Une bonne histoire est une bonne histoire. »

Britt acquiesça. Pourquoi était-elle ainsi tenaillée de doutes ? Elle savait pourtant qu'elle avait raison. Il fallait qu'elle se fie à son instinct. « Oui, c'est vrai. Je les prends. Vous pourriez me les emballer rapidement ? »

12

Britt ouvrit la porte de la salle d'attente et poussa doucement Zoé à l'intérieur. Près de l'entrée, une jeune femme qui enfilait son manteau interrompit un instant son geste pour agiter ses clés de voiture devant les yeux d'un bébé qui hurlait dans son siège en plastique. Après quoi, prenant le siège et le bébé, elle sortit. La pièce était maintenant vide, et il n'y avait apparemment personne dans le bureau de la secrétaire.

« Je n'ai pas besoin de voir un docteur, implora Zoé. C'est simplement que je n'ai pas pris de petit-déjeuner. On peut rentrer à la maison ?

— Assieds-toi », dit Britt, comme si elle n'avait pas entendu.

La fillette, l'air abattu, se laissa tomber sur une chaise. « Si ta maman était là, reprit Britt, je suis sûre qu'elle t'aurait amenée chez le médecin. Il faudra dorénavant que je fasse ce que d'après moi elle aurait fait. » Elle traversa la pièce vers le bureau de la secrétaire et passa la tête à l'intérieur. Personne, en effet. Elle inscrivit le nom de Zoé sur le cahier de rendez-vous, puis alla s'asseoir à côté d'elle.

« Mon papa ne m'aurait pas obligée à aller chez le docteur, insista Zoé.

— Tu sais très bien qu'on a essayé en vain de le joindre. Donc, c'est moi qui prends la situation en main. Comment va ta tête ?

— Bien, répondit la fillette avec irritation.

— Tiens, dit Britt, fouillant dans son sac à bandoulière. Je t'ai acheté quelque chose. »

Elle tendit à sa nièce le sac de la librairie.

Zoé sortit les livres un à un, de plus en plus perplexe à mesure qu'elle découvrait les titres.

« Ce sont des histoires que ta mère et moi adorions quand nous étions petites. Je pensais qu'elles te plairaient aussi », dit Britt.

Manifestement, l'enfant luttait pour essayer de montrer un minimum de gratitude. « Merci, se contraignit-elle à dire.

— Je sais qu'ils peuvent te paraître un peu démodés, mais essaie quand même de les lire. Je suis prête à parier que tu les aimeras. »

« Zoé ! »

Sur le pas de la porte donnant accès aux cabinets des médecins se tenait une femme corpulente en blouse lie-de-vin et pantalon blanc, aux cheveux noirs tout frisottés. Zoé posa les livres et leva la tête. Une lueur de compassion dans ses yeux noirs, la femme s'avança dans la salle d'attente, les bras tendus. Britt se souvint d'avoir échangé avec elle une poignée de main lors des funérailles, rien de plus.

« Bonjour, Mrs. Hall, dit Zoé timidement, tandis que la femme se penchait pour l'embrasser.

— Comment vas-tu, ma chérie ? » Sans attendre la réponse de l'enfant, elle se tourna vers Britt. « Je m'appelle Emily Hall. Nous nous sommes rencontrées aux obsèques. »

Britt lui adressa un sourire reconnaissant et lui serra la main. « Enchantée de vous revoir. »

Emily Hall s'assit à côté de Zoé. « Alors, dis-moi ce qui t'arrive, mon cœur ?

— Je me suis évanouie à l'école et je me suis cogné la tête contre un pupitre. »

Emily fit la grimace.

« Eh bien, le Dr Farrar va t'examiner dans un petit

instant. Ma pauvre chérie, dit-elle en caressant les cheveux de la fillette. Mais qu'est-ce que tu faisais à l'école ? Tu viens tout juste de sortir de l'hôpital et il y a eu l'enterrement de ta mère. Tu aurais dû rester à la maison te reposer. C'était inutile que tu y retournes si tôt.

— Elle a insisté, dit Britt, observant la réaction de sa nièce. Je... je suppose que son père a pensé que ça lui changerait les idées.

— Oui, je sais, dit la grosse femme. Ah, les enfants... J'en ai deux au lycée. Ils savent toujours tout mieux que nous. Bon, je vais dire au Dr Farrar que tu es là. Tu as de la chance, c'est calme aujourd'hui. Ces derniers jours, ça a été de la folie avec l'absence de Greta. »

Zoé comprit que c'était un compliment adressé à la mémoire de sa mère.

« J'ai dit à ma tante que ce n'était pas la peine de venir vous déranger.

— Tu ne nous déranges jamais, tu sais. Ta tante a eu raison de t'amener. » Elle fit un clin d'œil à Britt, puis se leva. « Bon, je vais tâcher de faire accélérer un peu les choses. »

Emily les laissa dans la salle d'attente. Zoé se balança dans son fauteuil, cognant du poing sur les accoudoirs. Britt remarqua qu'elle avait laissé les livres sans plus y prêter attention. Malgré elle, elle se sentit légèrement froissée.

La secrétaire réapparut sur le seuil. « Zoé, viens, ma chérie. »

Alors que sa nièce se levait, Britt réalisa avec un sentiment de panique qu'elle ignorait si elle était censée ou non l'accompagner auprès de la pédiatre. Avec un bébé, elle n'aurait pas hésité, mais avec une enfant de onze ans ?

« Tu veux que je vienne avec toi ? demanda-t-elle.

— Non », répondit sèchement Zoé.

Elle se dirigea vers la porte sans plus s'occuper d'elle.

« Miss... miss Britt », appela Emily sur un ton d'excuse.

Britt se leva à son tour et s'avança vers le bureau.

« Pourriez-vous remplir ces papiers ? reprit la secrétaire.

— Je vais essayer. »

Britt prit le stylo et le document qu'on lui tendait.

« Vous pouvez retourner vous asseoir et le faire tranquillement. Quand vous avez un doute, laissez simplement en blanc. »

Préférant rester debout, Britt commença à examiner les papiers. « Je ne sais pas quelle est leur situation sur le plan de la Sécurité sociale maintenant que Greta est... est morte.

— Ils sont toujours couverts, répondit Emily. Le Dr Farrar s'en est chargée.

— C'est très gentil de sa part.

— J'ai tous les renseignements sur Greta dans mes dossiers. Remplissez juste ce qui concerne la visite d'aujourd'hui.

— Bien. »

Quelques instants plus tard, Britt remit le formulaire à la secrétaire.

« Parfait », dit celle-ci après y avoir jeté un coup d'œil. Elle tira une enveloppe kraft d'un classeur et fouilla à l'intérieur.

« C'est donc ici que Greta travaillait ? » dit Britt.

Emily leva la tête et parcourut le bureau du regard. « Non, pas vraiment, elle s'occupait plutôt des patients.

— Vous n'étiez que toutes les deux ?

— Non, il y a aussi une fille, une autre infirmière. À mi-temps. »

Britt se demanda si Greta avait pu faire des confidences à cette femme si affable. Après une seconde d'hésitation, elle se décida : « Ma sœur et vous étiez très amies ? »

Emily eut une petite moue.

« C'était une personne avec qui il était très agréable de travailler, répondit-elle évasivement.

— Mais vous n'étiez pas amies.

— Si, si, dit Emily. Mais Greta était... plutôt réservée.

Son mari et elle étaient... n'étaient pas très sociables. Vous voyez ce que je veux dire ?

— Oui, je vois.

— Elle ne se livrait pas beaucoup. Tenez, par exemple, les vacances de l'été dernier, elle nous avait dit que Zoé allait dans un ranch, mais elle n'a jamais dit ce qu'elle comptait faire avec son mari. Je lui ai posé la question, et elle a répondu : "Nous avons des projets", et pas un mot de plus.

— Bizarre, murmura Britt.

— Exactement. C'est vrai, d'habitude, les gens aiment bien raconter... »

Emily fut interrompue par le bourdonnement de l'interphone. Elle décrocha, répondit rapidement, puis reposa l'appareil sur son socle. « Le Dr Farrar aimerait vous parler. Passez par là, et ensuite, longez le couloir. La dernière porte sur votre gauche. »

Britt se dirigea vers le cabinet de la pédiatre tout en se demandant ce que signifiait cette réserve dont Greta avait fait preuve. Avait-elle tenu à garder ses distances afin de dissimuler les frasques de son mari ? Il existait des mariages de ce genre, avait-elle entendu dire. Sans cesser de s'interroger, elle frappa chez le Dr Farrar. « Entrez », répondit une voix claire. Britt ouvrit la porte. Olivia Farrar, en blouse blanche, ses cheveux argentés coiffés en un chignon impeccable, était assise derrière un imposant bureau en bois de cerisier dont la surface brillait, du moins la partie visible au milieu de plusieurs photos de familles disposées dans tout un assortiment de cadres en argent.

Zoé, quant à elle, était installée dans un fauteuil trois fois trop grand pour elle. Le Dr Farrar accueillit Britt avec un sourire et, d'un geste, l'invita à prendre place à côté de Zoé. Elle s'exécuta et sourit à sa nièce qui conserva son visage boudeur de tout à l'heure.

« Merci, docteur, d'avoir reçu Zoé si vite, dit Britt.

— De rien, c'est tout à fait normal.

— Elle va bien ?

— Oui, oui, ne vous inquiétez pas. Sa tension est un peu faible et elle a peut-être une légère anémie, mais rien de sérieux. Je lui ai malgré tout fait une prise de sang pour analyse. »

Britt regretta alors de ne pas avoir insisté pour que la fillette n'aille pas à l'école aujourd'hui. « Pensez-vous que... ? Est-ce qu'elle ne devrait pas rester quelque temps au lit ? »

La pédiatre plissa ses lèvres peintes d'un rouge d'une éclatante nuance corail.

« Pas nécessairement, répondit-elle. Une tension faible n'est pas rare chez une enfant de son âge. Il faudra simplement qu'elle ne se dépense pas trop, et surtout veiller à son alimentation, boire beaucoup d'eau et prendre des vitamines. Je lui en ai prescrit, ainsi qu'un complément en fer. D'autre part, dès qu'elle se sentira fatiguée, il faudra qu'elle se repose.

— Et sa plaie à la tête ?

— Rien de grave. Je lui ai fait un pansement. Il lui restera juste un bel hématome et une peau un peu fragile pendant quelque temps. Elle devra éviter de se laver les cheveux pendant trois ou quatre jours.

— J'y veillerai », dit Britt.

La pédiatre, adoptant un air sévère, se tourna vers la fillette.

« C'est un avertissement, Zoé. Il n'est pas question que tu refuses de manger sous prétexte que tu n'as pas faim. Il est indispensable que tu reprennes des forces. Une rechute risquerait d'être très ennuyeuse. Tu comprends, ma chérie ?

— Oui, oui, répondit Zoé, la mine toujours aussi revêche.

— J'aimerais maintenant que tu rentres à la maison et que tu t'allonges, les pieds légèrement surélevés. Tu dois te reposer et essayer de surmonter ton chagrin. »

Le Dr Farrar se leva et défroissa sa blouse.

Zoé se leva à son tour et sortit sans un mot. Britt allait

la suivre quand la pédiatre lui fit signe de se rasseoir. Elle s'étonna :

« Il y a autre chose ? ».

Le Dr Farrar attendit d'être sûre que la fillette soit hors de portée de voix, puis elle déclara :

« Autant que vous le sachiez, je ne fais pas procéder à ces analyses de sang uniquement pour l'anémie. »

Britt la dévisagea, perplexe.

« Je... je ne comprends pas.

— Je lui ai demandé sans détours si elle avait pris quelque chose et elle m'a répondu que non.

— Pris quelque chose ? Qu'est-ce que vous voulez dire ?

— Des drogues, tout simplement. Si elle en a pris, les analyses le montreront.

— Des drogues ! s'exclama Britt. Vous plaisantez !

— Est-ce que j'ai l'air de plaisanter ? répliqua la pédiatre.

— Ce n'est qu'une petite fille, vous ne croyez tout de même pas...

— Écoutez, miss Andersen, je me suis occupée de Zoé à l'hôpital après l'incendie. J'ai tout de suite conçu des soupçons, en raison à la fois de son apparence et de son comportement, aussi j'ai fait faire des analyses. Elles ont montré qu'elle avait pris des tranquillisants. Par respect pour la mémoire de Greta, j'ai gardé cela pour moi. »

Britt la considéra, incrédule.

« Mais où une enfant si jeune aurait-elle pu se procurer des tranquillisants ? »

Le Dr Farrar se radossa à son fauteuil et pianota sur le bord de son bureau avant de répondre :

« Je pense que je peux vous le dire, à présent. Physiquement, Greta allait très bien, mais elle était déprimée. Je souhaitais qu'elle consulte quelqu'un à ce sujet, mais elle refusait. Elle ne voulait pas parler à un psychiatre. J'avais beau lui expliquer que les médecins sont liés par le secret professionnel, elle ne voulait rien entendre. J'avais l'impression que son état ne cessait d'empirer, aussi je lui avais prescrit des tranquillisants pour remédier au moins à sa nervosité et son manque de sommeil.

— Et vous croyez que Zoé aurait pu prendre les médicaments de Greta ?

— Je crois que c'est tout à fait possible.

— Oh, mon Dieu ! » Britt eut soudain comme une révélation. « C'est ce que vous vouliez dire aux obsèques, quand vous m'avez parlé des souffrances de Greta ?

— La dépression peut, en effet, être une grande souffrance.

— Est-ce que vous savez pourquoi elle était déprimée ?

— Je ne peux pas le dire.

— Vous ne pouvez pas ou vous ne voulez pas ? » demanda carrément Britt en fixant la pédiatre dans les yeux.

Celle-ci lui rendit son regard. « Votre sœur et moi avons travaillé ensemble durant des années, et j'avais beaucoup de respect pour elle. Mais nous n'étions pas, comment dire, des “copines”. Nous ne nous racontions pas nos petits secrets.

— Mais elle vous avait quand même confié qu'elle était déprimée...

— Non, non. J'avais simplement remarqué les symptômes et quand je l'avais interrogée à ce propos, elle avait reconnu qu'elle était déprimée, c'est tout.

— Son mari m'a pourtant dit qu'elle allait très bien », affirma Britt, espérant provoquer une réaction.

Elle ne fut pas déçue. Le Dr Farrar se crispa.

« Ah bon ? Alec Lynch trouvait qu'elle allait très bien ? Alors qu'elle tenait à peine debout ! C'est tout à fait lui. Il n'aura probablement même pas fait attention. » Elle s'interrompit, et reprit : « Non, inutile de s'abuser. C'était sans doute lui le responsable. Elle serait morte à ses pieds, il se serait contenté d'enjamber son corps.

— Leurs relations étaient donc à ce point mauvaises ?

— Ce n'est pas à moi qu'il convient de poser la question, répondit le Dr Farrar, s'efforçant de prendre à nouveau une attitude détachée. Alec Lynch et moi n'avons pas la même vision du monde. Mais leurs problèmes de couple ne me regardaient pas.

— Non, bien sûr, je comprends, dit Britt. Excusez-moi, mais je ne peux pas m'empêcher de m'interroger.

— Bon. Et allez-vous rester quelque temps auprès de Zoé, miss Andersen ?

— Quelque temps, oui.

— Elle a besoin de votre aide. » Sous le regard perçant de la doctoresse, Britt eut l'impression d'être un papillon épinglé par un collectionneur. « Vous le savez pertinemment. Cette enfant n'a plus sa mère. Est-ce qu'elle voit un psychologue ?

— Je crois qu'elle voit une conseillère de l'école.

— Il serait peut-être souhaitable qu'elle consulte plutôt un spécialiste.

— Je pense la même chose que vous, mais son père semble satisfait du travail de la conseillère. »

Le Dr Farrar eut un petit rire méprisant. « Il veut sans doute éviter d'avoir à payer les consultations. Signalez-lui qu'elles sont remboursées par la Sécurité sociale. Ça le convaincra peut-être de faire passer l'intérêt de son enfant en premier.

— Je n'y manquerai pas.

— Il y a une enquête en cours, reprit le médecin, et je suis persuadée que les jours à venir risquent d'être fort pénibles pour la petite. Elle traverse une période très... très critique.

— Je sais, dit Britt.

— Il faut que vous la surveilliez. Si jamais vous avez l'impression qu'elle est sous l'emprise de quelque substance, promettez-moi de m'appeler.

— N'ayez crainte, je le ferai. Cette enfant compte beaucoup pour moi.

— Et elle, elle a besoin de vous », dit le Dr Farrar en prenant un dossier comme pour signifier à Britt que l'entretien était terminé. « Elle n'a plus que vous. »

13

Après s'être arrêtées en chemin pour acheter les vitamines, Britt et Zoé rentrèrent à la maison. Durant tout le trajet, la jeune femme ne cessa de penser à ce qu'elle venait d'apprendre. Le soir de l'incendie, Zoé avait pris les médicaments de sa mère. Greta était déprimée. Greta avait engagé les services d'un détective privé. Soupçonnait-elle son mari d'avoir une liaison ? Qu'est-ce qui aurait pu la déprimer davantage ? Une chose, en tout cas, semblait sûre : l'image de la famille idéale n'était qu'un leurre.

Britt jeta un coup d'œil sur la pendule. Presque trois heures. Elle n'avait pas déjeuné et elle était à peu près certaine que Zoé non plus. « Tu n'as pas faim ? demanda-t-elle à sa nièce alors qu'elles accrochaient leurs manteaux. Tu as mangé quelque chose à midi ? Tu veux que je te prépare un sandwich avec des toasts et du fromage fondu ?

— Non, je n'ai pas faim.

— Zoé, tu te rappelles ce que le docteur a dit ?

— Oui, bon », fit la fillette de mauvaise grâce.

Elle traversa le couloir et alla s'affaler sur une chaise de la cuisine.

Britt fouilla dans les placards à la recherche d'une poêle. Ce matin, elle avait vu du pain de mie et du fromage dans le réfrigérateur.

« Tu es bonne cuisinière ? interrogea Zoé, tandis que Britt confectionnait le sandwich et allumait le gaz.

— Pas vraiment, répondit la jeune femme avec une grimace. Mais je sais faire un sandwich.

— Même moi, je sais ! »

Britt haussa les épaules et, un instant plus tard, glissa le sandwich sur une assiette. Zoé enleva la croûte et, du bout des dents, commença à manger.

« Tu te sens mieux ?

— Oui, répondit la fillette. Bien mieux. Peut-être que papa me laissera quand même aller chez Kayley ce soir. Elle m'a invitée.

— Je ne sais pas, dit Britt, dubitative.

— Chez elle, c'est ma deuxième maison », affirma Zoé.

Tout en regardant sa nièce manger, la jeune femme continuait de penser à sa conversation avec la pédiatre. Elle finit par se décider : « Zoé, le Dr Farrar m'a dit que ta mère était déprimée et qu'elle lui avait prescrit des médicaments pour l'aider.

— Ma maman allait très bien, protesta l'enfant.

— Elle prenait pourtant des médicaments. Des tranquillisants. »

Zoé reposa son sandwich et leva les yeux.

« Et alors ? dit-elle. Un tas d'adultes en prennent. »

Britt garda le silence, puis elle finit par demander :

« Est-ce que par hasard tu n'aurais pas pris un des comprimés de ta mère ? Juste pour voir l'effet que ça faisait ? »

La fillette la dévisagea, l'air offensé. « Bien sûr que non », répondit-elle fermement.

Elle semblait si sincèrement choquée que Britt, l'espace d'une seconde, se demanda si le médecin n'avait pas commis une erreur. « C'est... c'est ce que le Dr Farrar a dit..., tâcha-t-elle d'expliquer.

— Comment je pourrais prendre les médicaments de maman ? Tout a disparu dans l'incendie.

— Oui, c'est vrai », reconnut Britt.

Zoé avait raison, c'était impossible. Son malaise de tout à l'heure était bien dû à la fatigue et au chagrin, et à rien d'autre.

« En plus, je ne me drogue pas, reprit la fillette en repoussant son assiette. Pourquoi vous croyez toutes les deux que je me drogue ?

— Nous ne croyons pas ça. La question n'est pas là.

— Si, tu viens de le dire !

— Zoé, écoute-moi... La dernière chose au monde que je souhaiterais, c'est te faire du mal et que tu te sentes froissée, mais le Dr Farrar m'a appris qu'après l'incendie, pendant que tu étais à l'hôpital, on avait trouvé des traces de drogue dans ton sang.

— Eh bien, elle ment.

— Pourquoi mentirait-elle pour une chose comme ça ?

— Je ne sais pas ! s'écria Zoé. Pourquoi tu crois que c'est moi qui mens ? Si tu as décidé de ne pas me croire, pourquoi tu me poses la question ?

— Tu as raison », répondit doucement Britt, honteuse d'être remise à sa place par une enfant. « Excuse-moi, je ne voulais pas te bouleverser à ce point. »

Zoé évita son regard et resta silencieuse.

Britt s'exhorta au calme.

Laisse-la donc tranquille. À quoi bon l'obliger à avouer ? Peut-être que l'atmosphère à la maison était devenue tellement difficile à supporter que Zoé avait avalé n'importe quoi pour essayer d'y échapper. Les enfants sont capables de faire de terribles bêtises quand ils sont tristes et tout chamboulés. Elle se rappelait celles qu'elle avait elle-même faites au temps de son adolescence, déstabilisée qu'elle était par l'absence de sa mère qui les avait abandonnées. Elle se souvenait aujourd'hui encore de la colère qui la rongeait et ne la quittait jamais.

Elle posa la main sur le poing serré de Zoé qui agrippait la nappe. La détresse de l'enfant lui brisait le cœur.

« Je n'aurais pas dû t'en parler. »

Zoé retira brusquement sa main.

« Non, tu n'aurais pas dû, dit-elle d'une voix tremblante, les yeux brillants de larmes.

— Tu ferais peut-être bien de t'allonger un peu, lui suggéra Britt.

— Je ne suis pas fatiguée », protesta Zoé qui se leva de table.

Britt la suivit. Elle remarqua le sac de la librairie sur le guéridon du couloir. « Hé, et si je te lisais un de tes nouveaux livres ? proposa-t-elle.

— Me le lire ? Mais je sais lire, tante Britt. Je vais sur mes onze ans, je te rappelle.

— Bien sûr, mais parfois, quand on ne se sent pas très bien... Peut-être que tu pourrais te mettre sur le canapé et... »

La fillette, refusant encore de pardonner, conservait une mine renfrognée.

« Je sais que ces histoires te paraissent sans doute bébêtes, mais je pensais que, d'une certaine manière, elles pourraient te remonter le moral. Tu sais, je donnerais tout pour que tu te sentes mieux. Je commence, et dès que ça t'ennuie, j'arrête. Je ne serai pas vexée, je te le promets. »

Zoé sembla hésiter.

« Bon, fit-elle, toujours un peu butée. Comme ça, je veux bien.

— Formidable, dit Britt avec un sentiment de triomphe. Allons dans le living. »

Elles s'assirent côte à côte sur le canapé. Britt installa la couverture indienne sur les genoux de Zoé, puis sortit *Les quatre filles du Dr March* du sac. « Essayons celui-là », dit-elle.

Tout en ouvrant le livre, elle jeta à la dérobée un regard sur sa nièce. Pelotonnée sous la couverture, elle avait l'air d'une enfant, mais c'était une enfant assez grande pour avoir pioché dans les tranquillisants de sa mère. Les enfants excellaient dans l'art de dissimuler les secrets. Leurs visages ne trahissaient rien. Britt toussota pour s'éclaircir la voix. « Naturellement, si tu as des devoirs, on remettra ça à plus tard.

— Juste quelques-uns. Je les ferai après.

— Bon, alors on y va. »

Britt commença à lire. Zoé ferma les yeux et renversa la tête sur le dossier du canapé, si bien que la jeune femme ne savait pas si elle écoutait ou non, mais lorsqu'elle arriva à la fin du premier chapitre, Zoé murmura : « Continue. »

Vers le milieu du troisième chapitre, le pas lourd d'Alec Lynch résonna sur les marches, puis la porte d'entrée s'ouvrit. Zoé ne laissa même pas Britt achever sa phrase. Elle bondit sur ses pieds et courut se blottir dans les bras de son père.

« Hé, fit celui-ci, qu'est-ce qui se passe ?

— Tante Britt me lit un livre. Elle m'en a acheté plusieurs. »

Alec se tourna vers Britt. Il avait une expression sévère, la peau bleuie de froid.

« L'infirmière de l'école m'a appelée, expliqua la jeune femme. Il a fallu que j'emmène Zoé chez le médecin.

— Lauren m'a appris qu'elle avait téléphoné aussi au magasin, c'est pourquoi je rentre plus tôt. Qu'est-ce qui t'est arrivé ? demanda-t-il, scrutant avec inquiétude le visage pâlichon de sa fille.

— Je me suis évanouie, répondit Zoé. Et cogné la tête. Je suis une vraie empotée.

— J'ai tenté de vous joindre au magasin, dit Britt, mais on m'a répondu que vous étiez sorti. »

Alec ne prêta pas attention à la remarque de Britt et continua à observer sa fille. « Ça va ? lui demanda-t-il.

— Oui, oui, ça va. »

Alec lança alors un regard interrogateur à sa belle-sœur.

Britt soupira.

« Le Dr Farrar a dit qu'elle était simplement un peu fatiguée.

— Tu devrais aller te coucher et te reposer, ma chérie.

— Tout le monde me dit de me reposer, se plaignit l'enfant. Et puis d'abord, je viens de me reposer. Pendant que tante Britt me faisait la lecture, j'avais les yeux fermés. »

Alec se débarrassa de son blouson de cuir et desserra sa cravate. « Maintenant, tu vas obéir, dit-il d'un ton ferme. Tu montes et tu fais une vraie sieste. J'arrive tout de suite.

— Bon, bon », dit Zoé à contrecœur. Elle se tourna vers sa tante : « Tu me liras la suite ?

— Oui, bien sûr.

— Allez, hop ! »

Alec suivit des yeux sa fille qui se dirigeait vers l'escalier d'un pas traînant.

Britt referma brusquement le livre et le jeta sur la table basse. Après quoi, elle se leva et entreprit de replier la couverture indienne.

« Désolé de ne pas avoir répondu, dit Alec d'une voix coupante. On a cru que j'étais parti, mais j'étais dans la réserve.

— Ah bon ? Et à faire quoi ? » ironisa Britt d'un ton glacial.

Alec la dévisagea, les paupières réduites à deux fentes.

« Vous vous y connaissez en motoneiges, Britt ? Si je vous expliquais, vous croyez que vous comprendriez ? »

Britt soutint son regard.

« Eh bien, moi, je ne crois pas », reprit-il. Il retroussa les manches de sa chemise et fouilla dans l'un des sacs pleins de provisions entassés par terre. « Regardez-moi toutes ces cochonneries, dit-il. Il va falloir que je mette de l'ordre. J'ai l'impression d'étouffer entre tous ces paquets. » Il disparut dans le couloir. Britt, indécise, ne sachant pas si elle devait lui confier ce que lui avait dit le Dr Farrar, demeura plantée au milieu du séjour.

Alec revint avec deux grands sacs-poubelle noirs. « Tenez, puisque vous voulez vous rendre utile. On va balancer tout ça. »

Britt se décida.

« Le Dr Farrar a dit autre chose tout à l'heure au sujet de Zoé. »

Alec leva la tête, l'air aussitôt soucieux. « Quoi ? Zoé est malade ?

— Le docteur a dit qu'on avait découvert des traces de drogue dans son sang la nuit de l'incendie. »

Alec jeta avec fureur un carton sur le canapé et entreprit d'en trier le contenu, fourrant des chaussettes et des sous-vêtements dans le sac-poubelle.

« Alec ? fit Britt.

— C'est de la foutaise, elle raconte des mensonges.

— Elle a fait faire des analyses pendant que Zoé était à l'hôpital. Il y avait des traces de tranquillisants. Pourquoi mentirait-elle sur une chose pareille ?

— Pour se venger de moi !

— Je ne comprends pas. Se venger ?

— Zoé ne prendrait jamais de drogue. Jamais ! Il y a une telle campagne antidrogues à l'école que c'est à peine si elle accepte de prendre de l'aspirine !

— Alors dans ce cas, comment...

— Vous parlez ou vous m'aidez ! » l'interrompit-il avec colère.

Britt le regarda, sidérée. Croyait-il sincèrement que le médecin avait menti ?

« Le Dr Farrar dit que Zoé devrait consulter un psychiatre ou tout au moins un psychologue. Elle est d'accord avec moi pour penser qu'elle a besoin d'une autre aide que celle d'une conseillère pédagogique.

— Ah, elle est d'accord avec vous ? Eh bien, moi, je vous affirme que Zoé va se remettre. Je me suis entretenu avec Mrs. Slavin ce matin à l'école. Zoé aime bien cette femme. Elle se sent à l'aise avec elle.

— Vous ne croyez pas que le Dr Farrar est un peu plus apte à juger que vous ?

— Elle ne connaît pas Zoé. Zoé est ma fille et c'est

moi qui prends les décisions la concernant. » Il tourna le dos à Britt et contempla le désordre qui régnait dans la pièce. « Je devrais donner tout ça à l'Armée du Salut », dit-il avec un soupir.

Pourquoi refusait-il de voir la réalité en face ? se demanda la jeune femme. Pourquoi un père ne tenait-il pas compte d'un fait comme celui-là ? Serait-ce parce qu'il était déjà au courant ? Qu'il savait que sa fille se droguait...

Le téléphone sonna, la faisant sursauter. Alec quitta le séjour pour aller répondre.

Britt se laissa tomber dans un fauteuil, le sac-poubelle à la main. Elle ne croyait pas une seconde que le Dr Farrar ait pu mentir. Donc, soit Alec s'obstinait à porter des œillères, soit il désirait couvrir sa fille. Mais pourquoi un père ferait-il cela ? Un tel comportement serait criminel. À moins que cet amour pour sa fille ne soit qu'une... qu'une autre comédie visant à entretenir cette image de la famille idéale qu'ils s'étaient efforcés de créer...

Soudain, Alec la saisit par le poignet et la remit brutalement debout. Britt poussa un cri. Elle sentait son propre pouls battre sous la poigne de son beau-frère.

« Vous êtes décidément la plus stupide des femmes, dit-il, les dents serrées. Ne vous mêlez pas de ça. Vous vous figurez aider votre sœur ainsi ? Et vous, où étiez-vous quand elle avait besoin de vous ? » Ses yeux étincelaient de fureur. « Qui vous a demandé de venir ?

— Qu'est-ce qui vous prend, vous êtes devenu fou ? Lâchez-moi tout de suite.

— C'était Ray Stern, le chef de la police. Il voulait savoir pourquoi ma femme avait engagé un détective privé. Il m'a dit que c'était vous qui le lui aviez appris. »

Britt le dévisagea avec un air de défi.

« Je pensais qu'il devait être mis au courant.

— Papa ? »

Alec lâcha le poignet de Britt. Il était douloureux, mais elle ne le frotta pas, tenant à lui refuser ce plaisir. Tous deux pivotèrent d'un bloc. Zoé, en chaussettes, se tenait sur le pas de la porte, un chien en peluche niché dans ses bras.

« Qu'est-ce qui se passe ? demanda-t-elle.

— Rien, rien. Et toi, qu'est-ce que tu fabriques là ? Je croyais que tu te reposais, dit Alec.

— D'abord, tu n'es pas monté, et puis j'ai cru que vous vous disputiez.

— Mais non, mais non, dit Britt.

— C'est vrai, renchérit Alec. On parlait c'est tout.

— De quoi vous parliez ? »

Tout en surveillant Britt du coin de l'œil, Alec répondit d'un ton ferme :

« Zoé, ça ne te regarde pas et... »

Britt alla décrocher son manteau dans le placard.

« Où tu vas, tante Britt ? » demanda Zoé.

Fuyant le regard féroce d'Alec, elle lâcha :

« J'ai besoin de prendre l'air. »

14

Britt prit sa voiture et roula au hasard. Il n'était que cinq heures de l'après-midi, mais il commençait déjà à faire nuit. À mesure qu'elle s'éloignait de la ville, elle ne distinguait plus que les rares lumières d'une ferme ou d'un chalet. Plus elle montait, plus les virages devenaient serrés et dangereux, de sorte qu'elle décida de faire demi-tour. Dès qu'elle vit un chemin, elle s'y engagea mais, dans sa précipitation, elle ne s'aperçut pas qu'il était boueux. La mince pellicule de glace céda et la voiture s'enlisa. Oh, mon Dieu ! pensa Britt. Qu'est-ce que je vais faire ? Je n'aurais jamais dû me risquer ici. Pétrie d'angoisse, elle braqua, accéléra, passa la marche arrière, mais rien n'y fit. Elle allait abandonner, se demandant où elle pourrait trouver de l'aide, quand les roues, avec un cahot, se dégagèrent de l'ornière.

Poussant un soupir de soulagement, elle put enfin repartir et regagner le village. Elle se gara dans la rue principale et resta un moment sur son siège pour se remettre de ses frayeurs. Des couples passaient sous les guirlandes, main dans la main, les yeux brillant de bonheur. Britt ressentit soudain le poids de sa solitude. Là-haut, elle avait cherché qui appeler à l'aide. Certainement pas Alec. Rétrospectivement, la pensée d'être à sa merci dans un endroit désert alors que la nuit tombait lui faisait un peu peur. Mais il n'y avait personne d'autre.

Elle se secoua. Chasse donc tes idées noires et sors de cette voiture.

Elle examina la rue. Il y avait des cafés et des restaurants, mais aucun qui l'attirât particulièrement. Elle en choisit donc un au hasard. Elle entra au Mason's Bar. C'était un endroit confortable aux murs lambrissés, équipé d'une cheminée au gaz et d'un vieux bar en acajou. La moitié des tables étaient occupées. À la lueur des bougies, Britt parvint à distinguer les visages rosis des consommateurs, les pulls saupoudrés de neige. Au contraire de tous les établissements de ce genre qu'elle connaissait, on ne voyait s'élever aucun nuage de fumée de cigarettes. Ces gens-là devaient économiser leurs poumons pour mieux skier à haute altitude. Une hôtesse portant des nattes, en col roulé et jupe plissée écossaise rasant le sol, s'avança vers Britt. « Vous désirez une table ?

— Vous servez au bar ?

— Oui, oui, bien sûr, répondit l'hôtesse.

— Alors, je vais m'installer au comptoir. »

Britt voulait juste boire un verre de vin et elle préférait tourner le dos à l'ambiance joyeuse de la salle.

« Qu'est-ce que je vous sers ? demanda le barman.

— Un verre de vin rouge. Du cabernet, si vous avez. »

Le barman acquiesça et la servit. Elle but une gorgée. La chaleur du vin dans son estomac vide lui fit du bien. Son verre à la main, elle remarqua que son poignet était encore rouge tellement Alec s'était montré brutal. Et menaçant. Elle ne tirait aucun plaisir à constater qu'elle avait eu raison à son sujet.

« Excusez-moi, mademoiselle, mais vous avez l'âge de boire de l'alcool ? »

Britt se tourna sur son tabouret et se trouva nez à nez avec Dean Webster. « À peine, répondit-elle.

— Vous êtes mal installée sur ce siège. Voulez que je demande une chaise pour bébé ? »

Britt, les joues rougies par le vin, leva les yeux au ciel : « Oui, pour vous. »

Dean se hissa sur le tabouret voisin et posa sur le comptoir sa bouteille de bière qui n'était manifestement pas la première. « Vous ne m'avez pas appelé, lui reprocha-t-il en agitant le doigt.

— J'ai été occupée. »

Le jeune homme vida sa bouteille qu'il contempla avec regret, puis il adressa à Britt son sourire cent mille volts. « Alors, vous êtes de Boston ?

— Bravo, vous avez gagné.

— J'ai un excellent ami là-bas. Peter Darien. C'est le propriétaire de la galerie Darien. Sur Newbury Street. Vous la connaissez ? »

Britt ne la connaissait pas, mais elle connaissait le quartier. Huppé, intello... et gay. Perplexe, elle étudia Dean Webster. Il se dégageait de lui un magnétisme animal, mais cela ne faisait pas nécessairement de lui un hétéro. Elle se moqua d'elle-même pour s'être posé la question. Il n'essayait pas du tout de la séduire. Il voulait uniquement lui soutirer une interview ainsi que des informations. « Je ne fréquente pas beaucoup les galeries, finit-elle par répondre.

— C'est un bel endroit. Très chic.

— Puisque c'est dans Newbury Street, dit-elle, comme s'il avait proféré une évidence. Vous venez souvent à Boston ? »

Dean fronça les sourcils.

« Pas aussi souvent que je le voudrais. » Puis son visage s'illumina. « Je pourrais peut-être aller vous voir. Vous me montrerez la ville. »

Britt ne put s'empêcher de sourire devant tant de suffisance.

« Je ne pense pas que nous en soyons déjà à passer des week-ends ensemble. Alors, qu'est-ce que vous désirez savoir ?

— Bon, dit-il, faisant visiblement un effort pour reprendre son rôle de journaliste. Vous avez raison, venons-en aux choses sérieuses. J'aimerais savoir si vous avez une idée quant à l'identité de la personne qui a voulu tuer votre sœur. »

Britt sursauta.

« Qu'est-ce qui vous permet de croire...

— Inutile de feindre, la coupa Dean, faisant signe au barman de lui apporter une autre bière. Tout le monde est au courant en ville. Mon reportage et la nouvelle sont passés aux infos toute la journée. C'était un incendie criminel. Il fallait que quelqu'un en veuille drôlement à votre petite sœur.

— Ma sœur aînée, en fait. Et j'ai peine à imaginer qu'on ait pu vouloir la tuer, dit Britt, évasive. C'était un être adorable.

— Ce doit être frustrant pour la famille d'être contrainte de se reposer sur la police de Coleville.

— Ray Stern a été très gentil », répliqua Britt prudemment.

Dean tapota sur le bar avec sa bouteille pleine.

« C'est vrai, c'est quelqu'un de très gentil, mais avec tout le respect que je lui dois, la police d'ici n'a guère l'expérience de ce genre d'affaire. À ma connaissance, il n'y a pas eu de crimes dans le coin depuis des années. Ils nagent, ils ne possèdent pas le moindre indice. »

Britt but une nouvelle gorgée de vin qui, celle-là, lui parut soudain acide.

« Je ne vois pas de quoi vous parlez.

— Allons, vous n'êtes pas novice. Vous savez comment les choses se passent dans une petite ville. Personne ne veut moucharder ses amis.

— J'ai le sentiment que la police fait tout ce qu'elle peut.

— Vous devez bien avoir une idée, insista Dean, le coude planté sur le bar et la joue appuyée contre sa main.

— Non, aucune, répondit la jeune femme après une seconde d'hésitation.

— Ne le prenez pas mal, mais dans des affaires

comme celle-là, la réponse se trouve souvent parmi les... les familiers, dirons-nous.

— Je ne l'ignore pas.

— Alors, quelles étaient les relations entre le roi des motoneiges et son épouse ? »

Britt rougit et contempla son vin.

« Je... je ne sais pas. »

Il afficha un air sceptique.

« Vous êtes très gentille, et peut-être trop, vous savez ? »

Britt l'examina un instant. Il sortait à peine de l'adolescence, mais même après un ou deux verres de trop, il était malin. Son beau visage paraissait innocent à la lueur des bougies et son regard demeurait indéchiffrable, comme s'il ne poursuivait aucun but précis. Or, Britt savait pertinemment où il voulait en venir. Et elle savait aussi que, si on faisait état de ses soupçons à propos d'Alec au journal du soir, Zoé ne le lui pardonnerait jamais. « Vous perdez votre temps avec moi. »

Il insista, comme par jeu :

« Allons, dites-le-moi. C'est lui que vous soupçonnez ?

— Même si c'était vrai, je ne vous le dirais pas.

— En tout cas, moi, c'est lui que je soupçonne, affirma Dean. Je me suis livré à une petite enquête sur ce type. Vous saviez que votre sœur avait une assurance vie d'un montant de 400 000 dollars ?

— Selon lui, l'idée venait d'elle », dit Britt, s'efforçant de dissimuler son étonnement face à l'énormité de la somme.

Dean eut un large sourire. « Ouais, mon œil ! Il l'a contractée il y a deux mois.

— C'est vrai ?

— Ça vous surprend, hein ? » dit-il, l'air content de lui.

Britt, sous le choc de cette révélation, fut tentée de commander un deuxième verre et de rester. Et tentée aussi de lui parler du détective privé, de la discorde qui régnait dans leur couple ainsi que de la drogue trouvée dans le sang de Zoé. Mais elle savait qu'elle devait résister à son impulsion. Il fallait qu'elle prenne ses distances, sinon elle risquait de se confier à lui. À cet homme qui partageait ses soupçons. Elle consulta sa montre. « Bon, dit-elle. Je dois vous laisser. J'ai quelqu'un à voir.

— Maintenant ?

— Oui, maintenant. »

Elle fouilla dans son sac à la recherche de son porte-monnaie.

Dean sortit un billet de sa poche et le plaqua sur le comptoir.

« C'est ma tournée.

— Merci, mais vous n'êtes pas obligé...

— Je le fais avec plaisir. Et je vais vous dire une chose : on est loin de tout savoir sur cette affaire, j'en suis persuadé. Et ce salaud, je le coincerai. Je vous vengerai.

— On se croirait dans un western, dit Britt avec un petit sourire ironique. Pourquoi une telle obstination ? »

L'air d'un gamin qui s'amuse, Dean répondit :

« Je ne sais pas. La satisfaction de démasquer un criminel. Un beau reportage. Et puis... peut-être la gratitude d'une sœur qui a des relations.

— Ah, bon ? » fit Britt.

Exactement ce qu'elle suspectait.

« Comment ? Vous voulez dire que, si je réunissais des preuves contre ce type, vous ne glisseriez pas un mot en ma faveur auprès des responsables de votre chaîne ?

— Je n'ai pas dit ça.

— Vous ne savez pas ce que c'est que d'être enterré dans ce trou paumé. J'ai l'impression d'être en exil. Je ne suis pas à ma place ici. Je suis prêt à jouer dans la cour des grands.

— Et modeste avec ça !

— La modestie, c'est pour les gogos. »

Britt l'observa pendant qu'il buvait une solide gorgée de bière. Il était jeune, culotté, encore mal dégrossi, mais avec son âme de battant aux dents longues, il réussirait peut-être dans l'univers impitoyable de l'information télévisée. « Eh bien, maintenant, je connais votre prix », dit Britt.

Dean parut indigné.

« Hé, il ne s'agit pas seulement de ça. Je crois qu'il a réellement tué sa femme et je n'ai pas la moindre envie qu'il s'en tire.

— Je refuse de discuter avec vous. »

Britt se laissa glisser à bas de son tabouret et fila vers la sortie.

Que faire, maintenant ? se demanda Britt. Elle ne tenait pas à retourner dans cette maison et voir Alec jouer les pères attentionnés auprès de Zoé. Et elle ne tenait pas non plus à entrer dans un autre restaurant de peur que Dean Webster la voie et comprenne qu'elle n'avait nulle part où aller. Il devait bien y avoir un magasin d'alimentation au milieu de toutes ces boutiques pour touristes. Elle achèterait un sandwich et le mangerait dans la voiture.

Devinant qu'elle ne trouverait rien de tel dans la rue principale, elle suivit les panneaux indiquant le chemin de l'autoroute. Et en effet, à moins d'un kilomètre du village, elle repéra une supérette ouverte vingt-quatre heures sur vingt-quatre à côté d'une station-service. Elle se gara devant et entra. Une employée qui avait l'air de mourir d'ennui mit le sandwich tout préparé et la petite bouteille d'eau dans un sac. Britt paya, puis alla manger son dîner dans la voiture, examinant les alentours pour être sûre qu'aucun journaliste ne rôdait dans les parages, prêt à constater à quelle extrémité elle en était réduite. Elle était tellement inquiète à l'idée de voir arriver le camion blanc de la télévision qu'il lui fallut un moment pour s'apercevoir qu'elle était juste en face du magasin d'Alec. Les lumières de la salle d'exposition étaient allumées et il y avait quelques voitures dans le parking. Elle remit le sandwich entamé dans le sac et s'essuya les lèvres à l'aide d'une serviette en papier.

Alec était à la maison, et peut-être était-ce Lauren qui le remplaçait ce soir. Aussitôt, Britt repensa à la carte avec la rose en relief sur laquelle était écrit : « Avec tout mon cœur, Alec. » Voilà peut-être l'occasion de parler à la jeune fille seule à seule, se dit-elle. Certes, elle doutait que Lauren lui confie spontanément quoi que ce soit, mais on ne risquait rien à essayer. Si ses soupçons étaient fondés, Lauren Rossi devait se trouver au centre de l'affaire.

15

Un jeune homme fort bien soigné de sa personne, en chemise à rayures et cravate, s'avança vers Britt qui regardait, perplexe, une motoneige d'un violet éclatant. « Je peux vous renseigner ? » demanda-t-il. Puis il sembla reconnaître en elle la jeune femme partie le matin même en excursion avec son patron. « Oh, excusez-moi..., reprit-il.

— Est-ce que Lauren est là ?

— Oui, elle est dans son bureau, répondit-il en désignant le couloir qui menait vers le fond du magasin.

— Je connais le chemin, merci. »

Britt s'engagea dans le corridor sur lequel donnaient plusieurs bureaux. La plupart étaient plongés dans le noir, mais dans le dernier, qui paraissait une antichambre donnant sur une porte marquée « Mr. Lynch », Lauren parlait au téléphone. Vêtue d'un top moulant bleu turquoise et d'un jean noir en stretch, elle avait l'air belle et sensuelle même sous l'atroce éclairage fluorescent. Elle termina sa conversation et leva les yeux. À la vue de Britt, son sourire s'effaça.

« Bonsoir, fit-elle froidement. Vous cherchez Alec ? Il n'est pas là.

— En fait, c'est vous que je cherchais.

— Ah bon ? Et pour quelle raison ? s'étonna la jeune fille, aussitôt sur le qui-vive.

— Je peux m'asseoir ? demanda Britt, indiquant un fauteuil.

— On ferme dans quelques minutes. »

Ignorant la remarque, Britt s'installa dans le fauteuil.

« Vous avez regardé les infos ? reprit Lauren. On a dit qu'il s'agissait d'un incendie criminel.

— Je sais, j'ai entendu. »

Lauren eut une petite grimace, puis elle prit un stylo qu'elle tourna et retourna entre ses doigts aux ongles manucurés. « C'est incroyable, dit-elle. Quelle horreur ! Pauvre Alec.

— Et pauvre Zoé, ajouta Britt.

— Oui, bien sûr.

— Lauren, je voudrais vous poser une question. »

La jeune fille fronça les sourcils.

« On m'a appris que ma sœur était très déprimée. »

Lauren ouvrit de grands yeux.

« Oh, vraiment ?

— Est-ce que vous auriez une idée de ce qui la déprimait à ce point ? »

Lauren remua la tête en signe de dénégation.

« Comment le saurais-je ? Je la connaissais à peine. Elle ne venait pratiquement jamais au magasin.

— J'ai beaucoup réfléchi, et j'ai une théorie à ce sujet. Je peux vous la soumettre ? »

Lauren jeta un coup d'œil sur sa montre et haussa les épaules avec indifférence.

« Si vous voulez. »

Britt croisa les jambes et contempla un instant le bout de ses bottines, puis elle se décida . « Alors, voilà. Je pense que Greta soupçonnait son mari d'entretenir une liaison.

— Non, affirma Lauren, catégorique. Il n'en avait pas.

— Ma sœur a engagé un détective privé pour le faire suivre. »

Britt ne regarda pas la jeune fille qui se tenait immobile, tous les sens en alerte comme un lapin à l'approche du renard.

« Ce n'est pas à moi de porter un jugement moral, poursuivit-elle sans lever les yeux. » Elle hésita, puis se résolut à continuer dans l'espoir qu'une confidence en entraîne une autre. « J'ai moi-même eu une liaison avec un homme marié. Un homme pour qui je travaillais. Je n'en suis pas spécialement fière, mais ce genre de choses peut arriver. Je suis bien placée pour le savoir. »

Lauren, toujours parfaitement immobile, garda le silence. Britt se sentit un peu coupable. Cette fille était si jeune, si transparente qu'elle en était presque trop facile à manipuler. Mais pas question pour autant de renoncer à son avantage, aussi elle reprit, adoptant une expression pensive : « Vous comprenez, j'ai l'impression que la mort de ma sœur pourrait être en rapport avec les... les aventures d'Alec. J'imagine que la police ne va pas tarder à identifier cette autre femme et qu'elle l'interrogera... »

Le silence lui devint soudain insupportable. Avec le sentiment d'avoir enfoncé le clou, elle se décida enfin à regarder la jeune fille, s'attendant à lire la culpabilité sur son visage mais, à son immense surprise, elle n'y vit que bouleversement et désarroi, tandis qu'une larme roulait sur une joue au teint de pêche.

« Mais... mais qu'avez-vous ? » demanda-t-elle.

Lauren ne répondit pas. Elle prit un Kleenex dans le tiroir de son bureau et se tamponna les yeux. « Rien, rien », finit-elle par dire.

Britt se pencha et scruta la jeune fille.

« Si, expliquez-moi. »

Lauren renifla et, d'un geste plein de colère, essuya de nouvelles larmes. Après quoi, les yeux noyés de pleurs, elle fixa Britt. « Comment vous savez tout ça ? Je ne vous crois pas !

— J'ai vu la lettre de l'agence de détectives. »

Ce qui était la stricte vérité, pensa Britt.

Lauren tourna la tête et fixa du regard la porte de

son bureau. « Il faut que vous partiez maintenant, c'est l'heure de la fermeture », déclara-t-elle brusquement au bout d'un moment. Elle se leva et commença à ranger ses papiers.

« Vous savez qui c'est ? demanda Britt. L'autre femme ?

— Non ? Comment le saurais-je ? »

Britt hésita.

« C'est-à-dire que... ce matin, j'ai trouvé dans une poche de votre parka une carte... marquée "Avec tout mon cœur, Alec"... Est-ce que vous seriez amoureuse de lui par hasard ? demanda-t-elle de but en blanc.

— C'est pas vos oignons ! » répliqua Lauren, devenue rouge comme une pivoine.

Elle paraissait humiliée, à l'instar d'une écolière surprise en adoration devant la photo de son acteur préféré.

Elle a le béguin pour lui, comprit alors Britt. Mais c'est à sens unique. « Oui, vous avez raison, dit-elle. Je vous demande pardon, je croyais... » Elle s'était donc trompée au sujet de Lauren et d'Alec. Elle avait un peu honte de l'arrogance dont elle avait fait preuve, mais elle était tellement persuadée d'avoir raison, du moins en partie. Lauren aurait bien voulu que ce soit avec elle qu'Alec ait une liaison, mais ce n'était pas elle...

Britt profita de l'occasion qui lui était offerte.

« Si vous n'êtes pas sa maîtresse, pourquoi avoir menti pour le couvrir ?

— Menti ? s'écria Lauren.

— Je ne vois pas d'autre mot. Vous avez fourni un alibi à Alec. Vous avez déclaré qu'il était ici le soir de l'incendie alors que vous saviez parfaitement que c'était faux. Il était probablement avec l'autre. Tôt ou tard, la police viendra vous demander pourquoi vous avez fait un faux témoignage.

— Ce n'était pas un alibi et je n'ai pas fait de faux témoignage, déclara Lauren sans conviction.

— Si, affirma Britt. Et la police vous interrogera. Nous

l'avons tous entendu dire qu'il était ici, à s'occuper de la paperasserie. Et vous avez confirmé ses dires. S'il s'avère qu'il a menti et que vous le saviez, vous serez poursuivie comme complice...

— Complice ! s'exclama la jeune fille. Complice de quoi ?

— De meurtre, Lauren. Ma sœur a péri dans cet incendie. Et si c'est Alec qui l'a déclenché... Je pense que vous comprenez ce que je ressens. L'idée que vous puissiez protéger celui qui l'a peut-être tuée... »

Lauren prit une profonde inspiration et regarda Britt dans les yeux.

« Vous ne pouvez pas croire sérieusement qu'Alec ait... Jamais il n'aurait fait ça... Zoé était dans la maison.

— Oui, je sais.

— C'est impossible, dit Lauren avec indignation. Il adore Zoé.

— Il prétend aussi qu'il adorait ma sœur.

— C'est différent. Un enfant, ce n'est pas la même chose.

— Il y a pourtant des gens qui tuent leurs enfants. On voit ça tout le temps dans les journaux. Des gens comme vous et moi, mais dépourvus de la moindre once de conscience.

— Pas Alec, insista la jeune fille avec, cependant, une lueur inquiète dans le regard.

— Écoutez, j'ignore qui est l'auteur de l'incendie, mais pour le moment, la police enquête sur la base de la fausse information que vous avez fournie.

— Je n'ai pas dit qu'il avait été là tout le temps, protesta Lauren. J'ai juste déclaré que je l'avais vu travailler dans son bureau.

— Et c'est la vérité ? demanda Britt.

— Je suis certaine qu'Alec n'a rien à voir...

— Mais vous ne savez pas s'il était là ou non, c'est bien cela ? »

La jeune fille secoua lentement la tête.

« Je voulais simplement l'aider. Il avait l'air tellement... tellement perdu. Il n'aurait jamais pu faire une chose pareille... »

Bon, pensa Britt. Elle a donc menti.

« Après, quand il m'a raccompagnée à ma voiture, il m'a fait des reproches. Il m'a dit que j'aurais dû me taire.

— Mais vous ne l'avez pas fait. Et si vous ne dites pas la vérité à la police, on s'imaginera que vous essayez de le couvrir.

— Je ne veux plus parler de ça », affirma Lauren, retrouvant un peu de sa détermination. Elle se leva, faisant tinter les clés des bureaux. « Venez, maintenant. Je dois fermer. »

Britt se leva à son tour et, se penchant vers la jeune fille, s'adressa à elle d'un ton pressant : « Vous savez que vous risquez de sérieux ennuis pour avoir menti à la police. De plus, vous cherchez à protéger quelqu'un qui a peut-être commis... Enfin, quoi qu'il en soit, je ne vois pas pourquoi vous vous compromettriez pour lui, d'autant qu'il a une aventure avec une autre femme. »

Les épaules de Lauren s'affaissèrent et ses yeux, de nouveau, se mouillèrent de larmes.

« Voulez-vous venir avec moi, Lauren, dire au chef de la police que vous avez fait une erreur ? Que vous avez confondu avec un autre soir ? Il faut qu'on se débarrasse de ces mensonges afin que la vérité puisse éclater.

— Je ne peux pas croire qu'il ait une liaison, gémit la jeune fille.

— Venez, à présent », dit Britt.

Avant que tu n'aies eu le temps de changer d'avis, ajouta-t-elle intérieurement.

16

ALEC vint ouvrir et, sincèrement surpris, regarda tour à tour Britt et Ray Stern.

« Alec, commença Ray, s'excusant presque, je sais qu'il est tard, mais il fallait que je vous parle. »

Le ton employé par le chef de la police donna envie à Britt de hurler, mais elle se maîtrisa. Il n'est que neuf heures, se dit-elle. Ce n'est pas tellement tard pour quelque chose d'aussi grave.

« Entrez », dit Alec.

Évitant le regard inquisiteur de son beau-frère, Britt suivit Ray Stern dans le living. Après l'avoir débarrassé d'une pile de livres, elle s'installa dans un fauteuil en bois près de la porte, tandis que le chef de la police prenait place dans un autre fauteuil en face d'Alec qui s'assit sur le canapé.

« Pardonnez-moi de vous déranger à une heure pareille, dit encore Ray, mais nous avons un nouvel élément. Il semble que votre employée, Lauren Rossi, ait – comment dire – réalisé qu'elle avait commis une erreur en déclarant vous avoir vu au magasin le soir de l'incendie. C'est pourquoi j'aimerais savoir si quelqu'un d'autre vous y aurait vu. »

Alec enfouit un instant son visage dans ses larges mains, puis il poussa un soupir. « Écoutez, je ne sais pas si c'est important ou non, mais je ne lui ai jamais demandé de mentir. Elle a agi de sa propre initiative.

— Pourtant, vous ne l'avez pas contredite, lui rappela Ray.

— Non, en effet. Mais ce n'était pas parce que... »

Alec laissa sa phrase en suspens.

D'où elle était, Britt observait la scène en silence.

Ray adressa un regard sévère à son vis-à-vis.

« Alec, il faut que vous me disiez la vérité.

— Bon, fit Alec avec lassitude, je vais vous expliquer ce qui s'est passé. Je n'en ai pas parlé parce que je savais que... que ça me mettrait dans une situation délicate.

— Allez-y, je vous écoute.

— Eh bien, cette nuit-là... la nuit de l'incendie, je suis rentré dîner à la maison. Zoé n'était pas là. Elle était chez son amie Kayley. »

Alec sortit un paquet de cigarettes de sa poche et en prit une qu'il glissa entre ses lèvres.

« Donc, vous étiez chez vous ce soir-là... »

Alec alluma sa cigarette.

« J'ai besoin d'un avocat ? demanda-t-il, observant Ray Stern à travers un petit nuage de fumée.

— Vous y avez droit si tel est votre désir. »

Voilà la preuve, pensa Britt avec rage. Un avocat qui lui conseillera de se taire !

Alec soupira de nouveau. « Non, ce ne sera pas nécessaire. Je vais vous raconter ce qui s'est passé. Je suis arrivé à la maison... » Il s'interrompit une seconde avant de reprendre son récit d'une voix hésitante : « Greta m'a fait réchauffer quelque chose. Pendant que je mangeais, nous avons parlé et... et nous nous sommes un peu disputés. »

Par-dessus son épaule, Ray Stern lança à Britt un regard plein de suffisance, comme pour dire qu'il savait bien qu'Alec ne dissimulerait pas la vérité. La jeune femme détourna la tête avec mépris.

« Donc, vous vous êtes disputés, et à quel sujet ? » demanda le policier.

Mâchoires crispées, Alec avait les yeux fixés droit devant lui.

« Au sujet de... de petits problèmes conjugaux.
— C'est-à-dire ? »

Alec, les poings serrés, jeta un coup d'œil furieux en direction de Britt.

La jeune femme se prépara à entendre un nouveau mensonge.

« Ma fouinarde de belle-sœur vous a déjà dit qu'en espionnant mon courrier, elle a découvert que ma femme avait engagé un détective privé.

— En effet. Et vous m'avez raconté qu'elle désirait connaître le nombre d'actions ou je ne sais quoi que vous aviez achetées il y a quelques années...

— Eh bien, ce n'est pas vrai.

— Quelle surprise ! s'exclama Britt.

— Je n'ignore pas ce que vous pensez. Vous vous imaginez que je trompais Greta, dit Alec avec amertume en se tournant vers Britt qui évita de nouveau son regard. Eh bien, sachez que je n'avais pas de liaison avec une autre femme. Ce n'est pas pour moi que votre sœur avait engagé ce détective. » Il s'adressa à Ray : « Je suis persuadé qu'elle vous a raconté que j'avais une maîtresse. » Puis, revenant à Britt, il lança : « C'est ce que vous auriez voulu, hein ? »

La jeune femme ne répondit pas. Son cœur battait à tout rompre. Menteur, sale menteur, pensait-elle.

« Alors, pourquoi a-t-elle eu recours aux services d'une agence de détectives ? » demanda le policier.

Alec écrasa sa cigarette.

« Ça n'avait rien à voir avec moi. »

Ray plaqua les mains sur ses genoux, comme s'il s'apprêtait à se lever. « Eh bien, peut-être qu'avant que vous nous gratifiiez d'une autre semi-vérité, je ferais mieux d'interroger ce détective.

— Non, non, dit Britt. Je tiens à savoir quelle histoire il a inventée... Il a eu tout le temps d'y réfléchir. »

Alec eut l'air accablé.

« Bon, eh bien, je vais vous le dire, mais vous risquez de le regretter.

— Ça m'étonnerait. »

Alec ne lui prêta plus attention et se tourna vers Ray qui s'était radossé dans son fauteuil.

« Ma femme était déprimée. Je ne doute pas que Mademoiselle-je-sais-tout vous en ait déjà informé.

— En effet, elle me l'a dit, confirma le policier.

— Elle était très déprimée parce que... parce qu'elle avait essayé de retrouver sa mère. »

Britt étouffa un cri et bondit sur ses pieds.

« Non, attendez !

— Où était sa mère ? demanda Ray, déconcerté.

— Que cela vous plaise ou non, c'est la vérité », dit Alec à Britt avant de poursuivre à l'intention du chef de la police : « Elle a quitté le domicile conjugal alors que les deux sœurs étaient encore des enfants. Le détective avait repéré sa trace, mais ensuite, il l'a perdue. Il me l'a dit lui-même, elle ne voulait pas qu'on la retrouve. Greta était bouleversée. Et terriblement mortifiée. Elle ne parvenait pas à l'accepter. »

Britt était abasourdie.

« Non ! s'écria-t-elle. Vous mentez...

— Très bien, je mens. Vous voulez que Gardner vous le confirme en personne ? Parce que moi, j'ai eu ma dose pour ce soir.

— Alec, calmez-vous, dit Ray. Nous sommes ici pour tenter d'y voir un peu plus clair. C'est vous qui avez contribué à embrouiller...

— D'accord, d'accord. Mais tâchez de comprendre, Zoé va rentrer d'un instant à l'autre, et je ne veux pas qu'elle soit au courant. Pour autant qu'elle le sache, sa grand-mère maternelle a disparu, point final. Greta voulait qu'on garde le secret jusqu'à... jusqu'à ce qu'elle ait définitivement retrouvé sa mère. Nous n'avons pas parlé à notre fille de ces recherches, ni à personne, du reste.

— Voilà qui est bien pratique, marmonna Britt.

— C'est la vérité, insista Alec.

— Non ! c'est injuste ! s'écria Britt. Il s'arrange pour

faire croire que tout est de la faute de Greta. C'est lui qui... »

Son discours devenait incohérent et elle s'en rendait compte, mais il ne fallait pas qu'elle pense à sa mère, ce fantôme qui, apparemment, n'en était plus tout à fait un.

« L'explication d'Alec me semble crédible, déclara le policier. Et je ne vois pas l'utilité que Zoé l'apprenne.

— Merci, Ray.

— Donc, le soir de l'incendie...

— Une seconde, intervint de nouveau Britt. Qu'est-ce qui s'est passé la première fois que le détective a retrouvé ma mère ? Où était-elle ?

— Si vous tenez à le savoir, vous n'avez qu'à engager ses services, répliqua Alec.

— Espèce de salaud ! Encore un mensonge de plus !

— Miss Andersen, la reprit sèchement le chef de la police. Je ne doute pas que vous ayez un tas de questions à poser à ce propos, mais ce n'est ni le lieu ni l'heure. Si vous n'arrivez pas à vous contrôler, je me verrai dans l'obligation de vous demander de sortir.

— Excusez-moi. »

Britt alla se rasseoir. Ses lèvres tremblaient et elle craignait de fondre en larmes.

« Bon, continua Ray avec calme. À quel sujet vous vous êtes disputés ?

— Celui-là, justement, répondit Alec. Sa mère.

— Vous pourriez m'en dire davantage ?

— Eh bien, Greta broyait du noir, comme d'habitude. Je m'efforçais de la convaincre d'oublier tout ça et de penser à sa vie, à l'avenir. Elle s'est mise en rage. Elle perdait toute mesure dès qu'on abordait cette question.

— Vous vous êtes donc querellés, et ensuite ? »

Alec se leva pour aller à la fenêtre.

« Je sais que ça va paraître...

— Vous l'avez menacée ? demanda Ray.

— Non, mais j'ai dit que j'en avais marre...

— Et comment ça s'est terminé ?

— Je suis parti, répondit Alec.

— Où ça ?

— Pardon ?

— Il me faut votre emploi du temps pour cette nuit-là, Alec. Où êtes-vous allé ? Qu'avez-vous fait ? Avez-vous vu des gens ?

— Eh bien, j'ai pris ma voiture... je sais que je n'aurais pas dû conduire dans l'état de fureur où j'étais, mais je n'avais pas les idées très claires. J'ai démarré en trombe, et alors que je tournais le coin... Il y avait un homme... et je ne l'ai pas vu. Il était à moitié sur la chaussée, il faisait du stop. C'est arrivé très vite. Je l'ai aperçu au dernier moment, dans le pinceau des phares.

— Vous l'avez renversé ! s'écria Britt.

— J'ai braqué à fond, mais il était trop près et je roulais trop vite. Je... je l'ai accroché. J'ai senti le choc et je l'ai vu tomber.

— Oh ! mon Dieu ! fit Britt.

— Est-ce absolument indispensable qu'elle reste ? » demanda Alec.

Ray Stern ignora sa question.

« Quelle heure était-il ?

— Huit heures, peut-être, répondit Alec. Ou huit heures et demie.

— Vous avez donc renversé ce piéton, et après ?

— Je me suis arrêté tout de suite et j'ai couru voir s'il n'avait rien. Il... il essayait de se relever. J'ai éprouvé un immense soulagement en constatant qu'il était en vie. Je lui ai demandé comment il se sentait. Il m'a répondu qu'il avait mal à la jambe, mais que sinon ça allait. Il était un peu secoué, mais il n'avait rien de grave.

— Vous avez pensé à appeler la police ?

— En fait, oui. Je lui ai d'abord dit qu'on devrait établir un constat, mais il a répondu que ce n'était pas nécessaire, qu'il aurait juste un gros bleu et que ce n'était pas la peine de perdre du temps en formalités. »

Quelque peu incrédule, le chef de la police dévisagea

un instant Alec. « Voyons si j'ai bien compris. Vous heurtez un piéton...

— Un autostoppeur, le corrigea Alec.

— Et cet autostoppeur, bien que blessé, ne juge pas utile d'établir un constat, ni de signaler l'accident à la police, ni même d'aller se faire soigner ?

— Je sais que ça peut paraître difficile à croire, mais c'est la vérité, insista Alec, l'air malheureux. Il m'a dit qu'il habitait Montpelier, la ville voisine, et qu'il tentait de rentrer chez lui en stop. Je lui ai alors proposé de le ramener, c'était le moins que je pouvais faire.

— Je vois, fit Ray.

— Voilà comment j'ai passé ma soirée. Je l'ai reconduit et je suis revenu à la maison. Il était tard et j'étais pratiquement arrivé quand j'ai entendu les sirènes.

— Bien. Je suppose, par conséquent, que cet homme pourra confirmer votre récit. Vous avez un nom, une adresse ?

— Non, répondit Alec. Ça va vous sembler bizarre, mais non. Il n'était pas du genre bavard. Nous n'avons pratiquement pas échangé une parole durant le trajet. Il m'a juste dit qu'il se prénommait Dave, rien d'autre. Je lui ai posé quelques questions, mais il les esquivait.

— Et l'adresse ?

— Je pourrais juste vous montrer à quel coin de rue je l'ai laissé. Il voulait acheter des cigarettes et je l'ai déposé devant un magasin où il devait y avoir un distributeur. Il m'a dit qu'il habitait à côté.

— Ainsi, pas de nom, pas d'adresse, rien que Dave.

— Je n'imaginais pas que j'en aurais besoin. Vous comprenez, je ne pensais pas qu'il me faudrait justifier de mes allées et venues. Il n'y avait aucune raison.

— Vous pouvez le décrire ?

— Jeune, dans les vingt ans, peut-être, mais ce n'est pas facile à dire. Plutôt enrobé, le teint pâle. Une barbe blonde de quelques jours. Vêtu d'une vieille parka verte de l'armée avec des chevrons orange réfléchissants sur les manches pour être vu la nuit. Probablement parce qu'il faisait du stop.

— Ça ne lui a pas servi à grand-chose avec vous ! » dit Britt, sarcastique.

Ray ignora son interruption.

« Et le nom du magasin ? Il y a souvent des caméras qui filment les clients. Ce serait peut-être le moyen de le retrouver.

— Je ne sais pas. C'était une supérette de la chaîne 7 à 11, située à la sortie nord de la ville, à deux ou trois rues de la route principale. On l'apercevait depuis le parking. Si jamais il a été filmé, vous le repérerez facilement parce qu'il devait boiter un peu à la suite du choc. En tout cas, il boitait en descendant de voiture.

— Ah, il boitait ? Décidément, vous avez une imagination des plus fertiles, fit Britt.

— Et il ne vous a même pas demandé de prendre en charge les frais médicaux qu'aurait pu entraîner sa blessure ? s'étonna le policier.

— Je sais que ça paraît invraisemblable, répondit Alec. Mais sur le moment, je me disais simplement que j'avais de la chance qu'il n'ait pas l'intention de m'intenter un procès ou je ne sais quoi. Je reconnais que je me préoccupais surtout du bonus de mon assurance... Je lui ai donné l'argent que j'avais sur moi, mais ça ne faisait pas une grosse somme. »

Ray Stern se leva.

« Bon, nous irons rendre une petite visite à ce magasin pour voir s'ils ont les bandes.

— Hé, un instant ! s'écria Britt avec indignation. Vous n'allez tout de même pas avaler une histoire pareille ?

— Je vais vérifier l'alibi de Mr. Lynch, répondit le policier sans s'engager. Nous vous tiendrons informé, Alec. »

Il sortit, suivi par Britt, tandis qu'Alec demeurait sur le canapé où, lentement, délibérément, il alluma une nouvelle cigarette.

Britt rejoignit Ray Stern sur le pas de la porte.

« Je ne comprends pas, dit-elle à voix basse. Il avoue avoir menti au sujet de l'endroit où il se trouvait ainsi qu'au sujet du détective. Il reconnaît s'être disputé avec ma sœur et avoir été furieux contre elle. Et maintenant, ce mensonge ridicule...

— Miss Andersen... Britt, dit le chef de la police avec patience. Je sais que vous désirez des résultats, une arrestation. Je sais aussi que les nouvelles sur votre mère vous ont bouleversée mais, en tout état de cause, l'agence de détectives confirmera ou démentira ce que votre beau-frère nous a dit. En attendant, nous allons nous occuper de son alibi.

— Ce n'est pas juste, protesta la jeune femme. J'ai l'impression de faire le travail à votre place. Il raconte mensonge sur mensonge. Vous êtes au courant de l'énorme assurance vie...

— Oui.

— Vous croyez vraiment que c'était l'idée de Greta ?

— C'est ce qu'il a dit à l'agent, répondit Ray.

— Oui, bien sûr. S'il avait l'intention de tuer sa femme, il aurait difficilement pu dire autre chose. Je ne comprends pas votre laxisme. Vous ne le traitez même pas en suspect alors que tout le désigne comme coupable.

— Non, pas tout, répliqua le policier. Le fait que la fillette était dans la maison... Excusez-moi, mais il reste un tas de points d'interrogation.

— Ah, non, vous n'allez pas me ressortir ça. Vous n'avez jamais entendu parler de psychopathes ? »

Dehors, une portière claqua cependant que s'élevait dans l'air pur le son cristallin de voix d'enfants, suivi d'un bruit de pas précipités.

« Ce doit être Zoé et sa copine, dit Britt.

— Ne le provoquez pas, Britt, lui conseilla Ray. Laissez-nous faire notre boulot. J'apprécie que vous ayez réussi à convaincre miss Rossi de revenir sur son témoignage, mais maintenant, ne vous mêlez plus de cette affaire. »

La porte d'entrée s'ouvrit et Zoé, les joues rougies par le froid, entra en trombe en compagnie de Kayley Dietz et d'une autre gamine que Britt ne connaissait pas. Toutes trois avaient les bras chargés de sacs contenant divers jeux de société et des peluches. Le sourire de Zoé s'évanouit à la vue du chef de la police.

« Bonsoir, les enfants, dit gentiment celui-ci.

— Qu'est-ce qui se passe ? s'inquiéta Zoé.

— Simple visite de routine », répondit Ray en se dirigeant vers la porte.

Zoé, sourcils froncés, le regarda s'en aller.

« C'est quoi, tout ce bazar ? demanda Britt.

— Tante Britt, je te présente mon amie Sara, et Kayley que tu as déjà rencontrée.

— On a pensé que Zoé avait besoin de jeux et d'animaux en peluche, répondit Kayley. Alors, on lui donne quelques-uns des nôtres.

— C'est très gentil de votre part », dit Britt en souriant aux deux fillettes.

Un coup de klaxon retentit.

« Il faut qu'on parte. On doit encore déposer Sara, dit Kayley. À demain, Zoé. »

À cet instant, Alec sortit du séjour, et Zoé se précipita vers lui.

« Papa ! s'écria-t-elle, jetant ses bras autour de lui. Pourquoi le chef de la police est venu ? »

Alec lui embrassa le haut du crâne.

« Pour rien », dit-il. Il regarda les sacs de jouets. « Tout ça, c'est à toi ? Je vais les porter dans ta chambre.

— Tu n'es pas en colère parce que ça fait du désordre en plus ?

— Mais non. Tu sais, quelques sacs de plus ou de moins.

— Merci, mon petit papa chéri ! » s'écria Zoé.

Britt serra les poings et tourna la tête pour dissimuler à sa nièce l'expression de son visage.

17

PENDANT qu'Alec montait l'escalier avec les sacs, Zoé suivit Britt dans la cuisine.

« Tante Britt, demanda la fillette, tout va bien ?

— Oui, naturellement, répondit la jeune femme d'un air distrait. Je croyais que ce soir tu devais rester à la maison et commander une pizza.

— Kayley a téléphoné et papa m'a donné la permission d'aller chez elle.

— Tu as mangé ?

— Je n'aimais pas ce qu'il y avait. »

Britt lui adressa un regard sévère.

« Zoé, tu sais ce que le Dr Farrar a dit !

— C'était des bâtonnets de poisson. Beurk. Je vais prendre quelque chose maintenant.

— Qu'est-ce que tu veux ? demanda Britt. Je vais te le préparer.

— Un sandwich au beurre de cacahuètes ? »

Zoé s'installa à table pendant que Britt lui confectionnait le sandwich.

Elle avait l'estomac noué. Quelques instants plus tard, elle s'assit en face de sa nièce, tandis que celle-ci commençait à grignoter. « Qu'est-ce que vous avez fait ce soir ?

— Rien, répondit Zoé.

— En tout cas, on dirait que tu t'es fait les ongles. »

Zoé rougit et montra sa main.

« Des ongles bleus, c'est très mode, dit Britt.

— Ah bon ? fit la fillette, ravie.

— Et ensuite ? Voyons... Est-ce que vous avez appelé des garçons et raccroché dès qu'ils répondaient ? »

Zoé ouvrit de grands yeux puis éclata de rire.

« Comment tu sais ça ?

— Moi aussi, j'ai été petite, tu sais. »

Zoé prit une tranche de pain, mangea encore un peu, puis la reposa et repoussa son assiette. Elle croisa les bras sur la table, appuya la tête dessus et se mit à sangloter.

« Allons, ma chérie, qu'est-ce que tu as ? » demanda Britt.

La fillette leva la tête, les yeux noyés de larmes.

« Ma maman, dit-elle entre deux sanglots. Elle s'asseyait toujours en face de moi pour me parler quand je revenais de chez Kayley. »

Elle enfouit de nouveau son visage entre ses bras.

Britt lui tapota gentiment le dos, feignant de comprendre, alors qu'en réalité, elle se sentait un peu perdue. Elle, c'était à Greta qu'elle parlait quand elle revenait de chez une copine, et non pas à Jane Andersen. Jane Andersen avait depuis longtemps disparu de leur vie. « Tu sais, ta mère et moi, on parlait ensemble, dit-elle. Je n'avais pas de maman vers qui me tourner. »

D'une voix étouffée, Zoé murmura :

« Et moi non plus, maintenant.

— Je sais, ma chérie. Ça doit être terrible.

— Non, tu ne sais pas ! s'écria la fillette d'une voix mouillée de pleurs. Tu fais juste semblant.

— Non, ma chérie. Je sais ce qu'est le chagrin, tu peux me croire.

— Je veux ma maman », dit Zoé dans un souffle.

Britt avait le cœur gros devant le spectacle de sa nièce qui pleurait à chaudes larmes. Elle se sentait totalement désarmée, incapable de réconforter l'enfant. Qu'auraitelle pu lui dire ? On ne pouvait pas effacer une perte pareille d'une simple phrase, aussi juste fût-elle.

« Qu'est-ce que je vais devenir ? gémit Zoé. Je n'ai plus de maman. Je veux ma maman.

— Je sais, ma chérie, dit Britt. C'est dur, très dur, mais tu surmonteras ton chagrin, je peux au moins te promettre ça. Tu seras forte. Ta maman aurait voulu que tu sois forte. Tu le sais, n'est-ce pas ? »

Zoé fit signe que oui, puis elle essuya ses larmes d'un revers de main.

« Tu veux essayer de manger encore un peu ? »

La fillette ne répondit pas et se contenta de fixer le sandwich dans son assiette. Puis, tâchant d'assurer sa voix, elle demanda : « Ta maman à toi, elle est partie, c'est ça ? » On aurait dit qu'elle voulait qu'on lui raconte une fois de plus son histoire de fantômes préférée.

« Oui, acquiesça Britt.

— Et elle n'est jamais revenue, je le sais. Ma maman me l'a dit.

— Non, elle n'est jamais revenue », confirma Britt.

Elle pensa à Greta et au dernier mensonge en date d'Alec à propos du détective privé. Serait-ce malgré tout possible ? se demanda-t-elle. Greta aurait-elle voulu retrouver leur mère ? Jane Andersen qui avait disparu sans une larme ni une parole de regret ? « Au début, après son départ, on recevait une carte pour nos anniversaires ou quelques dollars pour Noël, reprit-elle. Toujours d'une ville différente. Et puis, plus rien. Elle aurait pu revenir, mais elle ne l'a pas fait. »

Zoé approcha son assiette et prit une petite bouchée.

« C'est toute la différence avec ta maman, poursuivit Britt en regardant sa nièce dans les yeux. Ta maman à toi, elle n'est pas partie volontairement. Il ne faudra jamais que tu l'oublies. Elle ne t'aurait jamais abandonnée volontairement.

— Je sais », affirma Zoé avec solennité.

Britt appuya sa tête contre le mur, le regard dans le vague. Certes, elle soupçonnait Alec, mais il devait bien savoir que son mensonge à propos de Greta et de l'agence de détectives ne pourrait pas tenir longtemps.

Au fond d'elle-même, elle en arrivait à se dire que, en définitive, c'était peut-être vrai. Elle n'avait jamais réussi à mettre un visage ou une voix sur les cartes qu'elle recevait de sa mère, mais elle se souvenait que, pour Greta, le moindre dollar accompagnant une carte de Noël était l'objet de conjectures sans fin, des conjectures que Britt jugeait terriblement ennuyeuses. L'aînée s'attristait toujours devant le manque d'intérêt de sa cadette. Avec le recul, Britt comprenait combien ces cartes impersonnelles devaient transpercer le cœur de Greta. La remplir d'abord d'espoir, puis de chagrin. Sinon, pourquoi aurait-elle essayé de retrouver cette femme ? Britt, pour sa part, ne pensait que très rarement à elle.

« Tu vois, reprit-elle en se tournant vers sa nièce. Je crois que c'était ça le pire pour ta mère. L'espoir sans cesse déçu que notre mère revienne.

— Et toi, tu ne l'espérais pas ? » demanda Zoé.

Elle renifla de nouveau.

Britt lui tendit un mouchoir en papier et s'efforça de lui donner une réponse sincère. « Je ne sais pas, finit-elle par dire. Si, peut-être. Tu sais, j'étais tellement jeune quand elle est partie... je ne comprenais pas vraiment ce qui se passait. Et après, je ne me rappelais même pas à quoi ressemblait notre vie quand elle était là.

— Tu penses encore à elle ? »

Comment pourrais-je penser à elle ? se dit Britt. Je ne peux même pas me la représenter. Elle n'était qu'un visage dans un album de photos, et non une mère. Britt était encore sous le choc de la nouvelle. Greta avait-elle réellement tenté de retrouver Jane Andersen ? Et avait-elle eu l'intention de la mettre au courant ? Avait-elle rêvé d'une espèce de réunion surprise, ou bien l'en aurait-elle exclue ? Comme si elle n'existait pas...

« Tante Britt ?

— Oui, excuse-moi. Tu sais, il y a des gens qui ne sont pas faits pour être parents, dit la jeune femme avec un petit sourire las.

— Maman pleurait encore à chaque fois qu'elle parlait d'elle.

— Ta mère était beaucoup plus proche d'elle que moi. J'aimais davantage mon père.

— Moi, j'aime autant mon père que ma mère », affirma Zoé.

Britt hocha la tête sans se compromettre, puis elle se leva pour fouiller dans les placards. « Où est-ce que j'ai mis ces vitamines, s'interrogea-t-elle à haute voix. Il faut que tu les prennes.

— Je crois que tu les as mises au réfrigérateur.

— Ah oui, c'est juste. Il faut les garder au frais, c'est marqué dessus. Je ne sais plus où j'ai la tête. » De fait, elle le savait très bien, mais elle préférait ne pas le dire. « Ah, les voilà. »

Zoé fit la grimace.

« Beurk, ça doit être mauvais.

— Allez, cul sec », l'encouragea Britt.

La fillette avala les vitamines, étouffa un bâillement.

« Zoé, appela Alec depuis le séjour. Il est temps de prendre ta douche et de te coucher. Dépêche-toi.

— Il faut d'abord que je fasse la vaisselle, répondit-elle, la mine renfrognée.

— Je vais m'en occuper, dit Britt. Allez, monte.

— Merci, tante Britt. »

Elle se dressa sur la pointe des pieds, embrassa sa tante sur la joue et, avant que celle-ci n'ait eu le temps de réagir, fila vers l'escalier.

Avec des gestes lents, la jeune femme entreprit de ranger le pain et le pot de beurre de cacahuètes. Elle remit le lait au réfrigérateur, puis rinça l'assiette et le verre avant de les mettre dans le lave-vaisselle. Elle ne voulait pas retourner dans le living. Elle ne voulait pas voir Alec. L'espace d'un instant, elle envisagea de monter subrepticement dans la chambre, mais elle se reprit. Pas question de se cacher. Elle n'avait rien fait de mal, elle.

Après avoir traîné le plus longtemps possible, elle sortit de la cuisine et se dirigea vers le séjour. On entendait l'eau couler dans la salle de bains à l'étage et Zoé qui chantonnait. Les enfants sont drôlement résistants, songea-t-elle. Et moi aussi je l'étais à son âge. Je ne passais pas ma vie à regretter ma mère. Greta avait toujours paru solide, mais Britt découvrait un élément de sa personnalité qu'elle n'aurait jamais soupçonné. Greta n'avait jamais cessé de caresser l'espoir de retrouver sa mère.

Alec, installé sur le canapé, regardait un match de basket à la télévision, mais il paraissait tendu comme la corde d'un arc.

Prenant son courage à deux mains, Britt entra dans la pièce. Il ne leva pas la tête.

« Alec, dit-elle. Il faut que je vous parle. »

Les yeux rivés sur l'écran, il ne répondit pas.

« Est-ce vrai que Greta essayait de retrouver notre mère ? reprit-elle.

— Non, vous savez bien que je mens, dit-il sur un ton ironique. Vous aviez raison. Elle a engagé un détective pour me faire suivre.

— Bon, d'accord, je n'aurais peut-être pas dû me livrer aussi hâtivement à cette conclusion », reconnut-elle.

Il se tourna vers elle et lui décocha un regard noir.

« Non, en réalité, vous regrettez que ce ne soit pas vrai. Vous espériez que je trompais Greta. Vous n'avez pas arrêté de fourrer votre nez partout depuis que vous êtes là.

— Je comprends que vous soyez en colère, mais je... voudrais savoir. Qu'est-ce qui s'est passé ? Qu'est-ce qu'on a découvert au sujet de notre mère ? »

Alec se leva et fit un pas vers elle. Ses yeux gris étincelaient sous ses sourcils noirs.

« J'ai l'impression que vous n'avez pas bien entendu ce que j'ai dit tout à l'heure. Si vous voulez des informations, vous n'avez qu'à recourir vous-même aux services de l'agence de détectives.

— Ne soyez pas odieux. C'était aussi ma mère. Greta aurait voulu que je sache.

— Vous a-t-elle seulement appelée pour vous le dire ?

— Non, admit Britt.

— Dans ce cas, je suppose qu'elle ne tenait pas particulièrement à ce que vous le sachiez. Quant à moi, je ne vous dois rien, sauf mes remerciements, bien sûr, pour avoir tenté de me coller le meurtre de ma femme sur le dos. »

Britt, refusant de céder, le fusilla du regard.

« Je me demande ce que Zoé penserait en apprenant que vous gardez cette information pour vous. »

Alec blêmit de rage.

« Je vous interdis d'utiliser cette enfant contre moi, dit-il d'une voix blanche.

— Sinon ? »

Serrant les poings, il prit une profonde inspiration, puis alla se rasseoir devant le match de basket.

« Écoutez, Alec, est-ce qu'on ne pourrait pas... »

Il monta le son à l'aide de la télécommande afin de couvrir sa voix, et dès qu'elle se tut, il le remit à un volume normal.

« Je vous demande de quitter cette maison », dit-il alors.

Britt était estomaquée, encore qu'en y réfléchissant...

« Et Zoé ? fit-elle.

— Je pense qu'elle s'en remettra. »

D'un côté, c'était un choc, mais d'un autre, plutôt un soulagement. Elle ne savait pas où aller, mais l'idée de passer une nuit de plus ici lui paraissait inconcevable. Elle sortit de la pièce d'un pas digne et se dirigea vers l'escalier. Alec la suivit dans le couloir.

« Vous avez entendu ? dit-il. Vous partez, et immédiatement. Pas d'au revoir.

— Je vais chercher mes affaires, répliqua-t-elle, les dents serrées.

— Inutile. Elles sont sur la véranda. Je les ai descendues pendant que vous étiez dans la cuisine. »

Britt en demeura sans voix.

Alec sembla ravi de son petit effet.

« Vous ne vous imaginiez tout de même pas que je plaisantais ? »

La jeune femme se sentait humiliée. Jamais on ne l'avait ainsi flanquée à la porte. Et furieuse aussi. Elle n'allait pas se laisser intimider. Ce n'était pas en étant timide qu'elle s'était fait une place au soleil. « Zoé veut que je reste, affirma-t-elle.

— Ce n'est pas Zoé qui commande, expliqua-t-il comme s'il s'adressait à un petit enfant. C'est moi. Et c'est moi qui décide qui reste et qui part. Et maintenant, dehors.

— Si jamais il arrive quelque chose à Zoé... »

Alec s'avança vers elle. Ses yeux jetaient des éclairs.

« Espèce de sale garce ! Ma fille, c'est moi qui m'en occupe.

— Justement, c'est ce qui m'inquiète ! »

Alec leva le bras comme pour la frapper. Britt, sans reculer d'un pas, l'affronta du regard, bien qu'en elle-même elle se préparât au coup.

Tremblant de tout son corps, il parvint à se maîtriser, puis d'une voix basse et menaçante, il déclara : « Zoé fera ce que je dirai. Vous croyez qu'elle prendra votre parti ? Elle m'adore et je suis son père. Vous, vous n'êtes rien pour elle. Moins que rien. Elle ne vous avait jamais vue avant cette semaine. Retournez d'où vous venez. Vous ne lui manquerez pas, je peux vous le certifier. »

Il était si proche d'elle que Britt sentait son haleine ainsi que l'odeur du tabac et de son after-shave. Elle voyait les profondes rides qui avaient l'air sculptées dans son visage.

« Vous ne me faites pas peur, dit-elle. Je ne suis pas une petite fille qu'on peut mener à la baguette.

— Sortez tout de suite, sinon c'est moi qui appelle la police. J'estime avoir parfaitement le droit de vous flanquer dehors à coups de pied dans le derrière ! »

Britt ne voulait pas capituler, mais elle avait hâte d'échapper à sa vue. « Ne vous en faites pas, je ne vous ferai pas ce plaisir, je pars, dit-elle calmement. Mais je ne quitte pas la ville. Je vais rester dans le coin jusqu'à ce que justice soit rendue à ma sœur. »

Alec la regarda avec une expression indéchiffrable, puis il eut un rire sans joie. « Mais oui, c'est ça, Britt. En effet, il est temps que vous fassiez quelque chose pour votre sœur. Après toutes ces années...

— Fermez-la ! » lança Britt, la colère prenant le pas sur sa résolution de conserver à tout prix son sang-froid.

Elle s'avança vers le placard pour prendre son manteau.

« Vous cherchez peut-être votre manteau ? Il est sur la véranda avec le reste, dit Alec avec petit ricanement satisfait.

— Allez vous faire voir ! »

Britt ouvrit la porte d'entrée puis la claqua au nez d'Alec sans lui laisser le temps de répondre.

18

Britt s'engagea dans l'allée de la ferme isolée aux murs peints en blanc et vérifia l'adresse sur le papier qu'elle tenait à la main. C'était bien là. Un petit panneau accroché au lampadaire indiquait : BAYBERRY HOUSE, CHAMBRES D'HÔTE, LETTY ET MICHAEL MORRISON, PROPRIÉTAIRES.

Elle s'était d'abord arrêtée au Glace Mountain Lodge. À la réception, on lui avait annoncé que l'hôtel était complet pour le week-end mais qu'il y aurait des chambres libres à partir de lundi, et on lui avait donné une liste des « bed and breakfast » de la région où elle trouverait sans doute à se loger en attendant. Bayberry House était en haut de la liste, établie par ordre alphabétique.

La jeune femme poussa un soupir. Elle avait envie de prendre le premier avion pour Boston. Le souvenir du spectacle humiliant de ses affaires jetées sur la véranda tandis qu'Alec refermait la porte à clé derrière elle la poussait à quitter cet endroit au plus vite, mais si elle le faisait, son beau-frère inventerait un mensonge quelconque à l'intention de Zoé et, surtout, il n'y aurait plus personne pour faire pression sur la police afin qu'elle découvre le meurtrier. Personne sauf Dean Webster, se rappela-t-elle. Et encore, il pourrait très bien abandonner l'affaire s'il estimait qu'elle n'intéressait plus sa chaîne. Elle était persuadée que Ray Stern, le chef de la police, traînait les pieds parce qu'il éprouvait de la sympathie pour Alec. Ce qui n'était pas son cas, loin de là. Non, pas question de renoncer. Absolument pas.

La démarche pesante, elle se dirigea vers la porte d'entrée. Elle entendit un chien aboyer à l'intérieur, puis elle sonna. Une femme rondelette aux cheveux châtains ramenés en un chignon maintenu par une pince argentée vint ouvrir, ordonnant au chien de se taire, ordre que le labrador sable ignora superbement. « Mrs. Morrison ? demanda Britt.

— Appelez-moi Letty, répondit aimablement la femme.

— Excusez-moi de vous déranger si tard. Je... je viens d'arriver en ville. Je m'appelle Britt Andersen et je cherche une chambre pour deux ou trois nuits.

— Entrez, l'invita la femme. Couché, Ranger ! » dit-elle au chien qui, agitant la queue, venait quémander une caresse.

Britt pénétra dans la maison. Elle était très bien tenue. Aux murs étaient accrochés en guise de décoration de vieux outils agricoles, des gerbes de blé artistiquement disposées et des tapisseries. Les fauteuils et le canapé, habillés de tissu à carreaux, avaient l'air très confortables.

« D'où êtes-vous ? demanda Letty.

— De Boston.

— Vous venez faire du ski ?

— Non, juste rendre visite à de la famille, répondit Britt, ne désirant pas donner de détails.

— Bon, il y a deux chambres de libres à l'étage, mais je dois vous prévenir que j'ai un garçon de dix-sept ans qui écoute de la musique très fort. »

Britt eut un sourire contraint, tandis que le labrador se remettait à aboyer.

« Sinon, il y a le pavillon derrière, reprit la femme. C'est un peu plus cher, mais il y a une cuisine et un accès indépendant.

— Voilà qui me semble parfait », dit Britt, soulagée.

Elle ne tenait pas tellement à croiser toute la famille dans le couloir chaque fois qu'elle irait prendre une douche.

« Bon, dit Letty. Il est tard et vous devez être fatiguée. Je vais vous laisser la clé et vous pourrez vous installer tranquillement. Qu'en pensez-vous ? Nous réglerons les détails demain.

— Avec plaisir, merci », répondit Britt, un peu étonnée devant des manières aussi hospitalières. Elle était davantage habituée à la méfiance envers les inconnus dont on faisait preuve dans les grandes villes. « C'est très aimable de votre part. Vous désirez que je vous verse un acompte ?

— Ce n'est pas urgent. Vous avez de la famille ici, je ne suis pas inquiète. D'autre part, vous pouvez venir prendre le petit-déjeuner avec nous, si vous préférez. Mike, mon mari, fait lui-même le pain.

— Je vous remercie, mais je me contente en général d'un café.

— En tout cas, si vous changez d'avis, c'est inclus dans le prix. Je ne connais personne qui résiste au pain de Mike.

— Je m'en souviendrai, dit Britt en examinant le porte-clés en forme de grande feuille d'érable.

— On voit le pavillon de notre jardin, mais il faut que vous empruntiez l'autre allée pour vous garer devant. Vous ressortez, vous tournez à gauche et ensuite la première à gauche, expliqua Letty. Ne la ratez pas, car on dirait à peine un chemin entre les arbres.

— Je ferai attention, dit Britt.

— Vous passerez demain matin, ou plus tard si ça vous arrange, pour les formalités.

— Je n'y manquerai pas. Merci beaucoup. »

Britt remonta dans sa voiture et suivit les indications de Letty. Elle s'arrêta devant une petite maison de plain-pied surmontée d'un toit pointu et entourée d'arbres dénudés. Elle ouvrit la porte et alluma la lumière.

Le pavillon se composait d'une chambre avec un grand lit, d'une salle de bains et d'une kitchenette. C'est parfait, songea Britt, soulagée. Elle lança son sac sur un fauteuil près de la fenêtre et s'allongea sur le dessus-de-lit en jean molletonné, les mains sur les yeux. D'un certain côté, c'était agréable de se retrouver enfin seule, mais lorsqu'elle ferma les paupières, l'image de Zoé s'imposa à son esprit, et elle se demanda comment Alec allait expliquer son départ à la fillette lorsqu'elle se réveillerait

Peu importe, se dit-elle. Tu pourras appeler Zoé demain matin et lui donner ta propre explication. En attendant, tu as au moins un endroit confortable pour dormir. Elle se contraignit à se lever, porta sa trousse de toilette dans la salle de bains, puis fourra ses quelques vêtements dans le tiroir de la commode. Et voilà, c'est rangé, pensa-t-elle.

Les événements de ces derniers jours tournaient en boucle dans sa tête. Il fallait qu'elle parle à quelqu'un. Quelqu'un qui la comprendrait. Quelqu'un d'extérieur à l'affaire. Un ou une amie. Elle regarda sa montre. Nancy devait être au studio. Ce n'était même pas encore l'heure de l'émission. Elle fouilla dans son sac à la recherche de son portable et composa le numéro direct de Nancy. Elle l'avait appelée à deux ou trois reprises depuis son arrivée, mais uniquement pour des problèmes de boulot. Depuis qu'elle était à Coleville, elle n'avait pas eu l'occasion d'avoir une véritable conversation avec son amie. Le téléphone sonna et un homme répondit.

« Donovan Smith, à l'appareil.

— Donovan ? fit-elle, à la fois étonnée et troublée d'entendre sa voix.

— Britt ! »

Il paraissait très gai.

« Où est Nancy ?

— Une histoire de petits-enfants qui jouent dans une

pièce. Elle a dû partir plus tôt. Comment va la vie sur les pentes enneigées ?

— Je ne suis pas ici pour skier, Donovan. Je suis venue pour un enterrement, tu te souviens ?

— Bien sûr que je me souviens. » Il avait une voix chaude, apaisante qui produisait un effet quasi hypnotique sur les femmes, et il le savait. « Comment ça s'est passé ?

— Comme tous les enterrements, pas très drôle.

— Ils le sont rarement. Au moins, c'est fini, dit-il.

— C'était hier.

— Tu vas bien ?

— Oui, répondit-elle avec hésitation, contente qu'il lui ait posé la question.

— Offre-toi donc un petit plaisir. Loue des skis et lance-toi un peu sur les pistes. Tu devrais en profiter.

— Tu sais très bien que je ne fais pas de ski.

— Oui, mais tu pourrais prendre une ou deux leçons, suggéra-t-il. Ce n'est pas difficile. Juste un rythme à prendre. Ça te changerait les idées et tu te sentirais mieux.

— Tu sais, j'ai bien d'autres choses à l'esprit. » Donovan était intelligent, doté d'un esprit analytique, pensa-t-elle. Elle devait essayer de lui parler. « Tu pourrais peut-être m'aider.

— À propos de quoi ?

— Je t'ai dit que ma sœur était morte dans un incendie.

— Oui.

— Eh bien, disons que cet incendie n'était peut-être pas d'origine tout à fait naturelle. »

Il y eut un bref silence. « Ah bon ? » fit-il ensuite d'un ton soudain détaché.

Britt entendit le bruit de papiers qu'on feuillette. « Tu lis quelque chose pendant que je te parle ? » demanda-t-elle. Elle l'avait vu de nombreuses fois agir ainsi.

« Mais non, jamais de la vie ! se récria-t-il avec indignation, mais le bruit cessa. Tu disais ? »

Britt s'interrogea pour savoir si elle devait ou non

continuer, mais si elle se taisait d'un seul coup, cela paraîtrait un peu puéril. « Malheureusement, je n'ai guère confiance en la police locale, aussi j'ai posé quelques questions à droite et à gauche.

— Tu joues au détective ? » fit-il avec un petit rire.

Elle avait espéré qu'il manifesterait un minimum de curiosité, mais peine perdue. Elle se demanda pourquoi elle avait cru pouvoir obtenir ne serait-ce qu'un conseil de sa part. « Des questions qui avaient besoin de réponses, conclut-elle abruptement.

— Et moi, j'ai... j'ai une émission qui a besoin de sa productrice. Quand est-ce que tu rentres ?

— Bientôt.

— Britty, ma petite Britty, dit-il d'une voix enjôleuse. Ma jolie petite Britty. Je suis sûr que tout ça, c'est passionnant, mais ta place est ici. J'ai besoin de toi. Tu le sais très bien. »

Le corps de Britt réagit à sa voix comme si c'était une personne vivante. Et elle, une morte. Foutaises, foutaises, se dit-elle. « Non, tu n'as pas besoin de moi, répliqua-t-elle avec amertume.

— Bon, reprit alors Donovan d'un ton brusque, impatient. Tu peux prendre encore un jour ou deux, mais pas plus. La vie continue, Britt. »

Elle n'ignorait pas qu'elle aurait dû s'inquiéter de savoir comment s'étaient déroulées les émissions durant son absence, mais face à l'attitude de Donovan, elle se rebella : « Est-ce une menace ?

— Non, bien sûr que non, mais je ne peux pas me passer de toi. Et maintenant, prends tes affaires et ramène ton mignon petit cul dare-dare. Avec toutes ces jolies pétasses, on n'arrive pas à s'en sortir. Je dirai à Nancy que tu as appelé. Il faut que j'y aille. À bientôt, je t'embrasse. »

Britt coupa la communication et contempla le plafond. Elle s'en voulait et elle en voulait à Donovan. Ses pensées se reportèrent sur Zoé qui mangeait son sandwich au beurre de cacahuètes et l'interrogeait sur sa mère. J'en ai plus dit sur ma mère à cette gamine qu'à Donovan Smith durant les deux années de notre prétendue liaison, songea-t-elle. Elle avait failli l'envoyer paître, lui et son boulot, mais elle n'en avait pas eu le courage. Et si elle l'avait fait, où cela l'aurait-il menée ? Elle se rallongea sur le lit et ferma les yeux, se sentant plus seule que jamais.

Ta vie amoureuse est un fiasco, se disait-elle. Soudain, son portable posé à côté d'elle sonna. Elle sursauta et pensa aussitôt à Donovan. Elle se traita d'idiote et prit la ligne.

« Oui ? fit-elle avec circonspection.

— Britt, c'est Dean Webster. »

Il avait une voix légèrement pâteuse, mais sûre d'elle-même.

Britt consulta sa montre.

« Il me semble qu'il est un peu tard, non ?

— J'espère que je n'ai pas réveillé toute la maison ?

— Non, il n'y a pas de risque. Je suis à l'hôtel. Un “bed and breakfast”, en fait.

— Ah bon », dit-il, et elle se le représenta en train de se pourlécher les babines. « Qu'est-ce qui s'est passé ? L'atmosphère est devenue tendue entre Alec et vous ?

— On était un peu à l'étroit, dit-elle, ne tenant pas à lui fournir davantage d'informations. J'avais besoin de respirer. Je suis à Bayberry House, dans le pavillon.

— Oui, je vois. Je vous ai appelée parce que j'ai appris tout à l'heure quelque chose qui pourrait vous intéresser.

— À savoir ?

— Eh bien, il semblerait qu'Alec Lynch projetait de quitter notre beau village de Coleville. Et même notre bel État du Vermont. Il avait pris des contacts avec un agent immobilier en vue de vendre son affaire pour acheter quelque chose à Virginia Beach. Il s'agirait d'une affaire de jet-skis.

— Vous plaisantez, non ?

— Et ce n'est pas tout. Il a loué un appartement là-bas. Il y a deux mois.

— Oh ! mon Dieu ! » Ainsi, il y avait peut-être bien une petite amie quelque part. « Je n'arrive pas à y croire. D'où tenez-vous ça ?

— J'ai mes sources, répondit-il. Je vous l'avais dit, je suis un as. »

Britt ignora sa vantardise.

« Ray Stern est au courant ?

— Demain, il le sera. »

L'espace d'une minute, le silence régna pendant que la jeune femme réfléchissait à ce qu'elle venait d'apprendre.

« Qu'est-ce que la police va faire ? demanda-t-elle enfin.

— Eh bien, à moins qu'elle soit totalement incompétente, elle interrogera Alec Lynch et ne le lâchera plus », répondit le journaliste.

Zoé, pensa soudain Britt avec un serrement de cœur. Cela va être un coup terrible pour elle.

« Vous me paraissez bien calme.

— J'ai les idées un peu confuses, mais je dois le reconnaître, vous êtes véritablement un as.

— Et vous n'avez pas encore tout vu, Britt, dit-il d'un ton lourd de sous-entendus. J'ai un tas de talents que je ne vous ai pas encore montrés. »

La jeune femme leva les yeux au ciel.

« Vous n'êtes qu'un gamin, dit-elle.

— Non, je suis un homme », souffla-t-il d'une voix sensuelle, laquelle produisit indiscutablement son effet sur Britt.

« Bonne nuit », dit-elle avec fermeté, contente qu'il ne puisse pas la voir rougir.

19

Le lendemain matin, sous un ciel gris-fer et des rafales de neige, Britt entra au Henry's et commanda un café à emporter. Elle avait préféré ne pas prendre le petit-déjeuner à Bayberry House. Malgré la perspective du pain maison de Mike, pour rien au monde elle n'aurait voulu raconter sa vie à toute une tablée d'inconnus. La télévision installée au-dessus du bar diffusait l'émission matinale d'une chaîne locale. Britt n'y prêtait pas attention quand, soudain, une voix familière lui fit dresser la tête. Dean Webster était à l'antenne. Ses cheveux dorés étaient parfaitement coiffés, ses yeux bleus sérieux et pondérés. Derrière lui se dressaient les ruines sinistres de ce qui avait été la maison de Greta.

Britt, tétanisée, regarda les informations. « Oui, Bob, disait Dean. À en croire les rumeurs, une arrestation serait imminente dans le cadre de l'enquête sur l'incendie criminel où a péri Greta Lynch. Selon nos sources, la police aurait découvert de nouveaux indices menant à un suspect. Nous nous sommes entretenus ce matin avec le procureur... » L'image du jeune journaliste fit place à celle d'un homme d'une cinquantaine d'années en costume bleu, au visage sévère. « Comme vous le savez, expliqua-t-il, l'auteur d'un tel forfait laisse en général peu de preuves derrière lui. C'est l'une des raisons pour lesquelles il est si difficile de parvenir à une condamnation, mais dans le cas présent, nous avons bon espoir d'y arriver.

— Vous voulez suggérer que vous êtes sur le point de procéder à une arrestation ?

— Je ne peux pas vous en dire plus pour le moment », répondit le procureur.

La caméra revint sur Dean.

« L'identité du suspect reste encore un mystère, mais c'est un peu comme au jeu du chat et de la souris. Nous suivons l'affaire de près. À vous, les studios. »

L'image de Dean disparut et le présentateur prit le relais.

« Voici votre café, dit la serveuse, poussant un gobelet enveloppé dans un sac en papier vers Britt qui sursauta.

— Ah oui, excusez-moi. »

Le cœur battant, elle chercha son porte-monnaie. Elle espérait que Zoé n'était pas devant la télévision en ce moment. Puis, elle songea qu'elle ne saurait pas qu'il s'agissait de son père, d'autant qu'elle ne pourrait jamais l'imaginer comme suspect. Si on arrêtait Alec Lynch, son petit univers en serait de nouveau bouleversé.

Britt se dirigeait vers sa voiture garée devant le snack lorsqu'elle se ravisa. Elle décida de marcher dans la rue pour prendre un peu d'exercice. De plus, la matinée n'était guère avancée et elle avait tout son temps. Ayant mal dormi, elle s'était levée de bonne heure plutôt que de s'énerver à essayer de trouver le sommeil. Son café à la main, elle poussa la porte de l'hôtel de police. À l'intérieur, des agents en uniforme allaient et venaient, et il régnait une grande animation. Britt se présenta devant la femme à l'accueil qui, installée derrière son ordinateur, lui jeta un regard courroucé et désigna un banc sur lequel patientaient déjà plusieurs personnes.

S'asseyant le plus possible à l'écart, Britt tira le gobelet de café du sac. Elle était disposée à attendre aussi longtemps que nécessaire pour voir Ray Stern. Elle but une gorgée et faillit se brûler.

« Tiens, Britt », lança une voix amicale.

La jeune femme, surprise, tourna la tête. Un homme au teint rubicond en costume élégant et cravate de soie s'approchait d'elle à pas comptés. Elle mit quelques secondes à le reconnaître. La seule fois où elle l'avait vu, il était allongé dans son lit en pyjama.

« Ah, Mr. Carmichael », dit-elle, s'apprêtant à se lever.

Il lui fit signe de rester assise et, avec précaution, prit place à côté d'elle sur le banc. « Appelez-moi Kevin, je vous en prie.

— Que faites-vous ici ? Je croyais que vous deviez garder le lit.

— J'ai reçu un coup de fil d'un client qu'on a arrêté hier soir. Je suis venu voir si je pouvais le sortir de ce mauvais pas.

— Vous avez l'air de souffrir encore beaucoup. »

Kevin feignit l'insouciance, puis tressaillit de douleur. « Mais je me soigne. Et vous, que faites-vous ici ?

— Je viens voir le chef de la police pour... pour lui parler de... de certains faits nouveaux...

— Il n'est pas là. Il est parti à Montpelier vérifier un alibi. »

Britt était légèrement déçue, mais contente d'apprendre que le policier mettait en doute l'histoire d'Alec. « C'est l'alibi de mon beau-frère, dit-elle d'un air sombre. Il prétend avoir déposé là-bas un autostoppeur le soir de l'incendie.

— Ah oui, fit Kevin. J'ai regardé les informations. Il était question d'un suspect et je n'ai pas pu m'empêcher de me demander s'il s'agissait d'Alec...

— Son histoire est un peu dure à avaler, dit Britt. Du moins pour moi.

— Vous savez, je pratique le métier d'avocat depuis longtemps. Pour les crimes de ce genre, la police a tendance à enquêter en cercles concentriques, commençant par les personnes les plus proches de la victime. Et en particulier le mari ou la femme. Aussi, quand on évoque un suspect à un stade si précoce, j'en déduis qu'il ne doit pas se trouver loin de ce premier cercle...

— En tant que spécialiste en la matière, le coupa la jeune femme, quelle est votre opinion ? Vous pensez qu'il est coupable ?

— Je ne sais pas, répondit Kevin. C'est un type plutôt rude, mais il semblait les adorer. Greta et Zoé, je veux dire. Quoiqu'on ne sache jamais ce qui se passe réellement au sein d'une famille. J'ai défendu un tas de gens accusés du meurtre de leurs conjoints. Croyez-moi, il arrive parfois des choses terribles derrière les portes closes. Des femmes qui supportent toutes sortes de sévices jusqu'au jour où elles finissent par craquer, alors que, vu de l'extérieur, tout paraissait absolument normal. Il y a des hommes qui ont l'air d'aimer leurs femmes et qui, en fait, les battent régulièrement, si bien qu'elles ne voient pas d'autre solution pour s'en sortir, d'autant qu'il arrive que ces mauvais traitements réveillent des souvenirs remontant à l'enfance qui font qu'elles perdent toute maîtrise d'elles-mêmes, conclut-il avec le plus grand sérieux, comme s'il plaidait devant un tribunal.

— Mais le mari coupable de ces sévices, comment vous le défendriez ? interrogea Britt. Spécialement s'il allait jusqu'au meurtre ? »

Kevin fronça les sourcils, comme si elle interrompait le cours de ses pensées. « C'est d'Alec que vous voulez parler, n'est-ce pas ? »

La jeune femme fit signe que oui. Elle se demandait à quelles réflexions il se livrait ainsi.

Kevin reprit une attitude toute professionnelle. « D'abord, nous n'avons aucune preuve qu'il maltraitait sa femme. J'insisterais là-dessus, et sur le fait qu'il aimait sa fille et n'avait aucune raison de lui vouloir du mal.

— Peut-être que sa maîtresse ne voulait pas d'un homme encombré d'un enfant ?

— Il y a une maîtresse ? fit l'avocat, étonné.

— On ne le sait pas avec certitude. Il semblerait

cependant qu'il ait eu l'intention de recommencer sa vie ailleurs.

— Cela ne signifie pas pour autant qu'il projetait de tuer sa femme. Elle devait peut-être partir avec lui.

— Greta en avait-elle fait mention auprès de vous ou de Caroline ? demanda Britt.

— Non, je ne crois pas, mais... ça ne veut rien dire.

— Il avait loué un studio. Un logement pour une personne, ou un couple très amoureux.

— Je vois où vous voulez en venir. En effet, il aura peut-être besoin de mes services. Bon, il faut que je vous laisse. J'ai appelé Caroline qui doit passer me prendre à l'entrée.

— Je vous accompagne, dit Britt. Je reviendrai plus tard voir Ray Stern à son retour. Je peux vous donner un coup de main ? »

Sans attendre de réponse, elle prit le bras de Kevin et l'aida à se mettre debout. L'avocat pâlit sous l'effort. « Je suppose que vous ne pouvez pas conduire, dit Britt.

— Pas pendant un certain temps. Avec des côtes cassées, les médecins m'ont prévenu qu'on risquait une perforation du poumon. »

Ils sortirent à pas lents du poste de police, et Britt le soutint tandis qu'ils descendaient les marches une à une. Au moment où ils arrivaient en bas, une Toyota rouge flambant neuve équipée d'un porte-skis et encore munie de l'autocollant du concessionnaire pila devant eux dans un hurlement de freins, puis klaxonna.

Kevin, intrigué, se tourna vers Britt. « Quelqu'un que vous connaissez ?

— Non. »

À cet instant, l'Explorer des Carmichael vint se garer derrière la Toyota. Caroline sauta à terre et s'avança vers eux à grandes enjambées, affichant une expression d'excuse, tandis que le conducteur de la voiture rouge parvenait tout juste à s'extirper de son siège. C'était Vicki, le manteau ouvert sur sa robe de grossesse. La démarche lourde, elle se dirigea à son tour vers Kevin puis, passant maladroitement son bras autour de ses épaules, elle pressa sa joue contre la sienne.

« Mr. Carmichael, dit-elle. Merci infiniment. Vous êtes adorable. Comment pourrais-je jamais vous remercier ?

— Doucement, Vicki, doucement, cria Caroline qui s'arrêta net en voyant Britt aux côtés de son mari. Bonjour, reprit-elle.

— Bonjour, fit Britt, quelque peu embarrassée.

— Ça va, mon chéri ? s'enquit Caroline. Comment ça s'est passé ? »

Vicki ne paraissait pas particulièrement vexée d'avoir été ainsi mise sur la touche. Elle observait le couple avec curiosité.

« À qui est cette voiture ? » demanda Kevin sans daigner répondre aux questions pleines de sollicitude de sa femme.

Celle-ci lança à Vicki un regard d'avertissement, mais les grands yeux bleus de la jeune fille, illuminés de bonheur, semblaient ailleurs. « Elle est à moi, dit-elle de sa voix enfantine. On vient d'aller la chercher. Elle est vraiment superbe. » Elle contemplait amoureusement la Toyota rouge.

Kevin, perplexe, les considéra tour à tour. « Qu'est-ce que vous voulez dire, elle est à moi ? »

Caroline pinça les lèvres et se rembrunit. Britt aurait voulu disparaître à six pieds sous terre. Il était clair que Kevin n'était pas au courant de l'achat de la Toyota. Il régnait une terrible tension entre eux. « J'avais promis à Vicki qu'on lui achèterait une voiture, finit par avouer Caroline. Elle en a besoin, Kevin. »

Le visage de ce dernier se ferma.

Vicki les regardait, indécise. « Elle est vraiment superbe, répéta-t-elle avec un peu moins d'assurance. Je peux vous ramener, Kevin, si vous voulez. »

L'avocat ne répondit pas. Il jetait des regards noirs à sa femme qui feignait de ne rien voir. Pour ce qui était de Britt, elle cherchait désespérément quelle attitude adopter quand son portable sonna dans son sac.

« Excusez-moi, dit-elle, heureuse de cette diversion, et elle prit la communication.

— Tante Britt !

— Zoé ! fit la jeune femme, surprise. Tu téléphones de l'école ? Qu'est-ce qu'il y a ?

— Je ne me sentais pas bien ce matin et je suis restée à la maison. Tante Britt, la police est ici, dit la fillette d'une voix mouillée de larmes. Ils veulent fouiller la maison et papa n'est pas là. »

Le cœur de Britt se mit à cogner dans sa poitrine. « Tu l'as appelé ?

— Oui, mais j'ai dû laisser un message... La police a été aussi au magasin. Je suis toute seule.

— Bon, calme-toi, ma chérie. Les policiers sont entrés ?

— Non, ils attendent papa dehors, répondit Zoé.

— Ne t'inquiète pas, j'arrive tout de suite. »

Britt se tourna vers le trio qui semblait figé sur place. « C'était ma nièce, expliqua-t-elle. Elle est dans tous ses états. La police est là. Il faut que j'y aille tout de suite.

— Je vais vous conduire, se proposa Vicki. De toute façon, je voulais montrer ma voiture à Zoé. »

La première impulsion de Britt fut de refuser, mais elle voyait combien la jeune fille désirait échapper aux Carmichael. D'autre part, sa voiture était garée à l'autre bout de la rue et elle ne tenait pas à faire attendre Zoé une seconde de plus que nécessaire.

« D'accord, merci, dit-elle avec néanmoins quelque réticence. On peut faire vite ?

— Oui, bien sûr, répondit Vicki qui, de sa démarche de pachyderme, fit le tour de la voiture afin de s'installer au volant.

— Surtout, roulez prudemment », lui recommanda Caroline qui, debout à côté de son mari, continuait à éviter son regard.

Lorsqu'elle voulut lui prendre le bras, il le retira d'un geste brusque.

20

« COMMENT on fait déjà pour reculer le siège ? demanda Vicki d'une voix plaintive en tâchant de se glisser derrière le volant de la voiture neuve. Je suis tout écrasée.

— Essayez à l'aide du levier sur la gauche, dit Britt en bouclant sa ceinture.

— Ah, c'est mieux. » La jeune fille plissa le nez et fit la grimace. « Vous savez, tout le monde adore l'odeur des voitures neuves, mais moi, je trouve ça infect. Je vais accrocher au rétroviseur un de ces désodorisants en forme de petits sapins. Je déteste cette odeur. »

Britt haussa les épaules avec indifférence. Elle n'était pas d'humeur à s'étendre sur le sujet. Vicki mit le contact.

« Laissez-moi juste le temps de voir si je me rappelle comment fonctionnent les essuie-glaces, à cause de la neige.

— Bon, bon, fit Britt sans dissimuler son impatience. Mais je lui ai dit que j'arrivais tout de suite. »

Enfin, Vicki démarra. La voiture fit un bond en avant. Britt s'accrocha à son siège.

« Pardon », s'excusa la conductrice en pouffant de rire. Elle se tourna vers sa passagère et, remarquant la mine de celle-ci, elle reprit : « OK, on y va. » Après avoir jeté un coup d'œil dans le rétroviseur, elle décolla enfin du trottoir. « J'étais habituée à la voiture de mon copain, une véritable épave. On avait beau appuyer à fond sur le champignon, cette vieille bagnole bougeait à peine. Elle a fini par rendre l'âme. »

Britt se contenta de hocher la tête, se demandant si le copain en question était le père du bébé. Malgré son angoisse, elle s'efforça de se montrer prévenante. « Comment vous sentez-vous, ces derniers temps ? demanda-t-elle.

— Bof, répondit Vicki tout en surveillant la route. Comme si j'avais avalé une baleine. Je n'arrive pas à dormir et je suis tout le temps ballonnée.

— Ce sera bientôt fini.

— Dieu merci ! »

Britt se retourna. Kevin et Caroline n'étaient plus devant l'hôtel de police. « Pourquoi avez-vous choisi les Carmichael comme parents de votre enfant ? » demanda-t-elle.

Vicki fronça les sourcils, comme si elle essayait de se rappeler. « Leur annonce m'a plu. Et puis, qu'il soit avocat, j'ai trouvé ça pratique. Pour les papiers d'adoption. Et aussi, ils avaient l'air de vouloir vraiment un bébé... sans compter la belle maison. Après, je me suis aperçue qu'avec elle, c'était des fois l'enfer. J'espère qu'elle ne cassera pas autant les pieds au gosse qu'à moi. Sinon, il va me détester jusqu'où dernier jour de sa vie.

— Elle est simplement inquiète, dit Britt d'un air absent. Je suis sûre que tout se passera bien.

— Oui, j'espère. »

Vicki conduisait aussi prudemment que possible, mais elle donnait l'impression de traîner. Britt se contraignit à ne rien dire. Fiche-lui donc la paix. Elle respecte la limitation de vitesse. « Qu'est-ce que vous allez faire après la naissance du bébé ? demanda-t-elle, cherchant à être gentille. Vous êtes d'où ? »

Vicki hésita.

« Je crois que je vais commencer par décompresser un

peu. Après, je ne sais pas trop, conclut-elle, demeurant dans le vague.

— Vous êtes toujours en contact avec le père de l'enfant ? »

La jeune fille parut d'abord surprise, puis irritée.

« Je ne sais pas vraiment qui est le père, d'accord ? finit-elle par répondre sèchement. Je ne me préoccupais pas trop de ces choses-là. Le garçon auquel je pense a disparu depuis longtemps. Fichu le camp au Mexique. Il ne se souvient sans doute même pas d'avoir couché avec moi. Je ne veux plus en parler, OK ? Vous posez beaucoup de questions, vous !

— Excusez-moi, dit Britt. Je ne voulais pas être indiscrète.

— Voilà, on est arrivées. Je crois que c'est la maison là-bas. Mais... mais il y a la police.

— Oui, c'est bien là. » Deux voitures de police stationnaient le long du trottoir, gyrophares en action. Mon Dieu, pensa Britt. Zoé doit être terrorisée. « Arrêtez-vous ici, ordonna-t-elle à Vicki.

— Cool, dit celle-ci. Vous mettez pas en rogne ! »

Britt fronça les sourcils, soucieuse à l'idée de l'influence que cette fille pouvait exercer sur Zoé. Tant mieux qu'elle s'en aille bientôt. Elle avait un côté immature qui semblait plaire à la fillette, sans oublier le chat, mais sinon, elles ne devaient pas avoir grand-chose en commun.

Vicki se gara derrière l'une des voitures de police et Britt sauta aussitôt à terre. « Hé ! Vous ! » cria un des policiers, mais elle ne prêta pas attention à lui et traversa en courant la pelouse enneigée. Elle grimpa quatre à quatre les marches de devant et se mit à cogner à la porte. Le policier la suivit sans se presser, posément.

« Zoé ! cria Britt, continuant à frapper. C'est moi, ma chérie, ta tante.

— Il serait préférable que vous ne restiez pas là, dit le policier.

— Je ne compte pas rester là, répliqua Britt. C'est ma

nièce qui est à l'intérieur et elle est terrifiée. Je l'emmène avec moi si vous n'y voyez pas d'inconvénient. Après, vous ferez ce que vous avez à faire. »

Zoé entrebâilla la porte et jeta un regard craintif autour d'elle. « Tante Britt ?

— Mets ton manteau, ma chérie. Et viens avec moi. Tout ça ne te concerne pas.

— Papa m'a rappelée... il arrive.

— Zoé, s'il te plaît, tu pars tout de suite avec moi. J'expliquerai à ton père. Allez, dépêche-toi. » Il ne manquerait plus que cette pauvre enfant voie la police entrer et mettre sens dessus, dessous cette maison où régnait déjà une vraie pagaille. « Maintenant, tu viens ! »

La fillette referma la porte et, quelques instants plus tard, elle sortit, vêtue de sa parka rose dont les manches trop courtes laissaient voir ses poignets fluets. Britt lui mit doucement la capuche.

« Viens, dit-elle. Regarde qui est là. »

Vicki descendit sa vitre et agita la main. « Elle te plaît, ma nouvelle bagnole ? lança-t-elle d'un ton enjoué.

— Ouais », répondit Zoé sans enthousiasme.

Britt lui ouvrit la portière arrière, puis alla s'installer sur le siège passager.

« Bon, allons-y, dit-elle.

— Où ça ? demanda Vicki.

— N'importe où.

— OK. »

Au moment où Vicki démarrait, la Mercedes d'Alec arriva à vive allure et s'arrêta dans une gerbe de gravillons.

« Tante Britt ! s'écria Zoé. C'est papa !

— Une seconde, Vicki, dit Britt. Zoé, tu restes dans la voiture. Il faut que je parle à ton père. »

Vicki se gara. Britt descendit, puis se dirigea vers la Mercedes. Alec sortit de sa voiture et se figea sur place, le regard rivé sur les policiers qui l'attendaient. « Alec ! » l'appela Britt.

Il se tourna vers elle, un éclair d'orage dans ses yeux gris.

« Zoé m'a téléphoné, reprit Britt. Elle était terrorisée et j'ai estimé qu'il valait mieux l'éloigner.

— C'est vous la responsable, répliqua-t-il. Si elle est terrorisée, c'est de votre faute. La vôtre et celle de votre ami le journaliste. Vous essayez de me détruire ainsi que ma famille.

— Vous n'avez pas eu besoin de moi pour ça ! »

Sans répondre, il s'avança en direction de la Toyota. « Zoé ! descends de cette voiture.

— Laissez-la tranquille, Alec. Vous ne croyez pas que vous lui avez déjà fait assez de mal ? Ce n'est pas la peine d'en rajouter. »

Le visage livide de la fillette apparut à la vitre. Elle avait l'air complètement perdue. Alec hésita et, avant qu'il n'ait pris une décision, un policier arriva, qui lui demanda de leur ouvrir la maison.

« Je l'emmène avec moi, dit Britt.

— Vous le regretterez ! cracha Alec, les dents serrées.

— Vos menaces ne me font pas peur ! » La jeune femme tourna les talons et regagna la Toyota. « Allons-y, Vicki, dit-elle, tremblant de tout son corps.

— Tante Britt, pourquoi la police est là ? demanda Zoé. Qu'est-ce qu'elle veut ?

— Je ne sais pas, ma chérie. »

Zoé se tut.

« Ton papa m'a demandé de m'occuper de toi jusqu'à ce qu'elle soit partie, reprit Britt.

— Alors, on va où ? interrogea Vicki.

— Et si je vous emmenais toutes les deux déjeuner quelque part ? proposa Britt.

— Super ! s'exclama Vicki.

— Ouais, dit Zoé avec un soupir.

— Je veux aller au Burger King, déclara Vicki. J'en ai marre des trucs bio.

— Bon, comme vous voudrez, dit Britt.

— Papa m'a dit que tu étais retournée à Boston », dit Zoé.

Il a osé raconter ça ! songea la jeune femme avec colère. Toutefois, elle ne voulait pas le contredire devant l'enfant. « Il fallait que je prenne un peu de distance, mais je reste en ville. J'ai pris une chambre et j'y suis très bien.

— Pourquoi tu es partie de la maison ? demanda Zoé.

— Ton père et moi, nous avons eu une petite dispute.

— Hé, les interrompit Vicki. Alors, et ma nouvelle voiture ? Tu n'as rien dit, Zoé. Qu'est-ce que tu en penses ?

— Elle est jolie. » Après un instant de silence, la fillette ajouta : « Tu crois qu'elle va plaire à Kirby ?

— Il va probablement pisser sur tous les sièges », dit Vicki, ce qui amena un sourire sur les lèvres de Zoé.

Elles se garèrent devant le Burger King, puis descendirent et marchèrent lentement vers le restaurant, Vicki soutenant d'une main son ventre proéminent. Elles s'installèrent dans un box.

Britt jeta un coup d'œil sur Zoé. « Comment tu te sens, ma chérie ?

— Très bien, très bien », répondit Zoé avec impatience.

Britt lui tâta le front. Il était frais, bien que légèrement moite. « Bon, je pense qu'un peu de ces cochonneries qu'on mange ici ne te fera pas de mal. Le Coca te remettra sans doute l'estomac en place. Qu'est-ce que tu prends ? »

Après qu'elles eurent choisi, Britt se leva pour aller commander.

« Faut que j'aille aux toilettes », dit Vicki, et elle se dirigea vers le fond de la salle avec sa démarche de pachyderme.

Britt se mit dans la queue, regardant de temps en temps par-dessus son épaule pour surveiller sa nièce qui, demeurée seule dans le box, le menton appuyé sur la main, contemplait le ciel gris d'un air mélancolique. Pauvre petite, songeait-elle. Quelles nouvelles souffrances l'attendaient encore ? Son tour arriva enfin. Elle passa sa commande, prit trois Coca, puis paya. S'approchant avec le plateau, elle constata que Zoé était toujours seule.

« Vicki n'est pas revenue ? » demanda-t-elle.

Zoé fit signe que non.

« Je devrais peut-être aller voir si elle va bien, reprit Britt. Tu m'accompagnes ? »

La fillette pâlit.

« Non, je vais attendre ici.

— Comme tu voudras. Je reviens tout de suite. »

Elle descendit aux toilettes. « Vicki, appela-t-elle en entrant. Vous êtes là ?

— Oui, répondit celle-ci d'une voix faible. Dans le cabinet pour handicapées. »

Britt poussa doucement la porte que Vicki avait laissée ouverte. La jeune fille était assise sur le siège, entièrement habillée, le teint livide, le visage baigné de sueur. Elle regarda Britt, une lueur d'angoisse dans ses yeux bleus. « Je ne me sens pas bien », murmura-t-elle d'une voix blanche.

21

Britt au volant de la voiture neuve, elles foncèrent à l'hôpital. Une fois Vicki prise en charge par les médecins, Britt téléphona à Caroline. Lorsque celle-ci surgit en courant, l'air affolé, Britt et Zoé attendaient devant le service des urgences.

« Où est-elle ? s'écria Caroline. Le bébé est là ?

— Je ne sais pas, répondit Britt. On s'est occupé d'elle tout de suite et on ne nous a rien dit depuis.

— Oh, mon Dieu ! dit Caroline. J'espère que je n'arrive pas trop tard.

— Peut-être que l'infirmière à l'accueil pourra vous renseigner ? » suggéra Britt.

Marmonnant des paroles inintelligibles, Caroline se précipita vers le comptoir où les deux personnes qui patientaient déjà semblèrent sourdes à ses supplications et refusèrent de la laisser passer avant elles.

Britt et Zoé se rassirent.

« Tu crois que la police est partie maintenant ? » demanda l'enfant.

La jeune femme consulta sa montre.

« Je ne sais pas. Peut-être.

— Qu'est-ce qu'ils veulent ?

— Je l'ignore. C'est probablement à propos de l'incendie.

— C'est idiot. On n'avait jamais habité cette maison

avant ! Ce ne sont même pas nos affaires. Il n'y a que des choses qu'on nous a données !

— Je sais, dit Britt. Je n'ai aucune idée de ce qu'ils peuvent chercher.

— Ils veulent mettre ça sur le dos de mon papa, hein ? »

Britt la dévisagea, interloquée.

« Pourquoi dis-tu une chose pareille ?

— J'ai entendu dire ça à l'école.

— C'est terrible, Zoé.

— Oh, non, répondit la fillette. C'est simplement faux et idiot. Ils pourront fouiller aussi longtemps qu'ils veulent, ils ne trouveront rien contre papa. » Elle regarda sa tante. « Tu ne veux vraiment pas changer d'avis et revenir habiter chez nous ?

— Non, je ne crois pas. »

Zoé soupira.

« Maintenant, je veux rentrer. Je voudrais voir papa.

— Tu es sûre ?

— Oui, je suis sûre. »

Elles enfilèrent leurs manteaux et, au moment où Britt prenait son sac, Caroline se précipita vers elles. « La tension de Vicki est très basse, dit-elle. On va l'hospitaliser.

— Elle est en train d'accoucher ? demanda Zoé.

— Non, pas tout de suite. Il faudra peut-être qu'on lui fasse une césarienne. Les médecins ne se prononcent pas encore.

— Qu'est-ce que c'est ? interrogea la fillette.

— Une opération qu'on fait à la maman pour sortir le bébé de son ventre, expliqua Britt.

— Ouh ! là là ! pauvre Vicki !

— On peut vous être utile à quelque chose ? demanda Britt à Caroline. Où est Kevin ?

— Ce n'était pas la peine que je l'attende, répondit Caroline, comme si son mari était quantité négligeable. Je voulais voir le bébé tout de suite.

— J'espère qu'il n'y aura pas de complications »,

lança Britt alors que Caroline filait déjà vers les admissions.

En débouchant de l'ascenseur, dans le hall, elles aperçurent Kevin qui marchait lentement, difficilement, les traits creusés. « Comment va Vicki ? demanda-t-il.

— On l'a hospitalisée, mais ça devrait se passer sans problèmes.

— Et Caro ?

— Elle a l'air d'aller », répondit Britt.

Elle le suivit des yeux tandis qu'il se dirigeait à pas lents vers l'ascenseur. Pour lui, par contre, ça n'avait pas l'air d'aller très fort, se dit-elle.

Elle ramena Zoé à la maison de Medford Road. La Mercedes d'Alec était rangée devant et tout paraissait calme. Elle descendit de voiture et accompagna sa nièce jusqu'au seuil. Elle resta dehors cependant que la fillette ouvrait la porte et la claquait derrière elle en appelant son père.

Plantée dans l'allée, Britt se sentit soudain seule et abandonnée. Elle attendit quelques instants au cas où Zoé se souviendrait qu'elle ne lui avait même pas dit au revoir, mais l'enfant semblait avoir oublié jusqu'à l'existence de sa tante. Le cœur lourd, Britt regagna la Toyota de Vicki. Elle prit le chemin du centre-ville où elle récupéra sa voiture, puis elle retourna à Bayberry House.

« Rebonjour », dit Britt, adressant un pâle sourire à l'adolescent acnéique qui vint lui ouvrir la porte du « bed and breakfast ».

Sans un mot, le garçon se tourna et hurla « M'man ! » Puis, à l'intention de Britt, il marmonna : « Entrez... »

Il alla aussitôt se rasseoir devant la télé et reprit son jeu vidéo interrompu.

Letty apparut, un tablier noué au-dessus de son pantalon de velours. « Allez, jeune homme, dit-elle à son fils. Il est temps de monter faire vos devoirs.

— Laisse-moi juste finir cette partie.

— Non, tout de suite ! »

Poussant un soupir exaspéré, l'adolescent éteignit la télé et s'extirpa de son fauteuil.

« Venez dans la cuisine, dit ensuite Letty à Britt. C'est là que j'ai mon bureau. »

Britt la suivit dans la vaste cuisine bien aménagée qui donnait sur le jardin de derrière. Letty s'avança vers un ordinateur installé dans un coin sur un meuble en bois blond encombré d'un tas de papiers. Elle prit un grand livre qu'elle ouvrit à la page appropriée. « Voilà, dit-elle. Signez ici, c'est tout. Vous réglez par carte de crédit ?

— Si ça ne vous pose pas de problèmes, je préférerais, répondit Britt, tirant sa carte de son portefeuille.

— Non, non, c'est parfait. Je prends juste son empreinte, comme ça je vous débiterai au fur et à mesure et vous pourrez rester aussi longtemps que vous voudrez. Vous avez tout ce qu'il vous faut ?

— Oui, ne vous inquiétez pas.

— Très bien, dit Letty en lui rendant sa carte. À propos, votre beau-frère est passé ici tout à l'heure.

— Mon beau-frère ? s'étonna Britt.

— Un fort bel homme, l'air d'un vrai gangster. »

Le cœur de Britt battait la chamade.

« Qu'est-ce qu'il voulait ?

— Savoir si vous habitiez ici. Je le lui ai confirmé et je lui ai dit que vous étiez sortie. J'espère que je n'ai pas commis d'impair », ajouta Letty en voyant l'expression de Britt.

La jeune femme, songeant au pavillon isolé, n'aimait en effet pas trop l'idée qu'Alec puisse la trouver. « Vous lui avez dit que j'avais pris la petite maison ?

— Oui, répondit Letty. Je n'aurais pas dû ? Mais comme vous m'aviez expliqué que vous veniez voir de la famille, j'ai pensé...

— Non, non, vous avez bien fait, dit Britt en s'efforçant de réfléchir. Simplement, j'ai... j'ai besoin d'un peu de solitude.

— Oui, je vois. »

Britt jeta un coup d'œil par la fenêtre. On distinguait à peine la maisonnette cachée derrière le rideau d'arbres. Elle se demanda avec angoisse si elle ne ferait pas mieux de s'installer dans la demeure principale.

Les mains sur les hanches, sourcils froncés, Letty l'observait. « Quelque chose ne va pas, miss Andersen ? Parce que, vous comprenez, je ne voudrais avoir d'ennuis avec personne. »

Britt tâcha de la rassurer :

« Non, non. C'est juste que nous avons un petit désaccord.

— Ce n'est pas le genre d'homme qui s'emporte pour un oui ou pour un non, j'espère ? demanda Letty, de plus en plus soucieuse. C'est que j'ai des enfants à la maison. »

Britt poussa un soupir.

« Mais non, vous n'avez aucune raison de vous inquiéter. Si toutefois vous préférez que je parte... »

Letty regarda dehors. Le jour déclinait et la neige tombait dru. « Non, non, je pense que ça ira », dit-elle enfin. Elle lui ouvrit la porte et Britt traversa le jardin couvert de deux ou trois centimètres de neige fraîche. Elle leva le visage vers le ciel et laissa quelques flocons tomber sur sa langue où ils fondirent aussitôt. Tout à présent disparaissait sous un épais manteau blanc. C'était un paysage magnifique, mais en ce moment, elle l'aurait volontiers échangé contre les rues animées de Boston.

Elle atteignit le bosquet qui entourait la chaumière. Au contraire de la grande maison bien éclairée dont la cheminée laissait échapper un filet de fumée, l'endroit semblait abandonné et désert. Parvenue à la porte, et alors qu'elle introduisait la clé dans la serrure, elle sentit une main lui agripper l'épaule.

Poussant un cri, elle se retourna d'un bloc, toutes griffes dehors, prête à se défendre. Dean Webster la lâcha et recula d'un bond. Il avait les yeux injectés de sang, les cheveux saupoudrés de neige.

« Bon Dieu ! jura Britt. Vous avez de drôles de manières, arriver comme ça, par-derrière !

— Excusez-moi, dit-il, levant les mains comme en signe de reddition. Je vous attendais. Vous êtes sacrément nerveuse, dites donc. »

La jeune femme se détendit un peu.

« Ce n'est pas à cause de vous, mais la propriétaire vient de me dire qu'Alec m'avait cherchée tout à l'heure, et ça m'a fichu un peu la trouille.

— Pourquoi ? Qu'est-ce qu'il a dit ? » s'étonna le journaliste.

Bien que puant l'alcool, il avait l'air parfaitement lucide.

« La police a fouillé aujourd'hui sa maison et son magasin. Il s'imagine que c'est un coup monté de ma part. Ou plutôt de notre part, à vous et à moi. Il nous croit de mèche.

— Pure paranoïa.

— Sans aucun doute. Et si vous m'expliquiez ce que vous faites là ?

— Je voulais savoir si vous étiez au courant des derniers développements de l'affaire. Je peux entrer ? »

Britt pensa au désordre qui régnait à l'intérieur, à ses affaires qui traînaient, au lit qui n'était même pas fait. Ce n'était pas le genre d'endroit où la femme de chambre passait tous les matins. De plus, elle n'ignorait pas, rien qu'à le regarder, que Dean s'affalerait tout de suite sur le lit et lui suggérerait de l'y rejoindre. « Je suis totalement épuisée, s'excusa-t-elle.

— Vous êtes sûre ?

— Est-ce qu'on possède assez de preuves pour l'arrêter ? demanda-t-elle.

— Non. La fouille n'a rien donné. Je sais par ailleurs que Ray Stern n'a pas trouvé le prétendu autostoppeur lui servant d'alibi. Je leur ai mâché tout le travail, mais ce n'est qu'une bande de foutus incapables.

— Quoique..., fit Britt, plissant le front.

— Oui, quoique ?

— Rien, rien.
— J'ai l'impression qu'on touche au but.
— Pas encore, malheureusement.
— Qu'est-ce qu'il a fourni comme prétexte en demandant après vous ?
— Je ne sais pas, répondit Britt d'un air absent. Il me hait et il voudrait me faire peur pour que je quitte la ville.
— Vous croyez ? fit Dean, pensif.
— Ça me rend folle. J'ai le sentiment qu'il se paye la tête des policiers, et la nôtre aussi.
— Pas la mienne, protesta le journaliste. Je suis loin d'en avoir terminé avec lui.
— Je m'interroge, dit Britt avec un soupir. Je devrais peut-être retourner à Boston, là où est ma véritable place. Cette affaire peut encore traîner des mois.
— Non, affirma Dean. Faites-moi confiance, elle sera très bientôt résolue.
— Je souhaite que vous ayez raison. Maintenant, excusez-moi, mais je suis vannée.
— Vous êtes certaine de ne pas avoir besoin de compagnie ? » demanda-t-il avec un ton lourd de sous-entendus.
Britt réprima un sourire.
« Je vais juste lire un peu et éteindre de bonne heure.
— Vous ne pouvez pas reprocher à un type de tenter sa chance.
— Je ne le lui reproche pas, répliqua Britt. Pas du tout. »
Dean lui adressa un petit signe de la main tout en s'éloignant.
Britt entra et referma à clé derrière elle, puis elle tira les rideaux et alluma la lampe de chevet ainsi que le petit téléviseur posé sur la commode au pied du lit, encore qu'elle n'eût guère envie de regarder quoi que ce soit. Elle envisagea un instant de ressortir pour dîner, mais elle ne tenait pas à voir du monde. Elle désirait simplement ne plus penser à tout ce qui venait d'arriver.

Sans cesser de bâiller, elle zappa et s'arrêta sur un vieux Fred Astaire. Le film fini, elle éteignit le poste. Je vais prendre une douche et lire un peu, décida-t-elle. Elle se déshabilla et s'examina d'un œil critique dans la glace de la salle de bains. Elle avait des cernes sous les yeux et les cheveux gras. Au moins, se dit-elle, je peux utiliser la salle de bains aussi longtemps que je veux. Chez Alec, gênée d'avoir à la partager, elle se hâtait toujours de la libérer. Ce soir, je vais prendre tout mon temps et me faire un shampooing.

Seulement, une fois sous la douche, elle commença à tressaillir au moindre bruit qui lui semblait provenir de l'extérieur. À trois reprises, elle ferma le robinet et tendit en vain l'oreille. Ce devait être son imagination. Elle se lava les cheveux le plus vite possible, sortit de la douche, puis se sécha et enfila son pyjama. Malgré la chaleur qui régnait dans la chambre, elle frissonnait, si bien qu'elle passa un sweat.

Toi aussi, tu deviens parano, pensa-t-elle, se moquant d'elle-même. Tout est calme.

Néanmoins, pour se rassurer, elle éteignit sa lampe, puis écarta un pan du rideau pour regarder dehors. On apercevait les lumières du bâtiment principal qui formaient un faible halo au milieu des flocons de neige, alors que tout le reste se perdait dans les ténèbres où seules se dessinaient les silhouettes des arbres. L'allée menant au pavillon était également plongée dans le noir, car Britt n'avait pas allumé la lampe au-dessus de l'entrée. La lune projetait une lueur glacée sur le paysage. C'était un endroit magnifique, mais totalement désert. Qui ne serait pas parano ici ? Allons, se reprit-elle, Alec ne va pas venir me menacer et faire un scandale. Et même s'il venait, elle était enfermée à clé, en sécurité. Et si, au pire, il se mettait à cogner à la porte et essayait de la défoncer, elle avait son portable. Elle prit le téléphone dans son sac fourre-tout et le posa sur la table de nuit. Après quoi, elle se mit au lit avec son livre, mais à peine avait-elle lu une page que ses paupières s'alourdissaient déjà. Elle éteignit sa lampe, s'efforça un instant d'accoutumer ses yeux à l'obscurité, puis elle les ferma, persuadée qu'elle allait s'endormir aussitôt.

Mais le sommeil sembla la fuir. Elle resta allongée dans le noir, tous les sens en alerte. Bon sang, je suis si fatiguée, se dit-elle. Il faut que je dorme. Les pensées se bousculaient dans sa tête.

Pas question que je me lève, se disait-elle. Ce serait encore pire. Je vais attendre que le sommeil finisse par me gagner. Malheureusement, comme elle le savait par expérience, cela signifiait des heures passées à se tourner et se retourner dans son lit.

Non que ne pas dormir la nuit fût désagréable en soi. C'étaient les idées qui lui venaient qu'elle redoutait. Britt enfouit son visage dans l'oreiller comme pour étouffer la voix d'Alec qui résonnait dans son crâne, l'accusant d'avoir monté une machination contre lui, et comme pour atténuer le choc qu'elle avait éprouvé quand il lui avait appris que Greta avait engagé le détective afin de retrouver leur mère. Qu'avait-il découvert sur Jane Andersen ? Il fallait qu'elle sache. Elle se rappela avec colère comment son beau-frère, avec un sourire sarcastique, l'avait invitée à engager elle-même un détective pour le savoir. Dieu, qu'elle détestait cet homme ! Une fois de plus, elle se demanda ce que sa sœur avait bien pu lui trouver.

Au moins, Greta avait eu Zoé. L'image de la fillette aux cheveux blonds avec son appareil dentaire, ses mines de préadolescente et sa gentillesse l'apaisa. Elle ne put s'empêcher de sourire à cette évocation qui, d'un autre côté, ne fit qu'accroître son trouble. En effet, si on arrêtait Alec pour le meurtre de Greta, ce qui finirait inéluctablement par se produire, qu'est-ce que Zoé allait devenir ? Cette pensée ne cessait de hanter Britt allongée dans le noir.

Bon, se dit-elle, il faut affronter la réalité. Cette enfant ne pourra pas rester toute seule. Elle n'avait plus que Britt comme famille. La prendre avec elle ? Oui, pourquoi pas ? Son appartement comportait deux chambres, cela ne poserait donc aucun problème. Pour l'école, elle demanderait à Nancy. La jeune femme se sentit aussitôt réconfortée. Nancy saurait ce qu'il convient de faire avec une enfant de cet âge.

Ses pensées se reportèrent sur Alec. Il voudrait certainement que Zoé n'habite pas trop loin de la prison où il serait enfermé. Eh bien, tant pis pour lui. Lorsque Zoé apprendrait ce qu'il avait fait à sa mère, elle désirerait oublier jusqu'à son existence.

Cette question résolue, de nouvelles angoisses l'assaillirent. Il y avait tant d'éléments à prendre en compte. Pendant un temps, il leur faudrait revenir souvent à Coleville. Pour témoigner, signer un tas de papiers officiels. Un nœud lui noua l'estomac à cette perspective. Bon Dieu ! jura-t-elle intérieurement. Je n'arriverai jamais à dormir. Un début de panique la gagna. Elle devait absolument se reposer pour être en mesure, demain, de faire face à la situation.

Britt s'assit dans son lit et soupira. Elle considérait toujours comme un échec le fait de recourir aux somnifères. Elle songea à Greta qui prenait des tranquillisants. Et à Zoé qui en fauchait à sa mère. Cherchant l'une comme l'autre un peu de paix. Ce devait être dans les gènes, mais parfois, on n'avait pas le choix. Elle se leva et alla dans la salle de bains. Tâtonnant dans la pénombre, elle trouva sa trousse de toilette et sortit le petit flacon de plastique. Elle fit tomber un comprimé dans sa paume puis, à la réflexion, en ajouta un second. Si Zoé vient habiter avec moi, il faudra que je les cache soigneusement, se dit-elle. Elle avala les somnifères avec un verre d'eau et retourna se coucher. Elle glissa un CD dans son Discman et coiffa les écouteurs. Au bout de quelques minutes, et en dépit de l'anxiété qui la rongeait, elle sentit tout son corps s'alourdir sous l'effet des comprimés. Elle sombra dans le sommeil sans même s'en apercevoir.

Au milieu de la nuit, plongée dans un rêve, elle se mit

à tousser, ce qui la réveilla. Elle était allongée sur le ventre. Ses yeux la piquaient et commençaient à larmoyer. Elle renifla, mais elle avait le nez bouché. Elle fut prise d'une nouvelle quinte de toux.

Elle voulut redresser la tête, mais ses idées étaient embrouillées et son cerveau semblait refuser de lui obéir. Même à travers ses paupières closes, la chambre lui paraissait éclairée par une lueur vacillante. Son bras pendait hors du lit et ses doigts effleuraient le plancher. Elle avait l'impression d'être un vulgaire sac de ciment. Ses yeux, à présent, pleuraient carrément et sa toux se faisait de plus en plus rauque. Malgré son nez bouché, elle sentait quelque chose, une odeur âcre et nauséabonde. Elle avait du mal à respirer. Lentement, maladroitement, elle parvint à ôter ses écouteurs. Elle perçut une sorte de souffle où se mêlaient des craquements secs. Elle connaissait cette odeur. Un mot finit par émerger des brumes qui enveloppaient ses pensées :

Fumée.

Il lui fallut un moment pour réaliser, puis elle bondit hors de son lit, comme traversée par un courant électrique. Elle avait identifié les bruits et comprenait maintenant d'où provenait la lumière dansante. Elle arracha le rideau. Des flammes. Le pavillon était en feu. Elle voulut crier, mais elle n'avait plus de voix. La fumée commençait à envahir la pièce.

« Au secours ! » réussit-elle à lâcher dans un murmure. L'espace d'un instant, elle demeura paralysée puis, étouffant à moitié, elle se remit à tousser. Retrouvant soudain l'usage de ses jambes, elle se rua vers la porte au milieu des tourbillons de fumée.

Deuxième partie

22

« ALLONS, doucement ! » cria Barbara Parker aux élèves qui, revenant de leur cours d'arts plastiques, se bousculaient dans le couloir. Aussitôt, ils se calmèrent.

« Merci, les enfants », dit-elle.

Une fois qu'ils furent tous entrés en classe, elle entra à son tour. Les rires et les conversations cessèrent petit à petit. « Bien, dit Barbara. Maintenant, asseyez-vous et prenez vos cahiers. Nous allons travailler sur les décimales et les fractions. »

Un murmure de protestation courut parmi les élèves. Barbara réprima un sourire, puis inscrivit au tableau une série d'opérations. On frappa à la porte. Wilbur Thomas, le directeur de l'école, se tenait sur le seuil.

« Bonjour, Mr. Thomas », l'accueillit la maîtresse.

Il y eut quelques remous dans la classe, car la venue du directeur était en général synonyme d'ennuis.

« Vous avez une seconde ? demanda-t-il.

— Oui, bien sûr », répondit Barbara en se frottant les mains pour les débarrasser de la craie. Les chuchotements reprirent. Barbara se tourna vers la classe. « Un peu de silence, et tâchez de faire ces opérations pendant mon absence. Je reviens tout de suite. »

Elle ferma la porte et rejoignit dans le couloir Wilbur Thomas, lequel était accompagné d'une femme d'une cinquantaine d'années au visage lisse et aux cheveux gris coupés court. « Bonjour, Peg », dit Barbara à son amie et collègue, la conseillère pédagogique, qui lui répondit par un sourire. Toutes deux suivirent le chef d'établissement dans une salle vide.

Wilbur s'adossa au bureau et croisa les bras sur sa veste pied-de-poule quelque peu avachie pendant que Peg s'asseyait sur une chaise et Barbara sur une table.

« Qu'est-ce qui se passe ? demanda la maîtresse.

— Zoé Lynch », répondit simplement le directeur.

Barbara poussa un soupir et se tourna vers Peg.

« Je m'en doutais.

— Je viens de l'apprendre, reprit Wilbur. Son père a été arrêté. »

Barbara, dont le mari, Randy Parker, était policier, ne parut pas outre mesure étonnée.

« On dirait que cela ne vous surprend pas, constata le directeur.

— Mon mari m'en a touché un mot ce matin au petit-déjeuner.

— Ah oui, naturellement.

— Pour les deux incendies ? interrogea Barbara.

— Oui. Egalement celui concernant sa belle-sœur. Du moins, c'est ce que j'ai cru comprendre », précisa Wilbur.

Barbara promena son regard autour d'elle, comme si elle craignait qu'on les écoute. « À ce que Randy m'a dit, selon le témoignage de la propriétaire du "bed and breakfast", il y serait venu ce jour-là et aurait demandé après la tante de Zoé. Il semblerait qu'il l'ait menacée...

— Mon Dieu, quelle catastrophe. Pauvre petite, dit Wilbur. C'est une épreuve terrible pour une enfant de cet âge. La mort de sa mère, et maintenant ce nouveau drame.

— Je sais, fit Barbara. J'ai le cœur qui saigne en pensant à elle. Je voudrais tant pouvoir l'aider.

— Eh bien, c'est précisément la raison pour laquelle j'ai demandé à Peg de se joindre à nous, dit Wilbur. Je pense qu'elle pourrait faire quelque chose. Ce n'est pas la première fois que les parents d'un de nos élèves ont des démêlés avec la justice, mais nous n'avons jamais été confrontés à un cas pareil. Il va nous falloir agir avec précaution.

— Comment se comporte-t-elle en classe ? demanda Peg à Barbara.

— Elle est... abattue, répondit cette dernière après une seconde de réflexion. On la sent déchirée intérieurement. L'autre jour, elle s'est plainte d'avoir mal au ventre. Tout cela me paraît normal, mais je suis sûre que tu es mieux que moi à même de juger. Dans l'ensemble, je dirais qu'elle donne l'impression de faire face. Mais à la nouvelle de l'arrestation de son père, elle risque de s'effondrer.

— Je crains que tu n'aies raison, dit Peg. À cet âge, la disparition d'un père ou d'une mère est quelque chose d'affreux, naturellement, mais un enfant, même tout jeune, arrive à comprendre que la mort fait partie de l'ordre naturel des choses. Par contre, l'idée que son père ait pu déclencher l'incendie où a péri sa mère lui sera sans doute insupportable.

— Oui, certainement, approuva Barbara. Je voudrais simplement éviter qu'elle souffre plus que nécessaire. Elle n'est pour rien dans toute cette regrettable histoire.

— Et comment les autres élèves la traitent-ils ? demanda Peg. Elle m'a dit qu'ils ne parlaient pas de la mort de sa mère. Je lui ai expliqué que la plupart des enfants de cet âge ont peur d'évoquer ce sujet. En tout cas, elle m'a assuré que tout le monde était très gentil avec elle, mais j'aimerais avoir ton avis.

— Jusqu'à présent, je ne peux que confirmer ce qu'elle t'a dit. Ils respectent son chagrin, en quelque sorte. Mais cela peut changer du jour au lendemain, tu le sais.

— Que trop bien ! dit Peg, l'air sombre.

— Bon, c'est justement de cela que nous devons discuter, dit Wilbur. Il vaut mieux prévenir que guérir.

— Il faudra déjà commencer par surveiller avec attention les réactions de ses camarades de classe, dit Peg. Pas la peine de faire comme si de rien n'était et permettre ainsi aux rumeurs d'aller bon train. Mr. Thomas, je pense qu'une fois qu'on sera allé chercher Zoé, il serait souhaitable que vous vous adressiez aux élèves de sa classe. Il faut se mettre à leur niveau et faire appel à leurs meilleurs sentiments. Il me paraît important que vous, qui représentez ici l'autorité, vous leur disiez qu'ils doivent se conduire correctement sur le plan humain.

— Si vous estimez que cela pourra se révéler utile, je le ferai avec plaisir. »

Wilbur Thomas était déjà directeur de l'école quand Barbara y était élève. Bien qu'appartenant à une autre époque, il était loin d'être dépassé et ne se laissait pas facilement abuser. Les élèves le respectaient d'autant plus.

Barbara savait que les enfants de cet âge avaient tendance à cacher leur bon naturel, mais en tant que professeur qui les fréquentait quotidiennement, elle savait aussi qu'il n'était jamais loin sous leurs airs bravaches. « Je pense que c'est une excellente idée, dit-elle. Je me demandais ce que je devais exactement leur dire.

— De toute façon, dit Peg, l'événement sera mentionné au journal télévisé de ce soir, et leurs parents ne manqueront pas de les interroger à ce propos. Alors, autant être francs avec eux. Répondre le plus sincèrement possible à leurs questions, tout en essayant d'éviter de parler de son père.

— Vous avez raison, approuva le directeur. Il faut leur rappeler que selon nos lois, il est présumé innocent.

— En effet. dit Barbara. Je partage votre avis. Mais quelqu'un doit venir chercher Zoé ?

— Oui, acquiesça Wilbur. D'une minute à l'autre. Je souhaiterais insister auprès de vous, mesdames, sur la nécessité de garder une certaine réserve. Il ne nous incombe pas de... de juger Alec Lynch. Je ne voudrais pas que les élèves en rentrant chez eux racontent à leurs parents qu'ils ont entendu dire à l'école qu'il était coupable.

— Absolument, acquiesça Peg. Du moins, pas de la bouche des professeurs ou des responsables de l'établissement. Quant à ce qu'ils diront entre eux... inutile que je vous fasse un dessin. J'ai bien peur que Zoé n'échappe pas aux ragots et aux méchancetés. »

Barbara prit un air affligé.

« Quelle tristesse ! Zoé est une enfant formidable. Gentille et intelligente. Je regrette profondément qu'elle ait à subir tout cela, et je suis contente que tu sois là pour l'épauler, Peg.

— C'est une tâche bien délicate que de l'aider à traverser cette épreuve, répondit celle-ci.

— Nous nous efforcerons tous de soulager sa peine, dit Wilbur. Mais vous savez aussi bien que moi qu'il y aura toujours quelqu'un pour se montrer cruel à son égard.

— Oui, sans aucun doute. » Barbara eut un petit sourire contraint et tous trois échangèrent un regard entendu. « Bon, je ferais mieux de rejoindre mes élèves, reprit-elle. Je me demande quelles bêtises ils ont pu faire durant mon absence. »

Elle prit congé du directeur et de la conseillère pédagogique, puis se dirigea vers sa classe.

Le vacarme cessa dès qu'elle entra. Elle jeta un coup d'œil sur Zoé, inquiète à l'idée qu'elle ait pu être l'objet du chahut. La fillette ne pleurait pas, et c'était plutôt bon signe. Oh, ce ne sont pas de mauvais diables, se dit-elle.

« Bon. » Elle frappa dans ses mains. « Voyons ce que vous avez fait. Martin, au tableau, et donne-moi le résultat du premier problème. Et surtout..., ajouta-t-elle aussitôt, explique-moi comment tu y es arrivé. »

Martin Stintson se leva, puis entreprit laborieusement de griffonner à l'aide d'un bout de craie. Barbara approuva d'un hochement de tête et, pendant que Martin poursuivait tant bien que mal ses explications, elle regarda de nouveau Zoé. Celle-ci était assise droite sur sa chaise, les yeux fixés devant elle. Son visage ne trahissait aucune marque de souffrance, et le professeur se demanda ce que cette apparence de stoïcisme lui coûtait.

Pourquoi faut-il, songeait-elle, que ce soient les enfants qui payent pour les fautes de leurs parents ? Eux qui, pourtant, n'avaient rien à se reprocher, devaient subir tout le poids de la cruauté et de la misère du monde. Barbara soupira et, d'un geste machinal, se caressa le ventre. Elle était enceinte de quatre mois. En trois ans d'enseignement, elle en avait vu assez pour savoir ce qu'elle voulait éviter à son enfant, son premier enfant. Il ne connaîtrait jamais un foyer désuni, la pauvreté ou la honte d'avoir un de ses parents en prison. Pas tant qu'il lui resterait, à elle, un souffle de vie. Ce que les gens ne comprenaient pas de nos jours, c'est que le malheur était visible partout. Ces enfants en savaient long sur des aspects sordides de l'existence qu'elle n'aurait même pas pu imaginer quand elle était petite. Les temps avaient bien changé. Même ici, dans le village pittoresque de Coleville.

« C'est ça ? »

La voix de Martin la tira de sa rêverie. Elle examina les chiffres inscrits au tableau et approuva : « Oui, c'est très bien. »

Le gamin afficha un grand sourire et retourna à sa place, cependant que le garçon à côté de lui répétait à voix basse sur un ton envieux, imitant la maîtresse : « Oui, c'est très bien.

— Allons, taisez-vous. Qui a trouvé la solution du suivant ? Ashley ? »

Ashley fit la grimace.

« Moi », dit alors Zoé.

Barbara eut du mal à dissimuler son étonnement. Comment la fillette, prise dans un tel tourbillon d'événements, arrivait-elle à se concentrer ? À se proposer ainsi de venir au tableau devant toute la classe ? À sa place, songea Barbara, je serais enfermée dans ma chambre, rideaux tirés et téléphone décroché. « Eh bien, viens nous montrer. »

Zoé monta sur l'estrade, prit un morceau de craie et lentement, posément, commença à écrire. Les autres élèves ne la quittaient pas des yeux et Barbara se demanda si, comme elle, ils n'étaient pas en admiration devant une telle maîtrise de soi. Elle portait un jean de garçon rapiécé et un pull taché trop grand pour elle. Il faudrait que je l'emmène faire des courses, se dit Barbara. Lui acheter au moins quelques vêtements neufs au lieu de ces espèces de guenilles qu'on lui a données après l'incendie.

Ses pensées furent interrompues par un nouveau coup frappé à la porte. « Explique ta solution, Zoé », lança-t-elle par-dessus son épaule, tandis qu'elle se levait. La fillette s'exécuta pendant que Barbara sortait dans le couloir et s'entretenait un instant avec quelqu'un avant de regagner sa classe. De ses yeux bleus si candides, Zoé quêta l'approbation de son professeur.

« Zoé, dit Barbara d'une voix douce, il y a une visite pour toi.

— Pour moi ? s'étonna l'enfant en pointant son doigt sur sa maigre poitrine.

— Oui, prends tes affaires, ma chérie, tu en auras besoin.

— Je dois partir ?

— Oui.

— Et je ne reviens pas ?

— Si, naturellement, répondit Barbara. Mais peut-être pas aujourd'hui. »

Pour une fois, toute la classe se tut. On aurait entendu une mouche voler. Zoé, le regard fixé droit devant elle, s'avança vers son pupitre. Elle réunit ses livres et ses cahiers qu'elle tâcha de fourrer dans son sac à dos. Une trousse en plastique transparent rose, pleine de gommes colorées et de crayons fluo, tomba par terre.

Jared Morgan, le garçon physiquement le plus mûr de

la classe, celui pour qui toutes les filles avaient le béguin, se glissa à bas de sa chaise et ramassa la trousse. Sans un mot, il la tendit à Zoé.

« Merci », murmura celle-ci, évitant son regard.

Les yeux de tous ses camarades rivés sur sa fragile silhouette, Zoé mit son sac à dos et, la démarche raide, se dirigea vers la porte. Quand la fillette passa devant elle, Barbara eut envie de la serrer dans ses bras, mais elle savait que cela ne ferait que lui rendre les choses plus difficiles.

« Tu peux utiliser ton joker qui te dispense de devoirs pour ce soir, se contenta-t-elle de dire, voulant faire comprendre à l'enfant qu'elle ne devait pas s'inquiéter pour l'école.

— Je n'en ai pas besoin », répliqua Zoé d'un ton vexé.

Barbara se demanda si elle faisait allusion au joker ou à la compassion de sa maîtresse.

23

BRITT examinait les dessins et les rédactions des élèves affichés sur le mur du couloir. Les dessins représentaient des masques aux couleurs violentes, tandis que les rédactions étaient toutes intitulées : « Ce que je cache au monde à mon sujet. » En dépit de ce titre provocant, bien peu révélaient des secrets extraordinaires. Britt chercha celle de Zoé. À l'instar de ses camarades de classe, elle avouait quelques péchés mineurs, par exemple avoir acheté des sucreries avec l'argent de son déjeuner ou ne pas avoir révisé pour sa composition d'orthographe. C'est la dernière phrase qui lui transperça le cœur : « Je ne laisse pas voir aux autres que je suis triste. » Zoé avait dû écrire cela avant la mort de Greta, avant de savoir ce que la tristesse signifiait réellement.

« Miss Andersen ? »

Britt se retourna et croisa le regard soucieux et plein de compassion de la maîtresse de Zoé, une jolie brunette vêtue d'une ample robe-chasuble.

« Je vais dire à votre nièce de venir. »

Quelques instants plus tard, Zoé sortit de la salle de classe avec son sac à dos et sa parka rose à la main, suivie de sa maîtresse.

« Si je peux faire quoi que ce soit..., dit celle-ci.

— Je vous remercie, je pense que ça ira. »

Barbara Parker hocha la tête, puis regagna sa classe et referma la porte derrière elle.

Zoé avait les yeux fixés sur la main bandée de Britt. « C'est là que tu as été brûlée ? »

La jeune femme baissa le regard et fit jouer ses doigts. « Oui, Zoé, c'est là, mais ce n'est pas grave.

— Ça fait mal ? demanda la fillette.

— Pas trop », mentit Britt.

Elle gardait le souvenir de la douleur atroce qu'elle avait ressentie lorsqu'elle avait saisi la poignée de la porte, car la chaleur de l'incendie s'était transmise au métal. Malgré la peau de sa paume restée collée au cuivre et la souffrance, elle était parvenue à tourner la poignée, seul moyen d'échapper aux flammes.

Zoé plissa le front. « Je voulais venir te voir à l'hôpital, mais papa m'a dit que tu sortirais bientôt et qu'on te verrait après. Je n'arrive pas à croire que toi aussi tu aies été prise dans un incendie.

— Oui, c'est... c'est fou, hein ? »

Encore que « fou » ne soit pas précisément le mot qui s'appliquait au vague souvenir qu'elle conservait de ce terrible épisode. L'épaisse fumée âcre qui menaçait de l'asphyxier. Le hurlement des sirènes. Elle se rappelait avoir aperçu ensuite le camion blanc de la télévision et entendu des cris alors que les voitures de pompiers et les ambulances arrivaient. Elle se revoyait pieds nus dans la neige, en pyjama, claquant des dents. Quelqu'un l'avait enveloppée d'une couverture pendant qu'on allait lui chercher des chaussures dans la maison principale. Le seul visage familier se détachant dans les ténèbres était celui de Dean Webster qui bondissait hors du camion et se précipitait vers elle pour la prendre dans ses bras. Elle avait de la chance d'être encore en vie. Plus de chance que n'en avait eu sa sœur.

Zoé leva les yeux. « Pourquoi tu es venue me chercher ? » demanda-t-elle.

Britt voulut lui prendre le bras, mais la fillette esquissa un mouvement de recul.

La jeune femme soupira. Tout au long du chemin, elle n'avait cessé de s'interroger. Comment lui expliquer ? Comment lui annoncer que tout son univers s'était écroulé à cause de son père ? La seule conclusion à laquelle elle était parvenue, c'était qu'il fallait le lui dire simplement, sans tourner autour du pot. Un peu comme on arrache un pansement. Une seconde de vive douleur valait mieux qu'une lente agonie. Une fois que Zoé aurait accepté la triste réalité, Britt et elle pourraient songer à l'étape suivante. Toutes les deux ensemble.

Il n'était toutefois pas question de sous-estimer le choc que l'enfant allait éprouver. Britt craignait sa réaction. Zoé allait-elle fondre en larmes ou se mettre à hurler en apprenant l'arrestation de son père ? Elle ne tenait pas à ce qu'elle craque ici, à quelques pas de sa classe. Sa maîtresse et ses camarades risquaient de sortir, ce qui ne ferait qu'ajouter l'humiliation au désespoir.

« Je te le dirai dans la voiture, répondit-elle alors. Mets ton manteau.

— Non, je veux que tu me le dises tout de suite ! »

Zoé avait les yeux écarquillés et des taches rouges tranchaient sur ses joues blêmes.

« Zoé, s'il te plaît, viens dans la voiture où on pourra parler tranquillement.

— Pourquoi ? demanda la fillette avec colère. Je n'ai pas à t'obéir. Tu n'es pas ma mère.

— Zoé ! la reprit sèchement Britt.

— Je ne veux pas quitter l'école ! »

Britt n'était pas habituée à un tel comportement de la part de sa nièce. Est-ce que leurs relations allaient s'établir sur une base aussi conflictuelle ? Qu'est-ce que je dois faire ? se demanda-t-elle. Ce n'est plus un bébé. Je ne peux pas la prendre dans mes bras et la porter dehors.

Soudain, la porte de la classe voisine s'ouvrit, et une femme d'une cinquantaine d'années, lunettes sur le nez, apparut sur le seuil. « Excusez-moi, dit-elle, mais vous pourriez parler un peu moins fort ? Mes élèves ont un devoir sur table et vous les dérangez.

— Oui, pardonnez-moi, dit Britt. Viens, Zoé. »

Le menton volontaire, affichant un air de défi, la fillette partit devant sa tante à vives enjambées. À la porte de l'école, elle enfila sa parka et laissa Britt la rattraper. Elles débouchèrent ensemble sur la vaste pelouse enneigée. Arrivée sur le trottoir verglacé, Zoé s'arrêta.

« Bon, maintenant qu'on est dehors, explique-moi. »

Britt hésita un instant. Son regard allait du visage renfrogné de l'enfant à la façade de brique de l'école. Elle avait l'impression que tout le monde se pressait aux fenêtres pour les observer. Au moins, elles étaient hors de portée de voix.

« Zoé... » dit-elle, faisant un pas en avant, les bras tendus.

Sa nièce, de nouveau, recula.

« Quoi ? fit-elle d'un ton rogue.

— C'est le chef de la police qui m'a demandé de venir te chercher. Il s'agit de ton père, Zoé. »

L'enfant ouvrit de grands yeux.

« Il lui est arrivé quelque chose ?

— Non, il n'est pas blessé, rien...

— Tu ne me racontes pas de mensonges, hein ?

— Non, mais... c'est difficile de te l'annoncer, Zoé. Ton papa a été... a été arrêté.

— Arrêté ? Mais pourquoi ? »

Britt prit une profonde inspiration.

« Il a été arrêté pour avoir déclenché les deux incendies. »

Britt se prépara à des cris de la part de l'enfant, et au besoin à la rattraper si elle s'évanouissait. Zoé demeura un instant muette de saisissement. « Quoi ? dit-elle ensuite d'une voix où perçait une totale incrédulité.

— On l'a arrêté il y a environ une demi-heure. Il va être inculpé pour incendie criminel et pour l'assassinat de ta mère. »

Zoé secoua farouchement la tête.

« C'est ridicule. »

Ce n'était pas tout à fait la réaction à laquelle Britt

s'était attendue. Ce doit être le choc, pensa-t-elle. Elle dit n'importe quoi. « Je sais que c'est dur à admettre. Je me doute bien que tu n'aurais jamais pu imaginer que ton père fasse une chose pareille. »

La fillette fit un pas en arrière et considéra sa tante comme si elle venait de proférer un tissu d'absurdités. « Il n'aurait jamais pu faire ça, et il ne l'a pas fait, affirma-t-elle.

— Je sais, c'est ce que tu penses sur le coup... »

Zoé lui lança un regard furieux.

« Ce n'est pas ce que je pense, c'est la vérité. Il ne ferait jamais ça. Comment ils ont pu avoir une idée pareille ? »

Britt rougit en se rappelant son propre rôle dans l'affaire.

« Il faut que tu me croies, ma chérie, ce n'est pas une simple idée. Ils ont des... des preuves... indiquant que ton père est l'auteur de ces incendies.

— Quelles preuves ?

— Eh bien, ils savent qu'il projetait de... d'entamer une nouvelle vie.

— Et lui, qu'est-ce qu'il dit ?

— Il nie, mais il refuse de répondre aux questions que pose la police. Les seules réponses qu'il a données n'ont pas été... satisfaisantes. Il ne possède pas d'alibi pour ce soir-là. Et puis il devait... toucher beaucoup d'argent. Je sais combien c'est difficile à imaginer pour toi, mais des fois, tu sais, les gens font des choses terribles.

— Arrête de parler comme si c'était vrai ! s'écria Zoé.

— Il va bien falloir que tu t'y fasses, Zoé », dit Britt doucement.

L'enfant baissa les yeux et contempla le trottoir à ses pieds.

« Où est papa ? demanda-t-elle.

— En prison, je suppose.

— Je veux aller le voir.

— Ce n'est pas vraiment ta place, Zoé. Je sais que c'est un grand choc pour toi, mais il s'atténuera petit à petit.

Tu dois avoir le sentiment que le monde s'écroule. Je veux que tu saches que tu n'es pas seule dans cette épreuve et que tu peux compter sur moi. Je m'occuperai de toi, je veillerai sur toi. Personne ne te demande d'accepter cela tout de suite. Mais tu verras, avec le temps... »

L'enfant garda le silence. Son sac à dos avait glissé et pendait au creux de son bras. Elle tremblait de tout son corps, le regard toujours rivé sur le trottoir.

« Viens », dit gentiment Britt. De sa main bandée, elle prit le sac à dos de Zoé et le passa à son épaule à côté de son fourre-tout en cuir qui sentait encore la fumée. « Montons dans la voiture. Je ne veux pas qu'on te dévisage comme une bête curieuse. Tu as besoin d'un peu d'intimité pour te remettre. Tu sais, je vois bien que tu t'efforces d'être courageuse, mais il est parfois préférable de... d'extérioriser son chagrin. Alors, si tu as envie de pleurer, ne te retiens surtout pas. »

Zoé se laissa conduire jusqu'à la voiture. Pendant que sa tante ouvrait la portière, jetait le sac à dos et le fourre-tout sur la banquette arrière, elle demeura un moment figée comme une statue, le regard vide puis, avec des gestes mécaniques, elle s'installa sur le siège avant, les yeux fixés sur le pare-brise.

Britt se glissa au volant, puis se tourna vers sa nièce.

« Zoé, c'est un coup terrible, et la plupart des adultes eux-mêmes n'y résisteraient pas, aussi ne va pas croire que je ne comprends pas. Tu prendras tout le temps nécessaire. Je sais que tu as une certaine image de ton père et qu'il est difficile de...

— Arrête, tante Britt, la coupa Zoé. Ce n'est pas lui. Il ne nous aurait jamais fait de mal. Il aimait ma maman. Pourquoi on ne m'a pas interrogée ? Je le leur aurais dit. »

Britt soupira, pensant à ses propres parents. Ils lui avaient toujours donné l'impression de bien s'entendre, jusqu'au jour où sa mère était partie. « Zoé, je suis sûre que tu croyais qu'ils s'aimaient et...

— Je ne croyais pas ! Je sais qu'ils s'aimaient et il n'a pas tué ma maman !

— Calme-toi, ma chérie, calme-toi.

— Je ne m'habituerai jamais à cette idée, parce que ce n'est pas vrai ! » s'entêta Zoé.

Britt mit le moteur en marche et régla le chauffage à fond.

« On gèle là-dedans, marmonna-t-elle.

— Je veux aller voir papa tout de suite !

— Tu sais, il te dira simplement qu'il n'est pas coupable, dit Britt d'une voix lasse.

— Il n'a pas besoin de me le dire, je le sais, affirma Zoé. Je veux le voir. Amène-moi le voir tout de suite ou je descends de cette voiture !

— Bon. Puisque tu y tiens. »

Décidément, elle a du caractère, cette gamine, se dit Britt. Elle ne pouvait s'empêcher d'admirer le courage de sa nièce face à ces tragiques événements, même si elle se refusait à affronter une si brutale réalité. Tôt ou tard, il lui faudrait bien l'accepter, et le choc serait effroyable mais, pour le moment, elle s'accrochait à l'image de son père. Quant à lui, il ne méritait pas de voir sa fille. Pas après ce qu'il avait fait. Néanmoins, elle se rendait compte qu'il serait inutile de tenter d'en convaincre Zoé.

24

La prison du comté se trouvait à une quinzaine de kilomètres de Coleville. Britt dut s'arrêter à deux reprises pour demander son chemin. Pendant tout le trajet, Zoé, assise bien droite, les mains sur les genoux, garda les yeux fixés sur le pare-brise et ne prononça pratiquement pas un mot. Britt, qui l'observait de temps en temps à la dérobée, se garda de la bousculer. L'enfant avait besoin de se remettre du choc. Elle semblait repliée sur elle-même, presque stoïque, comme si elle se préparait pour le prochain coup, d'où qu'il vienne.

Elles arrivèrent enfin à destination. La prison était un bâtiment ocre entouré d'un grillage surmonté de barbelés. Se dressant au-dessus, la montagne plantée de sapins qui se découpait contre le ciel de plomb accentuait l'aspect isolé des lieux. Britt aurait voulu éviter d'amener Zoé dans cet endroit sinistre, mais elle espérait que la vue d'Alec derrière les barreaux lui ferait prendre conscience de la réalité.

Britt entra la première, suivie de près par Zoé, et expliqua la raison de leur visite au gardien de service qui s'entretint quelques instants au téléphone avant de presser un bouton pour leur ouvrir la porte en déclarant : « Bon, allez-y. L'avocat viendra vous rejoindre dans la salle réservée aux visiteurs. C'est juste devant vous. »

Zoé et Britt entrèrent puis allèrent s'asseoir sur un banc en bois. Il y avait là plusieurs femmes, certaines accompagnées d'enfants. À leur arrivée, personne n'avait levé les yeux ni tourné la tête dans leur direction. Elles n'étaient là que depuis quelques minutes quand la porte donnant sur les profondeurs de la prison s'ouvrit. Kevin Carmichael s'avança à pas lents, vêtu d'un costume gris anthracite, un attaché-case à la main.

« Kevin ! s'exclama Britt, surprise.

— Mr. Carmichael, dit Zoé en se levant. Vous êtes là pour aider papa ?

— Oui, j'espère », répondit Kevin.

Zoé noua les bras autour de la taille de l'avocat et pressa son visage contre le tissu à fines rayures de sa veste. Britt éprouva un pincement de jalousie devant cette manifestation de tendresse. À l'évidence, l'enfant considérait Kevin comme son sauveur et Britt comme son ennemie.

« Je vais vous conduire. Elles peuvent venir ? demanda Kevin au gardien.

— Elles doivent d'abord passer à la fouille. »

Tandis que le gardien allait chercher une de ses collègues, Zoé jeta un regard inquiet à sa tante, qui la rassura dans un murmure :

« Ce n'est rien, une simple formalité. »

Britt présenta son sac et se laissa palper. Zoé suivit son exemple. Après quoi, tous trois longèrent un couloir mal éclairé pour se rendre au parloir, escortés par un autre gardien. Ce dernier leur désigna une chaise en plastique devant une vitre de Plexiglas.

« Assieds-toi, Zoé, dit Kevin. Il va être très content de te voir. » Il se tourna vers le gardien. « Vous pouvez demander qu'on amène mon client ? »

L'homme acquiesça d'un signe de tête, puis prononça deux ou trois mots dans un talkie-walkie qu'il décrocha de sa ceinture. Zoé prit place sur la chaise et se pencha pour tenter de distinguer quelque chose derrière la vitre.

Britt s'écarta de sa nièce et, à voix basse, demanda à Kevin : « Qu'est-ce qu'il dit ? Qu'il n'est pas coupable, bien entendu ? »

L'avocat fronça les sourcils.

« En fait, il ne dit presque rien. J'essaie de lui expliquer que je ne pourrai guère l'aider s'il ne me dit pas la vérité. Je sais qu'il cache des choses, mais je ne comprends pas vraiment pourquoi.

— C'est parce qu'il est coupable, marmonna la jeune femme.

— Attention, le voilà, l'avertit Kevin.

— Papa ! »

Zoé bondit sur ses pieds, puis pressa son nez et ses paumes contre la vitre.

« Rasseyez-vous, mademoiselle », ordonna le gardien.

Son père lui fit signe d'obéir et Zoé s'exécuta. Sans quitter sa fille du regard, Alec s'installa en face d'elle sur une chaise semblable. Il avait le teint cireux et ses rides paraissaient plus creusées que jamais. Ses yeux gris acier étaient profondément enfoncés dans leurs orbites et ses bras pâles paraissaient à l'étroit dans les manches courtes de son uniforme bleu de prisonnier.

« Bonjour, ma chérie, dit-il, les yeux soudain brillants.

— Tu vas bien ? demanda Zoé.

— Oui, oui, ne t'inquiète pas. Je vais sortir d'ici en un rien de temps, je te le promets. »

Ne lui mens pas, en plus, pensa Britt avec colère. La fillette, par contre, le crut sur parole. « Aujourd'hui ? demanda-t-elle, remplie d'espoir.

— Peut-être pas aujourd'hui, mais bientôt. Et toi, ma chérie, tu vas bien ?

— Oui, oui, répondit Zoé. Papa, pourquoi tu es là ? Je sais que ce n'est pas toi qui as mis le feu.

— C'est une erreur, ma chérie. On ne tardera pas à s'en apercevoir, ne t'en fais pas.

— Mr. Carmichael va t'aider, hein ?

— Oui, bien sûr. En attendant, il faut que tu sois courageuse, d'accord ? Et que tu fasses ce que ta tante Britt te dira. »

Britt, interloquée, ouvrit de grands yeux.

« Je veux rester ici avec toi », supplia Zoé.

Alec eut un pauvre sourire.

« Je crains qu'on ne t'y autorise pas. »

Kevin se pencha au-dessus de l'Hygiaphone. « Alec, je vais devoir partir. Il faut que je passe à l'hôpital voir ce que devient Vicki.

— Nous aussi, Zoé, il faudrait qu'on parte, dit Britt, évitant le regard d'Alec qu'elle sentait peser sur elle à travers la vitre.

— Kevin, vous pouvez emmener Zoé ? demanda Alec.

— Oui, naturellement. »

La fillette fondit en larmes.

« Je ne veux pas te laisser, papa.

— Zoé, tu dois être forte. Fais bien tes devoirs et repose-toi. Je te promets que tout va s'arranger, tu verras. Maintenant, va avec Mr. Carmichael.

— Mais je suis venue avec tante Britt !

— Il faut que je lui parle. Comme ça, tu me donneras des nouvelles de ton amie Vicki. »

Zoé renifla et sécha ses pleurs.

« Bon, d'accord. Je t'aime, papa.

— Moi aussi je t'aime. Va, maintenant.

— Je vous verrai demain », dit Kevin à Alec.

Il posa la main sur l'épaule de Zoé qui se leva à contrecœur et plaqua de nouveau sa paume contre la vitre tandis qu'Alec faisait de même de son côté. Après quoi, la fillette se retourna et cacha son visage.

« Je passerai te prendre à l'hôpital », lui murmura Britt.

Zoé ne répondit pas et sortit en compagnie de Kevin et du gardien. Britt les suivit un instant des yeux, puis elle reporta son regard sur son beau-frère qui, resté assis, l'expression sombre, ne l'avait pas quittée des yeux. Il lui fit signe de s'asseoir sur la chaise laissée libre par Zoé. Britt s'installa, serrant son sac sur ses genoux avec sa main bandée. Elle dévisagea froidement Alec, sans ciller.

« Déçu ? lui lança-t-elle.

— À propos de quoi ?

— Du fait que je sois encore en vie.

— Vous ne pouvez quand même pas croire que c'est moi qui ai allumé cet incendie, dit-il d'un ton méprisant. Pourquoi voudrais-je... ?

— Vous m'avez menacée... et vous avez tué ma sœur. »

Alec soupira et ne releva pas.

« Britt, écoutez-moi, je n'ai pas beaucoup de temps et je ne voudrais pas le perdre à répondre à de vaines accusations.

— Vaines ! s'écria-t-elle. Je n'ai pas l'impression que la police les considère comme vaines !

— Ça y est, vous avez fini ? Bon, j'ai un service à vous demander. Je voudrais que vous restiez auprès d'elle. De Zoé, je veux dire. »

Britt prit un air indigné.

« Alec, combien de temps allez-vous continuer comme ça ? »

Les yeux gris de l'homme en face d'elle lui évoquaient ceux d'un chien malamute. Sous leurs épais sourcils noirs, ils l'observaient avec détachement. « Continuer quoi ? demanda-t-il.

— Vous savez très bien qu'elle finira par savoir ce que vous avez fait, répondit Britt. Pour l'instant, elle vous croit, mais quand le procès aura lieu, elle apprendra la vérité. En attendant, tout le monde va la fuir parce qu'elle persistera à prendre votre défense. Vous ne trouvez pas que vous lui avez déjà fait assez de mal ? Agissez donc en homme et assumez la responsabilité de vos actes plutôt que de demander à une enfant de vous accorder une confiance que vous ne méritez pas. C'est méprisable ! »

Alec, les mâchoires crispées, la fusillait du regard. Il finit par dire :

« Que vous le croyiez ou non, j'essaie simplement de la protéger.

— Mais oui ! répliqua Britt, pointant sur lui un doigt accusateur. Vous n'avez pas honte que cette pauvre gamine prenne votre défense parce qu'elle croit en vos mensonges ? »

Alec se contenta de répondre :

« Il ne reste plus qu'une minute ou deux, et je tiens à régler cette affaire avant qu'on me ramène dans ma cellule. Est-ce que vous allez vous occuper d'elle ou pas ? »

La jeune femme n'avait nulle intention d'abandonner Zoé, mais elle ne voulait pas qu'Alec s'imagine qu'elle était de quelque manière touchée par la confiance qu'il semblait placer en elle. « Oui, je vais rester auprès d'elle, finit-elle par dire. C'est pour ma sœur que je le fais. Et aussi parce que Zoé est ma nièce et que je veux lui épargner le maximum de chagrin. Je le fais pour elle et pas pour vous.

— Peu m'importe, du moment que vous le faites. »

Le gardien s'approcha de Britt.

« Le temps est écoulé », dit-il.

La jeune femme se mit debout. « Heureusement. » Elle se tourna vers son beau-frère qui se levait aussi, un autre gardien à côté de lui. « Je tenais à ce que les choses soient claires, ajouta-t-elle.

— Votre opinion ne compte pas, dit-il. Il n'y a que Zoé qui compte. »

Britt mit son sac en bandoulière et eut une grimace de dédain. « Vous auriez peut-être dû y penser avant de fiche sa vie en l'air. »

En arrivant à l'hôpital, Britt trouva Zoé dans la petite salle d'attente en face de la chambre de Vicki, occupée à faire un devoir de grammaire tout en piochant dans un paquet de chips.

« Qu'est-ce que tu fais là ? demanda-t-elle à sa nièce. Vicki va bien ?

— Le docteur est avec elle », répondit la fillette.

Britt jeta un coup d'œil sur sa montre.

« Qu'est-ce que papa t'a dit ? » demanda Zoé.

La jeune femme hésita.

« Il... était un peu soucieux à ton sujet. Je lui ai dit que je restais pour m'occuper de toi.

— C'est vrai ? fit Zoé, étonnée.

— Oui.

— Et ton travail, tout ça ?

— Ne t'inquiète pas, c'est mon problème.

— Bon, bon », dit l'enfant de mauvaise grâce.

À cet instant, une femme aux traits asiatiques en blouse blanche, portant des lunettes et un stéthoscope autour du cou, sortit de la chambre de Vicki.

« C'est le docteur, murmura Zoé.

— Elle doit donc avoir fini. Je vais juste prévenir les Carmichael que nous partons. »

La mine sombre, la fillette commença à réunir ses livres et ses cahiers. Britt traversa le couloir et passa la tête à l'intérieur de la chambre de Vicki qui baignait dans la pénombre. La jeune fille était couchée, reliée à un tas de moniteurs, son gros ventre recouvert d'une mince couverture bleue. Elle buvait à la paille dans un gobelet en plastique, tandis que Kevin et Caroline, main dans la main, se tenaient au pied du lit. Ils levèrent les yeux à l'entrée de Britt. « Comment ça se présente ? demanda celle-ci. J'ai vu le docteur sortir. »

Vicki soupira et Caroline dit d'un air accablé :

« Pas bien du tout. »

Kevin lâcha la main de sa femme et s'avança vers la porte. « Nous venons de parler au Dr Yasushi, dit-il à Britt. Vicki a ce qu'on appelle une pré-éclampsie. D'après le docteur, c'est assez fréquent chez les femmes enceintes très jeunes ou très âgées. La tension devient anarchique. À moins qu'elle se stabilise, il va falloir pratiquer une césarienne. Ils tâchent d'attendre le plus possible. »

Britt grimaça.

« C'est moche. Et comment Vicki réagit-elle ? »

Kevin jeta un regard en direction du lit.

« Elle tient le coup.

— Bon, nous devons nous en aller, murmura Britt. Merci d'avoir ramené Zoé.

— De rien, répondit Kevin. Qu'est-ce qu'Alec voulait ?

— Simplement s'assurer que je m'occuperais de Zoé.

— Vous ne trouvez pas que c'est une démarche plutôt étrange de la part d'un homme qui a cherché à vous tuer ? fit observer l'avocat.

— Écoutez, c'est votre boulot de le défendre et de le croire innocent. Personnellement, je le considère comme un ennemi, et donc vous aussi dans une certaine mesure, sans vouloir vous vexer. »

Kevin hocha la tête d'un air absent.

« Vous ne me vexez pas. Dites, j'ai demandé à Zoé de passer à la maison nourrir Kirby. Je ne sais pas quand nous pourrons rentrer.

— Pas de problème. Soyez tranquille, on s'en chargera. J'espère que tout se passera bien. »

Britt salua d'un geste Caroline et Vicki, serra la main de Kevin, puis quitta la chambre.

« Viens, dit-elle à Zoé. Il paraît que tu as un chat à nourrir.

— Oui. J'espère qu'ils ne sont pas méchants avec lui », dit la fillette d'un ton inquiet.

Britt, déconcertée, crut d'abord que sa nièce parlait du chat, puis elle comprit qu'il s'agissait en fait de son père. Elle préféra ne pas répondre. « Il est temps de rentrer », se borna-t-elle à dire, mais les mots sonnèrent faux à ses oreilles. Zoé prit sa parka et son sac à dos comme si elle n'avait rien remarqué.

25

Britt se gara dans l'allée des Carmichael derrière la Toyota rouge de Vicki. « Je t'attends dans la voiture pendant que tu donnes à manger au chat », dit-elle.

Zoé avait déjà ouvert sa portière.

« Non, tu peux rentrer. Je t'appellerai quand j'aurai fini.

— Je trouve l'endroit un peu trop isolé », répliqua Britt, promenant son regard sur la forêt et les champs qui entouraient la maison.

Non loin, les montagnes dominées par Glace Mountain avaient des reflets lavande dans le crépuscule.

« Je suis habituée, dit Zoé. Tu sais, on habitait juste à côté.

— Je préfère quand même t'attendre. Tu n'en as pas pour longtemps, je suppose ?

— Je ne sais pas. Il faut d'abord que je trouve Kirby. Il est peut-être parti dans la forêt. Et après, je voudrais jouer un peu avec lui au cas où il se sente abandonné sans Vicki. »

Britt hésitait. Il était clair que Zoé désirait être seule. Peut-être qu'elle avait besoin de réfléchir un peu et de câliner le chat. On disait que la présence d'animaux de compagnie aidait souvent à soulager le stress. Toutefois, l'idée de la savoir seule ici l'angoissait. L'endroit paraissait tellement désolé. Finalement, elle pouvait faire semblant de partir et ne pas trop s'éloigner.

« Bon, d'accord, dit-elle. Je... je vais aller faire des courses en ville. Appelle-moi sur mon portable dès que tu as fini. Tu as la clé ? »

Zoé leva les yeux au ciel.

« Oui, bien sûr.

— Parfait. »

La fillette sortit de la voiture comme une flèche, sans même un regard pour sa tante. Elle monta quatre à quatre l'escalier de la véranda, ouvrit la porte et la referma derrière elle.

Britt quitta l'allée en marche arrière puis, arrivée sur la route, elle se fit un devoir de démarrer en trombe vers le village, mais elle n'alla pas au-delà de l'ancienne ferme aménagée de Greta. Elle se gara devant et laissa le moteur tourner pour avoir le chauffage. Malgré elle, son regard était attiré par les ruines de la maison, et son moral en prit un sérieux coup. Elle s'était imaginé qu'une fois Alec arrêté, elle prendrait Zoé en charge et que la fillette ne demanderait qu'à partir d'ici pour recommencer une nouvelle vie à Boston. De même, elle avait pensé qu'après avoir appris le crime de son père, elle se détournerait de lui et que l'idée de s'installer en ville ne pourrait que séduire la préadolescente qu'elle était.

Et voilà qu'elle se trouvait face à une réalité bien différente. Zoé paraissait décidée, du moins pour le moment, à prendre le parti de son père et à demeurer à ses côtés. Elle refuserait sans doute de croire à sa culpabilité quelles que soient les preuves accumulées contre lui. Il était étonnant de constater combien cette enfant était déterminée à tenir tête à la police et à la justice. Il fallait qu'elle ait du cran, devait s'avouer Britt, et qu'elle soit drôlement entêtée pour refuser ainsi de voir la vérité ! On pouvait seulement espérer qu'elle finirait par se rendre à l'évidence. Encore que Britt ne fût pas d'un grand optimisme sur ce point. Zoé avait totalement rejeté l'idée que son père puisse être coupable, et elle en voulait à sa tante de l'avoir si facilement acceptée. L'affection qui avait commencé à naître entre l'enfant et elle semblait avoir disparu.

Et pendant ce temps-là, les jours passaient. Donovan lui avait rappelé que le travail l'attendait. Je ferais mieux de téléphoner pour dire que je ne peux pas rentrer tout de suite, songea-t-elle. Elle prit son portable dans son sac et fit le numéro direct de Nancy.

« Hé ! s'écria celle-ci, ravie d'entendre la voix de Britt.

— Il faut que je reste, annonça la jeune femme sans préambule.

— Que tu restes où ? demanda Nancy. Dans le Vermont ? »

Britt soupira et regarda les décombres calcinés de la maison de Greta.

« Mon beau-frère a été arrêté, dit-elle après un instant de silence.

— Oh ! mon Dieu ! s'exclama Nancy.

— Je dois m'occuper de ma nièce. Elle n'a plus personne.

— Je comprends, c'est normal.

— Même si elle me déteste, maintenant, reprit Britt. Elle hausse les épaules et lève les yeux au ciel à tout ce que je dis.

— C'est une réaction classique qu'ont les enfants de cet âge devant les adultes, une façon de communiquer, ou plutôt de refuser de communiquer.

— Au moins, tu me rassures.

— Et puis pourquoi elle te détesterait ? demanda Nancy.

— Parce qu'elle sait que je crois son père coupable.

— Tu le crois vraiment ? Tu es persuadée que c'est lui ?

— Nancy, il a essayé de me tuer !

— Quoi ? Qu'est-ce que tu racontes ?

— C'est une longue histoire, dit Britt. Il m'a flanquée

à la porte de chez eux, et après, il a mis le feu à l'endroit où j'étais.

— Mon Dieu ! Tu n'as rien ? »

La jeune femme fit jouer les doigts de sa main bandée et tressaillit de douleur.

« Je survivrai, dit-elle. Par miracle, je me suis réveillée à temps pour échapper aux flammes.

— Je n'arrive pas à imaginer une chose pareille ! s'écria Nancy. Il est fou ou quoi ? Pourquoi voulait-il te tuer ?

— Il savait que je ne le croyais pas, et surtout que je donnais des informations sur lui à la police.

— Tu avais donc raison !

— Oui, il semblerait, répondit Britt avec un soupir.

— J'espère pour lui qu'il a un bon avocat.

— Eh bien, par hasard, leur ancien voisin est un avocat qui exerçait avant à Boston. Apparemment, c'était un ténor du barreau. Il a accepté de le défendre.

— Il vient de Boston ? Comment s'appelle-t-il ? L'avocat, je veux dire, demanda Nancy.

— Carmichael. Kevin Carmichael.

— Kevin Carmichael... Ce nom m'évoque quelque chose.

— Je suppose qu'il a plaidé dans des procès célèbres.

— Peut-être... enfin, il y a tellement d'avocats.

— Quoi qu'il en soit, pour le moment, je suis coincée ici, dit Britt. Tu veux bien en informer Donovan ? Ou tu penses que je devrais l'appeler ? Il ne va pas être aux anges.

— Qu'est-ce qu'il pourrait dire ? Il faut que tu restes auprès de cette enfant. Elle a plus besoin de toi que Donovan Smith. Prends tout le temps nécessaire. Ta nièce passe en premier et il faudra bien qu'il comprenne. Je le lui expliquerai.

— Merci, Nancy. » Une série de bips retentit dans le portable de Britt. « Il faut que je te laisse, j'ai un appel. J'ai demandé à Zoé de me téléphoner...

— OK. Je me charge de Donovan et toi, tiens-moi au courant. »

Nancy raccrocha et Britt prit l'autre communication.

« Allô ? fit-elle.

— Tante Britt ! » cria Zoé d'une voix étranglée.

La jeune femme se redressa dans son siège.

« Zoé ? qu'est-ce qui se passe ?

— Je ne sais pas. Il y a un type bizarre. Il rôde dans le bois derrière la maison. J'ai peur. »

Le cœur de Britt se mit à cogner dans sa poitrine.

« Zoé, écoute-moi. Surtout, du calme. Toutes les portes sont bien fermées à clé ?

— Oui, répondit la fillette d'une petite voix.

— Bon. Cet homme, tu le vois d'où tu es ?

— Il est caché derrière les arbres.

— Bon, pas de panique. Ce n'est sans doute rien de grave. Ne bouge pas, je suis à côté, près de ton ancienne maison, et j'arrive tout de suite. Tu ne le laisses entrer sous aucun prétexte, d'accord ? Tu n'ouvres à personne d'autre que moi.

— D'accord, dit Zoé.

— Attends-moi, je suis là dans deux minutes.

— Dépêche-toi, j'ai peur ! »

Britt posa son portable sur le siège et démarra à toute allure.

Arrivée devant la maison des Carmichael, elle ouvrit sa portière à la volée et se précipita sur la véranda. « Zoé ! cria-t-elle en tapant du poing sur la porte. C'est moi, Britt. Ouvre ! »

Seul le silence lui répondit puis, au bout de quelques interminables secondes, elle entendit un bruit de verrou et la porte s'entrebâilla. Zoé apparut, le visage livide, les yeux agrandis de terreur.

« Ça va ? » demanda Britt.

La fillette fit signe que oui.

« Le type n'a pas essayé d'entrer ?

— Je ne l'ai pas revu depuis que je t'ai appelée », répondit Zoé.

Britt pensa que sa nièce, se retrouvant seule, avait peut-être un peu paniqué, et que le mystérieux inconnu n'était qu'un produit de son imagination enfiévrée. Bien entendu, elle se garda de le dire. « Bon, eh bien, tant mieux, fit-elle simplement. Maintenant, prends tes affaires et on s'en va. Tu t'es occupée du chat ? »

Zoé eut une petite moue de dépit.

« Dès qu'il a eu fini de manger, il est ressorti. Tu veux bien aller le chercher ?

— Il est probablement mieux où il est, répondit Britt. Il est habitué à être dehors.

— Mais il fait froid ! Après, il ne pourra plus rentrer. Et s'il se remet à neiger ? s'écria Zoé, les larmes aux yeux.

— Bon, bon. Calme-toi, je vais jeter un coup d'œil aux alentours. Pendant ce temps-là, rassemble tes affaires.

— Surtout, fais attention.

— Ne t'inquiète pas », dit Britt, heureuse de constater que sa nièce se faisait du souci pour elle.

Elle redescendit les marches et fit le tour de la maison. Levant la tête, elle aperçut derrière une fenêtre le petit visage triangulaire de Zoé qui l'observait d'un air grave. Elle agita la main et poursuivit son chemin.

La maison était située à la lisière d'un champ couvert de plaques de neige. Au bout, une forêt de conifères formait une barrière naturelle au-delà de laquelle s'élevaient les contreforts des montagnes. Britt, pataugeant dans la terre détrempée, se dirigea vers le rideau d'arbres dont les branches se balançaient sous les incessantes rafales de vent. C'est probablement ce que Zoé aura pris pour la silhouette d'un homme, se dit-elle. Qui aurait l'idée de se promener ici par un temps pareil ?

Au moment même où elle pensait cela, elle surprit un mouvement du coin de l'œil. Un animal peut-être. Un cerf. C'était le genre d'endroit où il devait y en avoir. À pas prudents, le cœur battant, Britt s'engagea dans la forêt. Allons, il n'y a personne, tâcha-t-elle de se rassurer. Elle se tourna vers la maison, puis regarda autour d'elle, soudain oppressée. Elle ne voyait rien d'anormal, mais elle se sentait néanmoins épiée. Elle pivota d'un bloc. Des yeux jaunes l'observaient de la fourche d'un arbre. « Kirby ! » s'écria-t-elle. Elle faillit éclater de rire. Le chat était blotti contre le tronc, à peine visible tant le gris de sa fourrure se confondait avec celui du tronc.

« Allez, viens, dit-elle en délogeant Kirby de son perchoir. Tu vas geler ici. On rentre à la maison. Ta copine Zoé était inquiète à ton sujet. » Serrant le chat contre son manteau, elle reprit le chemin de la maison, souriant et se moquant de ses craintes injustifiées. Bien que tremblant et miaulant, le chat restait dans ses bras. Brusquement, alors que Britt regardait le sentier devant elle, son sourire s'effaça.

Zoé n'avait pas été le jouet de son imagination. Quelqu'un s'était bien dissimulé ici, parmi les arbres. En plus des traces de pattes d'oiseaux et de celles du chat, il y avait d'autres empreintes dans le tapis de neige vierge, des empreintes profondes, celles de larges bottes. Et, à côté, des mégots de cigarettes, plusieurs mégots, dont l'un fumait encore et que la personne qui s'était tenue là avait jeté dans la neige à ses pieds.

26

Britt étouffa un cri et un frisson la parcourut, qui n'avait rien à voir avec le froid. Elle promena un regard angoissé autour d'elle, mais tout paraissait normal dans la forêt envahie d'ombres. Son cœur cognait dans sa poitrine.

Du calme, se raisonna-t-elle, du calme. Rien n'indiquait que la personne qui s'était tenue là était animée de mauvaises intentions. Alec lui avait dit qu'un tas de gens chassaient, faisaient de la motoneige et du ski de fond à travers toute la région. C'était peut-être un chasseur. Il y avait des bois partout aux alentours. Il se serait aventuré jusque-là et, voyant qu'il se trouvait à côté d'un endroit habité, il aurait rebroussé chemin. Elle s'approcha des empreintes de pas et se contraignit à les examiner.

Elles semblaient provenir de l'ancienne maison de Greta. Allez, courage, se dit Britt. Va vérifier. C'est peut-être un bûcheron, quelqu'un qui s'est égaré. Ou peut-être même un flic qui continue à fouiller le secteur. Elle jeta un coup d'œil vers la ferme des Carmichael. Zoé ne risquait rien. Les portes étaient fermées à clé. Elle prit une profonde inspiration et suivit les traces. Arrivée à la lisière du bois, elle constata avec soulagement que les empreintes de bottes menaient vers le champ qui donnait sur la route. L'inconnu était parti dans cette direction. La jeune femme ne tenait pas à traverser ce terrain plein d'ornières recouvertes d'une mince pellicule de glace, d'autant que la neige commençait déjà à s'infiltrer dans ses bottines de cuir. Elle regarda attentivement autour d'elle. Personne en vue.

Britt regagna la maison des Carmichael, tapa du pied sur les marches de la véranda pour débarrasser ses semelles de la neige, puis alla frapper à la porte de derrière que Zoé avait fermée à clé selon ses instructions.

La fillette écarta le rideau.

« C'est moi, Zoé, ouvre-moi. »

L'enfant déverrouilla la porte et Britt entra, tenant toujours le chat dans ses bras.

« Kirby ! » s'écria Zoé, enfouissant son visage dans la fourrure du chat qui accepta un instant ces marques d'affection, puis sauta à terre. Zoé se recula aussitôt.

« Tu avais raison, tu sais, dit Britt. Il y avait bien quelqu'un dans le bois. »

Zoé écarquilla les yeux.

« Comment tu le sais ?

— J'ai vu des empreintes de pas récentes au milieu des arbres. Des bottes d'homme, apparemment. Et des mégots de cigarette. Dont un qui fumait encore.

— Qu'est-ce qu'il faisait là ? demanda Zoé d'une voix tremblante.

— Je ne sais pas, ma chérie. Un chasseur peut-être.

— Non, on ne chasse pas si près des maisons, affirma Zoé avec un petit air supérieur.

— Alors, je ne sais pas. Je veux simplement dire qu'il y avait bien quelqu'un et que ce n'était pas un tour de ton imagination. Tu as eu raison de m'appeler. Tu es prête à partir, maintenant ? »

Zoé acquiesça d'un signe de tête, prit sa parka et ses gants, puis sortit derrière sa tante. Elle vérifia que toutes les portes étaient bien fermées, après quoi elle s'installa sur le siège avant de la voiture et boucla sa ceinture.

« Bon, on y va, dit-elle.

— Tu es sûre de n'avoir rien oublié ? demanda Britt.

— Oui, je crois.

— Parce que tu n'es pas près de revenir. Du moins pas toute seule.

— Si, protesta la fillette. Il faut que quelqu'un vienne nourrir Kirby.

— Eh bien, ce ne sera pas toi. Pas avec un type qui rôde dans le coin. De plus, les Carmichael ne vont pas tarder à rentrer.

— J'ai promis de lui donner à manger !

— Dans ce cas, je t'accompagnerai, dit Britt. Je ne veux pas qu'il t'arrive quelque chose. »

Zoé maugréa, mais ne dit plus rien.

Britt s'arrêta au bout de l'allée. La route, bordée d'arbres, paraissait déserte. Il doit être parti depuis longtemps, se dit-elle. Elle se rendit alors compte qu'elle n'avait pas entendu le moindre bruit de moteur depuis qu'elle était là. Qui est-ce qui peut se promener à pied dans le coin ? se demanda-t-elle. On ne voyait jamais personne marcher en dehors du village. Et ce pouvait difficilement être un cycliste, car les routes étaient trop souvent enneigées ou verglacées. Peut-être que l'inconnu habitait non loin dans l'une de ces maisons isolées cachées parmi les arbres. La pensée qu'il s'agisse d'un voisin lui donna froid dans le dos. Au premier croisement, elle tourna dans une route plus large et remarqua un vieux combi Volkswagen garé sur le bas-côté de la bretelle d'accès à l'autoroute. « Eh bien, je n'aurais jamais cru qu'on voyait encore de ces antiquités, dit Britt. Il doit être rongé par la rouille.

— J'ai l'impression qu'il s'est arrêté pour prendre un autostoppeur », dit Zoé.

Britt eut juste le temps d'apercevoir un homme blond assez enrobé en parka vert olive se diriger en boitant vers la portière ouverte du minibus.

« C'est rare de voir des autostoppeurs par ici », constata Zoé.

La jeune femme allait répondre quand, regardant l'homme grimper dans le combi, elle surprit le reflet de chevrons orange sur la manche de sa parka. Elle étouffa une exclamation au souvenir de l'alibi qu'avait fourni Alec au chef de la police pour le soir de l'incendie. Un autostoppeur. Qui boitait. Et qui portait une parka verte avec des bandes réfléchissantes sur les manches. « Non, c'est impossible ! s'écria-t-elle à voix haute.

— Qu'est-ce qui te prend ? » demanda Zoé.

Le combi démarra et grimpa la bretelle d'accès. Britt s'arrêta et le regarda s'engager sur l'autoroute.

Zoé la dévisageait.

« Mais qu'est-ce que tu fais ?

— Rien, rien.

— Pourquoi tu t'es arrêtée ? »

Britt suivit des yeux le Volkswagen jusqu'à ce qu'il eût disparu. « Non, rien, répéta-t-elle. J'ai cru reconnaître quelqu'un.

— L'autostoppeur ? »

La jeune femme ne répondit pas.

Zoé haussa les épaules, manifestement peu intéressée par les gens que pouvait fréquenter sa tante. « On passe chez Kayley, s'il te plaît. Elle peut venir à la maison ? »

Britt fronça les sourcils. Est-ce qu'elle n'aurait pas dû essayer de rattraper le combi ? Non, ç'aurait été stupide. Un tas de gens portaient des parkas vertes style parkas de l'armée. On était dans le Vermont, au cœur de l'hiver. Ce pouvait être n'importe qui.

« Tante Britt ? »

Tirée de ses réflexions, la jeune femme se tourna vers sa nièce.

« Kayley peut venir à la maison ? demanda-t-elle à nouveau.

— Oui, bien sûr, marmonna Britt. Pourquoi pas. Mais il faut que tu me dises où elle habite. »

D'un ton plein d'autorité, Zoé lui expliqua le chemin. Britt suivit machinalement ses indications, envahie d'un sentiment irrationnel de culpabilité qu'elle ne parvenait pas à chasser.

La police avait cherché partout ce Dave, alibi improbable d'Alec. S'il avait existé, ils l'auraient trouvé, non ? Ils avaient visionné les bandes de la caméra vidéo de la supérette et n'avaient découvert aucune trace de lui. Ce type en parka verte aux manches ornées de chevrons orange, ce n'était qu'une pure coïncidence. Quant au fait qu'il boitait...

« Arrête-toi ! » cria Zoé.

Britt écrasa le frein et la voiture dérapa. Par bonheur, la rue était déserte et les roues butèrent juste contre le trottoir opposé. « Bon sang ! s'exclama la jeune femme. Qu'est-ce qui t'a pris ?

— Tu as dépassé la maison, répondit la fillette, penaude.

— On ne crie pas comme ça, dit Britt, tremblant de tous ses membres. Mon Dieu, on aurait pu se tuer.

— Excuse-moi, dit Zoé. Je ne savais pas.

— Eh bien, penses-y la prochaine fois. Réfléchis une seconde avant de hurler. »

Britt respira profondément et s'efforça de calmer les battements de son cœur.

« Oui, excuse-moi, répéta Zoé avec une pointe d'exaspération.

— Bon, bon, dit Britt, sachant que, plongée dans ses pensées, elle avait été distraite et que c'était en partie de sa faute. Alors, c'est quelle maison ? »

27

BRITT se gara devant la maison toute proprette que Zoé lui désigna. « Tu peux aller chercher ta copine, dit-elle à sa nièce. Dis à sa mère que je suis d'accord. »

Zoé s'empressa de descendre et se précipita vers la porte. La lumière de la véranda était allumée, dissipant les ombres du crépuscule. Le ciel virait à la neige. Britt se cala dans son siège et essaya de se rassurer. Ton imagination te joue des tours, se dit-elle. Cet autostoppeur pourrait être n'importe qui. Et puis, n'oublie pas, Alec projetait de quitter sa femme. Sans oublier qu'il a été arrêté pour les deux incendies criminels. Ce « Dave » n'existe pas. Elle avait beau tenter de se raisonner, elle ne cessait de revoir ce type blond dans sa parka verte qui se dirigeait en boitant vers le minibus.

La portière passager s'ouvrit et Zoé se laissa tomber sur le siège, au bord des larmes.

« Qu'est-ce qui se passe ? demanda Britt.

— Elle ne peut pas venir.

— À cause de ses devoirs ? »

Zoé fit signe que non.

Britt la dévisagea, mais dans la pénombre de l'habitacle, elle eut du mal à déchiffrer son expression. « Tu lui as demandé si elle pouvait venir demain ?

— Demain, elle ne peut pas non plus, répondit Zoé. Ni les autres jours. »

Britt comprit aussitôt et se sentit violemment indignée. La honte qu'Alec avait apportée à sa famille retombait sur sa fille. Elle se rappela le discours que Mrs. Dietz avait prononcé à l'enterrement, où elle avait dit combien elle admirait Greta. Et voilà la manière dont elle traitait à présent l'enfant éplorée de celle-ci ! Britt arrêta le moteur.

« Je vais parler à sa mère, dit-elle.

— Ce n'est pas sa mère, c'est son père.

— À son père, alors.

— Non, s'il te plaît, dit Zoé.

— Attends-moi là. Ne t'inquiète pas, je resterai polie. »

Britt descendit de voiture et claqua la portière. Elle s'engagea dans l'allée à grands pas et frappa à la porte. Un homme au visage rond et aux cheveux grisonnants coupés en brosse vêtu d'une chemise écossaise vint ouvrir. Britt se souvint de l'avoir vu aux funérailles de Greta, et elle tâcha de retrouver son prénom. Elle, c'était Joyce et lui...

« Oui ? » fit-il froidement.

Derrière lui, Britt apercevait Kayley assise sur le canapé du living, le visage enfoui entre ses mains, tandis que sa mère lui tapotait maladroitement le dos. Elle regarda Britt avec une expression gênée, puis détourna la tête.

« Mr. Dietz, dit la jeune femme. Je m'appelle Britt Andersen. Nous nous sommes rencontrés aux obsèques de ma sœur. Je suis la tante de Zoé.

— Oui », dit l'homme, toujours aussi impassible.

Norman. Le nom lui revint d'un seul coup. Norman Dietz.

« Zoé vient de m'apprendre que Kayley ne pouvait pas venir chez elle. Je tenais à vous rassurer. Je m'occupe de ma nièce et vous n'avez aucune raison de vous inquiéter. » Elle savait fort bien que ce n'était pas pour cela qu'on interdisait à Kayley d'aller chez Zoé, mais elle préférait éviter la confrontation. « Zoé a beaucoup de problèmes en ce moment et elle est en proie à un immense chagrin. Je sais que la présence de Kayley lui serait d'un grand réconfort.

— Je regrette ce qui est arrivé aux parents de Zoé, mais je ne veux pas que ma fille soit mêlée à toute cette histoire », répliqua-t-il.

Espèce d'hypocrite, songea Britt tout en s'efforçant de garder son sourire.

« Les deux enfants désirent simplement jouer ensemble. Faire leurs devoirs...

— Écoutez, votre nièce vient de dire à ma fille que son père n'avait rien fait de mal. Vous et moi savons que c'est faux. Je ne veux pas que Kayley entende des mensonges pareils. J'ai élevé mes enfants dans le respect des lois. Je sais que Zoé n'est pour rien dans tout ça, mais en persistant dans son attitude, j'estime qu'elle exerce une mauvaise influence sur ma fille.

— Une mauvaise influence ! s'exclama Britt. Mais ce n'est qu'une enfant !

— Elle est assez âgée pour faire la différence entre le bien et le mal, dit-il en haussant le ton. Son père est un criminel et elle le défend. Je ne vois pas comment vous pourriez justifier ça. »

Britt se sentit mal à l'aise, car elle ne se cachait pas qu'elle-même acceptait difficilement la foi que Zoé avait en l'innocence de son père. La foi de sa nièce, cependant, n'était pas alimentée par la méfiance, mais par... par la confiance. Des années de confiance. Et d'amour. « Elle n'arrive pas à... à l'admettre, tenta-t-elle d'expliquer.

— Et pourquoi pas ? Il est temps qu'elle affronte la réalité », dit Norman Dietz.

Britt considéra un moment cet homme au front têtu.

« Mr. Dietz, si jamais on vous arrêtait pour meurtre, est-ce que vos enfants croiraient tout de suite que vous êtes coupable ?

— Je ne commettrais jamais un meurtre.

— Papa, laisse-moi aller chez Zoé, s'il te plaît, supplia Kayley depuis le living.

— Kayley, monte dans ta chambre, lui ordonna son père, puis il se tourna de nouveau vers Britt : Vous troublez la paix de ce foyer. Ma décision est prise et je n'en changerai pas, miss...

— Andersen, dit Britt, s'efforçant de maîtriser le tremblement de sa voix. Je reconnais que vous avez toute autorité sur vos enfants, mais j'estime que vous faites preuve d'une grande cruauté envers une autre enfant qui ne le mérite pas. Sinon pour se montrer loyale vis-à-vis de son père.

— Eh bien, c'est votre opinion », conclut Norman Dietz en lui fermant la porte au nez.

Britt demeura un moment clouée sur place. Quel beau salaud, se disait-elle. Ah, si elle avait été un homme... Alors qu'elle regagnait sa voiture, la porte se rouvrit. Mrs. Dietz sortit en courant et rattrapa Britt sur le trottoir. « Attendez une seconde », dit-elle. Elle était en corsage et se frottait les bras pour se réchauffer. « Je suis désolée pour Zoé. Je vais tâcher de parler à mon mari. Laissez-lui le temps de se faire à l'idée. Vous savez, c'est un grand choc pour tout le monde.

— Certainement, mais je ne vois pas pourquoi on punirait Zoé pour ce que son père a fait.

— Je sais, dit Joyce Dietz. Laissez-moi lui parler, et dites à Zoé que ça s'arrangera. »

Ah, le mariage, pensa Britt. Une institution dans laquelle il faut toujours faire des compromis. Réalisant que cela s'appliquait tout aussi bien à sa liaison avec Donovan Smith, elle ne put s'empêcher de soupirer. « Je le dirai à Zoé. Ça lui remontera peut-être un peu le moral. »

Mrs. Dietz se hâta de rentrer, et Britt de regagner sa voiture. Zoé leva sur elle un regard brillant d'espoir.

« Kayley pourra bientôt venir à la maison, lui assura la jeune femme. Sa mère s'en occupe.

— C'est vrai ? Quand ?

— Je ne sais pas précisément », répondit Britt. Elle était toujours furieuse contre le père de la gamine, mais elle estimait préférable de n'en rien laisser paraître devant Zoé. « Écoute-moi, ma chérie, reprit-elle, moins tu parleras à Kayley de cette histoire au sujet de ton père, mieux ça vaudra, tu comprends ?

— Kayley et moi, on parle de tout, persista Zoé. En plus, mon père n'a rien fait de mal.

— Zoé, ce n'est pas l'avis des autres, dit Britt.

— C'est le mien et c'est la vérité », s'entêta Zoé.

Exactement ce que j'ai dit au père de Kayley, pensa Britt. Elle est habituée à faire confiance à son père. « Tu ne sais pas ce qu'est la vérité, se contenta-t-elle de répondre, ne tenant pas à polémiquer.

— Mieux que toi », rétorqua la fillette.

Britt, les yeux rivés sur le pare-brise et les ténèbres qui s'épaississaient, garda le silence.

De retour à la maison de Medford Road, Zoé disparut dans sa chambre, tandis que Britt préparait un dîner de fortune. Après quoi, elle appela sa nièce qui descendit sans protester, et elles mangèrent en silence. Le repas terminé, Zoé s'excusa, débarrassa son assiette et se dirigea vers l'escalier pour remonter à l'étage. Britt la suivit dans le couloir.

« Qu'est-ce que tu vas faire ? lui lança-t-elle.

— M'occuper du cadeau de Vicki, répondit Zoé d'un ton où ne perçait aucune trace de rancune.

— Quel cadeau ?

— Je lui tricote une écharpe.

— Ah, j'ignorais que tu savais tricoter. »

Zoé expliqua :

« Mais si, je t'avais dit que j'avais commencé à lui en tricoter une. J'avais pensé lui faire une couverture pour le bébé, mais comme elle ne va pas le garder, j'ai changé d'avis.

— Tu as eu raison. L'écharpe, c'est une excellente idée. »

Britt poussa un soupir, soulagée de voir s'installer une apparence de trêve entre Zoé et elle, puis elle regagna la cuisine. La vaisselle faite, elle alla dans le séjour et parcourut la pièce du regard. Dieu que je hais cette maison, se dit-elle. C'était un véritable capharnaüm. Les sacs-poubelles qu'Alec avait entrepris de remplir s'empilaient sur la moquette. La jeune femme décida de ranger un peu. Elle tria les cartons et porta les sacs dans la buanderie derrière la cuisine afin qu'il y ait au moins un endroit où s'asseoir. Elle avait presque fini quand on frappa à la porte.

Songeant combien elle était sale et échevelée, elle hésita à répondre, puis elle se trouva ridicule. Il n'y avait personne qu'elle désirât séduire. Elle alla ouvrir. Dean Webster se tenait sur le seuil. Ses cheveux blonds luisaient dans la lumière de la véranda, et il avait une bouteille de champagne coincée sous le bras. La parka ouverte, il était adossé au chambranle, souriant comme un gamin.

Au souvenir de la manière dont elle s'était accrochée à lui et dont il l'avait enveloppée de son manteau la nuit de l'incendie du pavillon, Britt ne put s'empêcher de rougir. « Bonsoir », dit-elle presque timidement.

Dean regarda sa main bandée. « Vous me semblez en meilleure forme que la dernière fois, dit-il.

— Il est vrai que l'autre soir, j'étais complètement paniquée.

— En effet, dit le journaliste de sa voix traînante. Mais vous n'avez pas besoin d'excuse pour vous être jetée à mon cou. »

Britt sourit. « Ne vous vantez donc pas. » Elle trouvait cependant son arrogance plutôt amusante, et elle se rappelait encore, malgré la fumée qui menaçait de l'étouffer et la douleur atroce qui lui traversait la main, le contact de son corps ferme contre le sien.

« Je pensais que vous voudriez fêter ça », reprit Dean.

Britt lança un regard en direction de l'escalier, puis

repoussa une mèche qui lui tombait sur le front. « Fêter quoi ?

— Eh bien, on tient votre homme, répondit-il d'un ton enjoué. Il est là où vous souhaitiez le voir.

— Ne parlez pas si fort. Ma nièce est là-haut. »

Dean brandit la bouteille.

« Ne me faites pas croire que vous n'aimez pas le champagne.

— Disons qu'un peu de compagnie ne serait pas pour me déplaire, admit-elle. Entrez, donc. »

Dean fit un pas à l'intérieur, puis s'immobilisa. Ils étaient face à face. Il planta ses yeux dans les siens. Dans son regard brillait une lueur sauvage, tandis qu'un petit sourire éclairait son visage tanné et marqué par le soleil. Britt se sentait mal à l'aise tellement ils étaient près l'un de l'autre. Surtout, ne l'encourage pas, se raisonna-t-elle. D'autant qu'il ne lui en faudrait pas beaucoup. Elle se recula légèrement. Ses lèvres étaient si proches qu'elle sentait l'alcool dans son haleine.

« Je vois que vous ne m'avez pas attendue pour commencer », se moqua-t-elle.

Il la considéra sans comprendre.

« Commencer quoi ? »

Britt haussa les épaules, se reprochant d'être un peu trop prude. Ce n'était qu'un jeune reporter qui aimait bien boire un verre de temps en temps. Pas de quoi en faire un drame. « Installez-vous dans le living, dit-elle. J'arrive tout de suite. »

Elle se dirigea vers la cuisine, s'arrêta pour s'examiner un instant dans la glace du couloir d'un œil critique, puis elle fouilla dans les placards jusqu'à ce qu'elle trouve deux verres à vin poussiéreux. Elle les essuya et les porta dans le séjour.

Dean, affalé sur le canapé, leva la tête à son approche. Troublée par son regard appréciateur, Britt posa les verres sur la malle qui faisait office de table basse, se félicitant d'avoir eu la bonne idée de ranger un peu. « Voilà, dit-elle. Je vous laisse assurer le service. »

Le journaliste défit le muselet autour du goulot puis, écartant la bouteille, il s'efforça d'ôter le bouchon. Comme il lui résistait, il plaça la bouteille entre ses genoux. Britt l'observait, un léger sourire aux lèvres, se demandant combien de verres il avait déjà bu, car ses efforts semblaient plutôt maladroits.

Dean lui lança un coup d'œil soupçonneux.

« Qu'est-ce qui vous amuse ? demanda-t-il.

— Rien, s'empressa-t-elle de répondre. Je déteste ouvrir le champagne.

— Ce n'est pourtant pas difficile. » Il s'escrima en vain contre le bouchon. La bouteille lui échappa et roula par terre. « Merde ! jura-t-il.

— Il n'y a pas de dégâts, constata Britt. Elle a atterri sur la moquette. Vous voulez que j'essaie ? »

Il ramassa la bouteille et se renfrogna.

« Pas question, je m'en charge. »

Britt eut soudain cette impression qu'elle avait déjà éprouvée devant un certain nombre d'hommes avec qui elle était sortie. Celle de commettre une erreur. Certes, elle lui était reconnaissante de son aide et elle se sentait seule ici, mais pas à ce point. Peut-être se montrait-elle trop difficile, mais elle n'aimait pas les buveurs. Elle les avait depuis longtemps rayés de sa liste.

« Peu importe, dit-elle. Je n'ai pas soif.

— Allez, venez vous asseoir, dit-il en tapotant le canapé à côté de lui. Ne soyez pas vexée.

— Je suis sérieuse, Dean. Laissez tomber le champagne. De toute façon, je n'en boirai pas.

— Vous ne voulez même pas vous asseoir ? »

Elle alla prendre place dans un fauteuil.

« Si on n'ouvre pas le champagne, comment boire à notre succès ?

— Notre succès ? Quel succès ?

— Je vous avais bien dit que je le ferais arrêter, non ?

— Vous ne croyez pas que vous exagérez un tout petit peu l'importance de votre rôle ? demanda Britt.

— Vous pourriez au moins manifester un minimum de gratitude ! répliqua-t-il sèchement.

— Et vous, un minimum de retenue. Je vous ai demandé de baisser la voix. Ma nièce pourrait vous entendre.

— Vous voulez dire qu'elle n'est pas au courant ?

— Si, elle l'est, bien sûr, répondit la jeune femme d'un air sombre. Mais je ne tiens pas à la bouleverser davantage.

— Il faudra bien qu'elle s'habitue à l'idée que papa va passer de longues années en taule. »

Britt se mordit la lèvre et ne répondit pas.

« Vous ne paraissez pas spécialement ravie à cette idée, fit remarquer le journaliste. Qu'est-ce qu'il vous faut pour être heureuse ?

— C'est vrai que je ne suis pas ravie à cette idée », admit-elle.

Dean s'efforça de prendre une expression sérieuse, mais le sourire l'emporta. « N'empêche que vous devez reconnaître qu'on forme une bonne équipe, non ? »

La jeune femme le dévisagea, paupières mi-closes.

« Ah bon, parce que nous formons une équipe ?

— On pourrait, dit-il, une lueur malicieuse dans le regard. Si vous m'introduisiez auprès des gens qui conviennent.

— Ah oui, bien sûr. J'avais failli oublier. Le prix de vos services !

— Vous voulez dire que vous ne le ferez pas ?

— Si, si...

— Waouh ! s'écria-t-il, le poing brandi.

— ... quand je serai de retour à Boston.

— Qu'est-ce que ça signifie ? Qu'est-ce qui vous retient ? »

Britt indiqua l'escalier d'un signe de tête. « Je reste ici avec Zoé. »

Dean se redressa sur le canapé.

« Ici, à Coleville ? Longtemps ?

— Aussi longtemps que nécessaire, répondit-elle.

— Et votre travail ? L'émission de Donovan Smith ?

— Eh bien, j'espère le retrouver à mon retour.

— Vous espérez ?

— Ne vous inquiétez pas, le rassura-t-elle. Je pourrai toujours glisser quelques mots en votre faveur.

— Ils n'auront guère de poids si vous êtes au chômage, répliqua-t-il avec sarcasme.

— Vous savez, je connais beaucoup de monde et...

— Et vous irez les voir pour qu'ils vous donnent du travail à vous, la coupa-t-il. Et pas à moi. »

Britt en eut brusquement assez de son discours. « Écoutez, je ne doute pas que vous soyez un bon journaliste, mais je ne vous dois rien. Vous n'avez rien fait pour moi que dénicher des informations par-ci, par-là, et c'est votre boulot. En tout état de cause, la police aurait fini par les obtenir tôt ou tard. »

Dean s'empourpra.

« C'est absolument faux ! Je leur ai mâché tout le travail !

— Peut-être, riposta Britt avec impatience. Mais ça ne signifie pas pour autant que vous soyez prêt pour présenter le journal en *prime time*. Je ne veux pas dire que je ne vous aiderai pas, mais je dois vous avertir : vous me paraissez aimer un peu trop les cocktails, et si vous voulez jouer dans la cour des grands, il va falloir vous modérer sur ce point.

— Ah, ça y est, j'ai compris ! Maintenant que vous avez ce que vous voulez, vous vous permettez de prendre vos grands airs et de me donner des conseils. De me traiter comme un enfant. Je déteste les femmes qui ont des responsabilités. Elles se comportent toujours comme ça. Il faut qu'elles dominent, qu'elles vous fassent sentir que c'est elles qui détiennent le pouvoir. Peu importe que je me sois mouillé pour vous. Peu importe ce petit incendie que... »

Britt sursauta et le regarda, les yeux écarquillés.

« De quoi parlez-vous ? demanda-t-elle. Quel petit incendie ? »

28

DEAN prit une expression revêche.

« Vous avez un problème ? »

La jeune femme continuait à le dévisager.

« Quel petit incendie ? répéta-t-elle.

— Attendez que je réfléchisse, dit-il d'un ton sarcastique. Oui, c'est vrai, qu'est-ce qu'il a bien voulu dire par là ? se demande la vertueuse jeune fille... Allons, ne jouez pas les innocentes.

— Je vous ai posé une question ! Feriez-vous allusion au petit incendie, comme vous le qualifiez, du pavillon de Bayberry House ?

— Et alors ?

— Vous avez dit que j'avais eu ce que je voulais..., martela Britt, détachant bien chaque mot.

— En effet, répondit Dean avec un air de défi. Et maintenant, vous refusez de m'aider, c'est ça ? Vous faites comme si vous ne m'aviez rien promis. Je n'arrive pas à le croire ! Je n'ai fait que perdre mon temps avec vous. »

Le cœur de Britt battait la chamade.

« C'est vous qui avez déclenché l'incendie ? Mais pourquoi ? »

Dean lui lança un regard noir.

« Non, non, j'ai simplement essayé de vous aider. Vous vouliez qu'on arrête Alec, vous estimiez que les flics traînaient les pieds. Et puis, vous trouviez que tout allait trop lentement et vous menaciez de retourner à Boston. »

Britt allait de surprise en surprise.

« Alors, vous avez décidé d'accélérer les choses en mettant le feu à la maison où j'habitais ? »

Le journaliste se leva, titubant un peu.

« Et même si c'était moi, pas la peine d'en faire tout un plat. C'est bien ce que vous cherchiez, non ? Vous m'avez raconté qu'Alec était venu à votre "bed and breakfast" et qu'il avait proféré des menaces contre vous. Vous ne cessiez de vous plaindre que l'enquête n'aboutissait nulle part. C'est presque comme si vous aviez expressément demandé qu'on le fasse, et maintenant vous jouez les moralisatrices. » Imitant le ton de la respectabilité outragée, il reprit : « Oh Dean, comment avez-vous pu faire une chose pareille ? Arrêtez cette comédie ! Personne n'a été blessé dans l'histoire.

— Personne n'a été blessé ? Comment osez-vous ! Et ça ? dit-elle, montrant sa main bandée. Sans oublier les pompiers qui ont risqué leur vie. Et puis, ça ne vous dérange pas qu'Alec paie pour votre crime ? »

Dean se dirigea vers la porte, Britt sur ses talons. À peine avait-il ouvert qu'une bouffée d'air glacial s'engouffrait dans le couloir. « Et voilà que maintenant, vous le défendez, dit-il en se retournant. Excusez-moi, mais n'est-ce pas le type qui a tué votre sœur ? Ou vous l'avez déjà oublié ?

— Tante Britt ? » Zoé était penchée au-dessus de la rampe de l'escalier, son tricot à la main. « J'ai entendu du bruit. »

Le journaliste lui sourit. « Bonsoir, ma chérie. »

Ah non, pas ça, se dit Britt.

« Je vous interdis de lui adresser la parole, lâcha-t-elle, les dents serrées. Sortez immédiatement ou j'appelle la police. »

Dean respira profondément l'air froid de la nuit, ce qui parut le dégriser un peu. « Pour leur raconter quoi ?

J'ignore de quoi vous parlez. Je n'ai rien dit, moi. J'ai l'impression que vous avez trop d'imagination. »

La jeune femme le regarda un instant. « Vous allez au-devant de sérieux ennuis. »

D'un doigt, Dean lui releva le menton et la considéra un instant comme s'il était sur le point de l'embrasser puis, avant que Britt n'ait eu le temps de détourner le visage, il déclara : « Pas étonnant que vous n'apparaissiez jamais à l'antenne.

— Vous êtes soûl. J'espère que vous n'allez pas conduire dans cet état. Vous feriez mieux de me donner les clés de votre voiture.

— Vous voulez que je vous confie un secret ? Pendant tout ce temps, vous vous êtes figuré que je m'intéressais à vous. Eh bien, pas du tout. Si je veux tant aller à Boston, c'est que j'ai quelqu'un là-bas... Je me moquais de vous...

— Les clés, Dean. »

Il les agita sous son nez et les retira dès qu'elle fit mine de les prendre. « J'irai à Boston par mes propres moyens. Je n'ai pas besoin de vous.

— J'appelle la police, répéta Britt.

— On verra bien qui de vous ou moi ils croiront. »

Il descendit les marches et s'éloigna sans un regard en arrière.

Zoé, restée sur l'escalier, avait suivi toute la scène. « C'est le journaliste que j'ai vu aux infos ? » demanda-t-elle.

Britt tâcha de se calmer, puis elle referma la porte à clé.

« Oui, répondit-elle.

— Qu'est-ce qu'il a ?

— Il a un peu trop bu. »

Zoé hocha la tête comme si elle comprenait.

« Qu'est-ce qu'il était venu faire ? C'est au sujet de papa ?

— Non, non, rien à voir... Attends-moi un instant. »

Britt alla prendre le téléphone dans la cuisine et composa le numéro de la police.

« Oui ? répondit l'inspecteur de service.

— Un homme vient de sortir de chez moi. Je crains qu'il soit... ivre. Il a refusé de me laisser les clés de sa voiture.

— Pouvez-vous décrire le véhicule en question et me donner votre adresse, madame ? » demanda le policier.

Pendant qu'elle lui fournissait les renseignements, Britt réfléchissait à toute allure. Devait-elle parler de l'incendie de Bayberry House ? Elle se repassa mentalement la conversation, s'efforçant de se rappeler s'il avait vraiment avoué en être l'auteur. Elle devrait peut-être en discuter d'abord avec Kevin Carmichael. De toute façon, cela ne blanchissait en rien Alec Lynch pour la mort de Greta.

« Très bien, madame, conclut l'inspecteur. Nous allons le faire rechercher.

— Merci. »

Britt raccrocha et se retourna.

Zoé se tenait sur le pas de la porte et l'observait. « Qu'est-ce qui se passe ? demanda-t-elle.

— Rien, ma chérie, rien. Où en est ton écharpe ? »

Britt désirait à tout prix changer de sujet.

La fillette contempla l'écheveau de laine qu'elle avait à la main. « Je n'ai pas encore fini, répondit-elle.

— Fais-moi voir. »

Zoé lui tendit son tricot.

« Installons-nous dans le séjour. » Britt alla s'asseoir sur le canapé, alluma une lampe pour éclairer davantage. La bouteille de champagne était restée par terre. Elle frissonna au souvenir de la terrible scène. Elle ne pouvait s'empêcher de s'interroger. Est-ce qu'il avait dit la vérité ? L'aurait-elle involontairement encouragé à mettre le feu afin que la culpabilité d'Alec Lynch ne fasse plus aucun doute ? Non, c'était ridicule. L'idée ne lui en était jamais venue. Elle se cala contre les coussins et, examinant l'écharpe, s'aperçut que ses mains tremblaient. « Comment tu as fait pour mettre toutes ces couleurs ? demanda-t-elle.

— La laine est comme ça, tu vois ? répondit Zoé, montrant l'écheveau où se mêlaient les fils turquoise, orange, jaunes, blancs et verts.

— C'est magnifique. »

Zoé, inclinant la tête, étudia son tricot.

« Le premier, il a brûlé dans l'incendie. Au magasin de laine, Frances m'a tout redonné gratuitement.

— Oui, je sais. C'est drôlement gentil de sa part, dit Britt.

— Comme j'avais commencé par faire une couverture, je pensais que ces couleurs iraient pour un garçon ou pour une fille. Mais pour une écharpe, je ne sais pas.

— Ne t'inquiète pas, elle ira très bien à Vicki. Je suis sûre que ça lui fera énormément plaisir.

— Oui, mais j'ai encore pas mal de travail, dit Zoé avec un soupir.

— Tu veux rester tricoter ici et que je te lise quelque chose ? » proposa Britt

Zoé lui lança un regard timide.

« Ouais, ce serait chouette.

— Bon, alors, allons-y. Où est-ce que j'ai mis ce bouquin ?

— Là-bas, près du fauteuil, dit la fillette. Je vais le chercher. »

Britt la regarda fouiller parmi une pile de livres et revenir, *Les quatre filles du Dr March* à la main, avant de sauter sur le canapé à côté d'elle. La jeune femme sentit la chaleur de son bras à travers le tissu de sa chemise ainsi que le doux parfum de ses cheveux. L'enfant arrangea son tricot sur ses genoux.

« Demain, je parlerai à papa de mon projet, dit-elle.

— Quel projet ? s'étonna Britt.

— Je vais demander aux filles de ma troupe de scouts d'organiser une vente de gâteaux pour lui. Pour son comité de défense.

— Son comité de défense ?

— Oui, c'est ce qu'on fait, expliqua Zoé. Mr. Carmichael m'en a parlé. Quand il m'a ramenée de la prison, je lui ai demandé ce que je pouvais faire pour aider papa, et il m'a répondu qu'on pouvait fonder un comité de défense, mais qu'il fallait beaucoup d'argent.

— Mr. Carmichael t'a dit ça ?

— Il a commencé par me dire que je devais prier beaucoup et garder espoir, mais quand j'ai insisté, il a ajouté que je pouvais faire des économies pour organiser un comité de défense et qu'il s'occuperait du reste. »

En dépit d'elle-même, Britt ne put s'empêcher d'éprouver une certaine admiration pour l'avocat d'Alec. Il n'avait pas traité la requête de Zoé comme un simple enfantillage, mais il avait réellement cherché à y répondre et à la calmer, tout en protégeant ses propres intérêts.

« Et puis, je pense aussi qu'on pourrait écrire à nos représentants au Congrès, tout ça. Et peut-être même au juge. »

Britt pensa à Norman Dietz qui ne voulait pas que sa fille joue avec Zoé, et elle imaginait par avance comment la proposition de sa nièce risquait d'être accueillie par les cheftaines de la troupe. Pourtant, malgré la rebuffade qu'elle avait essuyée aujourd'hui, malgré tout ce qu'elle avait souffert, Zoé ne semblait pas douter un instant du succès de son entreprise. En un sens, la jeune femme l'enviait. L'enfant était si convaincue, si sûre que ses vœux seraient exaucés. Elle, elle ne se rappelait pas avoir jamais été ainsi.

« Alors, qu'est-ce que tu dis de mon projet ? demanda Zoé.

— Je le trouve génial. »

Sa nièce près d'elle, Britt ouvrit le livre, plongée dans ses réflexions rythmées par le tic-tic des aiguilles à tricoter. Elle s'efforça de chasser de son esprit le souvenir de Dean Webster et de leur conversation. Elle s'efforça de ne pas penser à un incendie qui aurait pu être déclenché pour lui être agréable par un type prêt à tout pour satisfaire son ambition dévorante. Et surtout, elle s'efforça de ne pas penser à Alec Lynch qui, semblait-il, n'avait nullement cherché à la tuer, et à la manière dont elle l'en avait accusé.

Plus tard, après que Zoé serait montée se coucher, il lui faudrait appeler Kevin Carmichael pour le mettre au courant. Elle se demanda si son désir de vengeance n'en était pas responsable. N'était-ce pas autant sa faute que celle de Dean ? N'était-ce pas elle qui avait fait miroiter à ce dernier une récompense s'il parvenait à impliquer Alec dans l'incendie, qu'il en soit ou non l'auteur ? Elle ne se serait jamais crue capable d'une chose pareille. Et pourtant, elle avait bien soufflé à Dean Webster l'idée de commettre un crime en son nom. J'obligerai Dean à avouer, se promit-elle. Je rachèterai ma faute.

Britt baissa les yeux sur le livre. « Bon, dit-elle. Où en étions-nous ? »

29

Dean prit le tournant sur deux roues pour quitter Medford Road, puis déboula à fond dans les rues sombres et verglacées de Coleville en direction de la maison en rondins qu'il louait au milieu de la forêt. La salope, pensait-il, le pied au plancher, sans même un regard sur le compteur. C'était exactement comme si elle lui avait demandé de le faire. Elle lui avait bien proposé de l'introduire auprès des directeurs de sa chaîne s'il l'aidait à obtenir ce qu'elle voulait, non ? Et maintenant, elle jouait les vertueuses, les indignées, feignant de ne rien savoir. Et, naturellement, elle refuserait de l'aider. Voilà ce qui arrivait quand les femmes détenaient le pouvoir. Elles s'y accrochaient, et pas question de le partager. Et surtout pas avec un homme. Et en particulier un tombeur. Un jeune type comme lui représentait une menace. Il leur rappelait tout ce qui leur manquait dans la vie. Elles n'acceptaient de baiser que pour accéder au sommet.

D'un autre côté, il y avait toutes ces jeunes femmes qui le désiraient à peine avaient-elles posé les yeux sur lui. Celles-là ne l'intéressaient pas. Il n'y avait pas de défi, pas d'excitation, pas de mystère. Il avait couché avec des dizaines de filles comme ça, et elles le laissaient toujours pénétré d'un sentiment de vide et de tristesse. En fait, et il ne se l'était que récemment avoué, sa seule rencontre satisfaisante avait été avec un homme, mais pas n'importe quel homme. La plupart d'entre eux ne lui faisaient aucun effet. Il ne leur prêtait même pas attention. Peter, lui, était différent. Il occupait toutes ses pensées.

Il faut absolument que j'aille à Boston, se dit-il. Une fois là-bas, je deviendrai quelqu'un. Je connaîtrai la célébrité et la gloire, et Peter Darien sera fier de moi. Il me présentera à tous ces snobs du milieu artistique. Et voilà qu'à cause de cette garce, l'échéance s'éloignait.

Prenant un nouveau virage sur les chapeaux de roues, Dean sentit la voiture déraper sur la chaussée glissante. Merde ! jura-t-il intérieurement, restant une fraction de seconde sans réagir. Par miracle, il réussit à redresser à temps et poursuivit sa route. Chaque fois qu'il repensait à cette soirée, il se maudissait d'avoir lâché le morceau. Et si Britt allait trouver les flics et qu'ils la croient ? Dans ce cas, non seulement il pourrait dire adieu à Boston, mais aussi à son poste de correspondant de cette chaîne minable dans ce trou à rats. Sans compter qu'il perdrait l'estime de Peter. Tous les plans qu'il avait échafaudés s'écrouleraient.

Depuis sa plus tendre enfance, il rêvait de devenir quelqu'un afin de prouver sa valeur aux yeux d'un père tyrannique qui se moquait de tout ce qu'il entreprenait. Maintenant qu'il avait fait le premier pas vers la gloire, pas question de laisser un obstacle se mettre en travers de son chemin, se promit-il. Si les flics l'interrogeaient, il nierait. Il ne fallait pas en faire un drame. Il avait mis le feu à l'extérieur du pavillon, là où tout le monde pourrait voir les flammes depuis le bâtiment principal. Britt ne courait aucun risque. Il était resté à proximité et avait appelé Jeff pour lui dire de venir avec le camion de la télévision, prétendant avoir été mis au courant de l'incendie en écoutant la fréquence radio de la police. Il avait pris toutes les précautions nécessaires, et les événements s'étaient déroulés comme il l'avait prévu. Alec Lynch, qui avait proféré des menaces en public, avait été accusé d'être l'incendiaire. Et alors ? Il était coupable de bien pire. Il avait tué sa femme, non ?

N'empêche que Dean s'en voulait terriblement d'avoir vendu la mèche à miss Télévision. Elle allait le dénoncer au nom de la déontologie journalistique. Mais il n'avait pas à s'inquiéter. Ce serait sa parole contre la sienne. Lui, il était une célébrité dans la région, et elle, rien, une inconnue. Malgré tout, à l'idée d'avoir à répondre à ses accusations, il avait le souffle court. Du calme, du calme, s'exhorta-t-il. Elle ne pourra rien contre toi. Au moment où il tentait ainsi de se rassurer, il entendit le hurlement d'une sirène et, jetant un coup d'œil dans le rétroviseur, il aperçut les lumières des gyrophares. Merde ! se dit-il. Elle a bien appelé les flics ! Ils étaient lancés à sa poursuite. La salope, pensa-t-il. La putain de salope ! Il écrasa l'accélérateur. Il voulait les semer, leur échapper. Les arbres qui bordaient la route défilaient à toute allure et, soudain, la voiture s'envola sur une plaque de verglas. Sous ses paumes moites, Dean sentit le volant lui échapper, tandis que les roues semblaient animées d'une volonté propre. Tout se mit à tournoyer autour de lui. Il lança un regard sur le compteur. Trop vite, se dit-il. Encore trop vite. Et puis, il vit l'arbre se précipiter à sa rencontre.

Britt monta se coucher de bonne heure. Elle dormit mal, perturbée par des angoisses, par un sentiment de culpabilité et aussi par le son des sirènes porté par le vent. Elle s'efforça de ne pas trop bouger, de crainte de réveiller Zoé, mais la fillette, la conscience tranquille, semblait plongée dans un sommeil paisible. Le lendemain matin, alors que Britt mettait la table pour le petit-déjeuner, on frappa à la porte.

« Zoé ! cria-t-elle. Tu veux aller voir ? »

Elle entendit sa nièce qui courait ouvrir, puis un murmure de voix. Un instant plus tard, Zoé apparut sur le seuil de la cuisine. « Devine qui c'est ? » dit-elle.

Britt se retourna. Kevin Carmichael, les épaules de son manteau noir en cachemire saupoudrées de neige, se tenait derrière Zoé. Il s'avança. Dans sa main droite, il serrait un petit cylindre en aluminium orné d'un ruban bleu. « C'est pour vous », dit-il en le lui tendant. Britt ouvrit de grands yeux, puis elle comprit de quoi il s'agissait.

« Donc, Vicki a eu son bébé ? demanda-t-elle en prenant l'étui.

— Comment tu le sais ? dit Zoé, déçue de ne pas avoir eu l'exclusivité de la nouvelle.

— C'est un cigare, expliqua Britt. Les gens en distribuent à la naissance d'un enfant. Enfin, d'un garçon, je crois.

— En effet, acquiesça Kevin. Kent Thompson Carmichael. Né à cinq heures ce matin, ajouta-t-il avec fierté.

— Oh, Kevin, c'est formidable ! s'exclama Britt. Je suis très heureuse pour vous. Tout s'est bien passé ?

— Oui, oui. Quand je pense à toutes ces inquiétudes... Vicki a eu ses premières contractions hier après-midi et elle a accouché normalement. L'enfant est en parfaite santé. Un superbe bébé !

— Et Vicki ? demanda Zoé.

— Elle va très bien, répondit Kevin. C'est bizarre ce qu'elle a eu. Dès que l'enfant est né, sa tension est redevenue normale. Un vrai mystère. Quoi qu'il en soit, elle a rempli sa part du contrat, et j'ai tous les papiers nécessaires. » Il tapota la poche intérieure de son manteau. « Tout est légalement en ordre. Signé et contresigné. On ramène le bébé à la maison ce matin.

— Caroline doit être folle de joie, dit Britt.

— Oh, oui ! Et totalement épuisée. Je lui ai fait promettre de se reposer. Plus elle est fatiguée, plus elle est stressée.

— Et Vicki, qu'est-ce qu'elle va faire, maintenant ? demanda Britt.

— Prendre l'argent et filer, répondit Kevin avec un petit sourire ironique.

— Je monte tout de suite faire un paquet-cadeau pour l'écharpe », dit Zoé en se précipitant vers l'escalier.

Kevin se tourna vers Britt. « J'ai eu votre message, mais il était trop tard pour je vous rappelle. Que se passe-t-il ? »

La jeune femme hésita. « J'avais d'abord pensé en parler à la police, mais j'ai préféré vous consulter avant. C'est au sujet de Dean Webster. Vous savez, le journaliste de la télévision ?

— Oui, je suis vaguement au courant. »

Britt, étonnée, le dévisagea.

« Vous êtes au courant ?

— De l'accident, oui.

— L'accident ? Quel accident ?

— Vous ne savez pas ?

— Mais de quoi s'agit-il ? s'écria Britt, pétrifiée d'angoisse.

— Dean Webster a eu un terrible accident, cette nuit. Il a heurté un arbre de plein fouet. On l'a transporté par hélicoptère au service de traumatologie de l'hôpital de Boston.

— Oh ! mon Dieu ! s'exclama Britt.

— Oui, et il est entre la vie et la mort. »

30

Britt demeura un instant sans voix.

« Je n'arrive pas à le croire, dit-elle enfin.

— Oui, au milieu de la nuit. Vous n'avez pas entendu les sirènes ? »

La jeune femme s'apprêtait à répondre non quand la mémoire lui revint.

« Si, si, en effet.

— Il roulait à tombeau ouvert sur la nationale. Les policiers le recherchaient, parce qu'on les avait prévenus qu'il conduisait en état d'ivresse. Il a perdu le contrôle de sa voiture et est rentré dans un arbre. Il a encore eu de la chance que les flics soient juste derrière, sinon...

— Oh, mon Dieu ! » s'exclama de nouveau Britt.

Des taches se mirent à danser devant ses yeux et, pensant qu'elle allait s'évanouir, elle s'accrocha au comptoir de la cuisine.

« Vous n'avez pas allumé la télévision ? demanda Kevin. C'est passé en boucle aux infos.

— Non, je ne voulais pas que Zoé entende parler de son père... C'est incroyable, il était ici hier soir. »

Ce fut au tour de l'avocat de manifester son étonnement.

« Qui ? Dean ? »

Britt, se remémorant la scène, fit signe que oui.

« Il était soûl. J'ai voulu lui prendre ses clés de voiture, mais rien à faire, aussi j'ai préféré alerter la police.

— Ah, je comprends, dit Kevin. Vous savez, vous ne cherchiez qu'à l'aider. C'est la fatalité.

— J'ai du mal à réaliser. »

Les jambes flageolantes, Britt se laissa tomber sur une chaise.

« Sa visite a un rapport avec ce que vous vouliez me dire ? demanda Kevin. Dans votre message, vous me parliez d'un fait nouveau concernant Alec.

— C'est-à-dire que Dean a reconnu, peut-être pas formellement, mais du moins a laissé entendre que c'était lui qui avait mis le feu au pavillon.

— Quoi ? s'écria l'avocat. Mais... mais pourquoi aurait-il fait une chose pareille ? »

Britt garda le silence.

Kevin alla remplir un verre d'eau à l'évier et le lui tendit. « Tenez, buvez, vous paraissez en avoir besoin. »

Britt prit le verre d'une main tremblante et le vida en quelques gorgées. « Je crains qu'il ait cru ainsi répondre à mes désirs, dit-elle ensuite.

— En réduisant en cendres l'endroit où vous dormiez ?

— Non, bien sûr, mais en impliquant Alec. Sachant que je pense Alec coupable d'avoir déclenché l'incendie où a péri Greta, il espérait que je lui prouverais ma reconnaissance et que je le pistonnerais pour entrer à la rédaction de la chaîne où je travaille. Je ne me serais jamais imaginé...

— Eh bien !

— Oui, je sais. Je me sens terriblement coupable. Je vous assure que je n'aurais jamais pu lui suggérer un geste aussi stupide. Il s'est mis cette folie en tête et... »

Kevin s'assit en face d'elle.

« En un sens, dit-il, c'est une excellente nouvelle. Pour mon client, je veux dire...

— Je ne sais pas s'il avouera. À supposer déjà qu'il s'en sorte. »

L'avocat se mordit pensivement la lèvre.

« Est-ce qu'il aurait pu se confier à quelqu'un d'autre ?

— Je n'en ai pas la moindre idée, répondit Britt. Vous savez, je le connais à peine. »

Kevin consulta sa montre.

« Oui, je comprends. Voyons... on l'a transporté cette nuit au service de traumatologie... Je pourrais peut-être faire un saut là-bas en voiture et lui parler si c'est possible. Qu'est-ce que vous en pensez ?

— Oui, peut-être. Je me sens tellement coupable, comme si c'était moi qui avais provoqué l'accident.

— Mais non, c'est absurde, dit vivement Kevin. Ne vous faites pas de souci. Restez ici avec Zoé, je m'occupe de tout. »

La jeune femme, toujours sous le choc de la nouvelle, le raccompagna à la porte.

« Merci, Kevin, dit-elle. C'est très gentil de votre part d'être venu jusqu'ici, et surtout un jour comme celui-là. Et puis, félicitations pour le bébé.

— C'est tout à fait normal, répondit-il. Et j'espère que le cigare vous plaira », ajouta-t-il avec un clin d'œil.

Britt le suivit des yeux tandis qu'il regagnait sa voiture, marchant toujours avec difficulté. Une fois installé au volant, il donna un bref coup de klaxon. Britt et Zoé, qui était redescendue avec un paquet-cadeau, agitèrent la main. La jeune femme referma la porte, l'air songeur. Elle pensait à Dean, à la fois si sûr de lui et si... si maladroit. Il avait été prêt à risquer et même à sacrifier la vie de Britt au nom de sa carrière. Et elle, pendant tout ce temps, elle avait eu confiance en lui, se figurant qu'il ne cherchait qu'à l'aider.

« Je peux appeler papa ? » demanda Zoé.

Britt sursauta.

« Non, ma chérie, tu n'as pas le droit de lui téléphoner à la prison.

— Après l'école, je pourrai aller le voir ?

— Oui, je suppose. Il faut simplement que je me renseigne sur les heures de visites, répondit Britt d'un air absent. Les règles sont très strictes. »

Qu'est-ce que je vais faire maintenant devant Alec ? se demandait-elle. M'excuser de l'avoir accusé à tort ? Alors qu'il est inculpé du meurtre de Greta ? Le mieux ne serait-il pas de l'éviter et d'attendre Zoé dehors ?

Le téléphone sonna. « J'y vais ! » cria cette dernière.

Elle parla quelques instants à voix basse, raccrocha, puis se tourna vers Britt avec une expression tragique. « C'était Vicki, dit-elle. Elle appelait de l'hôpital pour dire au revoir. Elle s'en va aujourd'hui.

— De l'hôpital ? demanda Britt.

— De l'hôpital et de la ville !

— Eh bien, elle ne perd pas de temps, dit Britt. Comment se sent-elle ?

— Plutôt mal, j'ai l'impression. »

Tu parles ! songea Britt. Elle vient d'accoucher et en plus, on lui prend son bébé ! « C'est un peu normal, affirma-t-elle afin de rassurer sa nièce. Je me doute bien qu'elle va te manquer.

— Je ne lui ai même pas donné son cadeau, dit Zoé. Je voulais le lui apporter.

— Tu sais, je suis sûre qu'elle n'a qu'une hâte, c'est d'oublier tout ça.

— Elle m'a demandé de le lui envoyer. » Zoé, préoccupée par son cadeau, contempla tristement l'adresse qu'elle avait griffonnée sur un bout de papier. « Je ne la verrai même pas ouvrir le paquet. Pourquoi elle s'en va si tôt ?

— C'est un moment difficile à vivre pour elle. »

Ce qu'elle ne dit pas à sa nièce, c'est que maintenant qu'ils avaient le bébé, les Carmichael ne s'intéressaient plus guère à Vicki. La jeune fille devait éprouver un sentiment de vide, et cela à plus d'un titre. « Écoute, si tu veux, après t'avoir conduite à l'école, je ferai un saut à l'hôpital pour lui remettre l'écharpe.

— Je ne vois pas pourquoi elle ne pourrait pas m'attendre, insista Zoé.

— Elle tient certainement à retrouver le plus vite possible une vie normale. Sa vie d'avant. Elle n'arrêtait pas de le répéter, tu sais. » Britt regarda par la fenêtre la neige qui tombait. « Alors, tu veux que je lui apporte l'écharpe ?

— Oui, mais j'aurais préféré ne pas aller à l'école. »

Britt le comprenait parfaitement, tout comme elle comprenait que Zoé désirait donner elle-même à Vicki l'écharpe qu'elle avait tricotée. Elle était tentée de l'autoriser à rester à la maison. Affronter les autres élèves ne serait pas une partie de plaisir pour elle, mais reculer le problème ne résoudrait rien. Tôt ou tard, il faudrait bien que la fillette se retrouve face à ses camarades de classe. « Il faut que tu retournes à l'école, Zoé, dit Britt dans un murmure. Va préparer tes affaires. »

Zoé, les yeux fixés sur le pare-brise, serra son sac sur ses genoux durant tout le trajet. Lorsque la voiture s'arrêta devant l'école, la fillette se tourna vers Britt, une lueur de désespoir dans le regard. « Je peux aller à l'hôpital avec toi, tante Britt ? Ce n'est pas grave si je manque une journée », dit-elle, au bord des larmes.

La jeune femme eut le cœur éteint à la vue de tant de détresse. Sa résolution faiblit. Après tout, pourquoi pas ? Une journée, ce ne serait pas une catastrophe. Soudain, on frappa à la vitre côté passager et un visage apparut, cependant qu'une main gantée essuyait la neige à l'extérieur. Zoé sursauta puis se tourna pour regarder.

« Kayley ! » s'écria-t-elle. Elle ouvrit sa portière, abandonnant le paquet-cadeau sur son siège, ravie de retrouver son amie. Puis toutes deux, apparemment plongées dans une intense conversation, remontèrent l'allée enneigée vers l'entrée de l'école. Britt les suivit des yeux, soulagée de les voir ensemble.

Lorsqu'elle arriva à l'hôpital, le sol était recouvert de deux ou trois centimètres de neige fraîche. Elle se gara dans le parking des visiteurs déjà dégagé par les chasse-neige. Le village, décidément, semblait très bien équipé pour affronter les rigueurs de l'hiver.

Elle prit le paquet contenant l'écharpe multicolore et, courbée sous les rafales de vent, se dirigea vers l'entrée de l'hôpital. Après avoir franchi la porte, elle secoua ses cheveux pleins de neige, puis s'avança vers l'accueil.

La femme aux cheveux blancs derrière le comptoir lui demanda avec un sourire : « Vous venez voir quelqu'un ? »

Britt hésita, s'apercevant tout à coup qu'elle ignorait le nom de famille de Vicki. Elle l'avait peut-être entendu prononcer, mais elle ne s'en souvenait plus. « C'est-à-dire que... c'est un peu embarrassant. Je viens apporter un cadeau. Une jeune fille ayant accouché cette nuit. Elle se prénomme Victoria. »

La femme consulta son ordinateur.

« Maternité... voyons... Manfred, Victoria ?

— Oui, c'est ça.

— Chambre 420. »

Britt remercia, puis monta au quatrième étage.

Débouchant de l'ascenseur, elle étudia un instant les couloirs pimpants de la maternité. Le bureau des infirmières se trouvait entre deux couloirs parallèles. Chambre 420, se répéta Britt, légèrement désorientée. Ce doit être par là, ou alors...

Elle regarda à droite, puis de nouveau devant elle. Elle étouffa un cri de surprise en voyant un jeune homme assez corpulent aux cheveux blonds, vêtu d'une vieille parka vert olive, sortir du bureau des infirmières, un ours en peluche bleu sous le bras. La manche de sa parka s'ornait de chevrons orange réfléchissants. Il jeta un coup d'œil furtif autour de lui, puis s'éloigna en boitant. Au milieu du couloir, il tourna à gauche et entra dans l'une des chambres.

31

Du seuil de la chambre 420, Britt examina l'intérieur. Vicki était couchée sur le dos dans le lit surélevé. La télé hurlait, mais la jeune fille avait les paupières closes et la bouche entrouverte. Les cercles sous ses yeux évoquaient davantage des hématomes que des cernes. Un ours en peluche bleu était glissé sous l'un de ses bras.

Et, assis à son chevet, le jeune homme que Britt avait aperçu dans le couloir regardait Vicki dormir. Lorsque la jeune femme entra, il leva les yeux, sursauta, puis sembla se détendre. Britt avait le cœur battant. Oui, c'était bien lui qui faisait du stop non loin de chez les Carmichael. Aucun doute possible.

Britt s'avança de l'autre côté du lit, prit la télécommande et éteignit le téléviseur. Au silence qui s'abattit soudain, Vicki se redressa. Sa main se porta aussitôt vers son ventre. Elle tressaillit, puis se laissa retomber sur l'oreiller. Ses yeux larmoyants allaient de l'un des visiteurs à l'autre.

« Bonjour, Vicki, dit Britt. Excusez-moi de vous avoir réveillée. »

La jeune fille fronça les sourcils et se frotta les yeux, puis elle se tourna vers le jeune homme installé sur la chaise et lui adressa un faible sourire. « Salut, fit-elle.

— Je t'ai apporté quelque chose », dit-il, désignant l'ours en peluche.

Vicki s'en empara, le contempla l'espace d'un instant, poussa un soupir, puis le lâcha, si bien qu'il se coinça entre les barreaux du lit. Après quoi, elle dévisagea un moment Britt sans se donner la peine de faire les présentations. « Qu'est-ce que vous voulez ? » lança-t-elle.

Maîtrisant son trouble, Britt montra le paquet qu'elle avait à la main. « Zoé m'a demandé de vous apporter son cadeau. C'est une écharpe qu'elle a tricotée elle-même. »

Vicki défit le papier de soie. Un large sourire éclaira son visage renfrogné. « Elle est très jolie. Zoé est adorable. » Elle sortit l'écharpe. « Regarde, Dave. »

Le jeune homme blond acquiesça.

« Oui, elle est très jolie.

— C'est la gamine qui habitait la maison d'à côté qui l'a faite. Celle qui a échappé à l'incendie. »

Dave, songea Britt. C'est donc bien le Dave en question.

Vicki se tourna vers elle.

« Dites-lui merci de ma part. C'est vraiment très gentil.

— Elle voulait vous l'apporter elle-même, mais quand elle a appris que vous partiez... »

La jeune fille remit l'écharpe dans son papier et se rembrunit.

« Ouais, je pars.

— Comment vous sentez-vous ? » demanda Britt.

Vicki cligna des paupières, puis soupira de nouveau : « Au moins, c'est terminé. » Elle leva les yeux vers le téléviseur installé dans un angle, en face d'elle. « Qui est-ce qui a éteint la télé ? » Elle jeta un regard accusateur à Dave.

« Moi, dit Britt. Il faut que je vous parle. »

Vicki s'assit dans son lit. « Glisse-moi cet oreiller derrière le dos », demanda-t-elle à Dave de sa voix enfantine.

Le jeune homme s'empressa de s'exécuter.

« Comme ça, c'est bien ?

— Ouais, ça ira », répondit Vicki. Puis elle se tourna

vers Britt. « De quoi vous voulez me parler ? Vous préférez qu'il sorte ? »

Il y avait maintenant une note coupante dans son ton.

Britt regarda Dave.

« En fait, c'est à vous deux que je voudrais parler. »

Le jeune homme parut étonné.

« Vous êtes un ami intime de Vicki ? » lui demanda Britt.

La question le démonta.

« Allez, réponds-lui », dit Vicki.

Britt ne quittait pas des yeux Dave qui semblait de plus en plus mal à l'aise.

« Ce n'est pas une question bien compliquée, pourtant !

— Ouais, plutôt intime, se décida-t-il enfin à répondre.

— Est-ce qu'il vous arrive de faire du stop, Dave ? Du côté de chez les Carmichael, par exemple ? »

Dave écarquilla les yeux, puis quêta du regard l'aide de Vicki.

« Lâchez-lui un peu les baskets, lança celle-ci d'un air furieux. Ce n'est pas contre la loi, que je sache. Et puis, écoutez, je viens d'accoucher et je suis mal en point. Ça vous dérangerait de partir ? »

À cet instant, on frappa, et l'obstétricienne, le Dr Yasushi, entra. C'était une jolie femme toute menue qui portait des lunettes à fine monture noire. Elle respirait l'énergie. « Bonjour, dit-elle d'un ton enjoué, s'adressant aux trois personnes présentes. Comment va ma petite patiente ? »

Vicki était manifestement ravie de la diversion.

« Je suis fatiguée, se plaignit-elle. J'ai besoin de me reposer.

— Je vais vous examiner. Vous voulez bien nous laisser un instant ? demanda la doctoresse à Britt et à Dave.

— Dave, l'avertit Vicki. Surtout, tiens ta langue. C'est une amie d'Œil-de-lynx. »

Britt sortit dans le couloir, suivie en boitillant par

Dave. Il régnait comme une atmosphère de fête à l'étage de la maternité où les hommes et les enfants arrivaient, chargés de fleurs et de ballons. On entendait au travers des portes des murmures joyeux ponctués de cris de bébés. La plupart des infirmières qui circulaient dans les couloirs avaient le sourire aux lèvres.

Dave s'adossa au mur, évitant le regard de Britt.

La jeune femme hésita, ne sachant pas trop comment aborder le problème. « Qui est Œil-de-lynx ? finit-elle par demander. C'est Caroline ? »

Dave haussa les épaules, les yeux obstinément fixés sur la pointe de ses bottes.

« Écoutez-moi, Dave, reprit Britt. Je ne suis pas une amie de Caroline. Je la connais à peine et, croyez-moi, je me moque de ce qu'il y a entre Vicki et vous. Par contre, Alec Lynch a affirmé avoir pris un autostoppeur, un nommé Dave, pour le déposer à Montpelier le soir où ma sœur a péri dans l'incendie. Il n'a guère pu en dire davantage à la police. Hier, ma nièce et moi, nous vous avons vu qui faisiez du stop près de chez les Carmichael, et vous correspondez à la description qu'il a donnée à la police. Alors, je vous pose franchement la question : est-ce vous qu'il a pris en stop ce soir-là ? Est-ce que vous êtes en mesure de confirmer l'alibi fourni par mon beau-frère ? Parce que, comprenez-vous, il est en prison, accusé de meurtre, et quels que soient les problèmes de Vicki, ils ne peuvent pas être plus graves que ça. »

Dave, la tête toujours baissée, décocha de petits coups de pied contre la cloison, puis soupira.

« Oui, c'est vrai, murmura-t-il d'un air malheureux. Seulement, je...

— Allons, Dave, l'encouragea Britt. Vous me paraissez être un type bien. »

Elle devinait à son expression le combat intérieur auquel il se livrait.

« C'est-à-dire que Vicki leur avait raconté qu'elle n'avait pas... qu'elle était sans attaches, se décida-t-il. Je n'étais pas censé débarquer. Il fallait que je vienne la voir en douce. On se rencontrait dehors, et parfois dans la grange derrière votre... enfin, la maison d'à côté.

— *Leur* avait raconté, mais à qui ? demanda Britt.

— À eux, aux Carmichael. Elle savait que ça ne leur plairait pas si le père du bébé figurait dans le tableau, vous comprenez ?

— C'est donc bien vous, dit la jeune femme, voyant ses soupçons confirmés. Vous êtes le père de l'enfant. »

Dave haussa de nouveau les épaules et sourit d'un air embarrassé.

« Bon, ça, c'est votre affaire, une affaire entre les Carmichael et vous. Mais pour le reste, n'oubliez pas que la vie d'un homme est en jeu. Est-ce qu'Alec Lynch vous a bien pris en stop ce soir-là ? Il a une Mercedes bleue. Il a déclaré avoir renversé l'autostoppeur en question alors qu'il tournait à un carrefour. Et quand le jeune homme est descendu de voiture, il boitait. »

Dave, résigné, acquiesça :

« Ouais, reconnut-il, il m'a laissé à Montpelier.

— Ainsi, Alec a dit vrai ! » s'exclama Britt. La tête lui tournait. Cet homme sur qui la police avait été incapable de mettre la main, il était là, devant elle. Le visiteur secret de Vicki.

Le médecin sortit de la chambre de cette dernière, griffonnant quelque chose dans un dossier. Elle adressa un petit sourire à Britt et Dave.

« Docteur, interrogea celui-ci. Comment va-t-elle ?

— Très bien. C'est vous le père ? »

Dave fit signe que oui.

« Elle est jeune. Elle sera vite sur pied.

— Tant mieux, dit Dave.

— J'ai signé son autorisation de sortie. Elle est en train de se préparer.

— Quoi, déjà ? » s'étonna Dave.

Le médecin eut un geste d'impuissance. « Elle n'a pas d'assurance maladie. » Le jeune homme baissa les yeux. « Mais ne vous inquiétez pas, un peu de repos à la maison et il n'y paraîtra plus. Ramenez-la-moi dans un mois pour un contrôle.

— Je n'y manquerai pas », dit Dave avec sérieux.

L'obstétricienne prit congé et Dave entra dans la chambre en boitant, suivi par Britt.

« Hé ! une seconde ! s'écria Vicki. Je m'habille ! »

Elle était en train d'enfiler un pantalon de jogging sur son ventre encore proéminent.

« Elle a dit que tu pouvais sortir », fit Dave.

La jeune fille leva les yeux au ciel.

« Je sais. L'infirmière me l'a appris ce matin en venant m'ôter le goutte-à-goutte.

— Vicki, déclara alors Britt. Dave et moi avons eu une conversation dans le couloir. Je voudrais qu'il aille trouver la police pour dire que c'est lui qu'Alec Lynch a pris en stop le soir de l'incendie... Dave peut fournir un alibi au père de Zoé, ce qui permettra sa libération.

— Il faut que je le fasse, Vicki, affirma le jeune homme.

— Très bien, comme tu voudras.

— Hé, ne te fiche pas en colère ! On ne peut pas laisser un type moisir en prison comme ça. »

Vicki secoua la tête.

« Et après, tu leur diras, à eux... »

Britt comprit qu'elle faisait allusion aux Carmichael.

« De toute façon, ils finiront par l'apprendre, dit-elle. Alec a pris Kevin comme avocat.

— Et elle ? demanda Vicki. On ne peut quand même pas le dire à Œil-de-lynx.

— Vous n'êtes pas en position de dicter vos conditions, intervint Britt.

— Oh ! là là ! fit la jeune fille en poussant un profond soupir. Ils vont me tuer. Je leur ai raconté qu'il n'y avait personne dans ma vie.

— Ils ont le bébé, la rassura Britt. C'est tout ce qui compte pour eux.

— Je leur ai dit que je ne savais pas qui était le père, ni où il était.

— Eh bien, il y aura juste un petit changement, dit Britt avec fatalisme. Et c'est peut-être mieux ainsi. Vous savez que, pour adopter un enfant, il faut également l'autorisation du père.

— Ah bon ? dit Dave en se tournant vers Vicki d'un air étonné.

— Oui, bien sûr. Comme ça, on n'a pas à craindre que le père apparaisse un jour et, ce qui se produit parfois, réclame ses droits paternels », expliqua Britt.

Le jeune homme hocha la tête et garda le silence, un silence dans lequel Britt crut deviner des ennuis futurs pour les Carmichael. Dave allait-il rechigner à renoncer à ses droits paternels ? Elle n'avait nulle envie de gâcher la joie des Carmichael, mais il n'y aurait rien de surprenant à ce que des difficultés surgissent. En tant qu'avocat, Kevin Carmichael n'ignorait certainement pas les risques que couraient les parents adoptifs. Britt elle-même le savait par la simple lecture des journaux. Elle s'était souvent demandé pourquoi ils avaient choisi cette voie hasardeuse au lieu d'avoir recours aux filières d'adoption traditionnelles.

Vicki se brossa les cheveux et se mit un peu de rouge à lèvres.

« Quel gâchis, dit-elle. Enfin, ce qui est fait est fait.

— Comment allez-vous rentrer, tous les deux ? » demanda Britt.

Les jeunes gens échangèrent un regard.

« Caroline ne vient pas vous chercher ?

— Je ne le lui aurais jamais demandé, dit Vicki. On prendra un taxi et j'irai récupérer ma Toyota... et mon argent. »

Britt ne put s'empêcher de remarquer qu'elle avait dit « mon » et non pas « notre » argent. « Je vais vous conduire, proposa-t-elle. Je voudrais être sûre que la voiture soit là et que Dave se rende à l'hôtel de police.

— J'ai promis que j'irai et j'ai l'habitude de tenir mes promesses, protesta le jeune homme.

— Mais je n'en doute pas, dit Britt d'un ton apaisant. Vous comprenez, c'est tellement important.

— J'ai très bien compris, fit Dave plutôt sèchement.

— Bon, bon, excusez-moi. Je suis garée dans le parking, dit Britt. Vous voulez que je prenne quelque chose ? »

Vicki regarda autour d'elle. Il restait un bouquet de fleurs offert par Kevin posé sur l'appui de la fenêtre et l'ours en peluche bleu contre les barreaux du lit. La jeune fille prit le paquet-cadeau de Zoé. Elle en tira l'écharpe et l'enroula autour de son cou. « Allons-y », dit-elle alors.

Une infirmière entra, dont les chaussures crissaient sur le sol. « Tout va bien ? » demanda-t-elle.

Britt se tourna vers elle.

« Oui, oui. »

L'infirmière haussa les épaules. « Bon », puis elle ressortit.

« Vous êtes une sacrée emmerdeuse, vous savez ? lança soudain Vicki à Britt. Vous avez intérêt à ne pas me foutre tout mon truc par terre ! »

Britt ne sourcilla pas.

« Vous êtes prête ? se contenta-t-elle de demander.

— Ouais », grommela Vicki en se dirigeant vers la porte d'une démarche lourde.

Dave alla prendre l'ours en peluche sur le lit et le glissa sous son bras. Britt leur emboîta le pas.

32

Britt se gara dans l'allée des Carmichael derrière la Toyota rouge. Vicki jeta un coup d'œil autour d'elle. « Putain ! ce que j'ai hâte de foutre le camp d'ici ! Je déteste cet endroit. Je prends l'argent, la voiture, et on se tire. Dave, toi, tu te tais et tu me laisses parler, OK ? »

Ils sortirent tous trois de la voiture et s'avancèrent vers la véranda. Vicki examina la cour enneigée. « Je me demande où est Kirby, dit-elle. Pas question que je parte sans lui. » Elle joua nerveusement avec le bout de son écharpe multicolore.

Elle veut bien laisser son enfant, mais pas son chat, se dit Britt. Décidément, les gens sont bizarres.

Répondant au coup de sonnette, Caroline vint ouvrir. Elle avait le teint pâle, les traits tirés, et dans le regard qu'elle posa sur Vicki se lisait le mépris. « Bonjour, dit-elle.

— Je viens récupérer mes affaires, dit la jeune fille. Et aussi l'argent et la voiture.

— Tout est dans votre chambre. Sauf la voiture, bien entendu.

— Et Kirby ? demanda Vicki, tâchant de voir dans le living par-dessus l'épaule de Caroline.

— Il est dehors, répondit celle-ci. Les chats peuvent représenter un danger pour les bébés. Les griffures peuvent être mortelles. Elles transmettent parfois de terribles maladies. »

Vicki leva les yeux au ciel.

« C'est ridicule. Un tas de gens ont des chats. Dave, cherche-le pendant que je prends le reste. »

Caroline, perplexe, ne quitta pas des yeux le jeune homme qui descendait les marches et se dirigeait en boitant vers l'arrière de la maison. « Qui est-ce ? demanda-t-elle.

— Un copain à moi », répondit Vicki en passant devant elle.

Caroline sourit à Britt.

« Vous voulez entrer ? »

La tension entre Caroline et Vicki était palpable, aussi Britt aurait-elle préféré rester dehors, mais elle ne voulait pas se montrer impolie. Elle suivit Caroline et s'assit sur le canapé. Vicki s'apprêta à monter.

« Ne le réveillez pas, lui lança Caroline.

— Non, non », répondit la jeune fille tout en donnant l'impression de grimper les marches en faisant le plus de bruit possible.

Caroline se percha au bord d'un fauteuil, en face de Britt. Elle glissa une longue mèche de cheveux brillants derrière son oreille, puis jeta un regard anxieux en direction de l'escalier.

« Comment va-t-il ? » demanda Britt.

Un sourire éclaira le visage soucieux de Caroline.

« Mon bébé ? Il est magnifique. La perfection même.

— C'est... c'est formidable, dit Britt, ne trouvant pas mieux à dire. Ce doit être fatigant de s'occuper d'un nouveau-né, non ?

— Oh, mais je ne suis pas fatiguée du tout, protesta Caroline. Je m'en tire très bien.

— Je n'en doute pas. Je ne voulais pas dire... »

Caroline lui lança un regard interrogateur.

« Au fait, pourquoi êtes-vous venue ?

— Chez vous, vous voulez dire ?

— Oui.

— Eh bien, ils avaient besoin de quelqu'un pour les conduire à la sortie de l'hôpital.

— Elle va s'en aller, n'est-ce pas ? demanda Caroline.

— Pour autant que je sache, oui. Elle semblait plutôt pressée de partir.

— Oui, c'est vrai, vous la connaissez à peine, dit Caroline.

— En effet. Il se trouve simplement que j'étais là au moment où elle s'apprêtait à quitter l'hôpital. J'étais venue lui apporter un cadeau de la part de Zoé. Ma nièce tenait à ce que je le lui donne avant son départ.

— Et ce garçon, qui est-ce ? » interrogea Caroline d'un ton soupçonneux.

Britt ne tenait nullement à être mêlée à leurs histoires. « Un ami à elle, je suppose. Il était dans sa chambre auprès d'elle quand je suis arrivée.

— Quel genre d'ami ? Son petit ami ? Elle m'avait pourtant assurée qu'elle n'en avait pas. »

Cela ne me regarde pas, pensa Britt. C'est leurs affaires. Elle se leva. « Je n'en sais absolument rien, dit-elle. Bon, j'ai un tas de choses à faire. Je vais vous laisser. »

Caroline se leva à son tour et l'accompagna à la porte. « Pourquoi il est venu ici ? demanda-t-elle.

— Ils ne m'ont rien dit. Pour lui soutenir le moral, peut-être. Comme vous l'avez dit vous-même, je la connais à peine. Il faut vraiment que je parte. Je vous souhaite tout le bonheur du monde avec le... votre enfant. »

Caroline regarda Britt descendre les marches. Dave, debout près de la Toyota, fumait une cigarette en décochant d'un air absent des petits coups de pied dans un pneu avec ses bottes tout éraflées. La cigarette, les bottes. Britt eut une illumination. Elle s'avança vers lui. « Dave, vous étiez dans la forêt derrière cette maison, hier ? »

Le jeune homme la considéra d'abord sans comprendre, puis il hocha la tête. « J'avais rendez-vous avec Vicki. Ne la voyant pas, je me suis demandé ce qui était arrivé. À tout hasard, j'ai appelé l'hôpital et j'ai appris qu'elle avait accouché. Pourquoi ?

— Rien, répondit Britt. Ma nièce a cru voir quelqu'un quand elle venue nourrir le chat. Elle a eu peur, c'est tout.

— J'ignorais qu'on s'était aperçu de ma présence.

— Ce n'est pas grave. Bon, je dois partir, maintenant. Je peux annoncer au chef de la police que vous viendrez confirmer l'alibi d'Alec ?

— Oui, oui, répondit machinalement Dave.

— Je sais que Vicki a hâte de partir, mais il y a une petite fille qui attend le retour de son père. Je compte sur vous, Dave.

— J'ai dit que j'irai, et j'irai, dit-il d'un ton irrité.

— Vous avez une adresse et un numéro de téléphone où je puisse vous joindre si nécessaire ? Je ne connais même pas votre nom de famille. »

Dave écrasa son mégot dans la neige avec la pointe de sa botte. « Je m'appelle Kronemayer. Dave Kronemayer. Si vous avez besoin de moi, vous pouvez toujours appeler Vicki. Pour les flics, je vous ai dit oui et c'est oui.

— Je n'ai pas... » Le numéro de Vicki, s'apprêtait à ajouter Britt, mais elle se rappela que Zoé l'avait noté sur un bout de papier. « Non, non, rien », reprit-elle.

On entendit soudain des pleurs de bébé en provenance de la maison. Britt et Dave virent Caroline se précipiter à l'intérieur.

« C'est lui ? demanda Dave. C'est mon fils ? »

Aïe aïe aïe ! pensa Britt. « Oui, on dirait bien un bébé. Vous savez, je suis sûre que votre... votre fils sera très heureux ici. Les Carmichael lui donneront un vrai foyer. C'est bien, c'est admirable de confier un enfant à une famille qui l'aimera et l'élèvera dans les meilleures conditions. »

Dave ne répondit pas. Il regardait vers les fenêtres du premier étage, une lueur de mélancolie dans les yeux.

Britt s'arrêta à l'hôtel de police où on lui apprit que Ray, prévenu par Kevin, était également parti à l'hôpital de

Boston où avait été transporté Dean Webster. Elle laissa un bref message expliquant qu'elle avait retrouvé Dave, lequel pouvait confirmer l'alibi d'Alec. Bon, songea-t-elle pendant que le policier de service répétait les paroles de Britt afin de les transmettre à l'intéressé. Maintenant, Ray Stern, à vous de jouer et de débrouiller tout le fatras légal. Pour sa part, elle avait hâte d'annoncer la nouvelle à la personne que cela concernait en premier.

Roulant au-dessus de la vitesse limite, elle tâcha de réfléchir à la manière dont elle allait lui présenter la chose. Même si elle n'aimait guère Alec, elle était impatiente de voir son expression lorsqu'elle lui apprendrait qu'elle avait trouvé la clé lui ouvrant les portes de la liberté. Ce n'était pas souvent au cours d'une vie qu'on avait l'occasion d'apporter une telle nouvelle. Et si elle devait rester proche de Zoé – ce qui était son intention –, il faudrait bien qu'elle parvienne à un *modus vivendi* avec lui. Elle ne tenait pas à ce qu'il la considère en permanence comme celle qui avait tout fait pour provoquer son arrestation. De toute façon, un simple souci de justice lui imposait cette démarche.

Britt atteignit la prison alors que nombre de visiteurs sortaient déjà, certains les yeux pleins de larmes, d'autres le regard dur. Elle se précipita à l'intérieur, subit la fouille sans broncher et, après qu'elle eut signé les papiers nécessaires, un gardien armé d'un revolver dans son étui et de menottes accrochées à sa ceinture la conduisit au parloir. Elle s'assit devant la cloison en Plexiglas et attendit avec impatience l'arrivée d'Alec.

Elle respira un grand coup et s'efforça de composer son visage. Elle ne pouvait s'empêcher de sourire en imaginant la réaction de son beau-frère. Entendant une porte s'ouvrir de l'autre côté, elle leva la tête. Alec approcha, escorté par un gardien. Il la regarda sans sourire pendant qu'on lui ôtait ses menottes. Ses yeux gris ne trahissaient rien, sinon la méfiance. Il se frotta les poignets sans la quitter un instant du regard.

Britt ne détourna pas le sien, étonnée d'une audace

qui ne lui ressemblait pas. Le gardien s'écarta, et Alec s'installa sur la chaise en face d'elle.

« Où est Zoé ? demanda-t-il sans même un bonjour.

— À l'école.

— Il est lui arrivé quelque chose ? »

Britt s'empressa de le rassurer ;

« Non, non, elle va très bien. Elle m'a chargée de vous dire qu'elle... qu'elle vous aimait.

— Si vous ne m'avez pas amené Zoé, qu'est-ce que vous faites ici ? »

Il s'exprimait comme si avoir été tiré de sa cellule pour recevoir sa visite était une véritable corvée.

Elle avait envie de l'envoyer au diable et de s'en aller sur-le-champ, mais elle maîtrisa son impulsion, se rappelant qu'elle avait affaire à un innocent injustement jeté en prison, ce dont elle était en partie responsable. N'importe qui à sa place serait pour le moins amer.

« J'ai des nouvelles pour vous, dit-elle enfin. De bonnes nouvelles. Excellentes, même. »

Alec fronça les sourcils et la considéra d'un air soupçonneux.

« De quoi parlez-vous ? »

Britt prit sa respiration.

« Eh bien, pour commencer, Dean Webster a reconnu que c'était lui qui avait mis le feu à la chaumière de Bayberry House.

— Dean Webster, le journaliste de la télévision ?

— Oui.

— J'ai entendu dire qu'il avait eu un accident la nuit dernière et qu'il était dans un état critique.

— C'est vrai. On l'a transporté par hélicoptère à Boston. Kevin et Ray Stern sont partis là-bas pour essayer d'obtenir ses aveux.

— Mon Dieu, c'est incroyable. Mais pourquoi avait-il fait ça ? »

Britt rougit, ne tenant pas à reconnaître que c'était en quelque sorte pour lui faire plaisir. Moins elle en dirait, mieux cela vaudrait. Elle s'aperçut que, heureusement, il n'attendait pas d'elle une réponse. « Alec, ce n'est pas tout. Il y a cette histoire d'autostoppeur que vous avez fournie comme alibi.

— Oui, et alors ?

— Vous comprenez, j'étais plutôt sceptique. En fait, je croyais qu'il s'agissait d'un... d'un mensonge.

— Je sais, dit-il froidement.

— Eh bien, l'autre jour, il m'a semblé voir le type en question. Un type qui correspondait à votre description, je veux dire. Il faisait du stop près de votre ancienne maison. Le temps que je réalise, il avait disparu. » Ce n'était pas tout à fait vrai. En réalité, elle n'avait pas essayé de l'arrêter cette fois-là. Elle réprima un sourire. « Mais aujourd'hui... je l'ai retrouvé ! »

Alec la dévisagea, la tête légèrement inclinée.

« Je l'ai retrouvé, répéta Britt. J'ai retrouvé Dave. Le garçon que vous aviez pris en stop. Il traînait du côté de chez vous parce que c'est le père du bébé de Vicki. Vous la connaissez ? La fille dont les Carmichael vont adopter l'enfant ? Il venait la voir en cachette le soir. Ils se donnaient parfois rendez-vous dans la grange derrière votre ferme. C'est pour ça qu'il faisait du stop. Et que je l'ai vu. Il n'a pas de voiture, mais il venait aussi souvent que possible. Toujours est-il que tout à l'heure, je suis allée à l'hôpital apporter à Vicki une écharpe que Zoé lui a tricotée, et il était dans sa chambre. Je l'ai reconnu à votre description et je l'ai interrogé. C'est comme ça que j'ai appris que vous aviez dit la... la vérité. Je sors de l'hôtel de police. J'ai annoncé que votre témoin devait venir confirmer votre alibi. On sera bien obligé de vous relâcher. »

Alec détourna le visage et Britt se demanda si c'étaient des larmes qu'il voulait ainsi lui dissimuler. Elle se pencha au-dessus de l'Hygiaphone et reprit d'une voix tendue : « C'est la preuve, Alec. La preuve que vous n'avez pas tué Greta. »

Il secoua lentement la tête. « Je ne sais pas si je dois m'en réjouir », murmura-t-il.

33

« PARDON ? » fit Britt, s'imaginant avoir mal entendu. Elle ne parvenait pas à en croire ses oreilles.

Alec se tourna vers elle et sembla découvrir soudain sa présence.

La jeune femme sentit le rouge lui monter aux joues. « C'est tout ce que vous avez à dire ? demanda-t-elle. "Je ne sais pas si je dois m'en réjouir..." ? Je mets la main sur l'homme qui vous apportera la liberté et vous ne trouvez rien d'autre à dire ?

— Excusez-moi, dit Alec. Je devrais sans doute vous remercier.

— Ne vous donnez pas cette peine. »

Elle mit son sac à l'épaule et se leva.

Alec la regarda et le voile qui couvrait ses yeux parut un instant se dissiper. « Britt, je vous demande sincèrement pardon. Ne partez pas, je vous en prie. Je vous suis infiniment reconnaissant. »

La jeune femme resta debout et lui lança un coup d'œil furieux. Le gardien du parloir s'approcha. « Vous avez terminé ? demanda-t-il.

— S'il vous plaît, accordez-nous encore quelques minutes, dit Alec. Britt, rasseyez-vous. »

Il y avait quelque chose dans sa façon de lui ordonner de se rasseoir que Britt jugeait presque amusant. Enfin... sans plus. « Et puis quoi encore ? répliqua-t-elle.

— S'il vous plaît », dit-il simplement.

Britt hésita, tentée de s'en aller, puis elle se tourna vers le gardien. « Je reste encore une minute », dit-elle, reprenant place sur la chaise.

Le gardien haussa les épaules et s'éloigna.

De l'autre côté de la cloison de Plexiglas, Alec se tordit les mains, puis il fixa Britt droit dans les yeux. « C'est formidable, dit-il enfin. Je suis sincère. Il me faut un peu de temps pour assimiler tout ça. Comment avez-vous fait pour le retrouver ?

— Je viens de vous expliquer. C'est le petit ami de Vicki.

— Vicki ? répéta-t-il, fronçant les sourcils.

— La fille enceinte qui habitait chez les Carmichael. Revenez un peu sur terre, Alec !

— Oui, c'est vrai, excusez-moi.

— Il semblerait que ce Dave venait rendre de temps en temps visite à Vicki, à l'insu des Carmichael. Ils se donnaient rendez-vous dans le bois derrière la maison. Hier, pendant qu'elle nourrissait le chat de Vicki, Zoé l'a vu qui rôdait dans la cour. Elle m'a appelé et... » Elle allait recommencer ses explications quand elle s'aperçut qu'Alec n'écoutait qu'à moitié. « Bref, je l'ai retrouvé, acheva-t-elle. Pardonnez-moi d'avoir interrompu vos pensées.

— Britt, je... tout ça est si... si soudain... J'essaie de comprendre ce que tout cela signifie. »

La jeune femme leva les yeux au ciel.

« Ça signifie que je vous ai sauvé la mise, c'est tout.

— Oui, je sais, dit-il dans un murmure. J'ignore pourquoi, mais c'est vrai.

— Si je l'ai fait, c'est pour Zoé. »

Il pinça les lèvres.

« C'est justement là qu'est le problème. Zoé.

— Qu'est-ce que vous me racontez ? demanda-t-elle avec irritation. Elle va être folle de joie. Elle vous aime. Elle a confiance en vous.

— Je sais, elle a toujours eu confiance en moi. Même

si on me condamnait à la prison à vie, elle refuserait de me croire coupable. »

Ce fut au tour de Britt de pincer les lèvres.

« Vous ne pensez pas que vous êtes un peu trop vaniteux, égoïste... enfin, choisissez le mot qui vous convient. Comment pouvez-vous en être tellement sûr ?

— Parce que c'est comme ça », répondit-il.

Britt soupira. « Bon, puisque vous le dites. » Au fond d'elle-même, elle savait qu'il avait sans doute raison. La foi qu'avait Zoé en son père semblait inébranlable, y compris face au mépris et à l'opprobre publics.

Alec se pencha et riva son regard à celui de Britt. « Si j'ai tenu le coup, c'est uniquement parce que je croyais en elle. Je supporterais des années de prison pour elle, pour l'épargner.

— Pour l'épargner ? Je ne comprends pas. Est-ce que quelque chose m'aurait échappé ? demanda Britt, sarcastique.

— Grâce à vous, je serai disculpé après qu'on aura réexaminé le dossier, et je crains...

— Vous craignez quoi ? Je pensais que c'était surtout la chambre à gaz que vous aviez à craindre.

— Je crains que la vérité n'apparaisse, poursuivit Alec, ignorant l'interruption de Britt. Et qu'on ne découvre l'identité de l'auteur de l'incendie. C'est cela que je voudrais dans toute la mesure du possible épargner à Zoé. Et si cela doit signifier pour moi la prison, eh bien, tant pis. »

Britt le dévisagea, interloquée.

« Qu'est-ce que vous me chantez ? Vous savez donc qui a mis le feu ?

— Oui, avec une quasi-certitude.

— Mais alors, de qui s'agit-il ? » s'écria la jeune femme.

Alec hésita et se mordit la lèvre.

« Vous garderez le secret ? demanda-t-il enfin. Je ne plaisante pas. Jusqu'à la tombe ? »

Britt l'étudia, les yeux réduits à deux fentes.

« Pourquoi voudriez-vous me confier un secret ? Vous me connaissez à peine.

— Probablement parce que vous avez le droit de le connaître. C'était votre sœur.

— Quoi ! s'exclama-t-elle, comme si elle venait de recevoir une gifle.

— Vous m'avez parfaitement entendu.

— Insinuez-vous que c'est Greta ? Mais comment osez-vous ?

— Elle était déprimée, suicidaire.

— J'ai l'impression que vous renversez les rôles, répliqua Britt. Si elle était déprimée, c'est parce que son mariage battait de l'aile.

— Non, notre mariage ne battait pas de l'aile, comme vous dites. Elle était déprimée à cause de votre mère...

— Mais oui, bien sûr ! C'est la faute de notre mère disparue depuis des années. Voyez-vous, je sais tout à votre sujet. Je sais que vous projetiez de la quitter. Je sais que vous aviez pris des contacts pour vendre votre affaire ici. Et je sais que vous aviez loué un appartement à Virginia Beach. Des faits pour lesquels vous ne vous êtes pas encore expliqué devant la police.

— C'est exact. Le studio était pour votre mère. »

Britt en demeura abasourdie.

Alec regarda autour de lui, comme pour s'assurer que personne n'écoutait, puis il se pencha de nouveau en avant, imité presque malgré elle par sa belle-sœur, et reprit à voix basse : « Quand Gardner, le détective privé, a retrouvé la trace de Jane, elle était en prison en Virginie. Pour toute une série de délits. Escroquerie, chèques volés, etc. Greta est allée la voir. Elle lui a écrit, lui a envoyé des colis, a témoigné devant le juge des libérations conditionnelles. Elle a promis de s'occuper d'elle, et Jane semblait sincèrement heureuse et reconnaissante. Juste avant qu'elle sorte de prison, nous avons loué pour elle un appartement dans une résidence toute neuve avec piscine et tout. Il n'y avait rien de trop beau pour Jane. Selon les conditions mises par le juge, elle ne devait pas quitter l'Etat de Virginie, aussi Greta désirait-elle venir s'installer près d'elle. Elle voulait que Zoé connaisse sa grand-mère. On ne lui avait encore rien dit. Nous pensions attendre que Jane soit libérée, ce qui aurait rendu les explications plus faciles.

« Toujours est-il que nous sommes allés la voir pendant que Zoé faisait son stage d'équitation. C'est à ce moment-là que nous avons contacté l'agence immobilière. Comme je vous l'ai dit, Greta désirait déménager pour être près d'elle, et j'ai donné mon accord. À contrecœur, je l'avoue, mais j'avais l'impression que c'était la seule chose susceptible de rendre votre sœur heureuse.

— Ma mère est à Virginia Beach ? » demanda Britt d'une voix tremblante.

Alec eut un ricanement méprisant.

« Non, plus maintenant. À peine lui a-t-on ouvert les portes de la prison, qu'elle a filé.

— Comment, filé ?

— Filé, fichu le camp, dit-il sèchement. Envoyant au diable l'assignation à résidence, l'appartement, sa fille et tout le reste. Elle a quitté l'Etat de Virginie et même, pour autant que nous le sachions, le pays. Greta a engagé de nouveau Gardner pour la retrouver, mais en vain. Il a informé ma femme qu'il avait perdu la trace de Jane. Greta était anéantie. C'est à partir de ce moment-là qu'elle a commencé à déprimer.

— Je ne vous crois pas, dit Britt tout en sachant que, en réalité, elle se refusait surtout à le croire.

— Gardner pourra vous le confirmer. »

C'était dur à accepter. Britt pensa à sa sœur qui avait tout fait pour retrouver leur mère dans l'espoir de réunir la famille, et qui avait dû ressentir sa nouvelle disparition comme une ultime trahison. Et cette fois, Jane Andersen n'avait laissé aucune place au doute quant à sa conduite. Elle se rappela le Dr Farrar et ce que celle-ci lui avait dit à propos de la grave dépression de Greta, si bien qu'elle en arriva à l'inévitable conclusion : les personnes déprimées tentent parfois de se tuer.

« Au moment de l'incendie, poursuivit Alec, j'ai d'abord cru à un accident. Comme tout le monde. Les bougies, les rideaux qui s'enflamment... C'était logique. Greta mettait souvent des bougies un peu partout. Et puis, elle prenait un tas de médicaments. Elle aurait très bien pu être trop assommée pour réagir. Mais après, j'ai entendu parler du white-spirit sur les murs de la chambre où elle dormait, et de la possibilité que ce soit un incendie criminel... Aussi, j'ai commencé à m'interroger... »

Britt tâcha de se faire à cette idée, d'imaginer sa sœur déprimée, préparant son suicide, aspergeant de white-spirit les murs de la chambre, allumant la bougie et la plaçant à côté du rideau, attendant la mort... « Hé ! une seconde ! s'écria-t-elle soudain. Une seconde ! C'est impossible. Greta n'aurait jamais fait une chose pareille. Zoé était à la maison et elle le savait très bien. »

Alec secoua tristement la tête et soupira.

« Oui, elle aimait tendrement Zoé. Mais elle n'était pas dans son état normal. Quand j'ai appris que Zoé avait été droguée... c'est-à-dire quand vous m'avez rapporté ce que le Dr Farrar avait découvert, je me suis mis à craindre le pire. Je savais que Zoé n'aurait jamais pris ces pilules de sa propre initiative. Je vous le répète, elle ne toucherait jamais à aucune drogue que ce soit.

— Qu'est-ce que vous voulez dire ? Vous pensez que c'est Greta qui l'a droguée ?

— Oui. Elle aura probablement écrasé les comprimés dans un plat servi au dîner.

— Vous êtes fou ! »

Alec avait l'air abattu.

« Greta parlait beaucoup de mettre fin à ses jours. Elle avait insisté pour que j'augmente le montant de notre assurance vie, bien que je lui aie expliqué que ça ne marchait pas en cas de suicide. C'est la raison pour laquelle on avait une si grosse police. C'est elle qui l'avait voulu.

— Vous aviez peur qu'on ne vous la paie pas ! s'écria Britt avec colère.

— Je vous en prie, Britt. Accordez-moi un minimum de crédit. Je devenais fou quand elle me tenait ce discours. Je discutais, je la suppliais, et pour me calmer, elle me disait toujours... » Sa voix se brisa et, l'espace d'un instant, Britt éprouva un sentiment proche de la pitié devant son désarroi. Alec prit une profonde inspiration puis, retrouvant la maîtrise de soi, il poursuivit : « Elle me disait toujours qu'elle ne laisserait jamais Zoé, qu'elle ne l'abandonnerait jamais comme votre mère vous avait abandonnées. Elle ne voulait pas que Zoé connaisse ce qu'elle avait elle-même connu. »

Britt avait l'impression qu'un poids lui écrasait la poitrine et menaçait de l'étouffer. Elle n'aurait jamais cru que Greta avait souffert à ce point. Elle s'était toujours efforcée de paraître forte aux yeux de sa cadette mais, en réalité, elle n'avait cessé d'être habitée par un sentiment de désespoir qui avait fini par lui donner des idées de suicide. La jeune femme pensa alors à Zoé. La fille adorée de Greta qu'elle n'aurait jamais accepté de laisser seule.

Elle scruta le visage du père de la fillette.

« Vous voulez dire... ?

— Je veux dire qu'elle a décidé de partir avec Zoé. Elle ne voulait pas que sa fille souffre, et elle a fait en sorte que Zoé soit inconsciente lorsque l'incendie se déclencherait. Aujourd'hui encore, Zoé n'en conserve aucun souvenir.

— Non, dit Britt dans un souffle, refusant d'y croire. C'est trop horrible.

— Elle n'arrêtait pas de répéter qu'elle ne laisserait jamais Zoé, et cela me rassurait. Je ne me rendais pas compte qu'il s'agissait en réalité d'une menace, dit-il d'une voix sourde.

— Non, c'est impossible, persista Britt. Greta n'aurait jamais pu faire ça.

— Vous ne la connaissiez pas », affirma Alec, catégorique.

La jeune femme le fusilla du regard, mais elle devait s'avouer qu'il avait raison. Elle ne connaissait pas sa sœur, en effet. Elle avait gardé l'image d'une Greta calme, sûre de soi, capable d'affronter les difficultés de l'existence. Mais après toutes ces années de séparation...

« Britt, écoutez-moi. Il ne faut pas que Zoé puisse concevoir le moindre soupçon, déclara Alec. Jamais. Sous aucun prétexte. Je ne veux pas qu'elle se doute ne serait-ce qu'une fraction de seconde que sa mère a voulu l'entraîner dans cet enfer. Elle ne comprendrait ni ne pardonnerait jamais. Sans oublier qu'elle ne s'en remettrait pas. Et si je dois passer ma vie en prison pour lui épargner ce calvaire, je le ferai volontiers.

— Mais si vous étiez condamné, elle penserait la même chose de vous. Que vous avez tué sa mère et cherché à la tuer, elle aussi.

— Elle ne le croirait jamais, affirma Alec. Rien au monde ne pourrait la convaincre que j'en aie été capable. Elle me ferait confiance jusqu'à mon dernier souffle. Elle croit en moi. C'est ma fille. »

Une lueur inflexible brillait dans son regard gris acier.

« Vous le feriez vraiment ? Rester en prison...

— Je mourrais pour Zoé. C'est mon enfant. »

Il avait les yeux secs et qui ne cillaient pas, mais Britt sentit les larmes mouiller les siens. Elle cligna des paupières. Réalisant qu'il était sincère, elle éprouvait tout à coup un sentiment d'humilité. « Elle a de la chance de... de vous avoir pour père, dit-elle avec franchise.

— Je ne veux pas qu'elle sache, répéta-t-il, déterminé.

— Je comprends, dit Britt. Elle ne l'apprendra jamais de ma bouche, je vous le promets. »

Alec la scruta comme s'il cherchait à pénétrer son âme. Et soudain, il dit : « D'accord.

— D'accord », acquiesça Britt dans un murmure.

Alec soupira et se radossa dans sa chaise.

« Je dois reconnaître que je me sens soulagé de vous avoir parlé. Cette idée m'oppressait. Vous n'imaginez pas...

— Je n'arrive toujours pas à le croire, le coupa Britt. Elle adorait Zoé. Du moins, d'après ce que j'ai pu voir et entendre...

— Moi non plus, je n'arrivais pas à le croire. Mais plus j'y pensais...

— Je comprends... » Britt avait envie de passer le bras à travers la cloison de Plexiglas pour poser la main sur les poings serrés d'Alec. « Je comprends pourquoi vous êtes parvenu à cette conclusion, mais vous pourriez peut-être... vous en ouvrir à Kevin ? Il pourrait s'en servir pour préparer votre défense et... »

Alec lui décocha un regard furibond.

« Vous n'avez donc rien compris à ce que j'ai dit ?

— Si, bien sûr... excusez-moi. »

Le gardien s'avança et plaqua la main sur l'épaule de la jeune femme.

« Bon, le temps est écoulé. »

Britt se tourna vers Alec.

« Il faut que je parte. »

De l'autre côté de la vitre, un gardien obligeait de même le prisonnier à se lever. Alec lança alors à Britt : « Dans le tiroir du bas de mon bureau au magasin, il y a une boîte contenant une cassette vidéo. Greta ne voulait pas que je la garde à la maison au cas où Zoé tomberait dessus par hasard. Regardez-la.

— Je n'y manquerai pas... et pardonnez-moi », cria-t-elle tandis que le gardien la poussait vers la porte.

Elle se demanda soudain ce qu'elle avait à se faire pardonner. Après tout, elle lui avait apporté une nouvelle qui devrait lui éviter une condamnation à la prison à vie, ou pire. Mais, alors qu'on remettait les menottes à Alec pour le ramener dans sa cellule, elle comprit qu'en fait, elle lui demandait pardon pour l'avoir mal jugé, pour n'avoir pas réalisé plus tôt qui il était réellement.

34

BRITT poussa la porte en verre teinté du magasin d'exposition. Elle ne put s'empêcher de se rappeler la première fois qu'elle y était venue, le jour où Alec l'avait emmenée faire cette balade en motoneige. Ce qui aurait dû être une agréable promenade s'était transformé en véritable cauchemar à cause des soupçons qui la tenaillaient. Elle pensait alors les pires choses au sujet d'Alec et de Lauren, et elle s'était lancée aveuglément sur cette piste. Elle était tellement sûre d'elle-même. Et tellement dans l'erreur. Seul un couple circulait parmi les modèles exposés, sinon tout était calme. Lauren Rossi bavardait et riait en compagnie de deux vendeurs. Britt fut un peu surprise. Elle ne s'attendait pas à la trouver ici. Tous trois tournèrent la tête à l'entrée de Britt et se turent brusquement. Lauren surveilla son approche, les yeux étrécis.

« Bonjour, Lauren, dit Britt, feignant de ne pas remarquer son hostilité. Comment allez-vous ?

— Qu'est-ce que vous voulez ? demanda la jeune fille d'un ton rogue.

— Alec m'a demandé de passer prendre quelque chose dans son bureau. »

Les deux vendeurs échangèrent un regard, puis s'éloignèrent. Les yeux de Lauren lançaient des éclairs. « Ah bon, vraiment ? fit-elle.

— Il s'agit d'une cassette vidéo rangée dans un tiroir, précisa Britt.

— Je ne vous crois pas. C'est la police qui vous envoie. Vous cherchez des preuves contre Alec. »

Britt soupira.

« Je ne vous en veux pas de le penser. En fait, c'est exactement le contraire. Il va sortir de prison. Très bientôt, j'espère. Je... j'ai par hasard mis la main sur l'homme qu'il avait pris en stop le soir de l'incendie, son alibi, vous vous souvenez ?

— Ah oui ? fit Lauren, méprisante.

— Je crains d'avoir mal jugé Alec, reconnut Britt. Il semble que tout ce qu'il ait dit soit vrai. Enfin, toujours est-il que je suis venue récupérer cette cassette. »

Lauren croisa les bras sur sa poitrine moulée dans un petit pull rose.

« Si Alec doit être libéré, pourquoi il ne viendrait pas la chercher lui-même ? riposta-t-elle.

— Je pense qu'il tient à ce que je la voie tout de suite. Quoi qu'il en soit, j'admire votre loyauté à son égard et, croyez-moi, je suis sincère.

— Je n'aurais jamais dû vous écouter, dit Lauren avec colère. À cause de vous, je l'ai trahi. »

Britt eut un petit sourire.

« En tout cas, je constate qu'il ne vous en a pas tenu rigueur. Vous êtes toujours là. De plus, vous n'avez fait que raconter la vérité. Il n'y a aucune honte à avoir.

— C'est ce qu'Alec m'a dit, mais je regrette quand même. Et pour votre information, je peux vous affirmer qu'il n'entretient aucune liaison.

— Écoutez, Lauren, quoi que vous puissiez en penser, je ne cherche nullement à lui nuire. Je reviens de la prison. Alec m'a dit que la cassette se trouvait dans une boîte dans le tiroir du bas de son bureau. Vous voulez bien aller voir ? Si elle n'y est pas, vous pourrez toujours me traiter de menteuse. »

Lauren secoua son opulente chevelure.

« Bon, j'y vais, mais vous, vous restez là. »

Britt se sentit mal à l'aise plantée ainsi au milieu de la salle d'exposition. Elle devinait, posés sur elle, les regards hostiles des vendeurs réfugiés dans leurs box vitrés. Elle tourna autour des motoneiges, feignant de les admirer, mais les vendeurs ne furent apparemment pas dupes, car aucun ne vint lui offrir son aide.

La jeune femme fut soulagée de voir Lauren revenir, tenant à la main une cassette vidéo noire dans un boîtier de carton. Elle repensa à l'avertissement d'Alec. Ne pas la montrer à Zoé. Elle se doutait plus ou moins qu'elle contenait des images de Jane Andersen. Son cœur s'emballa à l'idée qu'elle allait revoir le visage de sa mère, un visage dont elle se souvenait à peine. Et qu'elle allait entendre sa voix.

Lauren lui tendit la cassette. « Tenez, dit-elle. Mais si jamais vous essayez de vous en servir contre lui...

— Ne vous inquiétez pas, dit Britt en fourrant la cassette dans son sac. Il n'en est pas question. Je vous la rapporterai, promis. »

La maison était sombre et peu accueillante. Britt monta le chauffage et alluma les lumières. Elle se servit un verre et écouta les messages sur son portable, cherchant à retarder l'inévitable. Elle consulta sa montre, calculant le temps qui lui restait avant qu'elle aille chercher Zoé à l'école. Elle finit par allumer le téléviseur, puis elle glissa la cassette dans le magnétoscope et s'installa sur le canapé.

Les images qui apparurent sans préambule représentaient une succession de petits bâtiments en brique, à l'évidence pris depuis une voiture en mouvement. « C'est là », dit une voix de femme, probablement celle qui devait filmer. Il y eut un panoramique sur une pancarte floue où l'on ne parvenait à distinguer que la dernière ligne : POUR FEMMES. Tout cela s'effaça d'un seul coup, remplacé par la vue d'une grande pièce aux murs rose saumon meublée de chaises en plastique et de tables en Formica. Nouveau panoramique sur des étagères remplies de livres, deux canapés et une table basse ainsi qu'une femme en uniforme de la police qui se tenait près de la porte, un revolver à la ceinture. Des gens circulaient, prononçant des paroles inintelligibles, et on percevait des rires et des voix fortes en fond sonore.

« Assieds-toi, ma chérie », dit cette fois une voix d'homme, sans doute celui qui était maintenant derrière la caméra.

Une femme d'aspect familier envahit l'écran, vêtue d'une veste de cavalière, la démarche hésitante. Elle se tourna vers l'objectif. « Ici, tu crois ? » demanda-t-elle.

Greta, pensa Britt, le cœur serré. Ses cheveux blonds étaient coiffés en un chignon lâche d'où s'échappaient des mèches folles qui formaient comme un halo autour de son visage. Elle était plus ravissante que jamais malgré ses traits amincis et les larges cernes sous ses beaux yeux.

« Là, c'est parfait », dit l'homme, et Britt se rendit alors compte qu'il s'agissait d'Alec.

Greta soupira, se tordit les mains, puis s'installa sur l'une des chaises en plastique. D'un geste fébrile, elle écarta les mèches qui lui tombaient sur le front, puis adressa un faible sourire à son mari. « Je me sens nerveuse, dit-elle en direction de la caméra. Je regrette d'avoir arrêté de fumer. »

Britt sursauta, étonnée. Greta, fumer ? pensa-t-elle fugitivement, tandis que, fascinée, elle fixait cette étrangère, sa sœur disparue. Greta prit un magazine sur une pile et se mit à le feuilleter. Elle croisa les jambes, balançant le pied avec une nervosité croissante, puis elle se tourna de nouveau vers la caméra, une lueur d'inquiétude dans le regard.

« Tu es très bien », dit Alec.

La caméra décrivit un arc de cercle et s'immobilisa sur la porte de la salle.

« La voilà, reprit-il d'une voix qui résonna comme un coup de tonnerre aux oreilles de Britt.

— Oh, mon Dieu ! » fit Greta.

La caméra revint sur elle, puis se focalisa sur la femme qui franchissait le seuil. Elle avait de longs cheveux châtains striés de gris ramenés en queue de cheval. Son teint était blême, ses traits bouffis, et on distinguait à peine ses yeux derrière ses lunettes. Un bourrelet à la taille était nettement visible malgré l'ample jogging qu'elle portait. On ne devinait plus guère la belle femme qu'elle avait dû être autrefois.

« Oh, mon Dieu ! s'écria de nouveau Greta du ton de celle qui a gagné le jackpot. Maman ! »

Jane Andersen, prenant soudain conscience de la présence de la caméra, se recula d'un pas, puis la considéra d'un œil méfiant.

« C'est Alec, lui expliqua Greta. Mon mari. » Sa voix se brisa, tandis que les larmes ruisselaient sur ses joues. « Oh, maman ! »

Les deux femmes s'avancèrent l'une vers l'autre, Greta les bras tendus, Jane les bras collés le long du corps. Elle se laissa embrasser, puis elle ordonna : « Assieds-toi. »

Souriant à travers ses larmes, Greta obéit, puis désigna la chaise à côté de la sienne. Jane s'installa, sur ses gardes. Son visage ne trahissait aucune émotion. Ma mère, pensa Britt. C'est ma mère. Malgré la fraîcheur qui régnait dans le living, elle sentait la sueur lui couler dans le dos. Les vagues souvenirs qu'elle conservait de sa mère n'avaient rien de commun avec cette femme assise sur une chaise en plastique, les bras résolument plaqués le long de ses flancs.

Greta essuya ses pleurs, puis prit entre ses doigts fins la main molle et grasse de la femme qui était sa mère. « On t'a apporté un tas de choses, mais il a fallu laisser le sac à l'entrée pour qu'ils vérifient le contenu. »

Jane hocha la tête, puis se mit à tousser.

« C'est le règlement, dit-elle. Vous m'avez apporté le... »

Elle détourna le visage, de sorte que le reste de sa phrase se perdit.

« Il y a tout ce que tu as demandé », répondit Greta avec gentillesse, et Britt se rappela soudain qu'elle lui disait exactement la même chose quand elle revenait du centre commercial à l'époque de l'anniversaire de sa cadette ou de la rentrée des classes.

Jane se plia à une nouvelle étreinte de la part de sa fille qui n'arrêtait pas de lui toucher le bras, l'épaule ou le genou, comme pour s'assurer de la réalité de sa présence, celle de sa mère, assise là, à côté d'elle.

« Tu parles d'un endroit pour se revoir après toutes ces années, dit Jane avec un rire gras en se trémoussant sur sa chaise.

— Ça n'a aucune importance », répondit Greta qui renifla et se tamponna de nouveau les yeux.

Sa mère la regardait avec curiosité. Elle semblait n'avoir aucune difficulté à ne rien manifester de ses émotions. Britt repensa à ce qu'Alec avait dit. Combien Greta avait été transportée de joie à l'idée de retrouver leur mère, et combien elle avait été anéantie en apprenant que celle-ci avait de nouveau choisi de disparaître.

Elle comprit brusquement pourquoi Alec avait tenu à ce qu'elle visionne cette cassette. Pas seulement pour voir sa mère qu'elle n'avait pas revue depuis sa plus tendre enfance, mais aussi pour voir Greta, pour imaginer comment cette femme en pleurs – qui embrassait une mère qu'elle avait crue à jamais perdue et qui ne cessait de remercier sa bonne étoile – allait réagir quand elle s'apercevrait que tout cela n'était qu'une illusion.

En regardant Jane Andersen, Britt, pour sa part, n'éprouvait nulle envie de pleurer. C'était la femme qui avait bouleversé leur existence, qui avait abandonné ses deux filles et leur père sans un regard en arrière, qui les avait privés tous trois de son amour et les avait rejetés comme quantités négligeables. Et tout cela pourquoi ? Pour mener une vie de petite délinquante. Certes, Britt aurait peut-être voulu connaître son histoire, savoir où elle était allée et ce qu'elle avait fait, mais le lieu de cette rencontre ne disait-il pas tout ? Jane purgeait une peine dans un établissement pénitentiaire pour femmes quand Greta avait fini par la retrouver. Et là, prisonnière de cette bande vidéo, Jane étudiait avec un froid détachement de reptile sa fille aînée qui parvenait à peine à contenir son émotion. Sa fille Greta qui s'était toujours efforcée de mener une vie droite, une vie utile, sans jamais perdre espoir. « Tu ne méritais pas son amour », dit Britt à voix haute, s'adressant à l'image sur l'écran.

Et, comme en réponse, Jane se tourna face à la caméra : « Arrêtez avec ce maudit truc », dit-elle, tandis qu'Alec continuait impitoyablement à braquer l'objectif sur son visage ravagé.

« Tante Britt ? »

La jeune femme sursauta au son de la voix de Zoé et s'empressa d'éteindre la télévision. Elle se leva du canapé, se sentant stupidement coupable. Zoé entra dans le séjour au moment où l'image s'effaçait de l'écran. « Qu'est-ce que tu regardais ? demanda la fillette. À qui tu parlais ?

— À personne, répondit Britt, mal à l'aise. Mais... mais comment tu es rentrée de l'école ?

— La maman de Sara m'a ramenée.

— Kayley et toi, vous êtes redevenues amies ?

— Oui, bien sûr. Vicki a aimé l'écharpe ? »

Britt revit aussitôt la chambre de la jeune fille à l'hôpital et Dave, le témoin d'Alec. Elle avait envie de tout raconter à Zoé, mais elle hésitait. Il serait peut-être préférable d'attendre que l'affaire soit officielle et qu'on sache quand Alec allait rentrer à la maison.

« Oui, elle lui a beaucoup plu, répondit-elle. Elle était très touchée. Comme tu as son adresse, tu pourras peut-être rester en contact avec elle. »

Zoé se mordit la lèvre et garda le silence.

Elle paraissait si abattue que Britt décida de lui parler malgré tout de Dave pour qu'elle ait au moins un motif de se réjouir. Ce ne serait pas comme si elle lui donnait de faux espoirs. Dave était le passeport d'Alec pour la liberté. « Zoé, commença-t-elle. Il s'est passé quelque chose aujourd'hui qui... »

La fillette était manifestement préoccupée, car n'attendant pas la suite, elle murmura : « Mes devoirs », et avant que Britt n'ait eu le temps d'ajouter un mot, elle montait l'escalier en courant.

Je lui dirai plus tard, songea Britt en soupirant. L'estomac noué, elle désirait quand même voir le reste de la cassette. Dès qu'elle entendit se fermer la porte de la chambre de Zoé, elle ralluma la télévision et le magnétoscope, mais coupa le son.

Jane Andersen réapparut à l'écran, le regard fixé sur la caméra, cependant que ses lunettes renvoyaient la lumière. Britt regarda Greta qui continuait à s'affairer auprès de sa mère, la caressant timidement, tandis que celle-ci demeurait raide sur sa chaise, jetant de temps à autre un regard noir en direction de l'objectif comme si elle était furieuse qu'on n'ait pas obéi à son ordre.

Il a compris tout de suite, se dit Britt. Il s'est rendu compte dès cette première rencontre qu'il n'en sortirait rien de bon et, en refusant d'arrêter de la filmer, il tenait à montrer à cette belle-mère qu'il voyait pour la première fois que, contrairement à sa fille si vulnérable, il ne se laisserait pas abuser par elle. Il tournait ces images pour Greta, dans l'espoir qu'un jour il parviendrait à lui faire admettre qu'elle n'avait absolument rien à se reprocher. Comment aurait-il pu savoir qu'elle ne l'admettrait jamais ? Et que ces retrouvailles, auxquelles rêvait depuis si longtemps la femme qu'il adorait, finiraient par la détruire ?

À mesure que Britt, l'esprit lucide, regardait défiler les images, elle sentait en dépit d'elle-même croître son respect pour Alec. Jane Andersen, assise à côté de sa fille aimante, projetait déjà son évasion. On le devinait à son attitude. Alec le savait et il la détestait déjà. « Bravo, Alec ! » dit-elle à voix haute, tandis que des larmes de colère lui brouillaient la vue.

35

DURANT toute la soirée, Britt guetta la sonnerie du téléphone. Elle espérait que Ray Stern l'appellerait pour lui annoncer la libération d'Alec. À mesure que le temps s'écoulait, elle repoussait le moment d'en parler à Zoé. De plus en plus impatiente, elle envisagea d'appeler les Carmichael au cas où Kevin aurait des nouvelles, mais elle ne pouvait se résoudre à les déranger alors qu'ils passaient leur première soirée avec leur bébé, ni à risquer de réveiller celui-ci ou de troubler davantage Caroline.

À neuf heures, tandis que Zoé, la mine toujours aussi sombre, regardait une sitcom à la télévision, elle alla dans la cuisine téléphoner à l'hôtel de police. Ray Stern était encore là, et il prit la communication.

« Vous restez bien tard au bureau, lui fit remarquer Britt, s'efforçant de prendre un ton enjoué.

— Le travail s'est accumulé pendant que j'étais à l'hôpital de Boston, vous savez.

— Qu'est-ce qui s'est passé avec Dean ? Il est tiré d'affaire ? Vous avez pu l'interroger ? demanda la jeune femme.

— Oui, et il a avoué, répondit Ray. Il désirait enfoncer votre beau-frère. »

Merci, mon Dieu, pria silencieusement Britt.

« Et Dave Kronemayer, il est venu faire sa déposition ? interrogea-t-elle, le cœur battant.

— Le prétendu alibi ? Non, nous ne l'avons pas vu. »

Britt ne put s'empêcher de jurer :

« Merde !

— Non, aucun signe de lui, confirma Ray.

— Bon sang ! il me l'avait pourtant promis !

— Faites-lui encore un peu confiance. Accordez-lui jusqu'à demain matin. S'il ne s'est pas montré d'ici là, on lancera un avis de recherche. Il a peut-être eu un contretemps.

— En attendant, Alec Lynch est injustement emprisonné.

— Il survivra bien jusqu'à demain, dit Ray. Je constate que vous avez drôlement changé de discours en ce qui le concerne.

— C'est parce que, maintenant, je connais la vérité.

— Eh bien, tant mieux pour vous, dit Ray avec un soupir. Bon, il est temps que je rentre chez moi. Passez donc demain matin, d'accord ? »

Britt raccrocha, demeura un instant à réfléchir, puis elle cria à Zoé : « Tu as le numéro de téléphone que Vicki t'a donné ?

— Je regarde mon feuilleton », grommela la fillette.

Britt s'avança sur le seuil du living. « C'est autrement important que ton feuilleton, alors réponds-moi ! »

Zoé, surprise par son ton, leva les yeux. « Qu'est-ce que tu as ? » demanda-t-elle.

La jeune femme se félicita de n'avoir rien dit à sa nièce. La gamine avait déjà eu tant de chagrins et de déceptions qu'elle n'aurait pas supporté la défection de Dave. « Rien, rien, dit Britt. Donne-moi ce numéro, c'est tout. »

Zoé courut chercher le bout de papier sur lequel elle avait griffonné les coordonnées de Vicki. Britt la remercia et retourna téléphoner dans la cuisine. La sonnerie retentit, puis le répondeur s'enclencha et la voix enfantine de Vicki annonça : « Nous sommes absents pour le moment, merci de laisser un message. »

« Vicki, dit Britt après le bip, si vous êtes là, décrochez, s'il vous plaît. » Elle attendit un instant, puis reprit : « Bon, c'est Britt à l'appareil. Il faut absolument que Dave aille à la police de Coleville. Je sais qu'il est tard, j'aimerais qu'il y soit demain matin sans faute. Faites-le au moins pour l'amour de Zoé. » Elle raccrocha avec un soupir.

Elle envisagea à nouveau d'appeler les Carmichael pour leur demander quand Vicki et Dave étaient partis, mais à la pensée du bébé, elle continuait à hésiter. Sans oublier que Kevin avait déjà perdu une journée entière pour se rendre à Boston afin d'interroger Dean Webster. Il avait besoin d'un peu de calme et de repos auprès de sa femme et de leur enfant. Je passerai demain matin à la première heure, décida-t-elle.

La nuit de Britt fut peuplée de cauchemars. Dans l'un d'eux, elle entrait dans une chambre d'hôpital où elle trouvait Jane Andersen qui, assise sur son lit, fixait sur elle son regard froid et indifférent, et riait de son rire sans joie qui se muait en toux. « Laisse-moi tranquille, disait-elle. Je ne te connais même pas. Pourquoi tu me suis comme ça ? » Lorsque le jour pointa, Britt, bien qu'épuisée, se leva sans aucun regret.

S'engageant dans l'allée des Carmichael, elle constata que la Toyota rouge n'était plus là. Les voitures de Kevin et de Caroline étaient garées l'une derrière l'autre le long de la maison, et la fumée qui s'échappait de la cheminée dégageait une bonne odeur de feu de bois. L'espace d'un moment, la jeune femme envia le couple. Une maison, un bébé et une flambée dans la cheminée. C'était le genre d'image qu'elle s'efforçait en général de chasser de son esprit, celle d'un bonheur dont elle n'avait jamais été témoin, si bien qu'elle se demandait s'il existait vraiment.

Elle grimpa les marches de la véranda et sonna. Quelques instants plus tard, Kevin vint ouvrir, une robe de chambre passée par-dessus un pantalon de pyjama et un T-shirt. Son visage au teint d'ordinaire rose était grisâtre. Il avait l'air hagard et ses yeux larmoyaient. Au temps pour l'image du bonheur, songea Britt.

« Bonjour, Kevin, dit-elle.
— Oui, Britt ?
— Je suis désolée de vous déranger. Vous me semblez plutôt crevé.
— Le bébé n'a pratiquement pas arrêté de pleurer de toute la nuit. »
Britt sourit.
« Ça ne pourra que s'améliorer. Je peux entrer ? »
Kevin s'effaça pour la laisser passer et Britt s'avança dans le living. « Caroline et l'enfant se sont enfin endormis », dit l'avocat à voix basse.
Britt le rassura :
« Je ne ferai pas de bruit.
— Vous voulez vous asseoir ? demanda Kevin avec une évidente mauvaise grâce.
— Non, non, je repars tout de suite. D'abord, je tenais à vous remercier d'être allé hier à Boston recueillir les aveux de Dean au sujet de l'incendie du pavillon. »
Kevin, debout devant la cheminée, se massait le visage en contemplant les flammes. « C'est Ray Stern qui a mené l'interrogatoire, dit-il sans regarder Britt. Je n'étais là que pour représenter les intérêts d'Alec.
— Peu importe. Je vous suis reconnaissante d'avoir fait le déplacement.
— Ça ne m'a pris qu'une journée, vous savez.
— En fait, dit Britt, si je suis venue, c'est parce que je cherche Vicki et son ami Dave. »
Kevin parut surpris, mais il se reprit. Il tourna la tête et fixa froidement Britt.
« Ils sont partis sans demander leur reste, affirma-t-il. Hier après-midi.
— Ils allaient où ? demanda la jeune femme.
— Je ne sais pas. Quelle importance ? » répondit-il d'un ton tranchant.
Britt le considéra, perplexe. Il était sans doute de ces gens qui, fatigués, deviennent irritables. Il ne devait quand même pas en être déjà au point de regretter sa toute récente paternité. « Eh bien, justement, il se trou-

ve... » Elle hésita, ne tenant pas à le mettre au courant des liens qui unissaient Dave et le nouveau-né. « Il se trouve que l'ami de Vicki, ce Dave, est le témoin qu'Alec a cité en fournissant son alibi.

— Ah bon ? Qu'est-ce qui vous le fait croire ?

— Eh bien, c'est une longue histoire, mais faites-moi confiance, c'est la vérité. Il m'avait promis qu'il irait à la police confirmer la déposition d'Alec. Mais comme il n'est pas venu...

— Bravo ! l'interrompit Kevin. C'est le bouquet !

— Il faut absolument qu'on le contacte et qu'on lui rappelle sa promesse. Peut-être que si vous essayiez de lui parler... ?

— Je n'ai pas la moindre idée de l'endroit où il pourrait être. D'après ce que Caroline m'a dit, ces deux-là allaient surtout se consacrer à claquer l'argent que nous avons donné à Vicki.

— Vous êtes sûr qu'ils ne lui ont rien dit d'autre ? Vous croyez que je pourrais lui parler ?

— Je vous répète qu'elle dort, répondit Kevin sèchement. Je ne vais pas la réveiller pour une broutille pareille. »

Quelque peu énervée par son ton, Britt répliqua :

« Dites donc, Kevin, il me semble qu'Alec est votre client, et il sera d'autant plus enclin à vous régler vos honoraires que vous le ferez sortir plus rapidement de prison. Et c'est précisément ce que, de mon côté, je m'efforce de faire.

— Vous avez raison, excusez-moi. » L'avocat appuya la tête sur son bras posé sur le manteau de la cheminée. « Je suis tellement fatigué. Je crois que je n'ai jamais été aussi fatigué de ma vie.

— Je présume qu'il faut un petit peu de temps pour s'habituer au bouleversement qu'apporte au sein d'un foyer la présence d'un bébé. »

Kevin parvint à produire un pâle sourire.

« C'est un enfant adorable. Il n'y est pour rien.

— Il fait juste ce que font tous les bébés. »

Soudain, on entendit, en provenance du premier

étage, le faible cri d'un nouveau-né. Kevin tressaillit. « Pardonnez-moi, Britt, mais je ne suis pas dans mon assiette ce matin. Je n'ai pas les idées très claires. Peut-être... je ne sais pas... je ne sais pas où ils sont partis. À votre place, j'essaierais Las Vegas ou Atlantic City. »

En effet, se dit Britt. Il n'est vraiment pas dans son assiette. « Bon, je vous ai assez ennuyé. Je vais voir ce que je peux faire. Je... je vous tiens au courant.

— Kevin, appela d'en haut une voix affolée.

— C'est Caroline ? Elle est réveillée ? demanda Britt.

— Laissez-la tranquille ! » dit Kevin d'un ton brusque.

Britt fronça les sourcils.

« Je voulais simplement lui demander...

— Je vous l'ai déjà dit, ils sont partis. Vicki ne s'intéressait qu'à l'argent, et dès qu'elle l'a eu, elle a filé. À l'heure qu'il est, ils sont peut-être à l'autre bout du pays. D'ailleurs, tant mieux, car je ne tiens pas à ce qu'ils viennent nous empoisonner l'existence.

— Kevin, il est indispensable qu'on les retrouve, que cela vous plaise ou non. Écoutez, j'ignore ce que vous savez exactement... »

L'avocat, les yeux soudain étrécis, la dévisagea.

« À quel propos ?

— À propos de Dave.

— Kevin ! appela de nouveau Caroline.

— Je n'ai pas le temps d'en discuter davantage avec vous, dit Kevin tout en escortant Britt vers la porte. Peut-être que ce Dave sera pris de remords et qu'il reviendra faire sa déposition. Je ne sais pas, on peut toujours espérer. »

Britt voyait très bien qu'il n'espérait rien de la sorte, et que, en réalité, il s'en moquait comme de l'an quarante. Il se comportait comme s'il n'était pas l'avocat d'Alec. Comme si la seule chose au monde qui comptait en ce moment à ses yeux était sa femme et l'enfant. Rien d'autre ne semblait exister.

Je vais donc m'en charger moi-même, résolut Britt. Je me passerai de son aide, je les retrouverai toute seule.

36

BRITT regagna la maison de Medford Road. Tout le long du trajet, elle ne cessa de penser à Vicki et à Dave. Certes, il était possible qu'ils soient partis pour Las Vegas ou ailleurs, mais tout aussi possible qu'ils soient rentrés chez eux pour se blottir l'un contre l'autre sans vouloir répondre au téléphone. Ils étaient restés longtemps séparés. À moins qu'ils ne soient allés faire la fête et qu'ils ne reviennent chez eux que plus tard dans la matinée.

Chez eux ? Elle eut une illumination. Où était donc l'adresse que Vicki avait donnée à Zoé ? Hier soir, elle avait appelé le numéro de la jeune fille depuis la cuisine. Le bout de papier y était peut-être encore. Elle regarda sur le comptoir à côté du téléphone. Rien. Au mur, il y avait un petit tableau sur lequel étaient affichées quelques photos représentant sans doute la famille des propriétaires de la maison et, dans un coin, fixé par une punaise rouge, elle vit le papier qu'elle cherchait. Vicki Manfred, et une adresse à Montpelier. Parfait, songea Britt. Je ne risque rien à essayer.

Elle prit la route sous une nouvelle tempête de neige. En leur absence, elle trouverait peut-être quelqu'un qui saurait où ils étaient. Elle avait l'impression de faire le travail du chef de la police, mais si elle réussissait à ramener son père à Zoé, elle ne le regretterait pas. En outre, elle était la seule à savoir que Dave était le père du bébé.

Bien sûr, si Ray Stern avait eu la compétence requise... Elle se rappela soudain les paroles de Dean Webster, taxant la police de Coleville de bande d'incapables. Elle se demanda s'il garderait des séquelles de ses blessures et ce qu'il deviendrait en sortant de l'hôpital. Puis elle chassa l'image du journaliste de son esprit et tâcha de se concentrer sur le présent. Elle ne put cependant s'empêcher de penser que Dean avait eu raison au sujet de la police de Coleville. Si Ray Stern était parvenu à retrouver Dave, Alec n'aurait jamais été mis en prison.

Consultant l'adresse posée à côté d'elle sur le siège ainsi que le plan obtenu sur Internet, elle finit par localiser la rue où habitaient Vicki et Dave, située dans un quartier en décrépitude. Elle passa devant une usine désaffectée et plusieurs petits garages, puis reconnut la supérette dont Alec avait parlé. Elle ralentit, longea de vieilles maisons qui avaient dû être jolies en un autre temps, mais qui paraissaient tomber en ruine. La peinture des façades s'écaillait et les couleurs sans doute pimpantes autrefois avaient viré en une espèce de gris uniforme. Il y avait quelques maisons de briques plus récentes, mais noires de suie. Les vérandas étaient jonchées de jouets cassés, de canapés éventrés. Dans les allées étaient parfois garées plusieurs voitures, mais bien peu qui semblaient en état de marche.

Britt s'arrêta devant le numéro 23 et descendit de voiture. La maison était aussi délabrée que les autres. Les volets entrouverts laissaient voir des rideaux d'une teinte passée. Elle monta les marches branlantes de la véranda, frappa à la porte.

Elle entendit un bruit de pas traînants, et une femme d'une cinquantaine d'années en sweat-shirt et pantalon en stretch vint ouvrir. Triturant ses bigoudis roses, elle observa Britt d'un air soupçonneux à travers ses épaisses lunettes rafistolées à l'aide de sparadrap. Dans le living, la télévision hurlait.

« Excusez-moi de vous déranger, cria Britt pour couvrir le bruit du poste. Je m'appelle Britt Andersen et je cherche Dave Kronemayer ou Vicki Manfred. Ils habitent bien ici ? »

La femme plissa les yeux.

« Qui êtes-vous ? Encore un flic ? »

Britt demeura un instant abasourdie. « Non, pourquoi... ? » Puis elle comprit que Ray ou l'un de ses hommes l'avait sans doute précédée, recherchant Dave tout comme elle le faisait à présent. Il lui sembla préférable de ne pas parler à cette femme d'alibi, de déposition ou de témoignage, car il était clair qu'elle se méfiait d'instinct de la police.

Plantée sur le seuil, la femme croisa les bras et toisa Britt du regard.

« Non, répéta celle-ci. Je voudrais juste parler à Dave. C'est très important.

— Vous êtes de l'assistance sociale ?

— Non, non, je... je suis une amie de Vicki.

— Vous n'avez pas tellement le genre des amies de Vicki, rétorqua la femme.

— À vrai dire, je suis une voisine de... de la famille chez qui elle était. »

Aussitôt, l'expression hostile de la femme fit place à la curiosité.

« Vous l'avez vue ?

— J'allais vous poser la même question. Je l'ai vue avec Dave hier, et j'ai pensé qu'ils allaient rentrer chez eux, Mrs...

— Appelez-moi Dot. » Apparemment rassurée, la nommée Dot s'adoucit. « Oui, ils habitent bien ici. Leur appartement possède une entrée séparée derrière la maison.

— Je vous remercie, je vais aller voir. Pardonnez-moi de vous avoir dérangée. »

Britt commença à redescendre les marches.

La femme l'arrêta.
« Ils ne sont pas là. »
Britt se retourna.
« Vous êtes sûre ?
— Oui, sinon, je le saurais. Vous savez, je vois tout. »
Ça, je m'en doute, elle doit passer son temps à les espionner, songea Britt. « Vous avez une idée de l'endroit où ils pourraient être ?
— Non, répondit Dot. Est-ce qu'elle a eu son bébé ? »
Britt hésita.
« Vous êtes au courant ?
— Naturellement. Ça se voyait quand elle est partie pour accoucher je ne sais où. Je crois qu'elle a l'intention de l'abandonner. C'est un péché, et lui, il en est malade, dit Dot sur le ton de la confidence.
— Qui, Dave ?
— Ouais, il est fou d'elle. Bon, c'est vrai qu'ils ne peuvent pas garder l'enfant. Elle est au chômage et lui, il fait des petits boulots qui permettent à peine de payer le loyer. Ils n'ont même pas de voiture, vous vous rendez compte ? Ils en avaient une vieille, mais ça fait des mois qu'elle a rendu l'âme. Il partait en stop pour aller la voir à l'endroit où elle se cachait. Lui, il ne me raconte rien. C'est d'elle que je tiens tout ça. »
Britt, cherchant à encourager la femme à bavarder, estima utile de lui livrer quelques bribes d'informations.
« En fait, Vicki était à Coleville.
— Oh, c'est plutôt chic dans le coin. Ils ont une maison, là-bas ?
— Une maison ? demanda Britt sans comprendre.
— Ouais, vous savez, pour les filles-mères.
— Oui, je vois. Non, non, pas du tout. Elle était dans une famille. En tout cas, elle a eu son bébé. »
Le visage de Dot s'éclaira.
« Elle l'a eu ! C'est quoi ?
— Un garçon. »
Britt frissonna. La température sur la véranda paraissait baisser de plusieurs degrés à la minute.

« Comment elle l'a appelé ? demanda la femme.

— Eh bien, le couple qui l'a adopté l'a baptisé Kent. »

Dot eut une moue de mépris.

« Qu'on puisse donner comme ça la chair de sa chair, moi ça m'échappe. »

Britt haussa les épaules et se frotta les bras pour se réchauffer.

« Ce doit être une décision difficile à prendre, je suppose. »

Dot sembla soudain s'apercevoir que Britt avait froid.

« Entrez, dit-elle. Vous allez attraper la mort. C'est quoi votre nom ?

— Britt.

— Venez vous mettre au chaud.

— Je vous remercie. »

La femme la précéda en direction du living le long d'un couloir dont le papier peint se décollait. Un film passait à la télévision. Dot s'assit le dos tourné au poste, sans toutefois baisser le son. « Installez-vous, dit-elle. Ils ne vont peut-être pas tarder. »

Britt se percha au bord d'un fauteuil en velours aux accoudoirs élimés. « Qu'est-ce que vous regardiez ? » demanda-t-elle.

Dot jeta par-dessus son épaule un regard vers l'écran. « Oh, un film que j'ai déjà vu », répondit-elle. Au grand soulagement de Britt, elle coupa le son à l'aide de la télécommande, puis elle reprit : « Je le plains, ce garçon, vous savez ? C'est un brave gars, mais il n'est pas très malin. La maligne, c'est elle. Pour sûr, elle est bien plus futée que lui.

— Oui, je vois, dit Britt. Mais avoir bon cœur, c'est l'essentiel, non ?

— Pas pour elle ! Elle n'arrête pas de lui casser les pieds parce qu'il ne gagne pas assez d'argent. Moi, je crois qu'elle a donné son bébé rien que pour le punir.

— Vous savez, c'est dur de nos jours d'élever un enfant quand on n'a pas d'argent », dit Britt.

Elle regarda par la fenêtre dans l'espoir de voir arriver la Toyota rouge.

« Ça, vous avez raison, approuva Dot. Et ce pauvre Dave, même si l'argent lui pleuvait sur la tête, il serait incapable de le ramasser. Heureusement que Vicki n'est pas au courant de son dernier exploit.

— Son dernier exploit ?

— Oui, c'est arrivé pendant son absence. Surtout, ne lui répétez pas !

— Non, non, lui assura Britt.

— Voyons... c'était quand déjà ? Je ne sais plus, un soir, il y a une semaine ou deux. Dave est rentré en boitant. Je l'ai remarqué quand il marchait dans l'allée. Comme je vous l'ai dit, je vois tout. Alors, je lui ai demandé ce qu'il avait. Il m'a répondu qu'il avait été renversé par un type en Mercedes. »

Britt réprima un sursaut.

« Oh, vraiment ? fit-elle d'une voix blanche.

— Ouais, ouais. Le type tournait à un carrefour à toute allure et il a heurté Dave qui faisait du stop. Le type, il s'est excusé, tout ça, et il a proposé à Dave de le ramener ici.

— C'était la moindre des choses, dit Britt sans s'avancer.

— Ouais, je sais. Mais attendez, ce n'est pas fini. J'ai dit à Dave qu'il devrait lui faire un procès. Un type qui conduit une Mercedes, il doit avoir une bonne assurance. Vous voyez ce que je veux dire ? On ne se balade pas dans une voiture pareille sans être bien couvert. Justement pour des cas pareils.

— En effet », murmura Britt.

Elle essuya ses paumes moites sur son pantalon.

« Alors, Dave, qu'est-ce qu'il fait, d'après vous ? Eh bien, il n'appelle pas les flics, il ne demande même pas son nom au type et il le laisse repartir. Et le type, maintenant, il est peinard. C'est ça que je veux dire pour Dave. » Elle se frappa le front de son index. « Rien dans le crâne.

— Oui, je vois, dit Britt.

— Vous savez, quand les flics ont débarqué l'autre jour, je me suis dit que c'était peut-être pour ça qu'ils le recherchaient. Mais celui qui est venu chez moi m'a dit qu'ils enquêtaient dans tout le quartier pour retrouver un témoin au sujet d'une affaire de je ne sais quoi, alors j'ai tenu ma langue. J'ai réfléchi, et je me suis dit qu'ils ne venaient sûrement pas pour distribuer des cadeaux. Les flics, c'est toujours synonyme d'ennuis. J'ai fait comme si je ne savais rien, et je les ai laissé chercher... »

Comme s'ils pouvaient se douter qu'il y avait une entrée séparée ! pensa Britt. Cette Dot était un drôle de numéro, une femme sacrément méfiante. Britt la soupçonnait d'avoir eu maille à partir avec la justice en son temps.

« Moi, je vois les choses comme ça : ce gamin, il n'a pas besoin d'embêtements supplémentaires, poursuivit Dot. Vous comprenez, c'est pour ça que Vicki en a assez de lui. Il aurait dû porter plainte contre le type à la Mercedes. Il aurait pu se faire un paquet de fric. Et, au lieu de ça, il s'en fout, il la joue cool, comme il dit. Aucune ambition, ce gosse. »

Britt feignit de l'approuver :

« Oui, ce doit être frustrant.

— Pour élever un enfant, il faut avoir du répondant », conclut Dot en redressant le cadre d'une photo posée sur la table basse qui représentait une jeune femme en compagnie d'une petite fille.

Britt, voulant prendre le temps de la réflexion, se contenta de hocher la tête. Elle savait que le seul témoignage de Dot devrait suffire à faire libérer Alec. Si seulement elle pouvait l'amener à coopérer ! « Vous savez, risqua-t-elle, l'histoire de l'homme à la Mercedes, il se trouve que j'étais au courant. »

Dot l'examina, les yeux soudain réduits à deux fentes. « Ah bon ? Et comment ça se fait ? C'est Dave qui vous l'a racontée ? »

Britt joignit les mains et les plaqua pensivement

contre ses lèvres. Comment expliquer sans effaroucher Dot ? Elle était tentée de biaiser, mais quelque chose dans cette femme lui disait que la franchise conviendrait mieux. « Bon, se décida-t-elle. Je vais vous dire... c'est une histoire terrible. Mon beau-frère est en prison, accusé d'avoir mis le feu à sa maison et d'avoir tué sa femme, à savoir ma sœur.

— Ah oui, ce salaud ! s'écria Dot, ravie d'être mêlée à un fait divers aussi sanglant.

— C'est également ce que je pensais, dit Britt. Mais il y a un élément qui devrait vous intéresser. Quand la police l'a interrogé, il a raconté qu'il avait renversé un autostoppeur et qu'il l'avait ensuite conduit à Montpelier.

— Est-ce que ce serait... ?

— Et mon beau-frère a une Mercedes bleue », ajouta Britt.

Dot plissa le front.

« Donc, c'était lui. Je ne comprends pas où vous voulez en venir.

— Eh bien, je veux en venir au fait que si ce que Dave a dit est vrai, mon beau-frère ne peut pas être l'auteur de l'incendie, car il a eu lieu pendant qu'il était sur la route.

— Oh... » Dot dévisagea Britt. « Et qu'est-ce que vous voulez ?

— La vérité », répondit la jeune femme.

Dot se tut un instant, l'air pensif, puis elle déclara :

« Vous devriez dire à Dave d'aller trouver la police pour confirmer tout ça.

— Je le lui ai demandé. Il avait promis de le faire, mais il ne l'a pas fait. C'est pour ça que je suis venue ici. Pour savoir où il est.

— Oui, je vois.

— Mais si vous-même répétiez ce que vous m'avez dit, je pense que ça suffirait à innocenter mon beau-frère.

— Hé, une seconde ! s'écria Dot en levant les mains. Je ne veux pas avoir affaire aux flics.

— Je comprends, dit Britt. Seulement, voyez-vous... » Elle jeta un coup d'œil sur la photo encadrée avant de poursuivre : « Il y a une petite fille. Ma nièce. Elle a à peine onze ans et elle s'appelle Zoé. Elle a perdu sa mère et son père est en prison. Et après ce que Dave et vous m'avez dit, il ne devrait pas y être. La seule façon de l'aider à en sortir... »

Britt lança un regard plein d'espoir à Dot.

« Il faut toujours éviter les flics, quelles que soient les circonstances », dit celle-ci. Elle marqua une pause et reprit : « Dans ces cas-là, c'est presque toujours le mari le coupable. Vous êtes sûre que ce salaud n'a pas mis le feu ? »

Britt réfléchit un instant.

« Je vais être sincère avec vous. Au début, j'étais persuadée que c'était lui, mais je pense à présent qu'il a été accusé à tort.

— Et c'est pour lui que vous êtes venue jusqu'ici ?

— Non, pour Zoé, affirma Britt, catégorique. Pour ma nièce. C'est encore une enfant.

— Et puis, merde ! s'exclama Dot. Je suis d'accord. Allons-y. »

37

Le téléphone sonna et Britt sursauta. Elle avait l'impression d'attendre depuis des jours, alors qu'il n'y avait que quelques heures qu'elle avait conduit Dot à l'hôtel de police de Coleville et que, sur les conseils de Ray Stern, elle était repartie, encore qu'à contrecœur. « Ne vous inquiétez pas, avait dit Dot en lui adressant un clin d'œil. Je me charge de tout.

— Appelez-moi quand vous aurez fini, avait dit Britt. Je viendrai vous chercher. »

Entre-temps, elle était allée prendre Zoé à la sortie de l'école pour la ramener à la maison. La fillette était aussitôt montée dans sa chambre et n'avait pas reparu depuis. Britt l'avait laissée tranquille mais, quand le téléphone sonna, Zoé ouvrit sa porte pendant que la jeune femme courait décrocher.

« Britt ? demanda une voix qu'elle ne parvint pas tout de suite à identifier.

— Oui, répondit-elle avec méfiance.

— Je sors. Vous pouvez venir ?

— Alec ? » s'écria Britt, elle-même étonnée d'éprouver un tel élan de joie.

Zoé va être si heureuse, pensa-t-elle.

« On m'amène à l'hôtel de police. Rejoignez-moi là-bas. Dépêchez-vous.

— On arrive. »

Britt raccrocha et se précipita au pied de l'escalier. « Zoé ! » hurla-t-elle.

La fillette s'avança sur le palier et regarda sa tante d'un air mécontent.

« C'était ton père. Tu veux aller le chercher ?

— Qu'est-ce que tu racontes ?

— Oui, le chercher, le ramener à la maison », dit Britt avec un grand sourire.

Zoé hésita, affichant une expression incrédule.

« Tu veux dire qu'on va le libérer ?

— Oui.

— Quand ça ?

— Tout de suite », répondit Britt.

La fillette resta un moment silencieuse, comme figée sur place, puis elle poussa un cri de joie et son visage s'illumina.

Zoé se rua à l'intérieur de l'hôtel de police alors que Britt avait à peine refermé la voiture.

« Où est mon papa ? cria-t-elle en courant vers la femme à l'accueil.

— C'est qui ton papa ? demanda celle-ci.

— Alec Lynch.

— Je crois qu'on est encore en train de l'interroger. Tu peux attendre là-bas, dit la femme qui désigna un banc près de l'entrée.

— Ray Stern est-il là ? s'enquit Britt, arrivant à son tour.

— De la part de qui ?

— Britt Andersen. »

La policière prit son téléphone et prononça rapidement quelques mots, puis elle se tourna vers Britt. « Attendez là-bas », dit-elle, montrant le banc où Zoé s'était déjà installée.

Avant que la jeune femme n'ait eu le temps de s'asseoir, la porte du bureau de Ray Stern s'ouvrit et le chef de la police sortit, suivi de Kevin Carmichael. L'avocat portait l'un de ses superbes costumes, mais il paraissait toujours aussi épuisé et stressé. Britt s'avança vers eux à grandes enjambées. « Vous allez le libérer, n'est-ce pas ? » demanda-t-elle.

Ray sourit.

« Votre témoin m'a convaincu.

— Où est-elle ? » Britt regarda autour d'elle. « J'avais promis de la reconduire.

— J'ai demandé à un agent de s'en charger, dit Ray. Vous en avez assez fait pour aujourd'hui. »

Britt rougit sous le compliment et jeta un coup d'œil en direction de Kevin qui acquiesça d'un air las. « Vous avez fait du bon boulot, dit-il. Vous avez réussi à pallier la disparition de Dave.

— Oui, heureusement.

— Je constate que vous êtes du genre plutôt déterminé », reprit l'avocat avec un sourire forcé.

Britt haussa les épaules ne sachant si elle devait ou non le prendre pour un compliment. Soudain, la porte menant aux cellules s'ouvrit et Alec émergea, les traits tirés, vêtu d'une chemise à rayures toute froissée et d'un pantalon en toile gris. Son blouson en cuir sur le bras, il était en train de remettre sa montre. Zoé, qui avait attendu patiemment à côté de sa tante, le vit et s'écria : « Papa ! » Bousculant Kevin au passage, elle se jeta dans les bras de son père.

Alec serra sa fille contre son cœur et ferma les yeux très fort. « Comment va ma petite fille chérie ? » murmura-t-il.

Zoé, à regret, lâcha son père. Ray Stern s'avança vers lui, la main tendue. « Je vous présente toutes mes excuses, Alec. J'espère que vous ne m'en voulez pas trop. »

Alec serra la main du chef de la police.

« Je sais que vous avez seulement essayé de faire votre travail.

— Et je n'ai pas encore fini, dit Ray. Je vous promets de tout mettre œuvre pour retrouver l'auteur de l'incendie et le meurtrier de votre femme. »

Les yeux gris acier d'Alec étincelèrent tandis qu'il lançait un regard d'avertissement à Britt. « Merci, répondit-il simplement.

— Je devrais vous inviter à boire un verre pour fêter ça, mais... », commença Kevin d'un air contrit.

Alec lui donna une claque amicale dans le dos.

« Ne vous inquiétez pas, allez donc retrouver votre fils. Et votre femme. Et merci pour tout, Kevin.

— Oui, il vaut mieux que je rentre, dit celui-ci, manifestement soulagé de pouvoir partir.

— Je comprends, dit Alec. Bon, et nous, Britt et Zoé, si nous suivions son exemple ? »

Britt acquiesça d'un signe de tête et Zoé s'exclama : « Oui ! oui ! »

Ils débouchèrent dehors tous les trois ensemble. Alec enfila son blouson et parcourut du regard la rue illuminée dans le soir qui tombait. « Et si nous allions dîner au Mountainview ? suggéra-t-il.

— Oh ! oui ! s'écria Zoé avec enthousiasme. Il y a des flippers ! »

Apparemment, constata Britt, Alec ne se préoccupait pas de ce que les gens pourraient raconter derrière son dos en voyant qu'il était sorti de prison. Il ébouriffa les cheveux de sa fille qu'il contemplait d'un regard aimant, puis il se tourna vers Britt : « Ça vous convient ? demanda-t-il.

— Bien sûr, répondit-elle avec un haussement d'épaules.

— Très bien, alors. »

Alec prit la main de Zoé et la glissa sous son bras puis, à la stupéfaction de Britt, il fit le geste de lui prendre également la main. La jeune femme la retira vivement. « J'ai encore mal », expliqua-t-elle, désignant son bandage.

Alec fit signe qu'il comprenait. « Prête ? » demanda-t-il ensuite à Zoé et, bras dessus, bras dessous, le père et la fille traversèrent la rue, suivis à quelques mètres par Britt. Ils se dirigèrent d'un bon pas vers le Mountainview. Contrairement à ce que Britt aurait pensé, les gens qu'ils croisaient et qui connaissaient Alec le saluaient chaleureusement. La nouvelle de sa libération était sans doute déjà passée aux informations. Au restaurant, une hôtesse en tenue de ski les installa à une table un peu à l'écart, éclairée par une bougie. « Votre serveuse s'occupe de vous dans un instant », dit-elle, tapotant amicalement l'épaule d'Alec.

La serveuse arriva avec les menus et prit leur commande de boissons. Du vin pour Alec et Britt, un soda pour Zoé qui approcha sa chaise de celle de son père afin de lire le menu qu'il tenait à la main, bien qu'elle en eût un pour elle. Alec lui caressa gentiment le dos, feignant de ne rien remarquer.

« Je vais prendre un hamburger. Avec des frites, déclara la fillette. Et toi, papa ?

— Je ne sais pas, je n'ai pas encore bien regardé, répondit Alec, qui étudiait le menu.

— C'était comment la nourriture, là-bas ? demanda Zoé.

— Épouvantable », répondit Alec, et tous deux éclatèrent de rire.

Britt les observait, mal à l'aise. Elle se sentait de trop. Comme s'il avait lu dans ses pensées, Alec leva la tête et lui sourit. « Je présume que c'est grâce à vous que je n'ai pas à supporter un de ces horribles repas de plus. »

La jeune femme rougit et détourna la tête.

La serveuse apporta les boissons et nota leur commande.

« Comment, grâce à elle ? » s'étonna Zoé, et Britt crut déceler une pointe d'hostilité dans ce « elle ».

« Eh bien, ta tante Britt a réussi à faire confirmer mon alibi, expliqua Alec.

— L'autostoppeur ? C'est moi qui l'ai vu la première », dit la fillette en trempant une cuillère dans son verre avant de la lamper.

En se rendant à l'hôtel de police, Britt lui avait parlé de Dave et du rôle qu'il avait joué.

« En effet, acquiesça la jeune femme. Si Zoé n'avait

pas attiré mon attention sur lui, je ne l'aurais peut-être pas remarqué.

— C'est vrai, tu sais, papa, dit Zoé avec un sourire ravi, faisant tinter sa cuillère contre la paroi du verre.

— Eh bien, je vous remercie toutes les deux, dit Alec tout en adressant un léger regard de reproche à sa fille. En tout cas, je suis content de retrouver la liberté. »

Zoé reposa sa cuillère. « Tu sais, le père de Kayley ne voulait pas qu'elle vienne à la maison pendant que tu étais en prison. » Elle commença à se balancer sur sa chaise.

« Zoé, arrête et tiens-toi droite. Tu me rends nerveux », dit Alec. Puis il soupira et caressa la main de sa fille. « Je regrette pour le père de Kayley, ma chérie. Il y a des gens comme ça, tu sais.

— Je crois que Kayley n'est plus ma meilleure amie, dit Zoé qui déplia sa serviette et joua avec d'un air absent.

— Il ne faut pas que tu la tiennes responsable de ce que son père a fait. Ça voudrait dire que tu es comme lui. En plus, Kayley et toi, vous êtes copines depuis longtemps, et une bonne copine, on n'en rencontre pas tous les jours.

— Oui, c'est vrai, dit Zoé. Et puis, elle s'est excusée. »

Elle fit un tube avec sa serviette, puis la déroula.

« Tiens, dit Alec, tirant de sa poche quelques pièces d'un *quarter*. Va faire deux ou trois parties de flipper en attendant que le dîner arrive. »

Il y avait toute une rangée de billards électriques contre un mur au fond de la salle.

« Je veux rester avec toi ! s'écria la fillette.

— Mais non, va t'amuser un peu. Tu sais très bien que tu ne tiens jamais en place au restaurant, dit son père avec un petit sourire ironique. Ne t'inquiète pas, je ne vais pas m'envoler. »

Zoé prit les pièces.

« Bon, mais vous m'appelez quand on apportera mon hamburger.

— Promis, dit Britt.

— Et mets-toi à un endroit où je puisse te voir », lui recommanda Alec.

La fillette se leva et traversa la salle. Alec but une gorgée de vin. « Elle s'agite tout le temps quand elle est au restaurant en compagnie d'adultes, dit-il sur un ton d'excuse.

— Ce n'est pas grave », dit Britt qui se sentait cependant moins tendue sans la présence remuante de la fillette.

Alec s'assura d'un coup d'œil que Zoé était installée devant un flipper, puis il se tourna vers Britt. « Je suis sincère, vous savez. Je ne pourrai jamais assez vous remercier. Je vous suis infiniment redevable.

— Mais non, protesta la jeune femme. Ce n'est rien. »

Un silence gêné plana entre eux, puis Alec demanda : « Vous avez regardé la cassette ? »

Britt but à son tour une gorgée.

« Oui.

— Je pensais qu'elle pourrait vous aider à comprendre Greta.

— Ça a été une épreuve pour moi. Franchement, je n'avais aucun souvenir de ma mère, mais je... je n'ai rien retrouvé de familier en elle. J'ai eu l'impression d'avoir affaire à une totale inconnue. »

Alec haussa les sourcils.

« Je dois avouer que j'ai éprouvé pour elle une antipathie instinctive.

— Comme moi pour vous », dit Britt.

Alec se rembrunit et se tortilla sur sa chaise, tandis que la jeune femme reprenait : « Je plaisantais à moitié. En tout cas, à la manière dont vous avez continué à la filmer alors qu'elle vous avait demandé d'arrêter, j'ai bien vu que vous ne l'aimiez guère. »

Le regard perdu dans le lointain, il hocha la tête.

« Greta faisait tellement d'efforts. C'était très pénible pour moi. Je savais que c'était sans espoir. On le lisait dans le regard de cette femme. On aurait dit un serpent... » Alec s'interrompit. « Excusez-moi, je sais, c'est votre mère, mais...

— Elle n'est rien pour moi, affirma Britt. En regardant la bande, je ne pensais qu'à Greta et je me disais qu'elle n'avait pas mérité de connaître un tel chagrin et une telle déception.

— Aussi, vous comprenez comment j'en suis arrivé à la conclusion que c'est elle qui a mis le feu ? »

Britt jeta un regard en direction de Zoé qui jouait au flipper, plongée dans une intense concentration. « Je comprends, dit-elle. Mais je ne peux pas l'imaginer faisant cela à Zoé...

— Vous croyez que c'est facile pour moi de l'admettre ? Venant de ma propre femme ! » s'écria-t-il puis, regardant autour de lui, il baissa la voix et reprit : « Mais je pense qu'une personne déprimée à ce point n'est plus dans son état normal. Sinon, jamais, au grand jamais, elle n'aurait pu se livrer à un acte pareil. Si vous l'aviez vue à cette époque ! Quand j'ai fait cette cassette, elle était encore pleine d'espoir. Alors, vous imaginez comment elle a pu être quand elle a appris que sa mère l'avait de nouveau trahie. » Il poussa un profond soupir. « C'est Jane Andersen qui devrait être en prison pour avoir déclenché l'incendie, parce qu'elle est aussi sûrement coupable que si elle avait elle-même gratté l'allumette. Quoi qu'il en soit, vous avez entendu ce que Ray Stern a dit. L'enquête continue. Je compte sur vous, Britt. Vous m'avez promis d'emporter ce secret dans la tombe.

— N'ayez crainte, je n'ai pas oublié, dit Britt d'une voix étranglée par l'émotion. Bon, je pense que demain, si je trouve une place à bord d'un vol, je repars pour Boston, si bien que je serai... hors circuit, pour ainsi dire. »

Alec fronça les sourcils.

« Vous êtes sûre ? Parce que vous pourriez rester...

— J'ai un travail qui m'attend, dit-elle d'un ton dégagé.

— Naturellement, je sais bien. C'est juste que... Enfin, je voudrais encore vous remercier de vous être occupée de Zoé. Je n'ignore pas que vous n'aviez pas prévu de rester aussi longtemps. »

Britt promena son regard sur la salle de restaurant confortable éclairée par la douce lueur des bougies. « J'ai l'impression que vous avez beaucoup d'amis ici, dit-elle. Pourquoi m'avez-vous fait confiance ? Alors que vous n'êtes pas loin de me mépriser ? »

Alec eut un sourire embarrassé.

« C'est un peu délicat à expliquer...

— Enfin, peu importe. En tout cas, vous ne me connaissiez pas...

— Greta m'avait beaucoup parlé de vous au fil des ans...

— Pour dire combien j'étais égoïste et écervelée, dit Britt avec une trace d'amertume.

— Non, corrigea Alec. C'était le fruit d'un malentendu entre vous. Jamais vous n'auriez dû demeurer séparées aussi longtemps. Je lui disais sans arrêt qu'elle devrait vous appeler, mais elle pensait que vous la... que vous nous trouveriez ennuyeux et inintéressants avec votre grande carrière et tout ça... »

Britt, sentant ses yeux se mouiller, serra les poings. Tout ce temps perdu, ces années gâchées, pensa-t-elle.

« Quoi qu'il en soit, poursuivit Alec, dès que vous êtes arrivée, j'ai vu que Zoé s'attachait à vous. Comme si elle vous connaissait depuis toujours.

— Oui, je dois avouer que j'ai été très étonnée. Je n'aurais jamais imaginé qu'elle m'accepterait aussi facilement.

— Et quand j'ai vu comment vous étiez avec elle, j'ai su que vous l'aimiez. »

Le mot « aimer » fit sursauter Britt. À cause de la manière naturelle dont il l'avait prononcé, et aussi à cause du fait qu'il s'était aperçu avant elle de son attachement pour la fillette. Elle se contraignit à sourire, mais évita son regard. Elle avait le sentiment qu'il venait de lui adresser le plus beau des compliments.

Heureusement, à cet instant, la serveuse arriva avec leur commande pour la tirer d'embarras.

38

« Voilà, c'est arrangé, dit Britt en entrant dans la cuisine exiguë, son portable à la main. J'ai un vol cet après-midi à trois heures. » Elle se sentait redevenue elle-même, plus maîtresse d'elle que la veille. Pendant et après le dîner au restaurant, elle avait été nerveuse, parfois au bord des larmes. Le contrecoup de tous ces terribles événements, avait-elle pensé. Cette nuit, elle avait dormi profondément d'un sommeil sans rêves.

Zoé, assise à la table du petit-déjeuner, les genoux touchant ceux de son père, leva les yeux. « J'aurais voulu que tu restes », dit-elle.

Britt sourit.

« Je reviendrai te voir avant même que tu te sois aperçue de mon absence. »

Alec posa son journal sur lequel figuraient, en première page, sa photo ainsi que celle de Dean Webster, et regarda à son tour la jeune femme. « Et aussi, j'espère, dans un espace un peu plus confortable.

— Vous allez chercher une nouvelle maison ?

— Non, j'envisage de faire construire sur le terrain de l'ancienne. C'est un endroit magnifique, et il nous faut de la place si Zoé veut toujours un cheval. Nous avons déjà la grange qui servira d'écurie.

— Et où comptez-vous habiter en attendant ? demanda Britt.

— On louera quelque chose.

— Assurez-vous qu'il y ait une chambre d'amis pour moi quand je viendrai en visite, dit Britt d'un ton qui se voulait dégagé, évitant le regard d'Alec.

— Oui, c'est promis », dit Zoé.

La jeune femme se versa une tasse de café et s'adossa au comptoir pour la boire car la table était trop petite pour trois.

« Prenez ma place, proposa Alec en se levant.

— Non, ne vous dérangez pas, j'ai d'autres coups de fil à passer.

— Vous avez encore largement le temps avant votre avion, dit Alec. Qu'est-ce que vous comptez faire en attendant ? Si je vous invitais à déjeuner... ? »

Britt eut soudain l'intuition qu'il était préférable qu'elle s'abstienne de se retrouver en tête à tête avec lui. « Non, non, je vous remercie, vous devez sûrement avoir un tas de choses à faire au magasin après votre absence. Et moi, il faut que je sois de bonne heure à l'aéroport pour rendre ma voiture de location, changer mon billet, etc.

— Vous devriez montrer votre main à quelqu'un », dit Alec.

La jeune femme se rappela brusquement l'excuse qu'elle avait invoquée hier soir quand il avait voulu lui prendre la main. « Dès que je serai de retour à Boston, j'irai voir un médecin... Bon, je ferais bien d'appeler ma chaîne pour annoncer que je rentre ce soir. » Elle emporta son café dans le living et s'installa. Elle composa le numéro et, pendant que la sonnerie retentissait à l'autre bout de la ligne, elle promena son regard autour d'elle en se remémorant tout ce qui s'était passé depuis son arrivée, les terribles événements qui s'étaient succédé. Elle avait du mal à croire que, dans ce qui lui semblait une autre vie, elle avait hésité à venir. Jamais auparavant elle n'avait eu l'impression qu'on avait eu autant besoin d'elle.

La standardiste finit par décrocher.

« Donovan Smith, je vous prie, de la part de Britt Andersen. »

La standardiste parut hésiter, puis elle répondit : « Un instant, s'il vous plaît. »

Après un moment de silence, Donovan prit la communication. « Britt, quelle surprise ! »

À sa voix, la jeune femme sentit tout de suite qu'il y avait quelque chose. Elle résolut d'être brève. « Donovan, je voulais juste te dire que je serai à Boston dans la soirée. Je devrais arriver vers quatre heures. Si tu veux, je peux préparer l'émission de ce soir.

— Je ne pense pas que ce soit nécessaire. »

Un frisson passa dans le dos de Britt.

« Ça ne me pose pas de problème, répliqua-t-elle.

— En fait, je suis content que tu aies appelé. Il y a eu quelques changements dont il est préférable que tu sois informée.

— Des changements ? Quels changements ?

— Eh bien, il ne paraissait pas... comment dirais-je ?... pas prudent de continuer l'émission sans producteur. Et comme j'avais quelqu'un qui ne demandait qu'à prendre...

— À prendre quoi ? s'écria Britt.

— Mais, ta place, Britt. Ne fais pas semblant de ne pas comprendre. Tu sais parfaitement que tu ne peux pas t'en aller comme ça et revenir quand ça te chante. C'est un boulot où on est tout le temps sous pression. J'ai besoin de quelqu'un sur qui je puisse compter. Chaque fois que tu as des problèmes dans ta vie personnelle, tu disparais. »

Britt n'en croyait pas ses oreilles. Depuis qu'elle travaillait pour Donovan, elle n'avait pas eu une seule seconde de vie personnelle ! À part, bien sûr, leur malheureuse liaison. « Tu ne me tenais pas le même discours quand on était ensemble, lui rappela-t-elle abruptement.

— Eh bien, puisque tu en parles, parlons-en, dit-il. Je ne pense pas que c'était bon pour toi d'être là. Tu as dû souffrir de te voir ainsi rappeler jour après jour notre... notre petite histoire. »

Notre petite histoire ! Britt avait les mains qui tremblaient et beaucoup de mal à conserver son calme. D'un côté, elle voulait lui hurler qu'il n'avait pas le droit de lui faire une chose pareille, et de l'autre, elle voulait discuter et le supplier de lui rendre son travail. C'était toute sa vie, son identité, presque. Il ne pouvait pas la larguer comme ça ! Elle rougit en se rappelant avec quelle facilité il l'avait déjà larguée une première fois, justement, quand il avait trouvé une fille plus jeune et plus jolie qu'elle. Là, c'était différent. Il ne pouvait pas se plaindre d'elle sur le plan professionnel. Elle excellait dans son boulot.

Ce n'était tout de même pas comme si elle était partie faire la fête pendant des jours. Il s'agissait d'une question de vie ou de mort. À l'entendre, on aurait dit qu'elle avait quitté Boston sur un caprice. Elle savait qu'elle pourrait lui dire tout cela et l'amener, peut-être, à changer d'avis. Elle pourrait se lancer dans une grande tirade et aller jusqu'à le menacer d'un procès. Il adorait la polémique. Peut-être voulait-il uniquement la provoquer, voir dans quelle mesure elle tenait à son poste. Il lui suffirait de...

La voix de Donovan l'interrompit dans ses pensées : « Britt ?

— Oui ?

— Je me doute de ce que tu ressens... »

Elle s'imaginait son visage de vieux beau, ses cheveux poivre et sel soigneusement lissés en arrière, ses yeux clairs qui, tel un laser, cherchaient sans cesse à détecter le point faible.

« Non, non, finit-elle par dire. Ce n'est pas grave.

— Eh bien, l'affaire est réglée, trancha-t-il. Tu passeras à la comptabilité pour tes indemnités. »

Britt coupa la communication sans ajouter un mot. Elle éprouva une mince consolation en se le représentant qui fixait son téléphone avec incrédulité, parce qu'il s'était attendu à ce qu'elle tempête, à ce qu'elle le supplie.

« Britt, tout va bien ? »

Alec se tenait sur le seuil du séjour et l'observait, sourcils froncés.

Elle s'efforça de maîtriser le tremblement de ses mains.

« Oui, oui, pas de problème. »

Alec continuait à l'examiner.

« Vous êtes sûre ? Vous me paraissez bouleversée.

— Oui, je suis sûre, répliqua-t-elle d'un ton sec.

— Bon, je voulais juste vous dire que nous partons, reprit-il, feignant de ne pas remarquer son agressivité. Je vais conduire Zoé à l'école. »

La fillette pénétra en trombe dans le living et jeta ses bras autour de Britt, manquant la renverser sur le canapé. « Promets-moi que tu reviendras bientôt, dit-elle.

— Je te le promets », murmura Britt, craignant que sa voix ne la trahisse.

Elle se leva et, un bras passé autour de l'épaule de Zoé, l'accompagna jusqu'à la porte.

« Je t'aime », souffla l'enfant.

Britt sentit ses yeux se mouiller. « Moi aussi », dit-elle d'une voix étranglée par l'émotion.

Zoé se dressa sur la pointe des pieds et déposa un baiser sur la joue de sa tante. La fillette sentait bon, comme si tout en elle était jeune et frais, près de s'épanouir. Britt respira son parfum comme quelqu'un qui serait resté longtemps prisonnier sous terre, privé d'air pur.

« Il faut qu'on y aille, ma chérie », dit Alec en poussant gentiment sa fille.

Britt et lui échangèrent un regard. Elle tendit sa main bandée, mais Alec ne la prit pas. Il l'entoura doucement de son bras. « Je n'oublierai jamais ce que vous avez fait pour moi, dit-il. Je vous souhaite un bon voyage. » Il la relâcha aussitôt, avant même qu'elle n'ait eu le temps de se raidir. « Et revenez-nous bientôt. »

La jeune femme hocha la tête, détournant le visage. Elle murmura un au revoir, puis les suivit des yeux et agita la main cependant qu'ils se dirigeaient vers la voiture.

Elle ne mit que quelques minutes à préparer son sac, après quoi la journée parut s'étirer interminablement. Elle avait imaginé qu'elle déborderait d'activités, coups de fil à passer, notes à prendre dans son agenda électronique, lecture des journaux à la recherche de futurs invités pour l'émission. Et voilà qu'elle se retrouvait sans rien à faire dans une maison vide qui lui paraissait de plus en plus sinistre. L'espace d'une seconde, elle regretta d'être venue. Si rien de tout cela n'était arrivé, elle aurait encore son job, sa vie.

Dans le même temps, elle savait que c'était ridicule. Donovan avait saisi le premier prétexte pour se débarrasser d'elle. Elle n'avait fait que s'abuser elle-même en se croyant indispensable. Deux ans à son service – si elle osait dire –, et virée en un clin d'œil. Mais durant son séjour ici, en une semaine, elle avait vécu quelque chose de bien différent. Elle avait appris l'amour. Elle repensa à la déclaration toute simple de Zoé. « Je t'aime. » Quand avait-elle entendu ces mots pour la dernière fois ? Pas de la bouche de Donovan Smith, en tout cas, songeat-elle avec amertume. Ils étaient trop raffinés pour se laisser aller à une niaise sentimentalité. Donovan disait qu'ils « étaient bien ensemble », elle s'en contentait et c'était justement le problème.

Arrête de te donner des verges pour te faire fouetter, se reprit-elle. Tu étais amoureuse, point final. Et c'était Donovan qui avait insisté pour garder une certaine distance. Quant au boulot... eh bien, tu en trouveras un autre. Il n'en manque pas pour quelqu'un muni de ton expérience.

Un instant, elle pensa même à la chaîne locale, ici à Coleville. Ils vont avoir besoin d'un journaliste pour remplacer Dean Webster, se dit-elle. Elle s'imagina vivre ici, servant de mère à Zoé, ici où l'on avait besoin d'elle, où elle apprendrait à mieux connaître Alec qui, à l'évidence, n'avait pas dévoilé sa véritable nature. Mais elle se ressaisit aussitôt, c'était une idée stupide. En tant que femme célibataire, il lui fallait vivre dans une grande ville où elle avait accès aux mondanités, à la culture... et aux bons partis.

Allez, cesse donc de t'apitoyer sur ton sort, se dit-elle. La vie continue. Elle sortit son manteau du placard et monta chercher son sac. Elle attendrait à l'aéroport. Un endroit impersonnel. Un endroit qui lui évoquait sa propre existence. Froid, détaché, purement fonctionnel. Britt ferma la porte et descendit les marches de la véranda sans jeter un regard derrière elle. Elle s'installa dans sa voiture, glacée jusqu'aux os. Elle fit démarrer le moteur, mit le chauffage, puis consulta la montre du tableau de bord. Elle avait des heures devant elle.

Je vais peut-être faire un ultime arrêt, pensa-t-elle. Il restait une personne à qui elle n'avait pas dit au revoir, mais elle ne savait pas comment s'y prendre. Il n'y avait pas de croix, pas de pierre tombale. Le corps de Greta ne leur avait pas encore été rendu pour l'incinération. Britt réfléchit, bercée par le bruit du moteur tournant au ralenti. Elle pouvait passer à l'entreprise de pompes funèbres qui possédait une petite chapelle œcuménique, mais elle repoussa cette idée qui ne lui semblait pas correspondre à Greta. L'univers de sa sœur avait été sa maison, sa famille et son jardin.

Et une existence qui s'était achevée dans le désespoir et la tragédie. Britt comprit alors où elle devait aller pour lui rendre un dernier hommage.

39

Les rubans jaunes posés par la police interdisaient encore l'accès aux ruines de la maison de Greta, mais les enquêteurs des pompiers et les policiers avaient disparu. L'endroit paraissait à présent abandonné.

Britt descendit de voiture et s'avança, tenant à la main le bouquet de fleurs qu'elle avait acheté en route chez le fleuriste de Coleville. Bien que désormais au chômage, elle avait pris le plus beau et le plus cher des bouquets qu'on avait pu lui composer. Il y avait des roses, des lis et des œillets dans toutes les nuances de blanc, de jaune et de crème, mises en valeur par le vert des fougères qui les entouraient, le tout maintenu par un ruban blanc artistiquement noué.

Elles te plairaient, pensa Britt, s'adressant intérieurement à sa sœur. Tu as toujours aimé les fleurs. Une fraction de seconde, elle se rappela le regard accusateur d'Alec quand il lui avait lancé : « Vous ne la connaissiez pas ! » Il avait raison, bien sûr. Britt avait préféré se cantonner à l'apparence plutôt que d'explorer les profondeurs de l'âme de Greta. Elle n'avait jamais compris l'étendue de la souffrance de sa sœur, ni combien celle-ci avait lutté pour la surmonter. Sa merveilleuse fille et l'amour de son mari témoignaient à quel point elle avait réussi en dépit du chagrin qui la rongeait et la conduirait à sa tombe.

À la recherche du meilleur endroit où déposer le bouquet, Britt effectua le tour des décombres. La façade ne lui semblait pas convenir. Zoé lui avait décrit la maison dans les moindres détails et dessiné un plan sur une feuille de papier, s'efforçant de recréer pour sa tante l'image d'un foyer afin de lui faire comprendre tout ce qu'elle avait perdu. Le salon, la salle à manger, ces pièces un peu cérémonieuses réservées aux obligations sociales ne correspondaient pas à la véritable Greta. Britt savait que la cuisine donnait sur l'arrière. C'était là que sa sœur préparait les repas, cousait et arrangeait les fleurs de son jardin. C'était là que se situait son véritable domaine et qu'elle s'était échinée à bâtir un foyer confortable et indestructible, une forteresse destinée à la protéger de son passé.

Mais elle avait fini par échouer et renoncer. C'était une forteresse construite sur du sable. Des larmes de colère montèrent aux yeux de Britt. Quel sort cruel ! pensa-t-elle. « Pardonne-moi, Greta, dit-elle à voix haute. C'est tellement injuste. » Elle se pencha sur les carreaux noircis et déposa le bouquet au pied du poêle à bois en fonte qui se dressait en plein vent au milieu de ce qui avait été la cuisine. Elle regarda autour d'elle les restes calcinés des poutres, ne parvenant toujours pas à imaginer sa sœur en incendiaire. Elle était peut-être déprimée, mais de là à...

Britt consulta sa montre. Elle avait encore largement le temps. Fourrant les mains dans les poches de son manteau, elle sentit son portable. Je devrais peut-être téléphoner pour demander s'il y a eu des annulations sur un vol plus tôt dans l'après-midi. Inutile de s'attarder dans le coin. Et puis, elle se rappela qu'elle n'avait pas besoin de se presser. Plus de boulot et personne qui l'attendait. De retour dans l'allée, elle jeta un coup d'œil sur la grange, la future écurie pour le cheval de Zoé. Elle se trouvait à une centaine de mètres derrière la maison, assez loin pour avoir échappé aux flammes et à la pluie d'étincelles qui avait jailli lorsque la charpente s'était effondrée. Le toit, néanmoins, était couvert de cendres, et les murs noirs de suie, mais rien n'indiquait que le bâtiment eût souffert de l'incendie.

Je suis contente qu'Alec ait décidé de reconstruire une maison sur ce terrain, se dit-elle en englobant du regard la forêt et les montagnes qui se découpaient, toutes proches. C'est un endroit magnifique, et Zoé sera si heureuse d'avoir un cheval à aimer et à bichonner. Petite, Britt avait toujours caressé le rêve impossible d'en avoir un, et Zoé, elle, allait le réaliser. La fillette lui avait expliqué que du pied de la maison partaient des sentiers qui sillonnaient Glace Mountain. Les contreforts, plantés de forêts touffues, ne permettaient pas de pratiquer le ski alpin, mais il y avait des chemins cavaliers également fréquentés par les chasseurs et, l'hiver, par les skieurs de fond. C'était par là qu'Alec l'avait emmenée pour cette drôle de balade en motoneige. Ce jour-là, voyant en lui un coupable, elle avait été fermée à la beauté du paysage.

À présent, elle devait s'avouer que Greta et lui n'auraient pas pu mieux choisir. L'endroit, tout en restant près de la ville, était situé dans un panorama à couper le souffle. Britt se dirigea vers la vieille grange au milieu des ornières et des traces de pneus maculées de neige sale. Elle avait du temps à perdre, alors pourquoi ne pas y jeter un coup d'œil ? Comme ça, quand Zoé lui téléphonerait pour lui parler du cheval, elle pourrait au moins visualiser l'écurie. Il y avait à Boston une boutique d'équitation, et peut-être que pour Noël elle pourrait acheter à sa nièce un équipement de cavalière. Le chèque était maintenant hors de question. Cette année, Zoé aurait droit à des cadeaux et à une visite.

Elle eut le cœur plus léger à cette idée. Certes, ils ne seraient pas encore installés ici, mais on pouvait toujours faire des plans pour l'avenir. Elle tâcha de regarder à l'intérieur de la grange par l'interstice entre les portes.

Il filtrait assez de lumière par les fenêtres couvertes de suie pour lui permettre de discerner la silhouette de plusieurs bottes de foin. Elle poussa un peu les portes et, à sa grande surprise, se retrouva face à un animal à fourrure qui la fixait de ses yeux jaunes. Un chat gris.

« Kirby ? » fit-elle. Elle éprouva un léger sentiment d'inquiétude. Vicki avait paru tellement décidée à ne pas partir sans lui. Elle était prête à laisser son bébé, mais pas son chat. « Qu'est-ce qui s'est passé ? » Elle voulut ouvrir davantage les portes, mais celles-ci se coincèrent contre un petit monticule de terre gelée soulevé par des traces de pneus. « On t'a abandonné ? continua Britt, parlant à Kirby comme s'il s'agissait d'un être humain. Tu te cachais, c'est ça ? Eh bien, voilà ce qui arrive quand on se cache. » Elle s'attendait à ce que le chat bondisse par l'entrebâillement, mais il demeurait immobile. « Allez, l'encouragea Britt. Sors d'ici, stupide animal. » Elle pesa en vain de tout son poids sur les portes. Il va falloir que j'essaie de les soulever, pensa-t-elle, et alors qu'elle rassemblait ses forces, un détail qui lui avait échappé la frappa soudain. Des traces de pneus ? Comment ça ?

À cet instant, sous la poussée, les portes s'ouvrirent et un flot de lumière grisâtre envahit l'intérieur de la grange. Une voiture y était garée, dont la peinture rouge luisait dans la pénombre.

Britt demeura bouche bée. Il n'y avait pas à se tromper. C'était la Toyota de Vicki.

La jeune femme éprouva une impression de malaise. Qu'est-ce que cette voiture faisait là ? D'après Kevin, Vicki et Dave avaient quitté la ville. On pouvait imaginer Vicki abandonnant son bébé, et même le chat, mais sa voiture ? C'était le prix du sang pour elle. En aucun cas elle n'y aurait renoncé. Sans oublier que le couple n'en avait pas d'autre. Et, par conséquent, pas d'autre moyen de partir.

Tout en réfléchissant, elle s'avança vers la Toyota, en proie à un horrible sentiment d'appréhension. Pourquoi cette voiture était-elle cachée ici, dans la grange des Lynch ? Son cœur battait la chamade. Elle se pencha pour regarder et, malgré le faible éclairage, constata que l'intérieur était vide. Elle ouvrit la portière. Le plafonnier s'alluma. Elle examina les sièges. Rien. Absolument rien.

Britt se redressa, perplexe. Devait-elle aller trouver les Carmichael pour réclamer des éclaircissements ? Qu'est-ce qui pouvait expliquer la présence ici de la Toyota de Vicki ? Kevin n'avait-il pas déclaré qu'ils avaient pris l'argent et la voiture, et quitté la ville ? Quand elle lui avait appris que Dave n'était pas venu faire sa déposition à l'hôtel de police, c'était bien ce qu'il avait dit, non ? Elle en était certaine. Elle regarda l'heure. Ce n'étaient pas ses affaires, après tout. Elle avait ses propres préoccupations. Quelle importance que Vicki et Dave aient ou non quitté la ville ? Alec était libre et, pour sa part, elle avait un avion à prendre.

Et puis, une idée lui vint à l'esprit. Peut-être que les Carmichael les avaient conduits à l'aéroport. Peut-être qu'elle avait mal compris ce que Kevin avait dit et que Caroline et lui leur avaient offert en outre des vacances au soleil, de sorte qu'ils récupéreraient la voiture et le chat à leur retour.

C'est sans doute ça, pensa-t-elle, soulagée. Kevin aura été trop embarrassé pour avouer qu'il avait cédé à ce chantage. C'était tout à fait le genre de Vicki d'avoir exigé une chose pareille. Britt se sentit mieux. Cette explication tenait debout. Elle avait presque pitié des Carmichael. Ils voulaient tellement ce bébé que Vicki avait dû leur en faire baver. Quoi qu'il en soit, ce n'était pas son problème.

« Kirby, dit-elle, c'est ta dernière chance de sortir. » Elle avait hâte de partir, mais elle ne voulait pas le laisser là, encore que s'il désirait un peu de chaleur, il pouvait toujours aller miauler à la porte des Carmichael. Ils savaient sûrement que le chat était là, attendant le retour de Vicki.

Britt contournait la voiture quand quelque chose accrocha son regard, quelque chose qui dépassait du coffre. Elle s'approcha et s'accroupit pour l'examiner. Elle ne comprit pas tout de suite de quoi il s'agissait. Elle ôta un gant et avança la main. C'était doux et duveteux. Un triangle de laine. Ses yeux s'accoutumant à la pénombre, elle réussit à distinguer les couleurs. Turquoise, orange, jaune, blanc et vert. Grossièrement tricotées. L'écharpe de Zoé.

La dernière fois que Britt l'avait vue, elle était autour du cou de Vicki.

La jeune femme étouffa un cri et recula, le regard fixé sur le morceau d'écharpe qui, manifestement, s'était coincé quand on avait refermé le coffre.

Elle se contraignit à penser que cela ne signifiait rien, qu'il devait y avoir une raison. Peut-être... peut-être que Vicki avait laissé des affaires dans le coffre et... et qu'elle s'était dit qu'elle n'aurait pas besoin d'écharpe dans le pays tropical où ils avaient décidé d'aller.

Oui, c'est sans doute ça, conclut-elle. Ça colle avec le reste. Un instant, elle regretta cependant d'être entrée dans la grange.

Elle tourna les talons, fit quelques pas vers la porte, puis demeura figée sur place. La silhouette de Kevin Carmichael s'encadrait sur le seuil.

« Britt », dit-il d'une voix sans timbre. Il n'était pas en costume, mais en jean et blouson de ski. Il avait l'air toujours aussi hagard. « Qu'est-ce que vous faites là ?

— Pardon ? fit-elle, tâchant de gagner du temps.

— Je croyais que vous aviez quitté la ville. »

Elle sauta sur l'occasion :

« Justement, je pars, dit-elle. Tout de suite. J'étais en route pour l'aéroport. »

Il la dévisagea. Son teint, à la lumière du dehors, paraissait gris.

« Je m'en vais, reprit Britt. Il faut que je rapporte ma voiture de location. »

Pourquoi avoir mentionné la voiture ? se demanda-t-elle. À quoi bon ?

« Qu'est-ce que vous cherchez ? lança Kevin.

— Rien ! Je suis venue rendre un dernier hommage... c'est la propriété de ma sœur, vous savez. » Britt marqua une pause. « Je constate que Vicki a laissé sa voiture neuve ici. Alec était d'accord ?

— Sa voiture ? » fit Kevin, l'air déconcerté.

Britt ne tenait pas à analyser les réactions de l'avocat. Elle continua néanmoins : « Bon, à l'évidence, ils ne sont pas là. Vous m'aviez dit qu'ils étaient partis. Mais comme la Toyota est toujours là, j'ai supposé qu'ils prévoyaient de revenir la chercher. »

Elle avait l'impression d'encourager un enfant malade à jouer avec elle. Kevin la dévisageait toujours, lui bloquant le passage. Britt se refusait à penser à l'écharpe dans le coffre et à la raison pour laquelle l'avocat la fixait ainsi, muré dans un silence inquiétant. « Bon, reprit-elle. Je présume qu'Alec ne verra aucun inconvénient à ce que la voiture reste ici. Vous arrangerez ça avec lui. » Elle fit un pas vers lui et consulta sa montre avec un froncement de sourcils exagéré. « Il faut que je me dépêche, dit-elle. Excusez-moi. »

L'espace d'une seconde, elle crut qu'il allait lui barrer le chemin, mais il n'esquissa aucun geste pour la retenir. Le cœur battant, elle sortit de la grange et traversa la cour enneigée en direction de sa voiture, sentant le regard de l'avocat rivé sur elle. Mon Dieu, pensait-elle, j'ai hâte d'être ailleurs. Tout cela ne me regarde pas. Je ne veux pas y être mêlée.

Tant qu'il la laissait partir, elle ne savait rien et elle n'avait rien vu. Elle enfonça les mains dans les poches de son manteau, sentit ses clés de voiture et son portable. Dès que j'arrive à l'aéroport, j'appelle Alec pour le mettre au courant, se dit-elle. En effet, elle avait beau se raccrocher à des explications rationnelles, en son for intérieur, elle se doutait que la présence de la Toyota rouge dans la grange était bizarre. Alec devrait peut-être le signaler à la police. Et s'il y avait quelque chose d'anormal, la police le découvrirait. Quant à savoir de quoi il s'agissait, elle préférait ne pas y penser. Pour le moment, son seul objectif, c'était de monter en voiture, de s'enfermer à clé et de quitter cet endroit le plus vite possible.

Chaque chose en son temps. D'abord, échapper à Kevin. Britt atteignit sa voiture, sortit ses clés et tendit le bras pour saisir la poignée de la portière. Elle envisagea un instant de se retourner pour adresser un signe de la main à Kevin, mais elle jugea préférable de s'en abstenir. Elle ouvrit sa portière et poussa un soupir de soulagement.

Brusquement, elle entendit un bruit de course précipitée, un peu comme un puissant battement d'ailes. Elle devina le danger, mais avant qu'elle n'ait pu se retourner, elle reçut un violent coup sur la tête, puis elle sombra dans les ténèbres, glissa le long de la carrosserie et s'effondra dans la neige.

40

ZOÉ se laissa tomber dans le fauteuil réservé aux visiteurs, puis lança un regard critique à Lauren penchée au-dessus du bureau d'Alec. Celui-ci lui adressa un clin d'œil et dicta encore quelques notes à sa secrétaire. La jeune fille se redressa, tira sur son top qui lui dénudait la taille puis, avec un sourire radieux, elle demanda : « Vous voulez venir dîner tous les deux à la maison, ce soir ? »

Alec questionna sa fille du regard.

« J'ai fait tes gâteaux préférés, Zoé. Des brownies », dit Lauren, tentatrice.

La fillette bâilla.

« Ce soir, je veux rentrer à la maison. Je suis vraiment fatiguée. »

Alec sourit à Lauren.

« Merci quand même, mon petit, dit-il. Ce sera pour une autre fois. »

Lauren décocha un regard furieux à Zoé, ramassa ses papiers et sortit du bureau. Zoé tendit le bras pour refermer la porte derrière elle.

« Qu'est-ce que c'est que cette histoire ? demanda Alec. Trop fatiguée pour manger, et des brownies en plus ? »

Zoé eut un petit sourire entendu.

« Jamais de la vie. Je meurs de faim. »

Alec agita un index réprobateur.

« Ce n'est pas très sympa de ta part. Lauren nous a beaucoup aidés depuis la mort de maman.

— Pourquoi les gens s'imaginent tout le temps que je veux des brownies ? Je n'aime même plus ça.

— Depuis quand ? Avant, tu les adorais. »

Zoé haussa les épaules.

« Beurk, j'ai mangé ceux que Mrs. Carmichael nous avait donnés, et j'ai cru que j'allais être malade !

— Tu sais, les gens essaient simplement d'être gentils en nous apportant diverses choses.

— Non, c'était avant. Elle nous les avait donnés à maman et à moi pour nous remercier d'avoir évité l'inondation dans leur maison. Tu n'en as pas mangé, toi ?

— Je ne sais pas, répondit Alec d'un air absent. Je ne me souviens pas.

— Si tu en avais mangé, tu t'en souviendrais. Parce qu'elle nous les a apportés le jour de l'incendie. Maman et moi, on en a mangé deux ou trois pour être polis, et après on a jeté le reste.

— Les gâteaux de Mrs. Carmichael ne sont pas aussi bons que ceux que faisait maman, hein ? dit Alec.

— Oh, non », répondit Zoé.

Ils se turent un instant, chacun pensant à Greta, puis la fillette quitta son fauteuil et s'approcha du bureau de son père. « Tante Britt me manque un peu », dit-elle.

Alec étudia quelques papiers sans lever la tête, puis il suggéra : « Pourquoi tu ne l'appellerais pas ? Elle doit être rentrée. Demande-lui si son voyage s'est bien passé. Je suis sûr qu'elle sera ravie d'entendre ta voix.

— Oui, oui, dit la fillette sans dissimuler sa joie. C'est quoi son numéro chez elle ? »

Alec consulta son carnet d'adresses et lut le numéro à Zoé qui le composa au fur et à mesure. Il continua à feuilleter les documents posés devant lui pendant que Zoé, en équilibre sur une jambe, attendait, le récepteur collé à l'oreille. Elle finit par dire : « Tante Britt, c'est moi, Zoé. Je voulais juste savoir comment tu allais. Bon, je te rappellerai.

— Pas là ? demanda Alec.

— Non, il y a un message disant que son répondeur est saturé, mais j'ai quand même essayé d'en laisser un », expliqua la fillette.

Alec fronça les sourcils.

« Ça m'étonne. Elle doit quand même avoir un système d'interrogation à distance, non ?

— Je ne sais pas », répondit Zoé. Puis son visage s'éclaira. « Si, attends. Elle en a un. Je l'ai entendue s'en servir.

— C'est bizarre, dit Alec.

— Qu'est-ce qui est bizarre ?

— Qu'il y ait tant de messages sur son répondeur. Elle n'est peut-être pas encore rentrée. Essaie à son travail. Elle y est sans doute allée directement.

— Tu as le numéro ? »

Alec le lui donna, puis se replongea dans ses comptes. Zoé attendit d'obtenir la standardiste au bout du fil, puis elle demanda Britt. Un instant plus tard, elle raccrochait.

Alec lui lança un regard interrogateur.

« Elle ne travaille plus là, dit Zoé.

— Quoi ! ?

— C'est ce que la dame m'a dit.

— Passe-moi le téléphone », ordonna Alec avec une trace d'impatience dans la voix.

Il retroussa ses manches, composa le numéro, puis attendit. Il prit une cigarette, la tapota sur son bureau, mais ne l'alluma pas. Il finit par obtenir le poste de Donovan Smith. « Bonsoir, je voudrais parler à Britt Andersen. Je suis son beau-frère. »

Nancy Lonergan, qui avait pris la communication, ne parvint pas à cacher son étonnement. « Mr. Lynch ?

— Oui, dit-il.

— Je vous croyais... enfin, quand Britt m'a appelée, elle m'a dit...

— Que j'étais en prison ? Eh bien, j'y étais, en effet. Mais on m'a libéré. J'ai été innocenté.

— Félicitations, dit Nancy. Britt m'a dit que vous aviez pris Kevin Carmichael comme avocat. Je suppose par conséquent qu'il s'est montré à la hauteur de sa réputation.

— Vous le connaissez ? demanda Alec un peu surpris.

— Quand Britt a prononcé son nom, je me suis souvenue que j'avais entendu parler de lui, mais je ne savais plus pourquoi.

— Sans doute parce que c'est un ténor du barreau.

— Oui, et aussi pour une autre raison. Il a épousé une de ses clientes, une femme accusée d'avoir assassiné son mari. Il l'a tirée d'affaire et, ensuite, ils se sont mariés. L'histoire a fait pas de mal de bruit ici. »

Alec était abasourdi.

« Caroline ?

— Elle s'appelait comme ça ? J'ai oublié. En tout cas, grâce à lui, elle a été acquittée. J'avais l'intention de le dire à Britt. Il a plaidé la folie momentanée, je crois.

— Ah bon, fit Alec, pensif. Je n'étais pas au courant de ça.

— Ce n'est pas pour m'étonner, dit Nancy. Je ne pense pas qu'ils le crient sur les toits. Ce n'est pas le genre de choses dont on se vante auprès de ses voisins.

— Non, probablement pas. »

Alec se sentait coupable d'écouter ces ragots au sujet de Kevin à qui il vouerait une reconnaissance éternelle. Néanmoins, il comprenait à présent pourquoi les Carmichael n'avaient pas eu recours aux voies traditionnelles pour adopter un enfant.

« Quoi qu'il en soit, il a fait un boulot remarquable en ce qui me concerne.

— On dirait bien, en effet.

— Sans compter qu'il a sauvé la vie de ma fille. Il l'a arrachée de la maison en feu.

— C'est un acte admirable de courage, dit Nancy. Vous lui devez beaucoup, à ce que je vois.

— Oui, énormément », dit Alec. Puis, désireux de revenir au motif de son appel, il reprit : « Il paraît que Britt ne travaille plus ici ?

— Je ne l'ai appris qu'en arrivant tout à l'heure, répondit Nancy. Il semblerait que Donovan l'ait virée à cause de son absence prolongée. En fait, il cherchait un prétexte. Elle ne vous l'a pas dit ? »

Alec pinça les lèvres.

« À son expression, je me doutais bien qu'il y avait quelque chose, mais elle a prétendu que tout allait bien.

— Je suis sûre qu'elle ne voulait simplement pas vous inquiéter

— Je me sens responsable, dit Alec. C'est moi qui lui ai demandé de rester.

— Elle voulait rester, elle aussi. Elle me l'avait dit. Mais j'aimerais bien savoir où elle est passée. J'ai essayé de l'appeler sur son portable, apparemment, il n'est pas en service. Je lui ai laissé un tas de messages sur son répondeur, mais je n'ai toujours aucune nouvelle d'elle.

— Hmmmm..., fit Alec, songeur. Vous croyez qu'elle aurait pu décider de partir en voyage maintenant qu'elle n'a plus de travail ?

— Oui, c'est possible, répondit Nancy. Encore que ça ne lui ressemblerait pas.

— Bon, je vais quand même vérifier auprès de la compagnie aérienne.

— Je crois qu'elle n'appréciera guère qu'on la surveille ainsi, dit Nancy. C'est une femme très indépendante.

— Elle a pourtant bien besoin qu'on la surveille un peu, affirma Alec.

— Vous avez raison, dit Nancy, souriant intérieurement. Tenez-moi au courant. »

Alec raccrocha et se tourna vers Zoé. « Tante Britt t'a parlé d'un endroit où elle pourrait aller ? »

La fillette fit signe que non.

« Bon, je vais voir d'abord auprès de l'agence de location de voitures. Tu peux attendre un peu ou tu veux manger tout de suite ?

— Je peux attendre, répondit Zoé. Je veux que tu retrouves tante Britt. »

À mesure qu'Alec téléphonait, son expression se faisait de plus en plus soucieuse. Zoé, après avoir tourné un moment en rond, s'était assise au bord du bureau de son père et, balançant les jambes, donnait distraitement des petits coups de pied dans les tiroirs.

« Zoé ! arrête ! dit son père avec irritation. Je m'efforce de réfléchir. »

La fillette obéit.

« Qu'est-ce qui se passe ? »

Alec soupira et regarda les notes qu'il avait prises. « Elle n'a pas rendu la voiture, elle n'était pas à bord de l'avion pour Boston et elle n'a pas échangé son billet pour un autre vol.

— Qu'est-ce que ça veut dire ? demanda Zoé.

— Je ne sais pas », répondit Alec.

Un son brutal, métallique, perça le brouillard qui enveloppait son esprit, et Britt reprit connaissance, souffrant d'un terrible mal de tête. Elle était ligotée et bâillonnée par du sparadrap. Dès qu'elle s'en rendit compte, son cœur s'accéléra et elle eut l'impression d'étouffer. Du calme, s'exhorta-t-elle. Si tu t'affoles, tu vas suffoquer. Respire par le nez. Puis elle tenta de se repérer dans l'obscurité.

Elle distingua des lumières et un panneau lumineux. Mountain Lodge, parvint-elle à déchiffrer.

Soudain, elle sentit le sol bouger et réalisa qu'elle se trouvait dans une voiture, coincée entre les sièges avant et la banquette arrière. Le bruit qu'elle avait entendu était celui d'une portière qu'on claque. La voiture prit de la vitesse et, par la vitre, Britt vit défiler les étoiles. Ses bras lui faisaient mal et le moindre cahot la mettait au supplice, car elle ne pouvait pas se soulever afin de l'amortir.

Elle tenta de se redresser pour s'adosser à la portière. La douleur qui lui vrillait le crâne s'accentuait à chaque secousse. Elle réussit à ramener ses genoux contre sa poitrine et ainsi, à se relever un peu. Elle vit alors, sur la banquette arrière, un siège pour bébé. Et dans le clair de lune qui pénétrait par la lunette arrière, elle reconnut la silhouette d'un nouveau-né engoncé dans une petite combinaison de ski.

Un murmure de voix lui parvenait des sièges avant et, brusquement, elle se rappela. Elle allait monter dans sa voiture quand on l'avait assommée. Elle était revenue à elle sur un tapis, dans une cuisine qui lui semblait vaguement familière et, tandis qu'elle essayait de se remettre debout, elle s'était retrouvée face à Caroline Carmichael qui la regardait d'un air farouche. Avant qu'elle n'ait pu prononcer un mot, Caroline s'était jetée sur elle, brandissant un lourd objet. Elles avaient lutté, renversant au passage une plante sur le comptoir, mais Britt, encore étourdie par le coup précédent, n'avait pas pu résister bien longtemps. Et maintenant, voilà qu'elle était dans une voiture qui roulait, conduite par Caroline. Qu'est-ce qu'ils manigançaient ? Pourquoi faisaient-ils ça ? Et puis, un frisson glacé l'envahit au souvenir du petit triangle de laine qui dépassait du coffre de la Toyota.

« Personne ne t'a vu ? demanda la voix de Caroline.

— Si quelqu'un m'a vu, répondit la voix de Kevin, il n'aura vu qu'un homme qui garait une voiture de location. Il y a au moins une cinquantaine de véhicules dans le parking du Mountain Lodge.

— On ne la remarquera certainement pas avant le printemps », dit Caroline.

Britt tenta de réfléchir. Une voiture de location ? La sienne ?

« On est sur la bonne route ? interrogea Caroline. Regarde sur la carte, tu veux ? »

Britt tendit l'oreille pour entendre la réponse de Kevin, mais elle fut couverte par le bruit du moteur.

« Non, on continue », répliqua sèchement la Caroline.

Levant les yeux, Britt distingua la tête de la jeune femme ainsi que son profil tandis qu'elle se tournait vers son mari.

Kevin murmura quelque chose d'un ton apaisant, mais Britt ne réussit pas à saisir les paroles.

« Je ne veux plus en parler, déclara Caroline. Ce qui est fait est fait.

— Il n'est pas trop tard, dit Kevin d'une voix plus forte, cette fois. On peut encore revenir en arrière. »

Britt vit la nuque de Caroline se raidir alors qu'elle fixait le pare-brise.

« Tout le monde comprendra comment c'est arrivé, affirma Kevin. N'importe qui, n'importe quel juge comprendra. Qu'est-ce que tu pouvais faire d'autre ? Ils voulaient te prendre ton enfant. C'est comme si tu avais empêché un kidnapping.

— C'est juste, dit-elle. Je n'avais pas le choix. »

Kevin avait sans doute tourné la tête. Britt l'entendit acquiescer vaguement puis, après un instant de silence, l'avocat regarda de nouveau sa femme. « Tu as couvé cette fille durant toute sa grossesse en rêvant au bébé qu'elle t'avait promis. C'était mettre fin à toutes les déceptions que nous avions subies. Ils avaient signé tous les papiers, du moins Vicki les avait signés. Comment aurait-on pu être au courant de l'existence du père ? Voilà qu'il s'amène et réclame le bébé. Je sais que ça a été un choc terrible pour toi, qui s'est ajouté à tous nos déboires et nos inquiétudes. Sans parler de la peur qu'ils s'envolent avec ton enfant. N'importe quelle mère aurait agi comme toi. »

Un nouveau silence suivit ces paroles, puis Caroline déclara : « En tout cas, ils ne recommenceront pas.

— Le reste, je m'en occupe. Je sais manœuvrer un jury, tu es mieux placée que quiconque pour le savoir. Tu étais dans un état de stress extrême et ils ont fait irruption chez toi, dans ta maison, pour menacer de te prendre ton enfant. N'importe quel jury le comprendrait.

— Pas une deuxième fois, répliqua Caroline.

— Ils n'auront pas le droit de produire le premier procès comme élément à charge. Tu as été acquittée, n'oublie pas. Le jury en ignorera tout. »

Oh, mon Dieu, pensa Britt. Elle a donc déjà comparu devant un tribunal. Mais accusée de quoi ? Qu'est-ce qu'elle avait bien pu faire ?

« Par contre, il faut relâcher la sœur de Greta, poursuivit Kevin. Parce que si jamais il lui arrivait quelque chose... la situation serait bien différente. »

Quoi ? S'il m'arrivait quoi ? Oui, oui, écoute-le, suis ses conseils, pria intérieurement Britt. Mon Dieu, faites qu'ils me libèrent.

« Je ne pourrais jamais plaider le geste impulsif, involontaire. On croirait à un acte prémédité. Et là, c'est une autre affaire », enchaîna Kevin.

Involontaire ? Prémédité ? Britt eut soudain la chair de poule. Inutile de se leurrer, c'était bien de meurtre qu'ils parlaient !

« Je ferai en sorte que ça ait l'air involontaire, insista Caroline.

— Allons, ma chérie, écoute-toi. Il s'agit d'une vie humaine que tu envisages ainsi d'éliminer de sang-froid.

— Il est trop tard pour faire du sentiment, dit Caroline d'une voix sourde.

— Quoi ? À cause de Vicki et de son bon à rien de copain ? Ma chérie, ce n'est pas du tout pareil. Ils t'avaient poussée à bout. C'était purement et simplement de l'autodéfense.

— Comme quand j'ai tué Tom ?

— Enfin... oui, dit Kevin, bredouillant un peu.

— Mais si on la relâche, elle racontera tout, fit remarquer Caroline.

— Pour l'instant, elle ne sait rien.

— Elle sait que Vicki est dans le coffre », dit Caroline.

Kevin se tut.

Ils roulèrent en silence. La route devenait de plus en plus accidentée et mauvaise, et la voiture n'arrêtait pas de tanguer et de cahoter. Le cœur de Britt battait à tout rompre et son estomac se soulevait. Surtout, ne vomis pas ! s'exhorta-t-elle. Sinon, tu vas t'étouffer. Essaie de penser à autre chose. Mais son esprit revenait sans cesse au petit morceau de tricot dépassant du coffre. Elle tenta en vain de desserrer les liens qui lui entravaient les poignets. Se demandant si quelqu'un s'était aperçu de son absence, elle conclut que c'était bien peu probable. Personne ne l'attendait, ni chez elle, ni à son travail. Et pour Alec, elle avait pris l'avion et se trouvait à Boston. Combien de temps s'écoulerait, pensa-t-elle avec désespoir, avant qu'on ne remarque sa disparition ?

Kevin finit par reprendre la parole : « Caroline, pour l'amour du ciel, est-ce que tu as réfléchi à la vie qu'on va mener, à craindre nuit et jour qu'on découvre la vérité ? Et quelle existence ce sera pour le petit Kent ? »

Caroline tourna vivement la tête et regarda fixement son mari. « Nous ne lui dirons jamais, alors comment pourrait-il l'apprendre ?

— Je parle de l'angoisse, de la tension qui régnera. Je crains qu'elle n'empoisonne notre vie et... et notre amour. En revanche, si nous nous livrons à la police et que nous acceptions d'affronter les conséquences...

— Si je me livre, moi, le corrigea Caroline. C'est de ma vie à moi qu'il s'agit.

— Ma chérie, tu sais très bien que tu es toute ma vie. Sans toi, je n'existe pas.

— Sans moi et Kent, tu veux dire. »

L'avocat ne répondit pas.

« Kevin, reprit Caroline. Et notre enfant ? Est-ce qu'il n'est pas toute ta vie, lui aussi ?

— Est-ce que je n'ai pas remué ciel et terre pour l'avoir ? » demanda Kevin d'un ton où perçait la lassitude.

Caroline resta un instant silencieuse, puis elle demanda :

« Tu penses que tu pourrais me faire acquitter ? Sans que j'aille en prison ?

— Nous avons un argument solide. Le plus solide de tous. Une mère qui s'efforce de défendre son enfant. Le jury sera convaincu avant même que j'aie terminé ma plaidoirie. Tu connais mon talent. Toi plus que toute autre.

— Oui, c'est vrai, murmura Caroline.

— Tu t'en tireras sans doute comme la dernière fois. Avec une obligation de traitement.

— Dans un hôpital, tu veux dire ?

— Peut-être, mais juste pour un petit moment. »

La réponse de Caroline parvint à Britt, énoncée dans un murmure, mais ferme :

« C'est impossible, Kevin. Pas maintenant. Il faut que je pense au bébé. Il a besoin de moi. Je ne peux pas le laisser. Ce sont les mois et les années les plus importants de sa vie. »

Kevin regarda droit devant lui.

« Alors, nous sommes fichus », dit-il avec découragement.

Britt, n'ignorant pas que son sort dépendait de l'issue de la discussion, se sentait au bord de l'évanouissement. N'abandonne pas Kevin, le suppliait-elle intérieurement. N'abandonne pas !

« Mon chéri, je suis sûre que ça marchera, insista Caroline. Ces chemins forestiers sont traîtres, tu le sais très bien. Si on les retrouve, on croira qu'il se sont perdus dans l'obscurité et qu'ils ont basculé dans le vide.

— Tu ne sais pas de quoi tu parles ! s'écria Kevin. Les autopsies, ça existe ! On s'en apercevra tout de suite !

— Il faut bien que quelqu'un cherche une solution ! protesta rageusement la jeune femme.

— Pourquoi tu ne m'as pas laissé faire ? Pourquoi fallait-il que tu les tues ? hurla l'avocat.

— Tu viens de dire toi-même que je n'avais pas le

choix. Qu'est-ce que je pouvais faire d'autre ? » riposta Caroline.

Le bébé installé à l'arrière poussa un petit gémissement. Britt sursauta, puis se tassa dans son coin et ferma les paupières.

« Maintenant, tu fais pleurer Kent, dit Caroline. Arrête de crier, s'il te plaît. Tu sais que je ne supporte pas le stress.

— C'est vrai, reconnut Kevin d'une voix pleine d'amertume. Je suis payé pour le savoir. »

Caroline, tout en gardant les yeux fixés sur la route, tourna légèrement la tête vers le bébé. « Ne pleure pas, mon chaton, roucoula-t-elle. On est presque arrivés. »

41

Dans la cuisine, Annabel Stern servait un bol de soupe quand on frappa à la porte. Elle poussa un soupir et, dans le même mouvement, ramassa le bol et reversa son contenu dans la soupière fumante.

Ray se leva. « J'en ai pour une seconde », dit-il.

Il jeta sa serviette sur la table et alla ouvrir. Alec Lynch et sa fille Zoé se tenaient sur le seuil.

« Alec, que se passe-t-il ?

— Excusez-moi de vous déranger chez vous, Ray, mais nous avons un petit problème. Pouvons-nous entrer ? »

Ray savait très bien que les excuses d'Alec n'étaient que de pure forme. Il se comportait comme si le chef de la police lui devait quelque chose et, songea-t-il, peut-être qu'il n'avait pas tort. Haussant les épaules, il s'effaça pour les laisser passer. « Je peux prendre vos manteaux ? »

Alec fit signe que non. « Je suis venu, parce que je suis un peu inquiet au sujet de ma belle-sœur.

— Je croyais que vous aviez enterré la hache de guerre.

— Non, non, il ne s'agit pas de ça du tout. »

Annabel Stern les rejoignit dans le vestibule et lança un regard perplexe à son mari.

« Vous ne voulez pas entrer dans la cuisine ? proposa Ray. Nous allions commencer à manger. »

Alec refusa d'un geste, désireux d'en arriver au fait. « Je ne serai pas long, dit-il. Il semblerait que Britt n'ait pas pris son avion pour Boston cet après-midi, ni pour une autre destination, et qu'elle n'ait pas rendu sa voiture de location. »

Ray le considéra, les sourcils froncés. « Elle a peut-être décidé de ne pas partir.

— C'est possible. Mais je ne peux pas m'empêcher de craindre qu'il lui soit arrivé quelque chose.

— Je suppose qu'il est normal que vous vous sentiez un peu nerveux après les événements que vous venez de traverser. Mais je suis persuadé qu'il y a une explication logique.

— Pour plus de sûreté, j'aimerais quand même qu'on vérifie », s'entêta Alec.

Ray adopta aussitôt une attitude plus professionnelle « Qu'on fasse une enquête, vous voulez dire ?

— Juste quelques vérifications.

— Alec, dit Ray. Votre belle-sœur est adulte. Elle a le droit de faire ce qui lui plaît. Et pour qu'une personne adulte soit considérée comme disparue, il faut qu'au moins soixante-douze heures se soient écoulées. Je suis certain qu'elle vous donnera de ses nouvelles d'ici un jour ou deux. Sinon...

— Je ne vous demande pas de lancer une recherche, l'interrompit Alec.

— Quoi, alors ?

— Si vous pouviez seulement voir du côté des cartes de crédit, et s'il s'avère qu'elle a utilisé la sienne dans un rayon accessible en voiture, je serais rassuré.

— Les gens ont droit à une vie privée Alec, rétorqua Ray. Accéder à votre demande, ce serait empiéter sur la sienne. Si jamais elle l'apprenait...

— J'en assume la responsabilité. »

Ray, mal à l'aise, se dandina un instant sur place. « En théorie, c'est bien beau, mais en pratique, c'est moi qui serais jugé responsable. Avez-vous tout essayé ? Son téléphone portable, chez elle et à son travail ?

— Naturellement. Vous ne vous imaginez quand même pas que je traîne ma fille dehors par un froid pareil pour mon plaisir ?

— Je n'aime pas abuser de mon autorité, dit Ray.

— Et moi, je n'aimerais pas poursuivre la police de Coleville pour laxisme, répliqua Alec du tac au tac.

— Inutile d'avoir recours aux menaces, dit sèchement Ray.

— Ce n'était pas mon intention. »

Ray hésita, puis il dit. « Venez. »

Alec et Zoé le suivirent dans la cuisine. Annabel se tourna vers la fillette. « Tu veux un peu de soupe ? lui demanda-t-elle gentiment.

— À quoi ?

— Poulet et nouilles.

— Oui, je veux bien. »

Zoé se débarrassa de sa parka et s'attabla.

Ray prit le téléphone et appela l'hôtel de police.

La voiture s'arrêta dans une secousse. Kevin descendit et claqua sa portière, cependant que Caroline sortait à son tour. Britt ferma les yeux et, tandis qu'on ouvrait à l'arrière, du côté du siège pour bébé, elle fit de son mieux pour paraître toujours évanouie.

On farfouilla à l'intérieur, puis le bébé se mit à pleurnicher. Elle entrouvrit les paupières, vit qu'on soulevait le siège et l'enfant. Puis l'autre portière arrière s'ouvrit à son tour.

« Britt. » Kevin la secoua. La jeune femme continua à feindre l'inconscience, laissant sa tête dodeliner. Elle entendait Caroline chanter une berceuse au nouveau-né.

Kevin lâcha l'épaule de la jeune femme qui retomba mollement entre les deux sièges. Elle distinguait la respiration laborieuse de l'avocat qui se tenait près de la voiture. Elle avait l'impression que son cerveau cognait contre l'intérieur de son crâne. Ses cheveux eux-mêmes semblaient douloureux. Elle surprit un mouvement autour d'elle, puis elle sentit quelque chose de glacé sur son visage et son cou.

Britt poussa un cri étouffé et, incapable de se dominer plus longtemps, voulut hurler à travers son bâillon. Plus question à présent de simuler l'évanouissement. Elle cligna des paupières et lança un regard torve à Kevin qui frappait dans ses mains pour ôter le reste de neige sur ses gants de ski. Elle sentait un filet glacé couler dans son cou et s'infiltrer sous son col roulé.

Kevin soupira et soutint un instant son regard. « Venez, dit-il. Sortez de là. »

Comment suis-je censée m'y prendre ? s'interrogeat-elle. « Comment ? » voulut-elle demander, mais elle ne réussit qu'à produire un grognement étranglé.

L'avocat l'empoigna, mais elle résista, si bien qu'il la lâcha, puis s'adossa à la portière. « Écoutez, dit-il, ne me rendez pas les choses plus compliquées. S'il faut que j'emploie la force, je l'emploierai, et tout ce qu'on y gagnera vous et moi, c'est des souffrances supplémentaires. » Il se frotta les côtes sous sa parka. « J'essaie de vous aider, Britt », ajouta-t-il dans un murmure.

La jeune femme le considéra avec une expression implacable. Elle n'allait certainement pas lui faciliter la tâche.

Kevin se pencha à l'intérieur de la voiture, et ses cheveux blond roux coiffés en brosse brillèrent à la lumière du plafonnier. Son visage, malgré le froid, était luisant de sueur. Il jeta un coup d'œil par-dessus son épaule en direction de Caroline, mais celle-ci, comme en transe, berçait le bébé dans le clair de lune.

« Britt, reprit-il dans un souffle, nous sommes sur une piste qui longe une crête. On va précipiter la Toyota en bas et vous n'avez aucune chance de survivre si vous restez dedans. Aussi, si vous ne tenez pas à mourir, vous avez tout intérêt à sortir de là. »

La jeune femme réfléchit une seconde. Elle se rendait compte qu'il ne bluffait pas, et elle comprit alors ce qu'ils avaient l'intention de faire. Il avait raison. Au fond du ravin, on ne retrouverait que son cadavre. Ils allaient peut-être l'assassiner plus tard mais, en attendant, elle pourrait au moins tenter quelque chose. D'autant que, elle le voyait bien, Kevin désirait l'épargner. Il fallait qu'elle prenne une décision, et elle résolut de suivre son conseil.

Se contorsionnant, elle parvint à passer dehors ses chevilles entravées puis, s'appuyant sur les coudes, à se redresser. Elle jeta un regard implorant à Kevin, mais il détourna la tête.

Elle rassembla ses forces, puis plongea en avant. Son épaule et son avant-bras heurtèrent le montant de la portière, si bien qu'elle poussa un cri sous son bâillon. Elle rebondit contre la carrosserie et tomba au sol où elle atterrit sur le ventre, le visage enfoui dans la neige. Kevin, immobile, n'avait pas esquissé un geste pour l'aider.

Britt avait la figure gelée, la bouche pleine de neige et de terre. Elle remonta ses genoux contre sa poitrine, roula sur le flanc et réussit à s'agenouiller.

« Écartez-vous de la voiture, lui ordonna Kevin. Venez par là. »

Inutile de le supplier du regard. Elle mit toute sa volonté à faire ce qu'il disait, gardant le faible espoir de sauver sa vie. Elle parvint, petit bond par petit bond, à s'éloigner de quelques mètres. Dans l'obscurité, elle put simplement distinguer qu'ils se trouvaient au bord d'une piste damée. Elle leva les yeux sur Kevin qui se tenait toujours à côté de la portière ouverte. Il avait une expression à la fois furieuse et tourmentée, comme s'il était lui aussi prisonnier. Il se tourna et l'abandonna là, à genoux dans la neige.

Caroline fit le tour de la Toyota et jeta un bref coup d'œil en direction de Britt. Elle donnait tranquillement le biberon au bébé niché au creux de son bras et, pendant qu'elle le berçait doucement en fredonnant, Kevin se pencha au-dessus du capot et entreprit d'enlever les skis et les bâtons attachés sur le toit. Après quoi, les portant maladroitement, il les laissa tomber aux pieds de sa femme où ils atterrirent en s'entrechoquant. « Attention, mon chéri », dit Caroline. Elle plaça le bébé sur son épaule et lui tapota le dos pour qu'il fasse son rot.

Des skis ? s'étonna Britt. Mais qu'est-ce qu'ils fabriquent ?

« Ça ne marchera jamais, lança Kevin avec colère.

— Mais si, bien sûr, dit Caroline. Le siège-auto se transforme en porte-bébé. Tu le mettras sur ton dos.

— Caroline, je peux à peine respirer !

— Alors, c'est moi qui le porterai, dit-elle. Je suis forte et je suis aussi bonne que toi en ski de fond.

— Je ne sais pas si je pourrai, dit-il. J'ai trop mal aux côtes.

— Un dernier effort, Kevin. C'est presque fini. Tout ira bien. Si des gens les recherchent ou s'ils repèrent la voiture, ils suivront les marques de pneus et concluront qu'ils se sont perdus dans la nuit et que, après avoir quitté le chemin forestier, ils ont basculé dans le ravin. Les blessures à la tête seront tout à fait plausibles. Je t'assure, c'est un plan impeccable. Bon, je sais que tu souffres, mais essaie d'oublier, le temps qu'on les installe dans la voiture. Allez, vas-y, mon chéri. »

Sans un mot, Kevin se dirigea vers l'arrière de la Toyota. Caroline se remit à chantonner pendant que son mari ouvrait le coffre pour en extraire le premier cadavre.

Dave portait toujours sa parka verte de l'armée, laquelle était maintenant maculée de grosses taches sombres. Dans le clair de lune, son visage livide était sillonné de traces de sang séché. Kevin le laissa tomber dans la neige, puis s'empara du second cadavre. Vicki avait les yeux grands ouverts, mais ils ne voyaient plus rien. Sur son visage aussi il y avait des filets de sang qui, pareils à de longues mèches de cheveux bruns, allaient se perdre dans les replis de l'écharpe nouée autour de son cou. L'écharpe que Zoé lui avait tricotée Kevin la déposa près de Dave et resta plié en deux, le souffle court, se tenant les côtes.

« J'ai besoin d'un coup de main, dit-il, la mine sombre. Je n'y arrive pas.

— Mon Dieu ! fit Caroline. Tiens, prends ton fils. »

Elle tendit le bébé à son mari qui parvint à se redresser pour le prendre dans ses bras. Caroline s'avança vers les deux corps et, fermant les yeux, saisit Vicki sous les bras, puis entreprit de la traîner vers la voiture, les talons raclant la neige, pour l'installer sur le siège avant.

Caroline poussa un dernier grognement, tandis que Vicki s'affalait contre le volant. « Elle est encore tellement lourde », dit-elle. Après quoi, elle frappa ses mains gantées l'une contre l'autre, puis retourna vers Dave qui gisait dans la neige. « Kevin, il va falloir que tu m'aides. Pose une seconde Kent dans le siège. Je ne peux pas porter ce type tout seul. »

Britt regarda l'avocat qui, les épaules voûtées, le bébé encore dans les bras, se tenait au-dessus du cadavre de Dave. Le nouveau-né se mit à pleurer, agitant ses petits poings.

« Ne pleure pas, murmura Kevin en contemplant le corps du père de l'enfant. Je t'en prie, ne pleure pas. »

42

Ray raccrocha, puis se tourna vers Alec. « Le seul achat qu'elle ait effectué depuis son départ de chez vous ce matin, c'est chez Lily, la fleuriste.

— La fleuriste ? s'étonna Alec.

— Oui. J'ai appelé Lily chez elle. Elle se souvient très bien. Votre belle-sœur lui a acheté un bouquet pour Greta. Pour lui dire adieu.

— Eh bien, voilà qui ne nous avance guère. J'espérais qu'on apprendrait où elle était allée.

— Vous pouvez déjà essayer de savoir où elle est allée avec les fleurs. Peut-être qu'elle l'a dit à quelqu'un. »

Alec fronça les sourcils.

« Est-ce qu'elle les a emportées ou est-ce qu'elle les a fait livrer ?

— Elle les a emportées, répondit Ray.

— Au cimetière, peut-être ? intervint Annabel.

— Non. Le corps vient juste de revenir au salon funéraire après l'autopsie, dit Ray à voix basse en jetant un regard d'excuse en direction de Zoé qui, heureusement, était très occupée à souffler sur sa soupe. De plus, elle va être incinérée, si je ne m'abuse.

— Alors, elle est peut-être allée au salon funéraire, dit Alec.

— Je vais téléphoner. »

Pendant que Ray se renseignait, Alec s'assit en face de sa fille.

« Vous êtes sûr que vous ne voulez pas un bol de soupe ? lui proposa Annabel.

— Elle est drôlement bonne, tu sais, papa, dit Zoé.

— Non merci, répondit Alec, tandis que Ray revenait dans la cuisine. Alors ?

— Non, elle n'y est pas passée.

— Elle s'est peut-être rendue à un endroit où elles avaient des souvenirs communs », suggéra Annabel.

Le père et la fille échangèrent un regard.

« Elles n'avaient aucun souvenir commun ici, dit Alec. Britt n'était jamais venue à Coleville avant les funérailles.

— Oh, fit Annabel, comme si elle venait d'être réprimandée. Est-ce qu'elle est très croyante ? Dans ce cas, elle aurait pu les porter à l'église.

— Oui, on devrait peut-être aller voir », dit Alec.

Zoé avala à grand bruit un peu de soupe, puis reposa sa cuillère. « Moi, je parie qu'elle les a portées à notre ancienne maison. »

Alec, les yeux plissés, étudia sa fille. « Tu as peut-être raison, dit-il au bout d'un instant. Allons jeter un coup d'œil.

— Et elle s'est peut-être arrêtée aussi chez les Carmichael, reprit Zoé.

— On va leur demander, dit Alec. Enfile ton manteau.

— Tiens, prends ces gâteaux », dit Annabel qui en glissa quelques-uns dans un sac en plastique.

Zoé les fourra dans sa poche.

« Merci.

— Vous savez, elle va certainement vous appeler d'une station thermale quelconque, dit Ray. Ce genre de choses se produit souvent.

— J'espère que vous ne vous trompez pas, Ray. Et merci pour votre aide.

— De rien. »

Ray et Annabel les raccompagnèrent à la porte, puis les regardèrent se diriger vers la Mercedes d'Alec.

« Ça me paraît quand même bizarre qu'elle soit partie comme ça sans crier gare, dit Annabel. Franchement, tu crois qu'elle aurait pris des vacances sans prévenir qui que ce soit ? »

Ray pensa à Britt, à sa façon classique de s'habiller et à son visage grave. Britt qui s'était montrée si déterminée, d'abord à faire arrêter Alec comme meurtrier, et ensuite à l'innocenter. Elle lui donnait l'impression d'une femme qui avait toujours un objectif en tête. « Non, je ne pense pas, finit-il par répondre. Mais tu sais, je ne la connaissais pas vraiment bien. »

« Bon », dit Caroline, le souffle court. Elle claqua la portière avant, côté passager, puis regarda son mari. « Ça va ? » demanda-t-elle.

Kevin fit signe que oui.

« Espérons que la voiture prendra assez d'élan pour basculer par-dessus la crête. Kevin, tu peux enclencher le levier de vitesses sur "marche" et desserrer le frein à main ? »

L'avocat ouvrit la portière de l'autre côté. « Ecartez-vous, Kent et toi », dit-il.

Caroline prit le bébé ainsi que le siège, puis se recula le plus loin possible de la Toyota rouge. Elle posa le siège dans la neige et joignit les mains comme pour prier. Tremblant de tous ses membres, Kevin se pencha au-dessus du corps sans vie de Vicki et tourna la clé de contact.

« OK, cria-t-il. Je desserre le frein. Attention ! »

La voiture s'ébranla et Kevin sauta à terre, refermant la portière. La Toyota parcourut quelques mètres, puis heurta un jeune sapin et s'immobilisa.

« Merde ! » jura Kevin.

Le bébé se remit à pleurer.

« Kevin, dit Caroline. Il va falloir que tu la diriges jusqu'au bord. »

Il lui lança un regard noir puis, soupirant, s'avança à pas lourds vers la voiture.

Britt ferma les yeux. Je ne veux pas voir ça, se dit-elle. Si je suis témoin, ils ne me laisseront jamais la vie sauve. Naturellement, elle se rendait compte que c'était pratiquer la politique de l'autruche. Elle avait tout entendu. Elle savait désormais que c'était Caroline qui avait tué Vicki et Dave. Non, non, se reprit-elle. Ils la pensaient encore évanouie quand ils en avaient parlé dans la voiture. Tout en se disant cela, elle n'ignorait pas qu'elle cherchait à se leurrer elle-même et à croire qu'il lui restait une chance infime de se tirer vivante de ce cauchemar. Elle s'accrochait encore au vain espoir que le point de vue de Kevin finirait par prévaloir et qu'il convaincrait Caroline de ne pas la tuer. À présent, elle comprenait qu'il s'était joué d'elle et avait uniquement voulu éviter d'avoir à la porter hors de la voiture. Ses côtes lui faisaient toujours mal à la suite de sa chute dans l'escalier quand, le soir de l'incendie, il avait arraché Zoé aux flammes.

Comment est-ce possible ? se demanda-t-elle alors. Voilà un homme qui était courageusement entré dans une maison en feu, qui avait risqué sa vie pour sauver une enfant et qui, maintenant, maquillait en accident un double assassinat. Quelles que soient les réserves qu'il exprimait, il était complice. Oui, mais d'un autre côté, il n'était pas l'auteur des crimes. Tout n'était peut-être pas perdu. Elle tira sur ses liens pour tenter de les défaire. Inutile de compter sur Kevin. Il était évident qu'il ferait tout pour cette femme. Quant à elle...

Britt, les yeux toujours fermés, tâcha d'écarter ses mains dans l'espoir de desserrer la corde qui les entravait. Elle revoyait les cadavres de Vicki et de Dave jetés dans la neige comme de vulgaires sacs-poubelles. À l'aide de ses dents, elle essaya d'arracher le sparadrap qui la bâillonnait. Personne ne la recherchait. Personne ne viendrait la sauver. Sa seule chance était de se libérer.

Le moteur de la voiture rugit. « Pose son pied sur l'accélérateur ! cria Caroline à Kevin. Il faut qu'il pèse dessus. »

Britt parvint à faire jouer suffisamment ses mains pour sentir l'extrémité de la corde. De ses doigts gantés, elle tâtonna et rencontra un nœud. En dépit du froid, elle tâcha de se débarrasser de son gant droit afin de pouvoir plus facilement défaire le nœud.

« C'est mieux ! dit Caroline, encourageant son mari. Là, c'est bon ! »

Britt ne put s'empêcher de regarder. Elle ouvrit les yeux et vit Kevin qui, une main sur le volant, courait à côté de la voiture dont l'avant était sur le point de basculer dans le vide.

« Kevin ! cria Caroline. Lâche ! lâche ! » Installé près d'elle dans son siège, le bébé perçut les accents de panique dans la voix de Caroline, et se mit à hurler. Dans un fracas assourdissant, la Toyota alla s'écraser au fond du ravin.

« Kevin où es-tu ? Tu n'as rien ? » Les hurlements du bébé couvrirent presque les cris de Caroline.

« Arrête ! lui ordonna-t-elle. Arrête de pleurer ! » Elle décocha un coup de pied au siège qui se renversa. Le bébé, la figure dans la neige, manqua de s'étouffer.

Pataugeant, se tenant les côtes, Kevin revenait au sommet de la crête. L'horrible geste de sa femme ne lui avait pas échappé.

Et Caroline s'en rendit compte. « Pardonne-moi », gémit-elle. Elle se précipita pour relever le siège, puis déboucla la ceinture de sécurité et prit l'enfant dont elle essuya le petit visage tout rouge. Elle le serra contre sa poitrine et le bébé, maintenant silencieux, ouvrit de grands yeux inquiets.

Kevin la fixait du regard.

Caroline fondit en larmes. « Cesse de me regarder

comme ça, Kevin. Je ne voulais pas le faire, mais j'ai eu peur et je suis à bout de nerfs. »

Kevin demeurait immobile. Il n'avait toujours pas prononcé un mot.

« Pardonne-moi, reprit Caroline. Tu vois, il n'a rien. Je ne lui ai pas fait mal. Jamais, je ne lui ferai mal. C'est mon petit ange... Arrête de me dévisager comme ça ! »

Kevin passa lentement devant elle et ramassa une paire de skis. « Il faut qu'on parte d'ici », dit-il simplement.

Caroline sourit à travers ses pleurs. « Tu as raison. Partons. Viens, bébé, on part. » Elle réinstalla Kent dans le siège et le souleva. « Kevin, aide-moi à le mettre sur mon dos. »

Elle s'avança vers son mari et lui tendit le siège comme s'il s'agissait d'un cadeau. Il le prit sans les regarder, ni elle ni l'enfant.

« Tourne-toi », dit-il.

Caroline s'exécuta et vit alors Britt agenouillée dans la neige, tremblant de froid.

« Et elle ? demanda-t-elle.

— Quoi, elle ? dit Kevin d'une voix sourde.

— Il faut qu'on se débarrasse d'elle. »

Kevin attacha les bretelles sur le dos de sa femme.

« Elle ne nous a fait aucun mal, dit-il.

— C'est une sale fouineuse, comme sa sœur. »

Ma sœur ? pensa Britt qui éprouva un choc.

Kevin s'interrompit.

« Qu'est-ce qu'il y a avec sa sœur ?

— Rien, répondit Caroline d'un ton irrité.

— Caroline, qu'est-ce que tu as voulu dire ?

— Je sais que tu considérais Greta comme une sainte. Mais ce n'en était pas une, crois-moi. Elle furetait dans nos affaires. Pendant qu'elle était supposée nettoyer les dégâts de l'inondation dans ton bureau, elle fouillait dans nos papiers. Elle a tout lu. Si, c'est vrai, je te jure. »

Kevin embrassa le bébé sur le front, vérifia que le siège était bien attaché, puis il vint se placer devant sa femme.

« Comment tu peux en être sûre, Caro ? demanda-t-il.
— Parce qu'elle me l'a dit, répondit Caroline avec indignation. Elle savait tout. Elle avait lu les coupures de presse. »

L'avocat prit les skis de sa femme et s'agenouilla dans la neige. « Nous avons toujours envisagé la possibilité que les gens l'apprennent. »

Caroline, de plus en plus nerveuse, leva un pied. « Elle avait l'intention de nous faire chanter. »

Kevin referma les fixations des skis. « Greta Lynch, nous faire chanter ? dit-il à mi-voix. Je ne peux pas l'imaginer. De plus, nous étions convenus que si des gens l'apprenaient, nous ferions face.

— Là, c'était différent. Elle m'a menacée, protesta Caroline. Je ne voulais pas te mettre au courant, mais c'est la vérité. Elle m'a dit que Vicki avait le droit de savoir à qui elle confiait son enfant à adopter. Elle considérait qu'il était de son devoir d'en informer Vicki. Elle m'a laissé une semaine pour le faire, sinon, elle s'en chargerait. Eh bien, moi, j'appelle ça du chantage. Pas toi ?

— Pas vraiment, répondit-il doucement. Plutôt... un ultimatum.

— N'importe quel tribunal qualifierait ça de chantage, s'entêta Caroline.

— Et elle l'a dit à Vicki ? » demanda Kevin.

Caroline redressa la tête.

« Elle n'en a pas eu l'occasion, dit-elle. L'incendie l'en a empêchée.

— L'incendie ?

— Oui, elle n'a pas eu de chance.

— Elle n'a pas eu de chance, mais toi, tu en as eu, c'est bien ça ? demanda Kevin, détachant chaque mot.

— Une chance pour nous », lui rappela Caroline.

L'avocat resta un instant silencieux, puis il soupira comme s'il venait enfin de comprendre. « Je me souviens, maintenant, dit-il. Un bruit m'a réveillé cette nuit-là. J'ai cru que c'était un cauchemar. Mais c'était toi, hein ? Qui étais revenue te coucher ? » Puis il se souvint. Les brownies ! « Tu les as droguées et tu as allumé l'incendie, n'est-ce pas ?

— Ne me regarde pas comme ça, Kevin », le supplia à nouveau Caroline.

Elle tendit les bras, l'attira vers elle et le caressa de manière presque sensuelle. Elle lui murmura quelque chose à l'oreille et il ferma les yeux. Britt entendait Caroline chuchoter au rythme de ses mains qui parcouraient le corps de son mari.

Ce dernier secoua la tête.

« Il faut que tu comprennes, Caro, je ne peux pas ignorer ça... »

Caroline se tourna vers Britt et lâcha brusquement Kevin.

« Je ne veux plus en parler. Alors, qu'est-ce qu'on va faire d'elle ?

— La laisser ici.

— Je ne crois pas que ce soit une bonne solution », dit Caroline, réfléchissant. À l'aide de ses bâtons, elle défit les fixations et déchaussa ses skis. « On risque de la découvrir.

— Personne ne sait qu'elle est là. Il fait bien en dessous de zéro. Elle ne survivra pas plus de quelques heures.

— Mais elle est ligotée. Quand on la retrouvera, on saura que ce n'est pas un accident.

— Quelle différence ? dit Kevin avec une note de désespoir dans la voix.

— Une grande différence, répliqua Caroline. Si tu la détaches et que tu la pousses dans le ravin, on croira qu'elle aussi était dans la voiture... Tu comprends, elle t'a vu précipiter la Toyota dans le ravin. Elle sait ce que tu as fait. »

Kevin la dévisagea.

« Qu'est-ce que j'ai fait ? »

Sa femme haussa les épaules.

« Eh bien...

— Oui, qu'est-ce que j'ai fait ? demanda-t-il à nouveau. C'est vrai, j'ai précipité la voiture dans le ravin. Mais qui les a tués ? Combien de meurtres as-tu sur la conscience, Caroline ? »

Elle demeura bouche bée, puis s'écria :

« Je n'arrive pas à croire que tu oses me demander ça ! Ce n'était pas ma faute. Tu n'as pas arrêté de me le répéter. Et maintenant, tu affirmes le contraire. Tu me le disais quand tu es devenu mon avocat, à la mort de Tom. Tu me disais que c'était une névrose post-traumatique. Je n'avais jamais entendu ce terme avant de te connaître. Tu affirmais que je n'étais pas responsable, et au procès, tu en as convaincu les jurés.

— Oui, je sais.

— Eh bien, il est trop tard pour changer d'avis, dit Caroline. Tu ne peux pas prétendre aujourd'hui que tu ne le pensais pas. Tu as prouvé que j'étais innocente.

— Oui, oui, je sais. »

43

ZOÉ se faufila entre les poutres calcinées pour aller chercher le bouquet de fleurs posé sur ce qui restait des carreaux de la cuisine.

« Zoé, pour l'amour du ciel, fais attention ! lui cria Alec qui arrivait en courant, mais trop tard pour empêcher sa fille d'escalader les parpaings, vestiges du sous-sol.

— J'avais raison ! s'exclama-t-elle avec des accents de triomphe en brandissant le bouquet comme un trophée.

— Reviens tout de suite et donne-moi ça », insista Alec.

La fillette redescendit, la figure, le jean et la parka rose couverts de suie. Elle tendit les fleurs à son père qui, les laissant pendre au bout de son bras, contempla les ruines de sa maison.

« Elle est donc venue ici, constata-t-il.

— Ouais », acquiesça Zoé.

Alec approcha le bouquet de son visage. Les fleurs, sous l'effet du froid, étaient toutes raides et commençaient déjà à se faner. « Elles sont belles », dit-il, puis il les lança de nouveau au milieu des décombres.

« Et maintenant ? demanda Zoé.

— Je n'ai aucune idée », dit Alec. Il examina le champ de neige qui luisait dans le clair de lune. « On pourrait aller voir les Carmichael. Britt est peut-être passée leur dire au revoir.

— Oui, pourquoi pas ? fit Zoé. Tu veux y aller à pied ?

— Non, je vais prendre la voiture. Vas-y, je te rejoins. Je voudrais juste jeter un coup d'œil dans la grange.

— Je te parie que j'arriverai chez eux avant toi », dit Zoé.

Elle partit en courant, les cheveux volant dans le vent, les pans de sa parka lui battant les jambes.

Alec la suivit un instant des yeux, un tendre sourire aux lèvres, puis il se retourna et se dirigea vers la grange. La présence de tant de traces de pneus lui parut de prime abord bizarre, puis il se dit qu'avec la police, les pompiers et les ouvriers qui avaient circulé pendant des jours, ce devait être normal. Il poussa les portes de la grange et regarda à l'intérieur. Le clair de lune qui filtrait par les fenêtres illuminait les bottes de foin. « Britt ? » appela-t-il à tout hasard. Pas de réponse, mais il s'y était attendu. Il n'y avait plus rien de vivant ici.

Il referma les portes et regagna sa voiture garée non loin des ruines de sa maison, tout ce qui restait du havre de bonheur que Greta et lui avaient construit. Tout avait disparu. Les bons souvenirs, et les mauvais aussi, se bousculaient dans sa mémoire. Pourquoi avait-elle attaché autant d'importance à sa mère ? se demandait-il. Zoé et lui ne lui suffisaient donc pas ? Il n'ignorait pas qu'il ne connaîtrait jamais la réponse, et que la question ne cesserait de le hanter jusqu'à la tombe. Avec un soupir, il se glissa au volant. Le temps qu'il franchisse la courte distance le séparant de chez les Carmichael, Zoé était déjà arrivée, qui l'attendait sur les marches de la véranda.

« Ils ne sont pas là ! lui cria-t-elle quand il descendit de la Mercedes.

— Pourtant, leurs deux voitures sont là.

— Je sais », dit Zoé.

Alec la rejoignit et se haussa sur la pointe des pieds

pour essayer de voir à l'intérieur par l'imposte de la porte. Tout était noir, il n'y avait à l'évidence personne.

« En tout cas, Britt n'est pas là, dit-il.

— Et maintenant, qu'est-ce qu'on fait ? demanda Zoé.

— Je ne sais pas. On va rentrer, je pense.

— Ah, non ! papa, protesta la fillette.

— Mais ma chérie, où est-ce qu'on pourrait chercher ?

— Et si on attendait leur retour ? suggéra Zoé.

— Tu plaisantes ? Il gèle. On les appellera plus tard pour leur demander s'ils ont vu Britt.

— Papa, on ne peut pas renoncer comme ça !

— Bon, je vais retéléphoner chez elle. »

Alec prit son portable et, après avoir consulté les numéros en mémoire, il fit celui de Britt. Il n'entendit que le message annonçant que le répondeur était saturé. Il fit signe à Zoé qu'il n'y avait rien de neuf.

La fillette, l'air découragé, descendit les marches et se dirigea vers la voiture de son père. Elle ouvrait la portière quand quelque chose accrocha son regard, si bien qu'elle poursuivit son chemin.

« Zoé ! lui cria Alec, tandis qu'il composait un autre numéro. Ne t'éloigne pas trop... Pourrais-je parler à Mrs. Lonergan ? » Il attendit qu'on lui passe le poste.

« Nancy Lonergan, à l'appareil.

— Alec Lynch. Excusez-moi, je voulais savoir si vous aviez des nouvelles de Britt.

— Aucune, non. J'espérais que vous en auriez de votre côté.

— Non, rien, dit Alec.

— Je commence à m'inquiéter sérieusement.

— Il n'y a aucune raison. »

Mais le ton de sa voix démentait ses paroles.

« Je vais continuer à l'appeler, dit Nancy.

— Bon. Nous, nous rentrons à la maison, dit Alec. Si vous avez des nouvelles...

— Je vous tiens au courant. »

Alec coupa la communication et descendit les marches de la véranda. « Zoé ! » cria-t-il. La fillette était accroupie au bout de l'allée. Ses cheveux blonds et sa parka rose se détachaient dans l'obscurité.

Zoé se redressa et revint vers son père.

« Allez, viens, ma chérie, dit celui-ci. On retourne à la maison. »

Les yeux de Zoé formaient deux puits sombres dans son petit visage triangulaire. « Papa, dit-elle d'une voix blanche. Kirby est là.

— Qui diable est Kirby ? demanda Alec en ouvrant la portière de la Mercedes. Allez, monte, je meurs de froid.

— C'est le chat de Vicki, répondit la fillette, figée sur place.

— Le chat pour lequel tu t'inquiétais quand ils sont partis ? »

Zoé fit signe que oui.

« Écoute, ma chérie, dit Alec, légèrement agacé, quand on aura une maison à nous, tu pourras avoir un chat. En attendant...

— Papa ! insista Zoé avec un gémissement, étonnée qu'il ne comprenne rien.

— Quoi ?

— Vicki ne l'aurait jamais laissé.

— Elle est peut-être encore là, dit Alec distraitement.

— Mr. Carmichael a dit qu'elle était partie.

— Tu sais, ma chérie, une fille qui est prête à abandonner son enfant ne devrait pas trop hésiter à abandonner un chat.

— Mais non ! s'écria Zoé, tapant du pied. Jamais, elle ne l'aurait laissé. Je le sais ! »

Alec la dévisagea, franchement exaspéré, cette fois.

« Bon, bon, d'accord. Mettons ça sur le compte des phénomènes inexpliqués de l'univers et rentrons à la maison.

— C'est aussi comme ça qu'on va faire pour tante Britt ? » répliqua la fillette.

Alec ne répondit pas et s'installa au volant. Zoé resta plantée devant la voiture. Alec donna un coup de klaxon et descendit sa vitre. « Zoé », appela-t-il d'une voix sévère.

La fillette s'approcha et passa la tête à l'intérieur de la Mercedes. « Papa, regarde », dit-elle en pointant le doigt.

Alec regarda dans la direction indiquée. D'abord, il ne vit rien puis, plissant les yeux, il distingua un mouvement à travers les arbres derrière la maison, deux silhouettes emmitouflées qui débouchaient lentement de la forêt à ski. L'une d'elles, pliée en deux, comme tenaillée par un point de côté, avançait avec difficulté. Alec sortit de la voiture.

À la vue d'Alec et de Zoé, les deux skieurs s'arrêtèrent. On entendit le hurlement pathétique d'un bébé. Alec remarqua alors que l'un des fondeurs portait une sorte de sac sur le dos d'où provenait le cri.

« Kevin ? appela-t-il. Caroline ? »

Les deux silhouettes demeuraient immobiles.

Alec s'avança. Le mari et la femme échangèrent un regard, puis Kevin dit d'une voix faible : « Alec...

— Qu'est-ce que vous fabriquez là ? s'étonna celui-ci. Vous êtes allés faire du ski ?

— Oui, un peu de ski de fond. Juste pour prendre l'air, faire un peu d'exercice », répondit l'avocat en s'efforçant d'adopter un ton enjoué, mais sa voix tremblait.

Alec s'approcha d'eux.

« Dans le noir ?

— La nuit est magnifique, dit Caroline.

— Kevin, vous ne devriez pas être plus prudent ? demanda Alec. Avec vos côtes cassées ? »

Il n'ajouta pas combien il trouvait bizarre qu'on sorte avec un nouveau-né par un froid pareil. Décidément, ces fous d'exercice étaient tous les mêmes. Ils en faisaient toujours trop.

« Je suis presque guéri, répondit Alec avec un feint détachement. Qu'est-ce qui vous amène ?

— On ne pourrait pas parler à l'intérieur ? demanda Alec. Vous avez l'air crevé.

— Non, non, ça va. Mais si vous avez simplement envie de bavarder, il serait peut-être préférable de remettre votre visite à demain. Il faut que Caro s'occupe du bébé.

— C'est-à-dire que... Il ne s'agit pas d'une visite à proprement parler... En fait, nous cherchons Britt, ma belle-sœur. Elle n'a pas pris son avion cet après-midi, et il semblerait qu'elle soit passée à notre ancienne maison déposer des fleurs pour Greta... et que, depuis, personne ne l'ait vue. »

Kevin et Caroline le considérèrent sans rien dire.

« On se demandait si, par hasard, elle ne serait pas venue chez vous, poursuivit Alec.

— Mais pourquoi serait-elle venue ? demanda Caroline.

— Je ne sais pas. Pour vous dire au revoir, peut-être.

— Non, non, affirma Caroline. Nous ne l'avons pas vue. N'est-ce pas Kevin ? »

L'avocat mit un instant à réagir.

« Non... nous ne l'avons pas vue.

— Bon, fit Alec. Eh bien, je vous remercie.

— Pourquoi Kirby est là ? demanda Zoé de but en blanc.

— Tu pourrais poser la question un peu plus poliment, répliqua Caroline.

— Caro, je t'en prie, murmura Kevin.

— Elle l'a laissé là, dit Caroline, retrouvant la maîtrise de soi.

— Non, elle n'aurait jamais fait ça ! » s'écria Zoé.

Le bébé se remit à pleurer.

« Eh bien, si, tu vois. Maintenant, il faut que je rentre, dit Caroline. Tu peux prendre le chat, si tu veux, Zoé.

— Peut-être quand nous aurons un endroit à nous, dit Alec. Pour le moment, c'est tout juste si nous avons de la place pour nous deux Allez, viens Zoé, il est temps de partir. »

Caroline, poussant sur ses bâtons, glissa jusqu'en bas des marches de la véranda, puis déchaussa ses skis.

« Kevin, appela-t-elle. Viens me donner un coup de main pour le porte-bébé. »

L'avocat se tourna vers Alec.

« Désolé de n'avoir pu vous être utile. »

Son visage luisait de sueur dans le clair de lune Voyant cela, Alec proposa : « Laissez-moi aider votre femme. Vous avez l'air de souffrir.

— Non, ça ira, répliqua sèchement l'avocat.

— Kevin, le bébé, cria Caroline qui était entrée dans la maison.

— Je m'en occupe, dit Alec en tapotant l'épaule de Kevin avant de se diriger vers la véranda. C'est le moins que je puisse faire. Je n'oublie pas que vous avez sauvé la vie de ma fille.

— Laissez, laissez, insista Kevin qui essaya de passer devant lui.

— Ne vous inquiétez pas, nous ne resterons pas, le rassura Alec.

— NON ! » s'écria Kevin.

Mais Alec, suivi de Zoé, était déjà sur le seuil de la maison.

44

« LAISSONS-LA ici, avait dit Kevin à sa femme. Elle mourra de froid. Elle ne pourra guère tenir au-delà de quelques heures.

— On ne peut pas courir ce risque, répondit Caroline. Elle sait tout. Je vais m'en charger, si tu veux.

— Non ! s'écria Kevin. Seigneur ! non !

— Kevin, si jamais elle survivait, elle pourrait...

— Mais c'est un être humain ! Notre fils est là, avec nous. Tu veux qu'il soit témoin d'un meurtre alors qu'il n'est sur terre que depuis si peu de temps ? » Il hésita, conscient de l'inanité de son argument. « On ne va pas la tuer comme ça, de sang-froid. » Il s'interrompit, réfléchissant sans doute à tout ce qu'il savait désormais au sujet de sa femme. « Je... je ne peux pas.

— Je sais, dit Caroline d'un air sombre. Tu ne m'es pas d'un grand secours.

— Assez ! s'écria Kevin, la saisissant soudain par les épaules. Je ne veux pas. Je ne peux pas en supporter davantage. Il nous reste déjà si peu.

— Si peu de quoi ? » demanda-t-elle.

Kevin la lâcha et détourna la tête.

« Qu'importe », dit-il.

Caroline céda :

« Bon, d'accord. D'accord. Mais comme je te l'ai dit,

si on la laisse ligotée et bâillonnée, on ne pourra jamais croire à un accident.

— Alors, détachons-la.

— Tu plaisantes ? Il lui suffirait de retourner en arrière pour rejoindre le chemin forestier et quelqu'un la découvrirait sûrement.

— Qui pourrait se promener par là en pleine nuit ? répliqua Kevin.

— Non, non, dit Caroline. Elle pourrait tenir jusqu'au matin, et là, il y aura des skieurs et des gens en motoneige. C'est trop risqué. »

Kevin, désespéré, ne répondit pas.

Caroline regarda autour d'elle, et soudain, son visage s'éclaira. « J'ai trouvé !

— Quoi ?

— Un compromis. On la détache, mais on l'envoie rouler le long de la pente. Elle ne s'arrêtera qu'en rencontrant un arbre, et elle disparaîtra dans la congère amassée en dessous. »

La congère, songea Britt. Alec avait évoqué quelque chose de ce genre au cours de leur balade en motoneige. Un danger...

« Elle n'arrivera jamais à en ressortir pour remonter, continua Caroline, apparemment ravie de son idée.

— Avec ce long manteau de laine, elle ne roulera pas bien loin, se moqua Kevin. Elle fera à peine deux mètres.

— Tu ne m'as pas laissée finir, dit Caroline. J'y ai pensé. On lui enlèvera son manteau, son pull, et aussi ses gants et ses bottines.

— Bravo, fit l'avocat, sarcastique. Comme ça, personne ne concevra de soupçons quand on découvrira son corps ! Il est de notoriété publique que par moins vingt, tout le monde ne pense qu'à se déshabiller.

— Eh bien, justement oui. »

Kevin haussa les sourcils, curieux malgré lui.

« C'est quelque chose d'avéré, vois-tu. Quand on retrouve des cadavres de randonneurs morts d'hypothermie, ils sont souvent dévêtus. Je l'ai lu quelque part. Les spécialistes pensent que les personnes sur le point de mourir de froid ont au dernier instant une espèce de bouffée de chaleur, sans oublier qu'à ce moment-là, elles délirent. Du coup, elles déchirent leurs vêtements.

— C'est vrai ? s'étonna Kevin.

— Oui. Alors, c'est d'accord ? Je suis sûre que comme ça, elle dévalera très bien la pente. Et sans manteau, ni pull, elle ne passera pas la nuit. »

Britt ne quittait pas du regard Caroline qui décidait ainsi de sa mort avec le même détachement dont elle ferait preuve à l'égard d'une plante en pot. Caroline se tourna vers son mari. « Ôte-moi le porte-bébé. Il va me gêner. »

Le pas lourd, comme chargé de fers, Kevin s'avança vers sa femme et détacha le siège qu'il posa par terre. Caroline s'accroupit près de Britt toujours agenouillée dans la neige. « Bon, dit-elle. D'abord les gants, ensuite les chaussures. »

Elle poussa la prisonnière qui bascula sur le côté, puis elle voulut lui arracher ses gants. Britt serra les poings, mais Caroline se releva et lui piétina les doigts, de sorte que la jeune femme cessa de résister. Après quoi, Caroline s'accroupit de nouveau et lui ôta ses bottines. « Maintenant, les chaussettes », dit-elle.

Britt eut beau recroqueviller ses orteils, rien n'y fit. Ses pieds nus s'enfoncèrent dans la neige et le froid terrible remonta le long de ses jambes, envahissant tout son corps.

« Bon, reprit Caroline en faisant glisser le manteau sur les épaules de Britt. Dès qu'on lui aura détaché les mains, il faudra finir de le lui enlever et le lancer derrière elle. Kevin, je vais avoir besoin de toi. Elle va certainement se débattre comme une vraie diablesse. »

L'avocat vint s'accroupir à côté de sa femme, poussant un gémissement.

« Tu as ton couteau ? demanda-t-elle.

— Oui. »

Britt se savait perdue. Elle fixa Kevin du regard. Il

allait la tuer, mais elle ne lui faciliterait pas la tâche en fermant les yeux. Elle ne tournerait pas la tête, le regarderait droit dans les yeux et, quand il trancherait ses liens, ces yeux-là, elle les lui arracherait de ses griffes.

« À trois, dit Caroline, tu coupes la corde autour de ses poignets, mais pas celle des chevilles. Les pieds entravés, elle ne peut pas s'enfuir. Le bâillon, en dernier. Prêt. Un, deux... trois. »

Britt sentit une légère traction et, aussitôt, ses mains se retrouvèrent libres. Elle éprouva une impression de liberté, mais une douleur fulgurante la fit tressaillir cependant que la circulation se rétablissait dans ses bras ankylosés. Un instant plus tard, on lui arrachait son manteau. Elle se débattit comme une furie, toutes griffes dehors, mais le couple la maintenait solidement. Caroline voulut lui enlever son col roulé, mais Britt, secouant follement la tête et se tortillant, lui échappa.

« Ça ira, dit Kevin. Laissons-la. On ne pourra pas faire plus.

— Bon, bon, acquiesça Caroline. Coupe la corde autour de ses chevilles et pousse-la dans la pente. »

Elle lâcha le pull de Britt, saisit l'extrémité du sparadrap et tira d'un coup sec, tandis que Kevin tranchait ses liens.

Britt hurla, décocha un coup de pied à Kevin qui chuta en arrière, puis elle tenta de fuir à quatre pattes, mais ils lui sautèrent dessus. Elle eut beau se démener, ils la saisirent par les bras et les chevilles, puis la traînèrent jusqu'au bord.

« Là, maintenant ! cria Caroline. Soulève-la et on y va. » Ils la balancèrent un instant au-dessus du vide, puis la lâchèrent. Elle eut le sentiment fugitif de voler, puis elle retomba sur la pente glacée, rebondit et se mit à rouler. De ses mains et de ses pieds nus, elle tenta en vain de s'agripper à la neige durcie, mais elle continua à rouler jusqu'à ce qu'elle heurte un arbre avec un choc qui se répercuta dans tous ses os. Je suis sauvée, se dit-elle. Et, l'espace d'une seconde, son cœur se gonfla d'espoir. Elle voulut se relever. La neige autour de l'arbre était douce, légère et profonde. Ses pieds ne trouvèrent pas de prise, et elle s'enfonça davantage.

Elle chercha désespérément un appui, mais elle avait l'impression de sombrer dans un lac de mercure. La congère ! Au fil de l'hiver, la neige vierge s'était accumulée au pied de l'arbre pour former une véritable colline. Saisie de panique, la jeune femme ouvrit la bouche pour crier, mais son cri s'étrangla dans sa gorge.

Elle entendit Caroline dire : « Allons-y. »

Dans le clair de lune, pas très loin en haut de la pente, elle vit Kevin réinstaller le porte-bébé sur le dos de sa femme, fourrant les bouts de corde sous la couverture de l'enfant. Caroline rechaussa ses skis de fond, puis se lança sur la piste qui serpentait parmi les arbres.

« Tu viens ! » cria-t-elle à Kevin.

Celui-ci poussa un profond soupir, puis se tourna. Son regard rencontra celui de Britt.

La jeune femme prit sa respiration. « Kevin, supplia-t-elle. Aidez-moi. Ne m'abandonnez pas.

— Je ne peux pas », dit-il.

Il parut sur le point d'ajouter quelque chose, mais il se ravisa et détourna les yeux.

« Vous ne pouvez pas me laisser mourir comme ça ! »

Il regarda autour de lui, ramassa une grosse branche puis, s'approchant du bord, il s'accroupit et la lança à Britt.

« Il faut que je parte, dit-il ensuite.

— Comment pouvez-vous faire ça... ? Vous n'êtes pas si mauvais ! »

Kevin eut un rire sans joie, tandis qu'une expression tragique se lisait dans son regard. Il se redressa, chaussa à son tour ses skis. « Si, dit-il. Simplement, je ne le savais pas. » Après quoi, il poussa sur ses bâtons et suivit les traces de sa femme.

Britt le regarda s'éloigner, incrédule. Comment pouvait-il agir ainsi ? C'était inhumain. Seul le sifflement du vent troublait le silence de la nuit. Elle sentait ses pieds et ses mains s'engourdir, de même que son visage. Ses bras lui faisaient mal d'avoir été si longtemps attachés. Au moins, il lui restait des sensations. Elle n'ignorait pas que le froid se ferait plus intense encore dans les heures à venir. Combien de temps pouvait-on survivre dans des conditions pareilles ?

Bien sûr, elle avait entendu parler de gens morts d'hypothermie, mais elle n'aurait jamais pensé connaître un jour un sort semblable. C'était le lot de spéléologues ou d'alpinistes amateurs, des activités qu'elle n'avait jamais pratiquées. Elle, elle n'avait même pas de hobby. L'été, elle allait souvent au cap Cod et en août, quand l'eau était un peu plus chaude, elle se baignait dans l'océan. Sinon, elle aimait rester chez elle à lire. Elle s'imagina sur une véranda par une belle journée, somnolant dans une balancelle, un livre sur les genoux... et, sans même qu'elle s'en rende compte, la torpeur la gagna et ses paupières se fermèrent.

Au moment où elle allait sombrer dans un sommeil bienfaiteur, un sommeil mortel engendré par le froid et la neige, elle prit vaguement conscience de ce qui lui arrivait. Réveille-toi, se dit-elle. Parce que si tu t'endors, ce sera pour l'éternité.

Elle réussit à occuper son esprit en se remémorant les paroles échangées entre Caroline et Kevin. Il était évident qu'il savait, quand il l'avait épousée, que c'était une meurtrière, puisqu'il avait été son avocat lors du procès. Mais maintenant ! Non seulement elle avait tué Vicki et Dave, mais aussi Greta. L'incendie. Elle avait mis le feu pour tuer Greta afin que Vicki n'apprenne pas son secret. D'une certaine manière, cette révélation réconfortait un tout petit peu Britt. Elle savait à présent que sa sœur n'avait pas voulu se suicider, ni entraîner Zoé dans la mort.

Mais quelle importance ? songea-t-elle, alors qu'elle s'efforçait de s'arracher à la torpeur qui la menaçait. Il fallait qu'elle arrête de réfléchir et qu'elle consacre le peu d'énergie qui lui restait à tâcher de demeurer en vie. Il n'y avait plus que cela qui comptait. Si elle s'en sortait, elle pourrait dire à Alec que ce n'était pas Greta. Elle imaginait son soulagement en s'apercevant à quel point il s'était trompé.

Elle tâtonna autour d'elle, s'enfonçant davantage dès qu'elle bougeait. Elle se rappela avoir lu un jour que, pris dans les sables mouvants, il fallait essayer de s'allonger de tout son long, comme quelqu'un qui fait la planche. C'était peut-être valable aussi pour la neige. Elle ne tenta plus de se relever, mais de s'étendre et de ramper au-dessus de la couche de neige comme si elle nageait. Sa seule chance, son seul espoir, elle ne l'ignorait pas. Affaiblie, engourdie, elle se dit qu'elle n'y arriverait jamais. Ses pensées se mirent à tourbillonner. Quelle vie as-tu menée ? se demandait-elle. Personne ne se préoccupe de savoir si tu es morte ou vivante. Personne ne t'attend. Qui pleurera ta disparition ?

L'image de Zoé s'imposa soudain à son esprit. « Vous l'aimez », avait dit Alec. Et Zoé, quand elle était partie, lui avait murmuré : « Je t'aime. » Britt, furieuse devant sa propre faiblesse, voulut chasser ce souvenir. Zoé te connaît à peine, se dit-elle. Tu ne lui manqueras pas. Elle n'aura même pas une pensée pour toi. Mais la petite flamme d'espoir allumée par sa nièce ne se laissa pas si facilement éteindre. Comment peux-tu le savoir ? reprit-elle. Qui te dit que tu ne vas pas lui manquer ? La vision de l'adorable petit visage de Zoé vint atténuer le cynisme et la dureté de son cœur.

Après ce qui lui sembla une éternité, pratiquement paralysée par le froid, elle parvint à s'écarter assez de l'arbre pour que son pied touche le sol durci. Sa main rencontra alors la branche que Kevin lui avait lancée, dont elle se servit comme d'une canne pour se redresser enfin et remonter la pente. Les poumons près d'exploser, elle arriva au bord de la piste damée par où l'avocat et sa femme avaient disparu. Merci, mon Dieu, pria-t-elle intérieurement. Merci. Avec un dernier effort, elle se hissa hors de l'à-pic, puis s'affala sur la surface durcie comme sur le pont d'un navire en plein océan. Quelques minutes plus tard, elle réussit à s'asseoir et serra ses bras autour d'elle. Baissant la tête, elle éclata en sanglots. Elle se balança un moment d'avant en arrière, réconfortée par la chaleur que ses bras répandaient sur son ventre. Je ne vais pas mourir, se dit-elle. Et elle réalisa que jamais, avant cet instant, elle n'avait joui du simple fait d'être en vie.

Bon, bon, mais ce n'était pas le moment d'exulter. Elle se trouvait au milieu de nulle part, perdue dans les profondeurs d'une forêt enneigée. Et la douleur qui lui vrillait le crâne paraissait devenir chaque seconde plus aiguë, l'empêchant de penser clairement. Et maintenant, que faire ? Elle pressa ses mains sur ses tempes comme pour stopper la douleur. Réfléchis ! Réfléchis ! Et puis, soudain, la solution lui apparut. Elle était peut-être perdue, mais un lien la rattachait encore au monde. Son portable ! Aussitôt, elle se souvint, et un sentiment d'accablement s'empara d'elle. Il lui avait semblé qu'il n'était plus dans la poche de son manteau et, de toute façon, son manteau était quelque part sur la pente de cette montagne plongée dans l'obscurité. Elle ne pouvait pas courir le risque d'essayer de le récupérer. Il valait encore mieux, même pieds nus, suivre la piste jusqu'au chemin forestier qu'ils avaient pris pour monter jusqu'ici. Elle lutta pour ne pas s'abandonner au désespoir.

Frottant ses mains et ses pieds engourdis, elle promena son regard autour d'elle, se demandant dans quelle direction elle pourrait marcher, à condition qu'elle eût la force de se relever. Elle voyait trouble, et le clair de lune ne répandait qu'une lumière diffuse. Elle surprit un mouvement du coin de l'œil, mais lorsqu'elle tourna la tête pour regarder, elle eut l'impression que son crâne allait éclater, et elle ne vit rien. Le sommeil la gagnait de nouveau, telle une voix douce qui l'invitait à faire une petite sieste avant de poursuivre.

Non ! se dit-elle. Si tu t'endors, c'est la fin. Il faut partir ! Elle ignorait quelle distance ils avaient parcourue pour arriver jusqu'ici mais, en tout état de cause, il y avait une piste, ce qui signifiait que, pendant la journée, des gens l'empruntaient. Et s'ils avaient réussi à monter en voiture, c'est que la route ne devait pas être trop loin. Il lui suffisait par conséquent de suivre les traces de pneus pour la rejoindre.

Bon, debout à présent ! Elle s'aida de la branche et se releva. Sa tête douloureuse lui tourna, et elle crut qu'elle allait s'évanouir. Elle attendit que cela passe.

Et maintenant, sers-toi de ton intelligence ! se dit-elle. Le pire est derrière toi. Tu vas t'en sortir. Marche ! Elle fit deux pas, et ses jambes cédèrent sous elle. Elle tomba à quatre pattes dans la neige. Comme un animal, songea-t-elle. Je vais ramper. Centimètre par centimètre, elle commença à avancer.

Vous le regretterez, pensa-t-elle, l'image du couple maudit à l'esprit. Vous regretterez de ne pas m'avoir tuée. La neige qui étincelait dans le clair de lune l'attirait. J'arrive, j'arrive. Son crâne l'élançait. Elle ferma les yeux, se disant qu'elle n'avait pas besoin de voir pour ramper. Vous le regretterez. Vous paierez pour vos crimes !

Et, à cet instant, elle entendit dans le sifflement du vent une voix qui l'appelait. Une voix qu'elle connaissait. Elle vit en imagination un visage qui, l'expression glacée, évaluait d'un œil critique la situation où elle se débattait. Britt leva la tête. « Maman ? » prononça-t-elle à voix haute. Non, il y avait quelque chose qui n'allait pas. Elle baissa les yeux. Des flaques sombres s'élargissaient sur la neige.

La cuisine n'était éclairée que par la lampe au-dessus du fourneau et une autre, fixée au comptoir du petit-déjeuner. Quand Alec entra, Caroline lui tournait le dos. Un grand désordre régnait dans la pièce. Le tapis était fourré sous la table, un carnet d'adresses gisait au milieu de la cuisine, autour duquel étaient éparpillées un tas de cartes de visite, et une plante était tombée, entourée des éclats du pot de terre cuite qui s'était brisé dans la chute. Des traces de boue maculaient le sol d'ordinaire impeccable.

« Débarrasse-moi, Kevin », dit Caroline sans se retourner.

Alec s'avança et entreprit d'enlever le porte-bébé accroché sur son dos, étonné qu'elle n'ait rien dit à propos du désordre. « Qu'est-ce qui s'est passé ? demanda-t-il.

— Qu'est-ce que vous faites là ! s'écria Caroline. Je croyais que vous étiez parti ! »

Alec ôta le porte-bébé, puis regarda le nouveau-né ratatiné dans sa petite combinaison de ski, le visage rouge et tout fripé. Il avait une tache blanche sur le nez. « Mon Dieu, Caroline, j'ai l'impression que ce gosse a des engelures. Vous vous rendez compte de ce que vous avez fait ? »

Avec des gestes précipités, toujours sans se retourner, Caroline se défit de son manteau, le mit à l'envers et le lança sur l'une des chaises qui entouraient la vieille table de cuisine en chêne. La parka glissa aussitôt par terre.

« Zoé, tu veux bien la ramasser, dit Alec. Je n'ai pas les mains libres. » Il posa le porte-bébé sur le comptoir pendant que Zoé se baissait pour prendre la parka.

« Laisse ! cria Caroline, et la fillette, déconcertée, la lâcha comme si elle lui brûlait les doigts.

— Mais il y a...

— Je t'ai dit de la laisser ! » ordonna Caroline.

Alec fronça les sourcils.

« C'est moi qui lui ai demandé de la ramasser. Elle ne cherchait qu'à vous aider.

— Nous n'avons pas besoin d'aide, répliqua Caroline. Donnez-moi mon enfant.

— Bon, très bien. » Alec recula tandis que Caroline sortait le nouveau-né de son siège. Un bout de corde pendait à l'une de ses petites bottes. Alec dégagea le pied de l'enfant. « Qu'est-ce que c'est ? »

À cet instant, Kevin, qui avait ôté sa parka sur la véranda, apparut sur le seuil de la cuisine. Malgré son teint blême et ses traits tirés, il esquissa un sourire.

« Qu'est-ce qui s'est passé, ici ? redemanda Alec.

— Je monte le bébé dans sa chambre, dit Caroline à son mari.

— Très bien, ma chérie. » L'avocat se tourna vers ses visiteurs. « Excusez-moi. C'est ce maudit chat de Vicki. On l'a fait entrer et il a flanqué la pagaille juste avant qu'on sorte.

— Et vous avez tout laissé comme ça ? s'étonna Alec.

— Caroline est un peu perturbée par l'arrivée du bébé et tout le reste. Et moi, avec mes côtes, je ne peux pas faire grand-chose, dit Kevin qui se tenait le flanc tout en grimaçant de douleur.

— Je comprends d'autant moins que vous soyez partis faire du ski en pleine nuit. Vous êtes sûr que vous allez bien, Kevin ?

— Je suis épuisé, et Caroline aussi. Le petit Kent ne dormait pas, et nous avons pensé qu'un peu d'air frais l'aiderait à trouver le sommeil, dit Kevin sur un ton d'excuse.

— J'ai l'impression que vous avez quand même exagéré. Bon, je vous ai proposé de vous donner un coup de main, mais apparemment... Allez, viens, Zoé. »

Kevin parut soulagé.

« Merci, Alec. Sincèrement. »

Soudain, on entendit la sonnerie caractéristique d'un téléphone portable. Caroline, qui était sur le point de quitter la cuisine, se retourna et regarda son mari, les yeux écarquillés.

Ça... ça doit être le mien, balbutia Kevin. J'ai dû le laisser dans ma parka. Tant pis, on rappellera.

- Non, non, dit Zoé en se baissant. Il est là, sous la table. Je l'ai vu quand j'ai voulu ramasser la parka. C'est ce que j'avais commencé à dire. Tenez. »

Elle se releva et tendit le portable. Kevin et Caroline le contemplèrent comme s'il s'agissait d'une grenade dégoupillée. Zoé appuya sur la touche, puis colla l'appareil à son oreille. « Vous êtes bien chez les Carmichael, dit-elle poliment.

— Britt ? demanda une voix perplexe. C'est toi ? »

45

ZOÉ donna le portable à son père. « C'est quelqu'un qui demande tante Britt », dit-elle.

Le regard d'Alec allait de Caroline à Kevin qui détournait les yeux. Alec prit le téléphone. « Alec Lynch à l'appareil. Vous vouliez parler à Britt ?

— Oh, Alec, fit une voix féminine avec un accent de surprise. C'est Nancy... Lonergan. Je constate que vous avez retrouvé Britt.

— Comment ça ?

— Eh bien, c'est son numéro. Vous avez retrouvé son portable, c'est ça ? Elle l'avait laissé chez vous ? »

Alec contempla un instant le téléphone, puis il le colla de nouveau à son oreille. « Nancy, je vous rappelle. » Il coupa la communication et, après un instant de silence, s'adressa aux Carmichael qui paraissaient cloués sur place :

« Vous m'avez bien dit que ma belle-sœur n'était pas venue chez vous aujourd'hui ? Alors, pouvez-vous m'expliquer ce que son portable fait ici ? »

Kevin hésita :

« Eh bien...

— Elle est venue, n'est-ce pas ? Et il est arrivé quelque chose ?

— Mais non, ce n'était rien, dit Caroline.

— Qu'est-ce qui n'était rien ? »

La jeune femme se tourna vers son mari.

« Kevin... ?

— Je ne sais pas, dit-il. Elle était là hier et elle a dû le faire tomber.

— Ce matin, elle l'avait », intervint Zoé.

Kevin se gratta la tête, feignant la perplexité.

« Elle est peut-être passée pour laisser un mot ou je ne sais quoi, et pendant qu'elle était penchée au-dessus de la table... »

Alec brandit le téléphone de Britt.

« Je ne vous crois pas. Il est arrivé quelque chose, et vous allez vous expliquer, sinon j'appelle la police.

— Empêche-le, Kevin ! cria Caroline.

— Alec, posez ce téléphone, dit l'avocat. C'est un simple malentendu. »

Alec jouait avec les touches du portable.

« Kevin, ne le laisse pas faire, dit Caroline.

— Pour l'amour du ciel, Alec, attendez, dit l'avocat. Vous ne pouvez pas nous accorder le bénéfice du doute ? »

Alec plongea son regard dans les yeux affolés de Kevin.

« Je n'accorderai plus le bénéfice du doute à personne. Plus jamais. » Il fit un numéro. « Passez-moi la police de Coleville, s'il vous plaît. »

Caroline posa le siège du bébé par terre, se dirigea vers le comptoir et s'empara d'un grand couteau à découper. En deux enjambées, elle vint se placer derrière Zoé, la saisit brutalement par les cheveux et lui appliqua le fil du couteau sur le cou. « Posez ce téléphone », ordonna-t-elle à Alec.

Zoé poussa un cri qui s'étrangla dans sa gorge lors qu'elle sentit la pression s'accentuer.

Alec coupa la communication et s'exécuta. « Lâchez-la, dit-il.

— Caro ! pour l'amour du ciel ! s'écria Kevin.

— Toi, tais-toi, lui enjoignit-elle. Je ne t'écoute pas Tu étais censé nous protéger.

— Du calme, dit Alec, levant les mains pour bien montrer qu'il avait obéi. Lâchez Zoé, et je vous promets que nous partons tout de suite sans poser de questions.

— Je ne vous crois pas, dit Caroline. Vous avez déjà fait le numéro de la police et ils peuvent localiser l'origine de l'appel.

— Caro, c'est un portable, intervint Kevin. Ils ne pourront pas. Réfléchis au lieu de t'emballer

— Tu es sûr ?

— Oui, répondit Kevin. Avec un portable, c'est impossible.

— Mais si je la lâche, répliqua-t-elle en désignant Zoé de la pointe du couteau, il les appellera et tout recommencera.

— Qu'est-ce qui recommencera ? » demanda Alec.

Il n'avait cessé de l'observer de ses yeux gris acier pour tenter de prendre sa mesure à la lumière de ce que Nancy Lonergan lui avait appris. Cette femme avait tué un homme et elle avait tout à perdre. Elle ne bluffait pas.

« Ils ne nous laisseront jamais tranquilles ! s'écria-t-elle. Comme avant... comme à Boston. Ils nous poseront des tas de questions. »

Alec hésita, puis il parut se détendre.

« Vous savez, dit-il, je comprends très bien que vous ne teniez pas à ce qu'on vous embête. Les flics peuvent être une véritable plaie, et je suis payé pour le savoir. Si vous lâchez Zoé, je vous promets que vous n'entendrez plus parler de nous. Et si ma belle-sœur et vous avez eu une petite prise de bec, ça ne me regarde pas. N'oubliez pas, elle a tout fait pour qu'on me jette en prison. Je suis ravi qu'elle soit partie. Si je la recherchais, c'est uniquement parce que Zoé me l'avait demandé. Britt n'est rien pour moi. La seule chose qui m'importe, c'est ma fille. Vous devez le comprendre, Caroline, vous qui avez un enfant à présent. Vous savez qu'un enfant compte plus que tout.

— Oui, c'est vrai, dit Caroline d'une voix tremblante.

— Tenez », reprit Alec. Il saisit le portable de Britt et le jeta par terre. L'appareil rebondit, puis heurta le pied d'une chaise. Le couvercle du compartiment des piles sauta et les piles s'échappèrent. « Je me fiche de savoir comment il a atterri ici. Rendez-moi Zoé et nous disparaîtrons de votre vie. »

Caroline changea de position, mais elle continua à appuyer le couteau contre le cou de Zoé.

« Comment puis-je être sûre que vous êtes sincère ? demanda-t-elle, indécise.

— Vous ne savez pas quel calvaire j'ai vécu. Avoir à supporter ma belle-sœur ! Une telle emmerdeuse ! Vous vous en êtes aperçue vous-même ! »

Caroline hocha la tête d'un air incertain.

« Oui, c'est juste, elle avait une dent contre vous.

— Et comment ! Aussi, je comprends parfaitement que vous vous soyez disputée avec elle. De toute façon, ce ne sont pas mes affaires. Zoé voulait à tout prix que je la recherche et on est venus voir, c'est tout. Jamais je ne risquerais la vie de ma fille pour elle. C'est une fouineuse, une arriviste.

— C'est ce que j'ai dit à Kevin. Ce n'est pas de notre faute si elle a fourré son nez dans ce qui ne la regardait pas.

— Exactement, approuva Alec.

— Il ne lui est rien arrivé, vous savez, dit Caroline. Elle va très bien. »

Alec haussa les épaules.

« Qu'elle aille se faire voir ! Ça m'est complètement égal. Lâchez ma fille, Caroline, c'est tout ce que je demande. Pour le reste, vous avez ma parole.

— Britt va très bien, répéta la jeune femme. N'est-ce pas, Kevin ? Quand on l'a laissée, elle n'avait rien, absolument rien.

— Moi, je m'en fiche, dit Alec. Quant à toi, Zoé, ça t'apprendra à te mêler des affaires des autres. »

La fillette regarda son père, à la fois horrifiée et incrédule.

Caroline l'observait, les yeux étrécis.

« C'est une chose de dire que vous nous laisserez tranquilles, mais Zoé ? Dès que je la relâcherai, elle ira pleurer dans le giron du premier policier venu.

— Zoé ! aboya Alec. Présente tes excuses à Mrs. Carmichael ! »

Zoé se rebiffa :

« Non ! »

Elle ferma les yeux et releva la tête comme pour signifier qu'elle se refusait à l'écouter davantage.

« Maintenant ma fille, tu vas obéir ! lança Alec, les dents serrées. Quand je dis quelque chose, tu t'exécutes ! Excuse-toi tout de suite et promets que tu garderas le silence. »

Zoé ouvrit les yeux et jeta un regard noir à son père. Alec le lui rendit sans manifester la moindre complicité.

« Tu m'as entendu ?

— Oui, marmonna amèrement la fillette.

— Alors, fais-le. Demande pardon et dis que tu ne l'embêteras plus. »

Zoé baissa les yeux et, après un moment de silence, elle cracha :

« Pardon... »

Caroline resserra sa prise.

« Tu le dis uniquement parce qu'il te l'a ordonné...

— En effet, intervint Alec. Et elle sait qu'elle n'a pas intérêt à me désobéir. »

Caroline interrogea Kevin du regard. L'avocat, les yeux fous, était livide.

« Qu'est-ce que tu en penses ? » demanda-t-elle.

Kevin déglutit. Il avait les poings serrés et la sueur perlait sur son front. Il contemplait sa femme avec une infinie tristesse, comme si elle se trouvait à bord d'un bateau qu'il regarderait s'éloigner depuis le quai. Comme s'il avait envie de lui crier : « Ne pars pas ! Ne me laisse pas ! »

« Kevin ?

— Lâche-la, ma chérie. Tout ira bien. Tu... tu n'as rien fait de mal.

— Oui, c'est vrai. »

L'avocat avait les larmes aux yeux.

Caroline hésita, poussa un profond soupir puis, à contrecœur, lâcha Zoé. La fillette ne se précipita pas dans les bras d'Alec. Elle demeura plantée sur place, regardant son père comme si c'était un étranger.

Alec non plus ne bougea pas. Caroline, soupirant de nouveau, reposa le couteau sur le comptoir.

Le bébé dans son siège se mit à pleurer. Caroline le prit dans ses bras et lui tapota le dos pour le calmer.

Alec se tourna vers Kevin. « Nous pouvons partir ? » demanda-t-il poliment.

Il y avait une expression pathétique dans le regard de l'avocat. Sans un mot, il fit signe que oui. Puis, toujours en silence, il alla enlacer sa femme et le bébé. « Il faut coucher notre fils », dit-il alors.

Alec s'adressa à sa fille. « Viens, Zoé, on s'en va. »

Sans desserrer les dents, la fillette lui tourna le dos et sortit par la porte de derrière d'un pas furieux.

« Merci, Kevin », murmura Alec.

L'avocat mit un doigt sur ses lèvres, comme pour lui dire de se taire.

Alec se dirigea à son tour vers la porte, luttant pour ne pas courir.

46

DANS l'air froid de la nuit, il entendit claquer la portière. Le temps qu'il arrive à la Mercedes, Zoé était déjà installée à l'avant, les bras croisés. Lorsqu'il se glissa au volant, elle ne daigna pas le regarder et continua à fixer son propre reflet dans la vitre.

Alec démarra et commença à reculer dans l'allée. « Zoé, dit-il. Prends le portable et fais le numéro de la police. »

La fillette tourna la tête et le dévisagea.

« Dépêche-toi, reprit son père. Il n'y a pas une seconde à perdre.

— Je croyais..., commença-t-elle.

— Il est peut-être déjà trop tard. »

Zoé écarquilla les yeux.

« Tu ne veux pas dire... tante Britt ?

— Je t'ai dit de te dépêcher ! Après, tu me passes le téléphone. »

La fillette fit le numéro d'une main tremblante.

Alec lui ordonna d'un geste de lui donner l'appareil. Zoé s'exécuta, puis se tourna de nouveau vers la vitre. Elle entendit son père expliquer ce qui s'était passé, demander qu'on envoie quelqu'un chez les Carmichael et qu'on se mette à la recherche de Britt. Peu à peu, la fillette se remettait de ses émotions. Elle avait encore peur, mais elle avait retrouvé son père. Elle avait confiance en lui comme en personne au monde. Même si, tout à l'heure, elle avait failli douter de lui, elle savait maintenant qu'il la protégerait toujours et qu'il ne pourrait jamais rien lui arriver.

« Oui, d'accord, disait-il. J'en ai tout un parc. Je vous rejoins au magasin. » Alec, le front soucieux, tendit l'appareil à sa fille. « Raccroche, ma chérie, s'il te plaît. »

Zoé reposa le téléphone sur son socle.

« Qu'est-ce qui est arrivé à tante Britt ? demanda-t-elle.

— Je ne sais pas. Il a dû y avoir une bagarre pendant laquelle son téléphone est tombé. Je crains qu'elle soit blessée. Je pense qu'ils l'ont conduite dans la montagne, probablement dans sa voiture, qu'ils l'ont abandonnée là-bas et qu'ils sont ensuite revenus à ski.

— Mais pourquoi, papa ? s'écria Zoé. Pourquoi ils ont fait du mal à tante Britt ?

— Je ne sais pas. Il y a un tas de choses que j'ignore encore. Il s'est passé quelque chose chez les Carmichael. On s'occupera de ça plus tard. Pour le moment, il faut que nous la retrouvions.

— Nous ? La police, tu veux dire ?

— Oui, ils vont entreprendre des recherches. Le chef de la police est en train de réunir ses hommes. On va prendre les motoneiges. J'espère que Mr. Carmichael nous aidera. Pour qu'on ne perde pas de temps... ni lui, son âme.

— Tu crois qu'on va la retrouver ? » demanda Zoé avec angoisse.

Alec ne répondit pas.

« Pourquoi tu as dit toutes ces méchancetés sur tante Britt ? reprit la fillette. Je t'ai cru, tu sais ?

— Il le fallait. Je faisais une vente et j'avais besoin de ton concours.

— Je ne comprends pas ? Qu'est-ce que tu voulais vendre ?

— Eh bien, je voulais vendre à Mrs. Carmichael l'idée que je me moquais de ce qui pouvait arriver à Britt. Il était indispensable qu'elle le croie pour qu'elle te relâche.

— J'ai bien failli tout gâcher !

— Non, non, la rassura Alec. Tu as fait exactement ce qu'il fallait. Je savais que je pouvais compter sur toi. »

Zoé éprouva une pointe de fierté devant la confiance que son père lui témoignait. « On va où, maintenant ? demanda-t-elle.

— Au magasin. Prendre une motoneige.

— Tante Britt va mourir ?

— Non », répondit simplement Alec.

Étalée dans la neige, tout le devant du corps étonnamment au chaud, Britt regardait sa mère. Jane Andersen, debout au bord du ravin dans lequel la voiture de Vicki avait basculé, serrait quelque chose entre ses bras. Dans le clair de lune laiteux, Britt n'arrivait pas à distinguer de quoi il s'agissait. Jane portait les mêmes vêtements que sur la cassette, et Britt s'inquiéta de la voir sans manteau. Elle risquait de mourir par ce froid. Elle voulut l'avertir, mais sa mère ne lui prêtait pas attention. Le paquet dans les bras, elle tendait le cou pour regarder.

Ne t'approche pas trop, avait envie de lui crier Britt. Si tu tombes dans le ravin, tu disparaîtras et je ne te reverrai jamais. Comme si elle avait entendu sa fille, Jane se tourna vers elle. Ses yeux étaient invisibles, cachés derrière ses lunettes qui reflétaient la neige. Un instant plus tard, Jane baissa la tête et regarda de nouveau son paquet, avec tendresse, s'imagina Britt qui perçut soudain un bruit, un gémissement plaintif qui sonnait comme une faible protestation. Elle eut un coup au cœur. Mon Dieu ! c'est un bébé ! Maman ! voulut-elle l'avertir. Il y a un enfant dans ce paquet. Écoute !

Le gémissement continua, de plus en plus aigu, de plus en plus fort. Il semblait perturber Jane qui allait et venait le long de la crête, secouant le paquet avec impatience. Rien n'y faisait. L'enfant n'arrêtait pas de pleurer. Britt vit sa mère s'immobiliser et comprit qu'elle s'apprêtait à faire quelque chose. Quelque chose de mal. Non ! lui cria Britt. Non ! Mais c'était inutile. Jane ne pouvait même pas l'entendre. Après un dernier regard sur l'enfant, elle lança le paquet dans le vide et le regarda tomber.

« NON ! » hurla Britt, et elle reprit conscience au sein du monde réel, le visage enfoui dans la neige, le cœur battant. Oh ! mon Dieu ! se dit-elle. Depuis combien de temps suis-je là ? Elle s'aperçut soudain que le gémissement strident qu'elle avait entendu dans son hallucination n'avait pas disparu. Elle réussit à se mettre à genoux et vit une lumière entre les arbres qui approchait, suivie d'autres qui clignotaient à flanc de montagne en contrebas, apparaissant et disparaissant dans la forêt. Je suis là ! je suis là ! voulut-elle crier, mais elle avait perdu sa voix.

Une lumière devançait les autres, zigzaguait parmi les arbres et se dirigeait vers elle, cependant que le bruit augmentait. Britt ignorait ce que c'était, sinon qu'il s'agissait du rugissement d'un moteur et qu'il approchait. Telle une naufragée sur une île déserte, elle réunit ses dernières forces pour se redresser et agiter les bras.

« Au secours ! » parvint-elle à dire d'une voix faible, craignant qu'on ne l'entende pas. Mais on la vit. La lumière décrivit une courbe et se précipita vers elle dans un grondement assourdissant. Elle allait s'écarter de son mieux, de peur d'être écrasée quand la motoneige vira, soulevant une gerbe de neige, puis s'immobilisa. Le conducteur coupa les gaz et le bruit se réduisit à un murmure. D'autres engins similaires sillonnaient la pente boisée.

Merci, mon Dieu, pensa-t-elle. Ressentant un immense soulagement, elle retomba à genoux. Elle regarda la motoneige, cligna des yeux, soudain prise de terreur à l'idée d'être de nouveau en proie à une illusion. Un homme en veste noire et une enfant en parka rose coiffée d'un casque sautèrent à bas de l'engin. La fillette se mit à courir.

« Ici ! ici ! cria Alec, faisant des signaux à l'aide d'une torche. Elle est là. Dépêchez-vous. Nous l'avons trouvée !

— Tante Britt ! » Zoé se laissa choir dans la neige à côté de sa tante. Elle lui adressa un regard plein de tendresse et avança une main hésitante pour effleurer du bout des doigts sa joue glacée. « Tu es vivante. Où est ton manteau ? Et tes chaussures ? »

Britt, sentant la caresse de Zoé, comprit qu'il ne s'agissait pas d'une hallucination. Tu es là, songea-t-elle. Et je suis vivante.

47

Du courrier ! Britt ouvrit la boîte électronique de son ordinateur afin de lire le dernier message. Il était adressé à son nom, via la chaîne de télévision.

« Chère Miss Andersen, commençait-il. J'ai rencontré récemment Donovan Smith à une réunion, et il m'a appris que vous ne travailliez plus pour lui. J'ai eu l'occasion de regarder son émission à plusieurs reprises pendant que j'étais à Boston, et j'ai beaucoup d'admiration pour ce que vous avez accompli en tant que productrice. J'ai pris des renseignements à votre sujet, et je sais que vous avez obtenu un prix pour votre reportage sur l'affaire Carmichael et le procès qui s'est tenu dans le Vermont. Bien que Mrs. Carmichael soit à l'évidence une femme atteinte de troubles mentaux et que votre sœur ait été victime de sa folie, vous vous êtes montrée d'une remarquable objectivité. Je pense en outre que vous avez mis très justement l'accent sur les problèmes liés à l'adoption. Vous avez fait là de l'excellent travail.

« Comme vous le savez, le marché de Denver est vaste et le devient de plus en plus au fil des ans. Nos sondages indiquent que notre émission atteint un taux d'audience qui permet d'envisager une diffusion à l'échelon national. J'aimerais beaucoup avoir un entretien avec vous pour discuter des conditions d'une collaboration future.

Je dois venir dans votre région d'ici une semaine ou deux. Pourrions-nous prendre rendez-vous ? »

Britt reconnut le nom figurant en bas du message, celui de l'animatrice du talk-show en question, une femme qu'elle estimait beaucoup. Ce serait certainement un plaisir de travailler pour elle.

« Britt, demanda Jeff Herrick. On a terminé ?

— Oui, répondit-elle.

— Bon, alors, je m'en vais. Tu as mon biper en cas de besoin. »

La jeune femme éteignit son ordinateur, vérifia les bandes pour les infos du soir, puis rassembla ses affaires. Quand elle traversa la petite salle de rédaction de WGCL, tout le monde lui souhaita une bonne soirée. Elle déboucha sur le trottoir, accueillie par le soleil et la symphonie des couleurs de l'automne dans le Vermont. Le ciel était d'un bleu cobalt et l'air des montagnes si pur qu'elle en eut la tête qui tournait. Après une année ou presque à Coleville, elle en était venue à aimer la beauté de cet endroit dominé par la majesté des montagnes. Elle n'aurait jamais pensé qu'elle puisse se plaire autant au milieu de la nature.

L'air à Denver ne doit pas être désagréable non plus, songea-t-elle en montant en voiture. Ce sont les Rocheuses, là-bas. Le salaire serait sûrement appréciable et elle se sentait flattée d'être ainsi demandée. La pression serait plus grande et les heures de travail plus nombreuses. Elle ne pourrait sans doute pas se débrouiller pour terminer tôt afin d'assister à un match de hockey scolaire. Quoique, à Denver, elle n'aurait aucune raison de le faire. Elle se gara derrière le stade qui jouxtait le collège et se dirigea vers les gradins.

Alec était déjà là. Il la vit arriver et l'appela : « Britt ! »

La jeune femme leva les yeux et agita la main. Alec lui fit signe de venir s'asseoir à ses côtés. Elle lui sourit et alla le rejoindre. Elle portait une veste de tailleur afin de paraître professionnelle pour son passage à l'antenne, mais sinon, un jean et des bottines en daim. Elle grimpa souplement les marches et prit place près d'Alec.

« J'ai raté quelque chose ? demanda-t-elle.

— Non, non. L'entraîneur leur donne ses dernières instructions. Ah, la voilà ! »

Britt tendit le cou et aperçut Zoé qui, coiffée avec des nattes, en tenue de hockey sur gazon, s'échauffait sur la touche. Apercevant sa tante, la fillette lui adressa un large sourire. Dès son entrée au collège, elle avait choisi ce sport et s'était vite révélée assez bonne pour faire partie de l'équipe des benjamines.

Britt s'installa le plus confortablement possible sur le banc en bois et regarda autour d'elle. « Il y a quand même du monde, constata-t-elle.

— Rutland est un adversaire sérieux, dit Alec. Vous en voulez ? »

Il lui tendit un paquet de bretzels au fromage. Elle haussa les sourcils. « Mes préférés ! Comment le saviez-vous ? » Elle prit un bretzel et mordit dedans.

« Le hasard, dit-il avec un petit sourire.

— Bonne journée ? demanda-t-elle.

— Oui, oui. On prépare la saison. À propos, un de mes clients m'a parlé d'un cheval pour Zoé.

— Waouh ! Vous lui avez dit ?

— Pas encore. On vient juste d'emménager dans notre nouvelle maison. J'ai besoin de souffler un peu.

— Oui, je comprends, dit-elle. Mais elle va être folle de joie.

— Je pensais l'emmener quand même le voir samedi. Ça vous dirait de nous accompagner ?

— Oui, avec plaisir », répondit-elle.

Plongés dans un silence complice, ils se contentèrent durant quelques minutes de profiter de l'air du soir et de la belle lumière déclinante. « Moi aussi, on m'a parlé de quelque chose, finit par dire Britt.

— Ah ? Et de quoi s'agit-il ? »

Britt, le regard fixé sur la pelouse, ne répondit pas tout de suite. Le match avait commencé et Zoé était au cœur de l'action. « Regardez votre fille, Alec, comme elle se donne.

— Oui, je vois. Alors, de quoi s'agit-il... ? »

La jeune femme perçut comme une note d'inquiétude dans sa voix.

« D'une proposition de travail, en fait. Pour un talk-show à Denver, animé par une femme. Elle est très bien. La chaîne envisage une diffusion nationale, et elle voudrait me rencontrer en vue d'une collaboration future. »

Alec avait les yeux rivés sur sa fille. « Vous allez en parler à Zoé ? » demanda-t-il.

Britt hésita. Dois-je lui en parler ? s'interrogea-t-elle. Tenir compte de sa réaction ? Elle se tourna vers Alec. Les rides dans son visage taillé à la serpe s'étaient encore creusées. L'année avait été dure. Le père et la fille l'avaient dorlotée pendant qu'elle se remettait de ses engelures et de ses plaies à la tête. Ils avaient insisté pour qu'elle reste à Coleville afin qu'ils puissent veiller sur elle, et la chaîne de télévision locale n'avait été que trop heureuse d'embaucher quelqu'un de son expérience. Et puis, tous trois, ils avaient dû subir l'épreuve qu'avait constitué le procès des Carmichael. Caroline avait été condamnée à la prison à vie et Kevin, qui avait témoigné contre sa femme, à seulement quatre ans. Quant au bébé, il avait été adopté par une autre famille.

Ils s'étaient serré les coudes à l'occasion des fêtes et des anniversaires qui, pour Zoé, étaient les premiers sans sa mère, et pour Alec, les premiers depuis de longues années sans sa femme. La présence de Britt avait semblé tout à fait naturelle. Et même indispensable. Ils avaient loué des maisons voisines pendant qu'Alec faisait reconstruire, consultant Britt sur de nombreux points. Leur existence s'était installée dans une confortable routine. Peu de temps auparavant, après une promenade à la fête du comté, Zoé avait déclaré qu'elle était heureuse. Alec et Britt avaient alors échangé des regards ravis.

Sur le terrain, Zoé, qui venait d'aider à marquer un but, sautait de joie. Britt la regarda et leva le pouce. Dans la lumière du crépuscule automnal, le sourire de la fillette paraissait plus radieux que jamais.

Au début, après la mort de Greta et toutes les horreurs qu'ils avaient vécues, Britt avait jugé sa présence nécessaire afin de reformer le cercle de famille, à l'image des chariots dans la prairie à l'époque du western. Mais à présent, était-ce toujours aussi nécessaire ?

« Je ne sais pas », répondit-elle enfin à Alec.

Il se tourna vers elle, sourcils froncés.

« L'animation de la ville vous manque ? La stimulation ?

— Je n'ai même pas eu le temps de me poser la question, répondit-elle sincèrement. Il y a eu tant de... Mon job ici me convenait à merveille, car il me permettait de m'occuper de tout le reste.

— Oui, je sais.

— Mais les choses se sont tassées, poursuivit-elle. Le pire est passé. Vous êtes tous les deux installés dans votre nouvelle maison et Zoé, grâce à son père, commence à s'habituer à l'absence de sa mère. Aussi, je pense que vous pouvez parfaitement vous débrouiller sans moi, dit-elle, s'efforçant de prendre un air désinvolte.

— On a l'impression que vous parlez d'un travail que vous venez de terminer, répliqua-t-il avec amertume.

— Non, pas du tout ! se récria Britt. Je voulais simplement...

— Excusez-moi, dit-il. Je ne le pensais pas. Que vous souhaitiez partir, je ne peux pas vous en vouloir. La vie doit vous paraître bien ennuyeuse ici, vous qui pouvez voyager, faire des choses prestigieuses au lieu de consacrer vos samedis à aller voir des chevaux avec vos... avec nous.

— Alec, vous exagérez, protesta Britt. Vous savez très bien combien j'apprécie les balades que nous faisons ensemble. »

Elle avait pris un ton dégagé, mais elle savait depuis longtemps que les heures passées en leur compagnie étaient sa récompense de la semaine. Dès qu'il lui avait suggéré de venir avec eux samedi voir le cheval, son cœur s'était gonflé de joie. Elle aurait été déçue, et même blessée, qu'il ne le lui propose pas. Elle se sentait bien avec eux, voilà la vérité.

« Mais vous en avez peut-être assez de me traîner partout. Il ne faut pas vous croire obligé de le faire.

— Obligé ? dit-il, incrédule. Vous plaisantez ?

— Non, non. Nous avons été... comment dire... embarqués malgré nous dans le même bateau. Vous avez vos propres vies. Il est sans doute temps que je vous laisse... »

Il leva la main pour l'empêcher de continuer.

« Je ne vois pas les choses ainsi. »

Britt ne répondit pas. Qu'est-ce qu'il aurait pu dire d'autre, après tout ?

« Écoutez, Britt, en fait, je redoutais depuis longtemps cet instant, reprit Alec. Je savais qu'il arriverait un jour ou l'autre, et je comprends très bien pourquoi vous désirez partir, mais il faut que je vous dise... nous ne voulons pas que vous partiez. Nous voulons que vous restiez ici... avec nous. Zoé a besoin de vous...

— Je viendrai la voir aussi souvent que possible », dit Britt qui éprouva un léger sentiment de déception qu'elle ne parvenait pas à s'expliquer.

Ils demeurèrent silencieux, le regard fixé sur la pelouse, mais ni l'un ni l'autre ne suivait réellement le cours du jeu. Alec finit par s'éclaircir la voix :

« Et moi aussi, j'ai besoin de vous, dit-il alors. Et pas de vous à des milliers de kilomètres. J'ai besoin de vous ici. Je... j'ai appris à me reposer sur vous.

— J'ai fait de mon mieux pour vous aider. Mais vous n'avez pas besoin de moi, vous avez la fibre paternelle. Je sais que Zoé entrera bientôt dans les années difficiles de l'adolescence et que vous pensez qu'il lui faudra une femme à qui se confier, mais je suis certaine que vous saurez faire face. Je vous ai vu à l'œuvre. Vous avez des rapports formidables avec elle.

— Ce n'est pas tout...

— Voyez-vous Alec, je crois que cette année passée ensemble a été une bonne chose pour nous trois. Vous et moi, nous n'ignorons pas que Zoé avait besoin des attentions et de... de l'amour que nous pouvions lui donner, mais peut-être qu'il est temps que vous et moi commencions à penser à nos propres vies.

— En effet, dit-il. Nous sommes un frein pour vous.

— Ce n'est pas ce que je voulais dire, se défendit Britt. Vous comprenez, supposons, par exemple, que... que vous rencontriez quelqu'un. J'aurais l'impression de... de gêner. Je suis tout le temps dans vos jambes. Et le fait que Zoé me soit attachée ne facilite pas les choses. »

Alec soupira.

« Pourquoi ce soupir ? demanda Britt.

— Ne me racontez pas d'histoires. Ce n'est pas moi qui veux m'en aller.

— Je ne vous raconte pas d'histoires, protesta Britt. J'essaie simplement de réfléchir à ce qui serait le mieux pour tout le monde. C'est une occasion qui m'est offerte et, plus longtemps je resterai ici, plus j'aurai du mal à en partir.

— Et pourquoi ?

— Pourquoi ? » Britt se sentit soudain troublée. « Je ne sais pas pourquoi. Peut-être parce que j'aurai l'impression d'être installée, parce que l'idée de m'éloigner...

— Et peut-être aussi parce que vous êtes heureuse ? l'interrompit Alec.

— Je me plais ici, reconnut-elle, sur la défensive. Le Vermont est magnifique...

— Laissez tomber le Vermont, dit-il avec impatience. Je voudrais qu'on arrête de tourner autour du pot.

— Je ne tourne pas autour du pot ! » s'écria-t-elle, outrée.

Alec se rembrunit. Il parut hésiter, puis prendre une décision. « Je ne parlais pas de vous, dit-il. Je parlais de moi. Je sais que ce n'est ni l'heure, ni le lieu, et je ne tiens pas à vous mettre dans l'embarras. Ni moi, d'ailleurs. » Il marqua une pause. « Mais puisque vous envisagez de nous quitter, je ne veux pas attendre davantage et prendre le risque qu'il soit trop tard. Je me souviens de ce que vous avez dit aux funérailles de Greta et je ne voudrais pas devoir vivre avec mes remords. »

Il se tourna vers elle, et elle rougit sous l'intensité de son regard. Dans le crépuscule une lueur de détermination brillait dans ses yeux gris. « Vous vous rappelez ? » reprit-il.

La gorge de Britt se noua.

« Je me rappelle, souffla-t-elle.

— C'est maladroit, stupide... on est là à grignoter des bretzels en nous enfonçant des échardes dans les fesses... »

Britt sourit malgré elle. Elle connaissait bien ses manières carrées, à présent.

« Alors voilà, reprit-il. Je vous aime, Britt, c'est tout. Vous pouvez me répondre que c'est grotesque, totalement déplacé, mais je voulais que vous le sachiez avant de prendre la décision de partir. S'il ne tenait qu'à moi, je vous garderais ici. Et pour toujours. »

Britt eut l'impression que son corps tout entier se mettait à vibrer. Les joues en feu, elle se sentait en effet embarrassée. Et stupéfiée. Elle s'était refusée à y penser. Les sourires, les regards, les gestes de tendresse dont il l'avait gratifiée au cours de cette année... elle s'était dit que c'était pour Zoé. Et elle ne se trompait pas. Au début, l'un comme l'autre ne se souciaient que de la fillette, mais quelque part, au fil des mois, ses sentiments à elle avaient changé. Et voilà qu'il avouait qu'il en était de même pour lui. Elle voyait Zoé courir sur le terrain, sachant qu'ils étaient là pour l'encourager, pour veiller sur elle. Le regard d'Alec ne la quittait pas. Il attendait sa réponse, quelle qu'elle soit.

Suis-je prête à aimer ? se demanda-t-elle. En tout cas, personne ne pourra te garantir que tu ne souffriras jamais. Au contraire. L'amour, d'une certaine manière, est synonyme de souffrance, mais tu peux vivre avec quelqu'un dans ton cœur ou sans personne. Il est temps de choisir. Elle agrippait le banc de toutes ses forces, au point que ses jointures en blanchissaient. Elle se sentait jeune, gauche et trop timide pour parler. Elle détacha sa main du banc et la posa sur la sienne. Elle ne prononça pas un mot, mais son regard, lorsqu'il rencontra celui d'Alec, disait tout.

REMERCIEMENTS

Pour avoir répondu avec patience à mes questions, je dois des remerciements particuliers à Jay Bethel, capitaine des pompiers et blues-man, ainsi qu'à Janet Miller à qui rien de ce qui concerne l'hiver n'est étranger.

Et pour leurs efforts à : France desRoches, Michelle Lapautre, Jane Berkey, Meg Ruley, Peggy Gurdjin, Judith Curr et cet ange éditorial posé sur mon épaule, Maggie Crawford.

Et surtout, comme toujours, à mon critique le plus sévère et le plus cher, Art Bourgeau.

DU MÊME AUTEUR

UN ÉTRANGER DANS LA MAISON
PETITE SŒUR
SANS RETOUR
LA DOUBLE MORT DE LINDA
UNE FEMME SOUS SURVEILLANCE
EXPIATION
PERSONNES DISPARUES
DERNIER REFUGE
UN COUPABLE TROP PARFAIT

Édition exclusivement réservée
aux adhérents du Club
Le Grand Livre du Mois
15, rue des Sablons
75116 Paris
réalisée avec l'autorisation des éditions Albin Michel

La composition de cet ouvrage
a été réalisée par Nord Compo
à Villeneuve-d'Ascq,
l'impression a été effectuée
sur presse Cameron dans les ateliers
*de **Bussière Camedan Imprimeries***
à Saint-Amand-Montrond (Cher)

Achevé d'imprimer en septembre 2003.
N° d'impression : 034587/4.
Dépôt légal : septembre 2003.
ISBN : 2-7028-8638-8
Imprimé en France